W0344321

Cinq jours de la vie d'une lady

Collection : VICTORIA

Titre original : THE SCOUNDREL AND THE DEBUTANTE

HARLEQUIN®
est une marque déposée par le Groupe Harlequin

VICTORIA®
est une marque déposée par Harlequin

Si vous achetez ce livre privé de tout ou partie de sa couverture, nous vous signalons qu'il est en vente irrégulière. Il est considéré comme « invendu » et l'éditeur comme l'auteur n'ont reçu aucun paiement pour ce livre « détérioré ».

Toute représentation ou reproduction, par quelque procédé que ce soit, constituerait une contrefaçon sanctionnée par les articles 425 et suivants du Code pénal.

© 2015, Dinah Dinwiddie.

© 2016, Harlequin.

Ce livre est publié avec l'autorisation de HARLEQUIN BOOKS S.A.

Tous droits réservés, y compris le droit de reproduction de tout ou partie de l'ouvrage, sous quelque forme que ce soit.

Cette œuvre est une œuvre de fiction. Les noms propres, les personnages, les lieux, les intrigues, sont soit le fruit de l'imagination de l'auteur, soit utilisés dans le cadre d'une œuvre de fiction. Toute ressemblance avec des personnes réelles, vivantes ou décédées, des entreprises, des événements ou des lieux, serait une pure coïncidence.

HARLEQUIN, ainsi que H et le logo en forme de losange, appartiennent à Harlequin Enterprises Limited ou à ses filiales, et sont utilisés par d'autres sous licence.

Le visuel de couverture est reproduit avec l'autorisation de :

Femme : © ARCANGEL/REKHA GARTON

Réalisation graphique couverture : E. COURTECUISSE (Harlequin)

Tous droits réservés.

HARLEQUIN

83-85, boulevard Vincent-Auriol, 75646 PARIS CEDEX 13.

Service Lectrices — Tél. : 01 45 82 47 47

www.harlequin.fr

ISBN 978-2-2803-5127-0

JULIA LONDON

Cinq jours de la vie d'une lady

Traduit de l'anglais (Etats-Unis) par
Marie-José Lamorlette

Victoria

HARLEQUIN

Chapitre 1

Blackwood Hall, 1816

Quand une femme atteignait sa vingt-deuxième année sans qu'aucun gentleman ait seulement envisagé de l'épouser, elle était destinée à rester vieille fille. C'était une vérité tacite. Et rester vieille fille la condamnait à l'ennui d'être dame de compagnie de douairières séniles qui musardaient à travers la campagne.

Une femme qui n'avait pas de perspectives d'avenir à vingt-deux ans s'attirait les regards suspicieux de la haute société. Quelque chose, chez elle, n'allait pas. Impossible de penser autrement, car pourquoi une femme présentée à la Cour et dans le monde, nantie par ailleurs d'une dot substantielle et de bonnes relations, aurait-elle échoué à attirer un prétendant ?

Il n'y avait que trois explications possibles : elle était cruellement ennuyeuse, elle souffrait d'une horrible maladie, ou bien les incartades de ses sœurs aînées avaient ruiné sa réputation.

Hypothèse exprimée par miss Prudence Cabot, quelques jours après son vingt-deuxième anniversaire. Hypothèse aussitôt rejetée par Mme Honor Easton et lady Grace Merryton, ses deux aînées, dont personne n'avait oublié le scandaleux comportement quelques années plus tôt. Quand ces dernières ne levaient pas les yeux au ciel ou ne refusaient pas tout simplement la discussion, elles s'élevaient bruyamment contre sa théorie. Leurs deux voix montaient alors dans de tels aigus que Mercy, leur benjamine, sifflait pour les faire taire comme si elles étaient les chiots turbulents qui se disputaient la botte de lord Merryton.

Malgré les protestations de ses sœurs, Prudence était convaincue d'avoir raison. Depuis que leur beau-père était mort, quatre ans auparavant, Honor et Grace s'étaient mises à très mal se conduire. Honor avait publiquement proposé le mariage à un débauché notoire, bâtard d'un duc, et ce dans un tripot ! Même si Prudence adorait George Easton, cela ne changeait rien au scandale qui avait suivi, et qui entachait désormais la famille.

Pour ne pas être en reste, Grace avait entrepris de piéger un homme riche dans le mariage afin de les sauver toutes de la ruine, et s'était débrouillée pour se tromper de cible ! Londres en avait jasé pendant des mois… Certes, lord Merryton n'était pas aussi intimidant que Prudence l'avait toujours entendu dire, mais son entrée dans la famille n'avait pas amélioré les perspectives de celle-ci.

En outre, Mercy, avait un comportement si querelleur et si impertinent qu'on avait sérieusement songé à l'envoyer dans une institution pour jeunes filles afin de la dompter. Ce qui n'arrangeait pas non plus les choses…

Prudence se trouvait donc coincée au milieu, prise en étau entre scandales d'un côté et mauvaise conduite de l'autre. Un entre-deux pénible qui la rendait quasiment invisible aux yeux de tous, et constituait jusque-là le lot de toute sa vie.

Voilà ce que les bonnes manières lui avaient valu. Elle s'était efforcée de faire preuve de sens pratique alors que ses sœurs en étaient dénuées. Elle s'était montrée responsable, avait suivi ses leçons de musique avec assiduité, et avait pris soin de sa mère et de son beau-père pendant que ses deux aînées batifolaient dans le monde. Elle avait fait tout ce qu'une débutante était censée faire, n'avait causé aucun problème, et sa récompense était d'être considérée maintenant comme la sœur immariable !

Enfin, Mercy ne l'était pas non plus, probablement, mais elle ne semblait pas beaucoup s'en soucier.

— « Immariable » n'est pas un vrai mot, lui fit remarquer Mercy en ajustant ses lunettes pour pouvoir la scruter d'un œil critique.

— C'est aussi une absurdité totale, renchérit Grace. Pourquoi dis-tu une chose pareille, Pru ? Es-tu vraiment si malheureuse ici ? N'as-tu pas apprécié la fête que nous avons donnée pour les fermiers ?

Une fête ! Comme si ses inquiétudes pouvaient être apaisées par une fête ! Elle répondit en frappant théâtralement les touches du piano, ce qui fit bondir de frayeur et tomber sur le flanc le chien à trois pattes que Grace avait recueilli. Puis elle se lança dans un morceau qu'elle joua très fort et avec beaucoup de virtuosité, si bien que tout ce que dirent ensuite Grace ou Mercy fut noyé sous la musique.

Rien de ce qu'elles pourraient avancer ne la ferait changer d'opinion.

Lorsque Honor, leur sœur aînée, était venue de Londres à Blackwood Hall, un peu plus tard dans la semaine, nantie de ses trois enfants et de son fringant époux, elle avait tenté de la convaincre que l'absence de demande en mariage ne signifiait pas que tout était perdu. Elle lui avait assuré avec vigueur et enthousiasme que la conduite des unes et des autres n'avait aucune influence sur son manque de prétendants. Puis elle lui avait rappelé que Mercy, contre toute attente, avait été admise dans la prestigieuse école d'art de Lisson Grove pour étudier les grands maîtres.

— Lord Merryton a dû payer une belle somme pour les amadouer, non ? fit remarquer Prudence, comme la question de l'admission de Mercy revenait dans la conversation.

— Oui, convint Grace. Mais si, comme tu le suggères, elle était aussi éclaboussée par le scandale, ils l'auraient quand même refusée.

— Refuser la bourse de Merryton ?

Prudence rit.

— Ce n'est pas comme s'ils devaient l'épouser !

— Je te demande pardon ! s'indigna Mercy. Et mon talent ?

— Chut, firent en chœur Grace et Prudence.

Ce qui poussa Mercy à remonter ses lunettes sur son nez et à quitter la pièce d'un pas martial dans sa blouse tachée de peinture.

Mais le débat n'était pas clos et il se poursuivit pendant des jours, ce qui désola Prudence.

— Reste confiante, chérie. Une demande se présentera, et alors, tu n'en reviendras pas d'avoir accordé tant d'importance à des sentiments aussi négatifs, lui dit Honor un matin avec un peu de condescendance, tandis qu'elles prenaient leur petit déjeuner.

— Honor ? Je te demande gentiment… non, en fait, je t'implore de te taire, répondit Prudence.

Honor réprima une exclamation. Puis elle se leva avec brusquerie et passa près de Prudence avec une telle hâte que sa main lui heurta un peu rudement l'épaule.

— Aïe ! fit Prudence.

— Honor veut seulement aider, Pru, la réprimanda Grace.

— Je veux plus que ça, reprit sévèrement Honor, qui était revenue près de la table, n'étant pas du genre à s'enfuir en larmes quand il y avait une bonne dispute dans l'air. J'insiste pour que tu en finisses avec tes crises de pessimisme, Pru ! C'est inconvenant et lassant !

— Je ne fais pas de crises, se défendit Prudence.

— Si ! Tu es en permanence de mauvaise humeur, intervint Mercy.

— Et maussade, s'empressa d'ajouter Grace.

— Je vais te dire ce que seule une sœur aimante te dira franchement, chérie...

Honor se pencha par-dessus la table pour avoir les yeux à la hauteur de ceux de Prudence.

— Tu es sacrément pénible.

Mais elle sourit en le disant et se redressa vite.

— Cassandra Bulworth a écrit et propose que tu ailles faire la connaissance de son bébé. Va la voir. Elle sera folle de joie et je pense que l'air de la campagne te fera du bien.

Prudence poussa un soupir d'exaspération à cette idée ridicule.

— Comment l'air de la campagne pourrait-il me faire du bien alors que je suis déjà à la campagne ?

— L'air de la campagne, dans le Nord, est très différent, déclara Honor.

Grace et Mercy confirmèrent d'un signe de tête véhément.

Prudence aurait bien aimé leur expliquer que rendre visite à leur amie Cassandra, qui venait d'avoir son premier enfant, était la dernière chose qu'elle avait envie de faire. Etre témoin du bonheur de son amie rendrait en regard sa propre situation encore plus déprimante.

— Envoyez Mercy !

— Moi ? s'écria l'interpellée. C'est absolument impossible ! J'ai très peu de temps pour me préparer pour l'école. Je dois achever ma nature morte, tu sais. Chaque étudiant doit présenter un dossier complet et je n'ai pas fini mon tableau.

— Et maman ? demanda Prudence, ignorant l'objection de Mercy.

La folie de leur mère nécessitait qu'elles supervisent constamment les choses.

— Hannah, sa femme de chambre, et Mme Pettigrew du village pourront veiller sur elle, répondit Grace. Et nous avons également Mercy.

— Moi ? Mais je viens de dire…

— Oui, oui, nous savons toutes très bien tout ce que tu dois faire, Mercy. Ma parole, on croirait que tu as été la seule personne à avoir jamais été acceptée dans une école d'art ! Mais tu ne pars pas avant un mois, alors pourquoi ne devrais-tu pas assumer la moindre responsabilité ? demanda Grace.

Puis elle se tourna vers Prudence avec un sourire suave.

— Pru, nous pensons seulement à toi. Tu t'en rends compte, n'est-ce pas ?

— Je ne te crois pas, répondit Prudence. Mais le fait est que je vous trouve toutes très agaçantes.

Honor poussa une exclamation ravie et croisa les mains sur sa poitrine.

— Est-ce que ça signifie que tu vas y aller ?

— Peut-être. Je vais devenir aussi folle que maman si je reste plus longtemps à Blackwood Hall !

— Oh ! c'est une nouvelle merveilleuse ! commenta Grace, tout heureuse.

— Tu n'as pas besoin de t'en réjouir, rétorqua Prudence d'un ton pincé.

— Mais nous sommes si contentes ! renchérit Honor.

Je veux dire contentes *pour toi*, rectifia-t-elle aussitôt, en contournant précipitamment la table pour serrer Prudence contre elle. Je pense que ton moral sera grandement amélioré si tu sors dans le monde, chérie.

Prudence ne le pensait guère. « Le monde » était l'endroit où elle perdait tout courage. Elle y voyait des gens heureux, des amies heureuses s'embarquant pour une vie qu'elle avait toujours espérée pour elle-même, ce qui la rendait terriblement malheureuse. Elle était pleine d'une envie qu'elle ne pouvait réprimer, quelle que soit la force avec laquelle elle le souhaitait, et malgré ses efforts pour y parvenir. Encore plus mortifiant, son envie du bonheur qui l'entourait était visible. Le soleil lui-même était un rappel cruel de sa situation.

Tandis que Mercy se plaignait que tant d'attention soit portée à Prudence, alors que c'était elle qui en avait besoin, Pru décida de partir. N'importe quoi pourvu qu'elle soit libérée des bavardages qu'elle était obligée d'endurer jour après jour !

Grace arrangea tout, annonçant solennellement un après-midi que Prudence accompagnerait le Dr Linford et sa femme dans le Nord, étant donné qu'ils devaient aller dans cette direction pour rendre visite à la mère de M. Linford. Ils la déposeraient dans le village d'Himple, où M. Bulworth enverrait un domestique la chercher et la conduire jusqu'à leur manoir, récemment achevé. Cassandra avait fait son entrée dans le monde avec Prudence et reçu plusieurs demandes en mariage lors de sa première Saison, contrairement à Prudence qui en avait spectaculairement manqué.

— Mais la voiture des Linford est très petite, observa

Mercy en fronçant les sourcils, ce qui fit glisser ses lunettes sur son nez.

Elle était assise devant son chevalet neuf, et dessinait un compotier de fruits pour le peindre ensuite. C'est ce que faisaient les grands maîtres, leur avait-elle expliqué plus tôt. Ils dessinaient d'abord, puis peignaient.

— Prudence va être forcée de soutenir une conversation pendant des heures, ajouta-t-elle distraitement, tout en étudiant son croquis.

— Qu'est-ce que faire la conversation a de mal ? demanda Honor qui tressait les cheveux de sa fille Edith.

— Rien du tout, si tu te préoccupes un tant soit peu du temps. Le Dr Linford ne parle de rien d'autre. Mais Pru ne se soucie pas tellement du temps, n'est-ce pas, Pru ?

Prudence haussa les épaules. Elle ne se souciait guère de quoi que ce soit.

Le jour de son départ, sa malle et sa valise furent placées dans une voiture qui attendait pour la conduire à Ashton Down, où elle devait rejoindre les Linford. Elle avait mis son nécessaire dans son sac — des rubans pour ses cheveux, une chemise en soie qu'Honor lui avait achetée chez la nouvelle modiste de Londres dont elle raffolait, de jolies pantoufles et une toilette de rechange. Elle dit au revoir à ses sœurs qu'elle trouva un peu trop gaies et se mit en route à midi moins le quart.

La voiture de Blackwood Hall, toujours efficace, atteignit Ashton Down à midi dix, pour un rendez-vous prévu à 13 heures.

— Vous n'avez pas besoin d'attendre avec moi, James, dit Prudence, déjà lasse. Les Linford ne vont pas tarder à arriver.

Le cocher parut incertain.

— Lord Merryton n'aime pas que les dames attendent seules, miss.

Sans qu'elle sache bien pourquoi, cette remarque irrita Prudence.

— Vous lui direz alors que j'ai insisté. Si vous voulez bien déposer mes affaires ici, ajouta-t-elle, en désignant vaguement le trottoir de la grand-rue.

Elle sourit à James, ajusta son bonnet et remonta la rue jusqu'à l'épicerie, où elle acheta des sucreries pour le voyage. Son achat fait, elle ressortit. Ses affaires étaient sur le trottoir, comme elle l'avait demandé, et le coupé de Blackwood avait disparu. Enfin !

Elle leva le visage vers le soleil de fin d'été. C'était une belle et chaude journée, et elle décida d'attendre sur la place du village, juste en face de ses bagages. Elle s'installa sur un banc, croisa ses mains gantées sur son paquet de bonbons et examina paresseusement des fleurs dans un pot près d'elle. Les corolles se fanaient… comme elle.

Elle poussa un gros soupir.

Le bruit d'un véhicule qui approchait la fit se lever. Elle épousseta sa jupe, coinça son paquet au creux du bras et regarda le bout de la rue, s'attendant à voir arriver la voiture des Linford.

Mais ce n'était pas leur berline — c'était l'une des deux diligences qui traversaient Ashton Down chaque jour, l'une à midi, l'autre plus tard dans l'après-midi.

Prudence se rassit lourdement sur le banc.

La diligence s'arrêta devant elle. Deux hommes sautèrent de l'arrière, et l'un d'eux ouvrit la portière. Un jeune couple sortit, la femme portant un bébé. Derrière eux émergea un homme à la carrure si large qu'il dut se tourner pour passer par l'ouverture. Il sauta agilement de la voiture, atterrissant d'un pied sûr, et ajusta son chapeau sur sa tête. On aurait dit qu'il revenait de fouilles archéologiques, vêtu comme il l'était de culottes fauves, d'une chemise en linon et d'une redingote sombre qui lui arrivait aux genoux. Son chapeau avait l'air de qualité, même s'il montrait des signes d'usure. Et ses bottes semblaient ne pas avoir été cirées depuis des lustres. Sa mâchoire carrée était couverte d'une ombre de barbe.

Il décrivit un cercle lent au milieu de la rue, indifférent aux jeunes gens qui se précipitaient pour changer les chevaux et déposer des bagages sur le trottoir. Quoi qu'il vit, cela le fit soudain rejoindre à grands pas l'avant de la diligence et se mettre à discuter bruyamment avec le cocher.

Prudence battit des cils, surprise. Comme c'était intéressant ! Elle redressa le dos et regarda autour d'elle, se demandant ce qui avait bien pu irriter à ce point ce gentleman. Mais comme elle n'apercevait rien de particulier sur la place du village ni dans la grand-rue, elle se leva et, d'une façon aussi discrète et détachée que possible, se rapprocha, feignant d'examiner des roses afin de pouvoir entendre ce qui justifiait ses récriminations.

— Comme je vous l'ai dit, monsieur, Wesleigh se trouve juste un peu plus loin sur la route. A une demi-heure de marche, pas plus.

— Vous ne semblez pas comprendre ce que je veux dire, mon brave, répondit le gentleman avec un accent qui manquait de relief. West Lee est une maison, pas une localité. Je pensais être conduit jusqu'à une propriété. Une propriété ! Une très grande maison avec des dépendances et des gens allant et venant pour faire Dieu sait ce que vous faites en Angleterre !

Il termina sa phrase en traçant vaguement dans l'air les contours de la propriété dont il parlait.

Le cocher haussa les épaules.

— Je vais où je suis payé pour aller, et je ne suis pas payé pour aller à Wesleigh. De toute façon, il n'y a pas de grande maison là-bas.

— C'est incroyable ! tonna l'homme. J'ai versé du bon argent pour être conduit à un endroit précis !

Le cocher l'ignora.

Le gentleman ôta alors son chapeau d'un geste brusque, découvrant d'épais cheveux bruns, et le jeta par terre avec force. Le couvre-chef roula et atterrit tout près de Prudence. L'homme le chercha des yeux et, l'apercevant, elle, au bord de la place, avança soudain à grands pas, tendant un papier devant lui.

Prudence paniqua. Elle regarda autour d'elle pour s'échapper, mais il devina ses intentions.

— Non, non, restez là, je vous en prie, dit-il sérieusement. Il faut que quelqu'un parle à cet homme et lui explique que je dois être conduit à Wesleigh.

— Wesleigh ? demanda Prudence. Ou *Weslay* ?

Sa question arrêta l'homme tout net. Il la fixa de ses yeux qui avaient la riche couleur d'une topaze dorée et se mit à les plisser, comme s'il pensait qu'elle voulait lui jouer un tour. Puis il se remit à avancer d'un air hésitant, le papier toujours brandi devant lui.

— Si vous voulez avoir l'amabilité de regarder ? demanda-t-il, les dents serrées, poussant pratiquement le papier contre elle.

Prudence le prit entre le pouce et l'index et le retira avec précaution des doigts du gentleman. Quelqu'un avait écrit, griffonné, en réalité, en grandes lettres décidées : « West Lee, Penfors ».

— Hmm, fit-elle en scrutant la grande écriture. Je suppose qu'il s'agit du vicomte Penfors.

Elle jeta un coup d'œil à l'étranger qui la fixait d'un air sombre. Elle pouvait sentir la puissance de son regard s'infiltrer dans ses veines.

— Lord Penfors réside à Howston Hall, juste à l'extérieur de Weslay.

— Oui, et c'est exactement ce que j'ai écrit, dit-il en montrant le papier.

— Mais ceci indique « West Lee ».

— Comme vous dites.

— Non, monsieur, j'ai dit « Weslay ». Je n'ai jamais entendu parler de West Lee, reprit Prudence, en s'efforçant de bien marquer la différence de prononciation, certes subtile, entre les deux noms. Et malheureusement, il semble que vous soyez arrivé par erreur à Wesleigh.

Le visage de l'étranger s'assombrit et Prudence l'imagina en train d'exploser, de petits morceaux de lui retombant dans la rue.

— Je vous demande pardon, miss, mais ce que vous dites n'a aucun sens.

Il saisit le bord du papier entre son pouce et son index comme elle l'avait fait et le tira d'un coup sec.

— Vous avez dit « West Lee » par trois fois, maintenant, et j'ignore si vous voulez vous moquer de moi ou s'il y a autre chose qui se produit ici.

— Je ne me moque pas de vous ! se récria Prudence, horrifiée par cette suggestion.

— Alors ce doit être autre chose !

— Autre chose ?

Que pouvait-il bien vouloir dire ?

Elle ne put s'empêcher de sourire.

— Je vous l'assure, je ne suis complice d'aucune machination destinée à vous empêcher d'arriver à Weslay, monsieur.

Son froncement de sourcils s'intensifia.

— Je suis heureux de vous amuser, miss. Mais si vous vouliez avoir la bonté de m'indiquer la direction d'au moins l'un de ces West Lee, de préférence celui où je pourrai trouver cet individu du nom de Penfors, je vous en serais très reconnaissant.

— Oh !

Prudence tressaillit légèrement.

— Oh ? répéta-t-il, en se penchant en avant. Que signifie ce « oh » ? Pourquoi me regardez-vous comme si vous aviez perdu mon chien ?

— Vous êtes allé dans la mauvaise direction.

— C'est ce que j'ai compris, oui…

— Wesleigh n'est pas loin d'ici ; c'est un petit village qui compte peut-être cinq cottages. Weslay est au nord.

Elle indiqua la direction dont la diligence venait d'arriver.

Il regarda de ce côté, et son visage se piqueta de points rouges.

— A quelle distance ? parvint-il à demander, la voix dangereusement basse.

— Je n'en suis pas tout à fait certaine, mais je dirais… deux jours ?

Il serra les mâchoires. Il était grand, puissant, et Prudence imagina sa fureur ébranlant le sol sous ses pieds.

— Mais c'est vraiment là que vous trouverez cet individu nommé Penfors, se hâta-t-elle d'ajouter, reprenant ses mots et s'efforçant de ne pas sourire.

Il était absurde de parler d'un vicomte en disant « un individu » !

— Au nord ? rugit-il, écartant les bras.

Prudence fit un pas prudent en arrière et hocha la tête.

L'homme mit les poings sur les hanches et la fixa. Puis il se détourna lentement d'elle. Elle crut qu'il allait s'éloigner, mais il continua à tourner jusqu'à avoir fait un tour complet, et quand il lui refit face, sa mâchoire était encore plus serrée.

— Si je peux me permettre, fit-il d'une voix tendue, auriez-vous une suggestion sur la façon dont je pourrais atteindre ce West Lee qui se trouve à deux jours d'ici ?

— Ce n'est pas West…

Elle secoua la tête.

— Vous pourriez prendre la diligence pour le Nord. Elle passe par Ashton Down deux fois par jour. La première devrait arriver d'un moment à l'autre.

— Je vois, dit-il, mais il était manifeste qu'il ne voyait pas du tout.

— Vous pourriez aussi prendre une place dans la voiture de la Poste royale, mais c'est un peu plus cher que les diligences. Et elle ne passe qu'une fois par jour.

Il la regarda d'un air méfiant.

— Deux jours d'une façon ou de l'autre ?

Prudence hocha la tête et lui sourit avec sympathie. Elle n'aimerait pas être coincée dans une diligence pendant deux jours !

— Je crains que oui.

Il passa rudement les doigts dans ses cheveux bruns et marmonna dans sa barbe quelque chose qu'elle ne comprit pas, mais qui ne semblait pas être fait pour les oreilles d'une jeune fille.

— Où pourrais-je acheter un billet ?

Prudence regarda au-delà de lui — c'est-à-dire qu'elle se pencha sur la droite pour voir autre chose que son large torse —, vers le relais de poste.

— Je vais vous montrer, si vous voulez.

— Voilà qui m'aiderait beaucoup, merci.

Il se pencha, ramassa son chapeau, l'épousseta en le frappant contre son genou et le remit sur la tête. Son regard balaya Prudence de haut en bas avant qu'il recule et fasse un grand geste du bras, lui indiquant qu'elle devait le guider.

Elle traversa la rue, s'arrêtant pendant que le gentleman demandait au cocher de laisser sa valise et son sac sur le trottoir avec les autres bagages à charger dans la diligence pour le Nord. Il regarda avec nostalgie la voiture qui démarrait en direction du sud, avant de se retourner vers Prudence et de la suivre dans la cour de l'auberge. Elle franchit deux portes qui donnaient, au-delà de la salle commune, dans un petit bureau. Il était exigu, bas de plafond, et elle dut baisser la tête pour entrer. Une odeur de fumier imprégnait l'air, car la pièce était située à côté des écuries.

Le gentleman mesurait bien plus d'un mètre quatre-vingts et dut se courber pour entrer à son tour. A l'intérieur, sa tête frôlait les chevrons. Il chassa une toile d'araignée et grogna, mécontent.

— Oui, monsieur ? demanda un employé qui apparut derrière le comptoir bas.

Le gentleman s'avança.

— Je voudrais acheter un billet pour West Lee, dit-il.

— Weslay, murmura Prudence.

Il soupira bruyamment.

— Comme elle a dit.

— Trois livres, annonça l'employé.

Le gentleman sortit sa bourse de sa poche et l'ouvrit. Il chercha parmi les pièces, les examinant une par une. Prudence s'avança, se pencha et lui en désigna trois.

— Ah, fit-il, et il les tendit à l'employé qui, en échange, lui remit un ticket.

— Il faudra une couronne pour le cocher et une demi-couronne pour le garde, précisa-t-il.

— Quoi ? Mais je viens de vous donner trois livres !

L'employé mit les pièces dans une poche de sa blouse.

— C'est pour le trajet. Le cocher et le garde sont payés par les passagers.

— Ça semble être une combine.

L'employé haussa les épaules.

— Si vous voulez un billet pour Weslay…

— C'est bon, c'est bon…

L'homme regarda son ticket et soupira de nouveau. Puis il fit signe à Prudence de le précéder, avant de franchir la porte qui donnait dans la salle de l'auberge et de la suivre dans la cour.

Là, ils s'arrêtèrent, et il sourit pour la première fois. Prudence en éprouva alors une petite étincelle de trouble. Il paraissait beaucoup moins perturbé, et en toute honnêteté, il était vraiment très agréable à voir lorsqu'il souriait. C'était un sourire naturel, bien mérité, qui n'avait rien de pincé. Une sorte de sourire franc, rayonnant…

— Je vous sais gré de votre aide, miss… ?

— Cabot, dit-elle. Miss Prudence Cabot.

— Miss Cabot, la salua-t-il, inclinant légèrement la tête. M. Roan Matheson, se présenta-t-il à son tour, et il lui tendit la main.

Prudence la regarda d'un air incertain. Lui aussi.

— Qu'y a-t-il ? Mon gant est-il sale ? Oui, il l'est. Je vous demande pardon, mais je suis venu de très loin sans personne pour faire le lavage.

— Non, ce n'est pas ça, dit-elle en secouant la tête,

tandis que ses pensées virevoltaient autour des pourquoi, des comment et d'où il était venu de si loin.

— Oh. Je vois.

Il ôta son gant et tendit de nouveau la main. Prudence nota combien elle était grande et forte. Comme ses doigts étaient longs et robustes, avec de petites marques sur les articulations. Une main qui n'avait pas peur du travail.

— Ma main est propre, dit-il avec impatience.

— Pardon ? Oh ! Non, c'est juste que c'est assez inhabituel.

— Ma main ? demanda-t-il d'un air curieux en la levant pour la regarder.

— Non, non.

Elle se montrait grossière. Elle leva les yeux vers les siens. Cette couleur topaze était vraiment surprenante ! Ses cheveux l'étaient aussi, châtain foncé avec des mèches plus claires, plus longs que ne le voulait la mode actuelle. Il les avait repoussés sans soin derrière les oreilles. C'était charmant et exotique. *Il* était charmant, exotique et… viril. Oui, c'était le mot. On aurait dit qu'il pouvait remuer des montagnes pour s'amuser s'il le voulait. Le pouls de Prudence se mit à palpiter un peu nerveusement.

— Il est inhabituel de tendre la main pour qu'une dame…

Elle s'arrêta, hésitant.

— … la serre ?

— Bien sûr, que je l'ai tendue pour que vous la serriez ! dit-il, comme s'il était ridicule qu'elle le demande. Pour quelle autre raison quelqu'un tendrait-il la main, miss Cabot ? Pour qu'on la serre. Pour saluer ou remercier d'une gentillesse…

Elle mit brusquement sa main dans la sienne, notant combien elle semblait petite dans sa paume.

Il pencha la tête de côté.

— Avez-vous peur de moi ?

— Quoi ? Non ! répondit-elle, troublée.

Peut-être avait-elle un tout petit peu peur de lui. Ou plutôt de ces petites étincelles qui semblaient la traverser, lorsqu'il la regardait de cette manière. Elle noua ses doigts autour des siens. Il serra plus fort.

— Oh ! fit-elle.

— C'est trop ferme ?

— Non, pas du tout !

Elle aimait la sensation de son emprise sur sa main et la pensée fugitive du même contact sur une autre partie de sa personne accentua le battement de son pouls.

— Je vous demande pardon, mais je n'ai pas l'habitude de ce geste. Ici, les hommes tendent la main aux autres hommes, pas aux dames.

— Oh.

Il retira sa main en hésitant, et la regarda d'un air perplexe.

— Alors… que dois-je faire quand je rencontre une femme ?

— Vous devez vous incliner, répondit-elle en lui montrant le geste. Et la dame fait la révérence.

Elle en fit une.

Il remit son gant en grognant.

— Puis-je être brutalement honnête, miss Cabot ?

— Je vous en prie.

— Je suis venu d'Amérique en Angleterre pour une affaire assez urgente — je dois récupérer ma sœur qui profite de votre belle hospitalité et la ramener à la maison. Mais je trouve ce pays désarçonnant. Franchement, je…

Il tourna soudain la tête, distrait par le bruit d'une voiture. C'était la diligence pour le Nord, qui s'arrêta dans la rue, juste devant la cour. Deux hommes perchés sur le toit sautèrent à terre ; deux jeunes gens descendirent de la plate-forme arrière.

Un autre homme attendait sur le trottoir pour attraper les sacs que l'un des postillons commençait à lui jeter.

La diligence paraissait assez pleine, et Prudence eut un instant pitié de M. Matheson. Elle ne voyait pas comment il parviendrait à glisser son grand corps dans l'habitacle bondé.

— Bon, eh bien voilà, dit-il, et il se dirigea à grands pas vers la voiture.

Il s'arrêta au bout de quelques mètres et regarda Prudence par-dessus son épaule.

— Vous ne venez pas ?

Elle fut un instant déconcertée. Puis elle comprit qu'il croyait qu'elle attendait la diligence, elle aussi. Elle ouvrit la bouche pour le détromper, pour lui dire qu'elle devait voyager dans une voiture privée, mais avant que les mots puissent franchir ses lèvres, quelque chose de chaud, de frémissant s'immisça en elle. C'était soyeux, sombre, dangereux, excitant et tentant… tellement tentant !

Non, elle n'en ferait rien.

Mais pourquoi ne le ferait-elle pas, après tout ? Elle pensa au trajet en voiture avec les Linford, à parler du temps. Elle pensa au trajet en diligence — une expérience qu'elle n'avait jamais faite — et au voyage en compagnie de M. Matheson. Il y avait dans cette idée quelque chose qui la transportait comme rien ne l'avait transportée depuis longtemps. Il était si masculin, et son pouls s'emballait à la pensée de passer quelques heures avec lui.

— Euh…

Elle jeta un coup d'œil à l'auberge, derrière elle, débattant de la question. Quelle folie ce serait de monter dans cette diligence avec lui ! Mais n'était-ce pas bien plus intéressant que de voyager avec les Linford ? Elle avait de l'argent et ses affaires avec elle. Elle savait comment rejoindre Cassandra

Bulworth. Qu'est-ce qui la retenait ? Les convenances ? Oh ! pour l'amour du ciel ! C'étaient ces mêmes convenances qui avaient été ses compagnes pendant toutes ces années et l'avaient condamnée à rester vieille fille !

Elle jeta un nouveau coup d'œil à M. Matheson. Oh ! oui, il était très séduisant, avec cette sorte de sauvagerie tout américaine. Elle n'avait jamais rencontré d'Américain, certes, mais elle les imaginait tous exactement comme lui, se rebellant sans cesse, assez forts pour aller de l'avant sans considération pour les règles de la société. Cet homme était si différent, si fougueux, tellement beau et si merveilleusement perdu ! Elle pouvait même se convaincre qu'elle lui ferait une faveur en le mettant sur la bonne voie.

Il se méprit sur son regard, cependant, car il rougit un peu et dit :

— Je vous demande pardon, je ne voulais pas vous précipiter.

Elle répondit par un grand sourire — il pensait sans doute qu'elle avait besoin d'utiliser les commodités.

Son sourire parut le troubler davantage. Il se racla la gorge et regarda la diligence.

— Je… je vous verrai dans la voiture.

— Oui, répondit-elle avec bien plus d'assurance qu'elle n'aurait dû. Oui, vous m'y verrez !

Il la regarda bizarrement, puis lui adressa un bref signe de tête et marcha vers le véhicule, s'arrêtant pour se baisser et prendre un des sacs d'une main, avant de le lancer à un garçon qui attachait les bagages à l'arrière.

Elle n'avait pas le temps de se poser de questions. Elle s'empressa de retourner au bureau, le cœur tambourinant d'excitation et de peur. Une clochette tinta lorsqu'elle entra.

L'employé se tourna et la regarda, les paupières plissées.

— Miss ?

— Un billet pour Himple, je vous prie, dit-elle, ouvrant son réticule.

— Pour Himple ? répéta-t-il d'un ton dubitatif, la regardant curieusement.

— S'il vous plaît. Et auriez-vous du papier ? Je dois écrire un billet.

— Deux livres, dit-il, avant de fouiller autour de lui jusqu'à ce qu'il trouve une feuille qu'elle puisse utiliser.

Il lui tendit un crayon et Prudence rédigea rapidement un message pour le Dr Linford ; elle demanderait aux garçons du relais de le lui donner. Elle commença par les salutations habituelles, ses souhaits qu'ils aillent bien et que Mme Linford mère se remette. Puis elle expliqua ses changements de plans.

Je vous prie de me pardonner le dérangement, mais il se trouve que j'ai pris place dans la voiture d'une amie. Elle se rend également à Himple et cela ne l'ennuyait pas de m'emmener. Veuillez m'excuser de vous prévenir si tard, mais l'occasion vient de se présenter. Je vous remercie cordialement de votre offre de me conduire chez mes amis, et je vous assure que je suis entre de bonnes mains.

Elle frissonna à l'image qui s'imposa soudain à elle, celle des mains du gentleman.

Mes meilleurs vœux pour votre voyage et pour la santé de votre mère. P. C.

Elle plia le billet, sourit à l'employé qui fronçait les sourcils et prit son ticket.

— Merci, dit-elle, avant de se faufiler hors du bureau.

Son cœur battait la chamade — elle avait peine à croire qu'elle faisait quelque chose de si osé et de si intrépide ! De si risqué aussi, et qui lui ressemblait si peu ! Mais pour la première fois depuis des mois, peut-être même des années, elle avait l'impression que des aventures stupéfiantes allaient lui arriver. Que ce soit en bien ou en mal, peu lui importait. Tout ce qui comptait, c'était que quelque chose de différent se présente.

Elle avait la tête qui tournait d'excitation !

Chapitre 2

L'habitacle de la diligence pouvait contenir quatre personnes, mais comme les places sur l'impériale étaient prises, Roan dut se faufiler à l'intérieur et se caser dans le coin d'une banquette horriblement dure, ses genoux touchant ceux, plus osseux, du vieil homme assis en face de lui. A côté du vieux passager un garçon qui semblait avoir treize ou quatorze ans tenait une petite valise cabossée sur ses genoux et la protégeait de ses bras. Son chapeau était enfoncé si bas sur la tête que Roan ne voyait que son long nez anguleux et son menton pointu.

A côté de lui se trouvait l'une des deux robustes femmes qui avaient pris place avec eux. Leurs coiffes de dentelle paraissaient trop petites pour leur tête, et leurs boucles serrées pendaient comme du gui sur les oreilles. Elles n'étaient probablement pas jumelles, mais sœurs indubitablement. Elles portaient des robes de mousseline grise identiques et arboraient tant de dentelles et de froufrous sur leur large poitrine qu'au premier coup d'œil Roan crut qu'elles s'étaient couvertes d'un napperon.

Toutefois, leur caractéristique la plus remarquable était leur étonnante capacité à parler. Elles étaient assises l'une en face de l'autre et n'avaient pas repris leur souffle depuis qu'il s'était installé dans la voiture. En outre, elles parlaient si vite, avec un accent si prononcé, qu'il ne parvenait pas à comprendre ce qu'elles disaient.

La diligence vibra un peu tandis qu'on attelait les chevaux frais. Roan réussit à sortir sa montre de gousset de son gilet sans mettre son coude dans l'œil de quelqu'un et regarda l'heure. Il était juste un peu plus de midi et demi. Ils allaient bientôt partir et il n'y avait aucun signe de la belle jeune femme aux brillants yeux noisette qui l'avait aidé.

Elle était un ange dans une journée par ailleurs horrible, et sa présence lui avait fait paraître toute cette épreuve moins dure. Il la trouvait étonnamment jolie, bien plus charmante que nombre de personnes qu'il avait vues avant de quitter New York, et très certainement la créature la plus ravissante sur laquelle il avait posé les yeux depuis son arrivée en Angleterre. Certes, il avait débarqué à Liverpool, dans les chantiers navals, qui n'étaient pas l'endroit le plus séduisant sur la Terre bénie de Dieu, mais tout de même… Elle avait une silhouette appétissante, une bouche large aux lèvres pleines et roses, et des cils sombres qui frangeaient ses adorables yeux en amande. Ils étaient plus verts que bruns, évoquant plus l'été que l'hiver. Lorsqu'il l'avait rejointe sur la place du village, tous ses sens s'étaient mis en alerte.

La femme assise à côté de lui prit ses aises, s'écartant de la paroi de la voiture pour occuper la place qui restait sur la banquette. Il n'y avait plus que quelques précieux pouces entre eux, pas assez d'espace même pour une mince demoiselle. Miss Cabot était-elle montée sur l'impériale ?

Comme pour répondre à sa question, la portière s'ouvrit et la tête de miss Cabot apparut.

— Oh ! mon Dieu, dit-elle en regardant à l'intérieur. Il ne semble pas y avoir de place, n'est-ce pas ?

— Sottise, bien sûr qu'il y en a ! répondit l'une des femmes. Si le gentleman veut bien se pousser, nous vous ferons de la place ici. Nous serons un peu serrés, mais ça ira.

Roan s'avisa que la femme se référait à lui. Il regarda la paroi contre laquelle il était coincé et sa voisine, qui avait pris plus que sa part de la banquette.

— Je vous demande pardon, mais je suis poussé au maximum.

— Juste un petit peu, insista la femme, en agitant les doigts dans sa direction, sans faire le moindre effort pour libérer de l'espace de son côté.

— Merci, dit miss Cabot qui entra en hésitant, pour se glisser entre les genoux de Roan et du vieil homme. Excusez-moi, reprit-elle, tandis qu'elle se frayait un chemin jusqu'au milieu de l'habitacle, laissant derrière elle un souffle de parfum.

Elle s'arrêta quand elle vit la mince portion de banquette qui devait lui revenir.

— Il n'y a guère de quoi s'asseoir, commenta l'une des femmes, mais vous êtes une petite chose. Vous rentrerez très bien.

— Hum…

Miss Cabot adressa un sourire incertain à Roan et, par quelque miracle de la physique, parvint à pivoter gracieusement dans ce petit espace sans toucher personne sauf du bord de son ourlet. Puis elle se posa délicatement sur l'extrême bord de la banquette, son dos mince bien droit. Ses genoux, observa Roan, touchaient ceux du jeune garçon et il pouvait voir les effets de ce contact sur les joues de l'adolescent. Lui-même était ainsi au même âge — il avait aussi désespérément peur des femmes qu'il souhaitait être près d'elles.

— Vous ne pouvez rester perchée ainsi comme un oiseau, dit-il. Vous allez vite vous épuiser. Je vous en prie, reculez-vous.

Miss Cabot tourna légèrement la tête, et alors que tout ce qu'il pouvait voir sous le bord de son bonnet était son menton et sa bouche expressive, il perçut son scepticisme. Elle tortilla son postérieur et recula d'un pouce ou deux. La femme bougea un peu. Miss Cabot remua de nouveau les fesses et Roan sentit toute sa personne se raidir tandis qu'elle continuait à se glisser dans l'étroit espace entre eux. Le temps qu'elle ait fini — chaque endroit délicat de sa personne pressé contre chaque portion dure de son corps à lui —, il pensait imprudemment à des fesses nues et crémeuses. Aux siennes en particulier. Il les imaginait lisses et en forme de cœur. Il se vit d'ailleurs sans mal mordre de façon joueuse dans la chair ferme…

Arrête ça tout de suite !

La dernière chose dont il avait besoin était de nourrir des pensées licencieuses à propos d'une femme qui n'était pas plus âgée que sa sœur.

Il serra les mâchoires, ajusta son bras, mais ne put éviter la sensation intense de son corps mince contre les durs aplats du sien. Sans doute évoquait-il les formes de sa charmante voisine d'une façon aussi indélicate non pas parce qu'il était un vaurien et un débauché, mais parce qu'il avait traversé l'Atlantique avec un équipage d'hommes, puis bourlingué dans cette région de l'Angleterre dans des voitures telles que celles-ci, et n'avait pas touché une femme depuis des semaines.

Bon… Il avait peut-être quelque chose d'un vaurien. Mais il était vrai également qu'il n'avait pas eu le plaisir d'une compagnie sensuelle depuis que miss Susannah Pratt était arrivée à New York.

— Bien ! fit miss Cabot d'un ton joueur, se tortillant de nouveau.

Elle croisa les mains sur ses genoux et sur le petit paquet qu'elle transportait.

— Si nous roulons sur de mauvaises routes, je pourrai être éjectée comme rien, n'est-ce pas ?

Personne ne répondit à sa remarque ; sans doute parce qu'ils craignaient tous que ce ne soit vrai. L'adolescent s'avachit sur son siège, disparaissant dans son manteau. Le vieil homme avait toujours ses petits yeux noirs fixés sur Roan, et son examen était si soutenu que ce dernier commença à se demander si ses pensées érotiques se voyaient dans son expression.

— Tout compte fait, ça semble être un bon jour pour voyager, non ? demanda miss Cabot d'une voix enjouée.

Roan espéra sincèrement qu'elle n'était pas du genre à trouver en permanence que la chance était de son côté et à l'annoncer à la cantonade. Il préférait que ses compagnons de voyage soient aussi irrités que lui quand il voyageait de cette manière.

— Tout à fait agréable, dit l'une des femmes, qui se lança dans un laïus si rapide et si plein de verve que Roan ne put la suivre.

Il saisit l'occasion pour observer miss Cabot en douce. Ses vêtements étaient coûteux. Il le savait pour avoir payé les notes de couturière de sa sœur Aurora ; il était même devenu très au fait du prix de la soie, de la mousseline, du brocart et du beau drap. Miss Cabot avait des mains délicates, du genre qui excellaient aux travaux d'aiguille, pensa-t-il. Il pouvait voir une mèche de cheveux sur son épaule — elle avait la couleur du blé mûr.

Etait-il déloyal de se dire qu'elle était telle qu'il avait imaginé Susannah Pratt avant de la rencontrer ? Les cheveux dorés, élégante, un port de tête et une apparence propres à attiser les désirs masculins les plus profonds ? Seulement, Susannah s'était révélée noiraude, large et informe. Roan aimait à penser qu'il n'était pas assez superficiel pour juger une femme sur sa seule apparence, mais le fait que miss Pratt n'ait rien à dire n'arrangeait pas les choses. Lorsqu'elle était arrivée de Philadelphie et que son père l'avait conduite chez les Matheson, tout ce que Roan avait pensé était qu'il avait eu grand tort d'approuver M. Pratt et son propre père quant au bien-fondé d'un mariage entre leurs deux familles.

La diligence fit un brusque bond en avant, et miss Cabot fut jetée contre lui. Elle tourna légèrement la tête et lui sourit d'un air d'excuse.

— Je vous demande vraiment pardon, dit-elle. C'est terriblement serré, n'est-ce pas ?

Elle se remit à sa place, le dos de nouveau parfaitement droit, les mains sur les genoux.

Mais c'était sans espoir. Chaque ornière de la route, chaque cahot pressaient son corps contre le sien — une fois, elle dut même se retenir à sa cuisse de sa petite main — et à chaque mille qui passait, il était forcé de se rappeler combien elle était douce et souple contre lui, combien elle paraissait éthérée et pourtant étrangement vigoureuse. Il regardait par la fenêtre et s'efforçait de ne pas penser à elle allongée nue sur de doux draps blancs, ses cheveux dorés autour de ses épaules, ses seins dressés. Il y réussit en regardant le vieil homme chaque fois que ses pensées dérivaient dans cette direction.

Ils n'étaient partis que depuis une heure — une heure

de torture —, quand l'une des femmes prit une grande inspiration, interrompant ses péroraisons, et annonça d'une voix sonore :

— Je sais qui vous êtes ! Vous êtes lady Merryton !

Tous les yeux se rivèrent sur miss Cabot.

— Pas du tout ! s'exclama-t-elle.

— Non ?

La femme semblait en douter.

— Non, je vous l'assure ! Si j'étais lady Merryton, je voyagerais dans une voiture privée.

Elle sourit.

— Oui, je suppose, fit la femme, l'air désappointé.

Cette vieille corneille croyait-elle réellement que les personnes royales voyageaient à travers la campagne dans une diligence publique ? Même lui savait que ce n'était pas le cas. Il n'était pas très au fait des princes, reines et autres nobles anglais, mais il supposait qu'une « lady » appartenait à la royauté. Quand son oncle et sa tante étaient rentrés de Londres, durant l'été — sans Aurora, que la famille avait pourtant placée en toute confiance sous leur garde —, ils avaient beaucoup parlé d'un comte par ci, d'un vicomte par là. Aurora dînait avec lady Ceci, dansait avec lord Cela. Roan n'y avait pas fait très attention, et voilà qu'il en était désavantagé : il n'avait aucune idée de ce que signifiaient ces titres, mais de toute évidence la royauté semblait abonder en Angleterre.

— Cependant je suis apparentée à lady Merryton, ajouta miss Cabot d'un ton détaché.

Roan pencha la tête de côté, essayant de voir son visage. Elle était « apparentée » à lady Merryton ? Qu'était-elle donc, une comtesse ou ce genre de choses ? Est-ce que cela ne faisait pas d'elle la fille d'un roi et d'une reine ? Est-ce que cela signifiait que miss Cabot fréquentait des rois et des reines ?

— C'est aussi bien que vous ne soyez pas elle, continua la plus grosse des deux femmes, en reniflant avec dédain. Avec tout ce tintouin autour du mariage…

— Tout simplement choquant ! renchérit l'autre.

Roan vit une légère rougeur gagner le cou de miss Cabot. Il ignorait ce que signifiait le mot « tintouin », mais comme les deux sœurs se congratulaient réciproquement sur leur opinion, cela attisa sa curiosité.

Elles semblaient sur le point de poser d'autres questions, quand la diligence ralentit. Roan se pencha un peu en avant et découvrit une rangée de cottages blanchis à la chaux avec des fleurs rouges et violettes débordant de jardinières. Ils étaient arrivés dans un village qu'il avait déjà traversé ce jour-là, et s'il ne se trompait pas, il n'y avait là qu'un changement de chevaux. Pour sa part, il ne pouvait attendre de sortir de cette voiture.

Ils s'arrêtèrent bientôt et la diligence s'inclina sur un côté tandis que le cocher sautait à bas de son siège pour ouvrir la portière et déplier le marchepied. Roan se comportait toujours en gentleman, mais cette fois il ne put s'empêcher de s'extraire prestement de l'habitacle bondé et de faire plusieurs pas pour s'emplir les poumons de l'air qui lui manquait et, il fallait l'espérer, pour effacer de sa chair la sensation de miss Cabot pressée contre lui. Lorsqu'il se retourna, le cocher avait aidé tous les passagers à sortir et le jeune garçon conduisait le vieil homme vers un banc. Les deux dames se tenaient de la même façon, les mains au creux des reins, penchées en arrière… et parlant toujours.

Miss Cabot se tenait à l'écart des autres, avec son petit paquet enveloppé de papier. Elle paraissait remarquablement fraîche, gaie comme une clochette dans sa robe de voyage bleue.

Le cocher avança au milieu d'eux, adoptant la posture d'un officiel en dépit de ses culottes sales, de ses chaussures usées et d'un gilet qui semblait trop petit de deux tailles.

— Votre attention s'il vous plaît, mesdames et messieurs ! La diligence partira à 2 heures et quart.

Roan regarda autour de lui. Il y avait une petite auberge et une forge, mais pas grand-chose d'autre. Il aurait apprécié de noyer la matinée dans une pinte ou deux, mais à la place il se mit à arpenter la route, ayant besoin de se dégourdir les jambes et de se libérer de la délicieuse torture d'avoir eu une jolie jeune femme pratiquement sur ses genoux pendant l'heure et demie passée. Cela ne lui ferait pas de mal non plus de rassembler les lambeaux de sa patience.

Il n'était pourtant pas un homme impatient, d'ordinaire. Au contraire, aux dires de beaucoup de gens, on pouvait compter sur lui pour être la zone de calme au milieu d'une tempête. Mais là, il se sentait fichtrement hors de lui ! Il était en Angleterre depuis deux jours à peine et sentait encore le roulis sous ses pieds après un mois en mer. Les gens de Liverpool l'avaient complètement induit en erreur, même si, il s'en était avisé après avoir essayé de les comprendre pendant quelques minutes, ils lui parlaient bel et bien anglais. Ils l'avaient expédié au diable vauvert, l'envoyant au sud alors qu'il aurait dû aller vers le nord.

En outre, il était habitué à de bonnes voitures et à d'excellents chevaux. Pas à des diligences roulant sur des routes cahoteuses, encore moins coincé entre une paroi sale et une femme dont la peau semblait aussi lisse que du beurre.

Il s'arrêta sur la route et inspira profondément l'air chaud. Sa courte marche n'avait pas amélioré son humeur autant qu'il l'aurait aimé. Il leva le visage vers le ciel bleu radieux et rugit sa frustration à propos de ses errances, de sa sœur, de tout.

Là, il se sentait mieux !

Il pivota et retourna à grands pas au hameau.

Il aperçut alors miss Cabot perchée sur le pilier d'une barrière. Elle avait ouvert le paquet qu'elle avait tenu précautionneusement sur les genoux durant le trajet, et semblait manger quelque chose. Non loin de là, les sœurs étaient assises l'une à côté de l'autre sur une malle, chacune avec un panier sur les genoux. Elles paraissaient manger aussi.

Roan alla rejoindre miss Cabot. Il s'efforça de ne pas reluquer ce qu'elle avait sur les genoux, mais il ne put résister, en particulier quand un bref passage en revue des vingt-quatre dernières heures lui rappela qu'il n'avait pas mangé depuis plus de vingt-quatre heures.

Miss Cabot leva la tête et il put admirer à loisir ses yeux noisette sous le large rebord de son bonnet.

— Oh. Monsieur Matheson…

— Miss Cabot.

Elle tendit le papier brun vers lui, étalant sous son nez une gamme de petites bouchées.

— Puis-je vous offrir une douceur ?

Les douceurs en question ressemblaient à s'y méprendre aux beignets que Nella, la cuisinière de longue date de sa famille, faisait souvent.

— Non, merci.

Il n'était pas aux abois au point de lui prendre sa nourriture.

— Non ?

Elle saisit délicatement un beignet entre deux doigts et le porta à la bouche.

— Mmm, fit-elle en fermant les yeux un instant. Délicieux !

A la vive consternation de Roan, son estomac gargouilla. Miss Cabot sourit et rapprocha un peu le papier brun de lui.

— Vous devez au moins en goûter un.

— Ça ne vous fait rien ? demanda-t-il, tout en prenant déjà un beignet.

Elle le regarda avec attention, tandis qu'il mettait le gâteau dans sa bouche. Bon sang, elle avait raison — c'était délicieux.

— Prenez-en un autre. Prenez-en autant que vous voudrez.

— Peut-être un deuxième, dit-il avec gratitude, tendant la main.

Lorsqu'il rouvrit la paume, il trouva trois beignets au lieu du seul qu'il pensait attraper.

Miss Cabot se mit à rire, d'un rire léger et cristallin.

— On pourrait penser que vous n'avez pas mangé aujourd'hui, monsieur Matheson.

— Je n'ai pas mangé depuis hier matin.

— Quoi ? Et pourquoi donc ?

Il haussa les épaules.

— Je voyageais et ce n'est pas toujours pratique. Franchement, je pensais que je serais arrivé à destination, à cette heure.

Miss Cabot sauta de la barrière et s'accroupit près d'un petit sac. Elle l'ouvrit et fouilla dedans avant de sortir un autre paquet de papier brun qu'elle lui tendit.

Il le déplia. C'était du pain.

— J'ai du fromage, aussi.

— Non, je…

— J'insiste, monsieur Matheson ! Ma petite sœur l'a mis dans mon sac.

Elle lui sourit, les yeux étincelants comme des diamants au soleil.

— Elle voulait que je sois bien approvisionnée. Elle espère

que nous serons attaqués par des bandits de grands chemins et forcés de survivre dans les bois.

— Elle *l'espère ?*

— Elle a un goût prononcé pour le mélodrame. Je vous en prie, servez-vous. Il y en a encore.

— Je vous suis reconnaissant.

Il se mit sur un genou et découpa à la main un morceau de pain. Il le mangea beaucoup plus goulûment qu'il n'en avait l'intention. Il se servit en fromage, aussi, surpris de se trouver aussi affamé. De son côté, miss Cabot s'était de nouveau perchée sur la barrière.

— Houhou !

Les deux sœurs agitèrent les doigts en direction de miss Cabot, même si elles n'étaient assises qu'à quelques pas.

— Nous avons résolu le mystère ! lança bruyamment l'une d'elles.

— Oui, nous l'avons résolu ! C'était un vrai casse-tête…

— Pour ça oui ! renchérit la plus robuste des deux.

— Quel mystère ? demanda miss Cabot.

— Eh bien, vous, ma chère. Mais nous avons fait nos déductions. Vous êtes lady Altringham !

— Oh ! mon Dieu, non, s'écria miss Cabot en riant. Elle a vingt ans de plus que moi !

— Oh !

Elles paraissaient déçues, une fois de plus.

— Mais je la connais. Sa fille et moi avons été présentées ensemble.

— Ooh, fit la plus petite, ses yeux s'illuminant de plaisir.

— Présentées ? demanda Roan.

— Au roi, monsieur ! répondit l'autre femme d'un ton irrité, comme s'il aurait dû le savoir.

Il regarda alors miss Cabot avec curiosité.

— Pourquoi ? Avez-vous fait quelque chose de remarquable ?

Elle éclata de son rire délicieux.

— Pas du tout ! J'ai tout juste pu faire la révérence correctement !

— J'aimerais bien savoir d'où vous venez, monsieur, car vous semblez bien ignorant, dit l'une des femmes.

— Oui, n'est-ce pas ? approuva l'autre. Tout le monde sait que la présentation à la Cour est le rite de passage pour une jeune dame de bonne naissance !

Roan ne comprit pas, mais entendit clairement le mépris dans sa voix.

— Dans quel but ?

— Le but ? lança la femme avec dérision. N'aimeriez-vous pas être présenté au roi ?

Il fallait qu'il y réfléchisse. Si cela devait prolonger son séjour en Angleterre, il dirait non.

— D'où venez-vous donc, monsieur ?

— D'Amérique, répondit-il. De New York, pour être précis.

— Et pourquoi avez-vous fait tout ce chemin ?

Il ne pensait pas que cela la regardait, mais répondit tout de même :

— Pour venir chercher ma sœur, en visite dans votre beau pays depuis plusieurs mois. Ce projet a-t-il votre approbation ?

La femme ne répondit pas. Elle avait de nouveau tourné son attention vers miss Cabot, la regardant d'un air suspicieux.

— Si vous n'êtes pas lady Altringham, alors qui êtes-vous ? Quelle jeune dame voyage sans escorte, je vous le demande ?

Roan se le demandait aussi, et sa curiosité fut la seule chose qui l'empêcha de fourrer le mouchoir de la femme dans sa bouche. Il jeta un coup d'œil à miss Cabot. Elle avait rougi d'une façon qui lui donnait un peu l'air coupable. Bonté divine, elle n'était pas une autre Aurora, au moins ?

— Oh ! euh... permettez-moi de me présenter. Je suis miss Prudence Cabot. A qui ai-je le plaisir de m'adresser ?

— Mme Tricklebank, lui répondit la plus petite. Et voici ma sœur, Mme Scales.

Miss Cabot leva les yeux vers Roan.

— Puis-je vous présenter M. Matheson ?

Avant que Roan puisse dire un mot, le cocher annonça que la diligence partirait dans un quart d'heure.

— Oh ! Viens vite, Ruth ! Nous ne voudrions pas manquer la diligence, s'écria Mme Tricklebank, soudain frénétique, comme si elles étaient à des milles de la voiture au lieu de quelques pas.

Elles ramassèrent leurs affaires et se hâtèrent de regagner le véhicule, se tenant par le bras, leurs paniers tapant contre leurs hanches.

Roan enveloppa ce qui restait du pain et du fromage, un peu embarrassé par tout ce qu'il avait mangé.

— Merci de votre amabilité, miss Cabot. Je m'assurerai que vos provisions soient reconstituées.

Son sourire fut si radieux que Roan le sentit le pénétrer.

— Je vous en prie, ne vous donnez pas cette peine. J'arriverai à destination d'ici la fin de la journée.

— En êtes-vous certaine ? Ces deux-là pourraient bien convaincre le cocher de s'arrêter pour mener une inquisition !

Elle rit.

— Elles ne sont pas dangereuses. Je pense qu'elles adorent surtout s'écouter parler.

Elle lui décocha un sourire impertinent et sauta de la barrière. Elle se baissa pour prendre sa valise. Spontanément, Roan attrapa le bagage et lui offrit poliment son bras.

Elle garda ce petit sourire coquin en posant la main sur son bras, avec tant de soin qu'il la sentit à peine. Il la regarda.

Il ne voulait pas croire qu'une jeune femme manifestement privilégiée ait les mêmes penchants dévoyés que sa sœur.

— Pardonnez-moi, mais comment se fait-il que vous voyagiez sans escorte ? demanda-t-il. Sans soubrette ? Sans valet ?

Elle sourit comme si c'était une question sans importance et détourna le regard.

— Ne trouvez-vous pas intéressante la façon dont les gens sont si disposés à faire des histoires pour de si petits détails ? demanda-t-elle.

« Petits détails », vraiment ! C'était précisément le genre de réponse que son incorrigible sœur donnerait — une réponse qui ne répondait à rien du tout.

— Je ne fais pas d'histoires. Simple curiosité.

— Merci, monsieur Matheson, de ne pas vous mettre dans tous vos états.

Elle lui décocha un autre sourire, mais celui-ci était un peu plus prudent.

Oui, il y avait indiscutablement quelque chose qui n'allait pas chez cette beauté, il aurait parié sa fortune là-dessus. Mais il avait déjà assez d'ennuis qui couvaient en Angleterre pour creuser la chose.

Lorsqu'ils remontèrent en voiture, il remarqua que le garçon était allé s'installer sur l'impériale, tenant toujours étroitement sa valise cabossée. Il aida miss Cabot à entrer dans l'habitacle, les doigts serrés sur les os menus de son coude, la main au creux de ses reins pour la guider. Il attendit qu'elle soit assise, puis se percha sur le marchepied et regarda à l'intérieur, calculant comment il se caserait sur la banquette à côté d'elle, et face au vieil homme.

— Ne seriez-vous pas mieux là ? demanda alors Mme Scales

à miss Cabot, indiquant la minuscule portion de siège entre sa sœur et le vieil homme. Il y a plus de place, non ?

Elle ajouta :

— Le gentleman prend vraiment beaucoup de place.

Roan eut du mal à croire qu'elle critique de nouveau ouvertement sa taille. Elle avait de la chance qu'il ait été bien élevé et qu'il n'exprime pas à voix haute son opinion sur son embonpoint !

— Je pense qu'un endroit est aussi bon qu'un autre, dit miss Cabot d'un ton lisse.

Elle se poussa. Roan regarda la banquette d'un air méfiant. Elle se poussa encore. Il lui jeta alors un coup d'œil, implorant silencieusement plus de place. En levant légèrement les yeux au ciel, elle se poussa carrément contre le flanc empâté de Mme Scales.

Il entra — courbé dans cet espace exigu — et parvint à peu près à s'installer sur la banquette à côté d'elle. Miss Cabot bougea pour dégager son bras, mais lorsqu'elle se réinstalla, son coude se planta dans les côtes de Roan ; un incident qui se renouvellerait sans doute à chaque cahot de la voiture.

Comme la diligence se mettait en branle, Mme Scales fixa un regard légèrement suspicieux sur miss Cabot.

— Puis-je demander où vous vous rendez, miss Cabot ?

Roan sentit la jeune femme changer de position, mise manifestement mal à l'aise par la façon dont cette commère l'examinait.

— De fait, je vais voir une amie très chère. Elle vient juste d'avoir son premier enfant.

— Oh ! un bébé ! dit Mme Tricklebank.

— Oui, un bébé ! confirma miss Cabot avec enthousiasme. La pauvre chérie a dépêché un messager pour me supplier de venir le plus vite possible, car elle se sent un peu perdue.

— Et elle n'a pas envoyé quelqu'un pour vous accompagner ? demanda Mme Scales, toujours aussi curieuse. Vous auriez dû disposer d'une escorte quelconque.

Le cou élégant de miss Cabot se mit à rosir.

— Le temps a manqué pour s'en occuper. Mon amie n'a aucune aide pour le bébé, et je pense qu'elle ne peut pas se priver de son mari.

— Mmm, fit Mme Scales d'un air grave.

Cet interrogatoire irritait Roan. Qui était cette femme pour se permettre de juger miss Cabot ? Cela dit, il ne croyait pas non plus cette dernière. Elle préparait un coup fourré, c'était certain. Il était bien placé pour connaître la façon dont les jeunes femmes mentaient. Néanmoins, il ne lui ferait pas un procès comme Mme Scales semblait déterminée à le faire.

— Voilà une coutume intéressante, dit-il alors, fixant un regard froid sur la femme. Est-il habituel d'interroger ses compagnons de voyage dans toutes les diligences, ou seulement dans celle-ci ?

Mme Scales cligna des paupières et plissa la bouche en une moue amère. Miss Cabot détourna gracieusement les yeux et feignit de regarder par la fenêtre. Mais Roan vit qu'elle souriait.

La diligence cahotait le long de la route à bonne allure, et les paupières des passagers finirent par s'alourdir. Assez rapidement, miss Cabot commença à s'affaisser. Roan s'efforça de la pousser vers Mme Scales par souci des convenances, mais la commère s'était également assoupie et il ne put y parvenir. La tête de miss Cabot — ou plus exactement son bonnet — se logea fermement sur son épaule, et l'affreuse plume qui en sortait lui entra dans l'œil. Il essaya de tourner la tête pour l'éviter, mais c'était impossible, en particulier parce qu'il ne souhaitait pas la bousculer et la réveiller. Et surtout, parce qu'il ne voulait pas réveiller les deux sœurs.

Lui-même sentait que ses paupières se fermaient, quand un brusque cahot de la route fit sursauter miss Cabot. Son coude se planta si profondément dans son flanc qu'il craignit qu'elle ne lui ait perforé le foie. Puis la diligence se remit à osciller normalement et les passagers reprirent leur somme. Sauf le vieil homme, dont le regard était toujours fixé sur lui.

C'est alors que la voiture s'inclina soudain fortement sur la droite, les projetant les uns sur les autres. Le cocher tonna un juron et elle s'arrêta complètement, dans une secousse.

Chapitre 3

Le menton de Prudence rebondit contre quelque chose de très dur et sa main s'enfonça dans quelque chose de doux. Sa première pensée ensommeillée fut que c'était un oreiller avec des bosses. Mais lorsqu'elle ouvrit brusquement les yeux, elle comprit que son menton avait heurté l'épaule de M. Matheson… et vit que sa main était posée sur son ventre !

Il la fixa d'un air ironique tandis qu'elle prenait conscience de la situation. Elle étouffa une exclamation ; il leva alors la main pour écarter la plume de son bonnet, qui lui entrait dans l'œil.

Elle sentit aussitôt la chaleur lui envahir les joues et se hâta de se redresser. Elle remit d'aplomb son bonnet qui avait glissé d'un côté.

— Que s'est-il passé ? s'exclama-t-elle, s'extirpant de l'interstice entre Mme Scales et M. Matheson pour s'asseoir au bord de la banquette, ne voulant à aucun prix que son corps reste en contact avec cet homme très viril.

Mais sa hanche était toujours tellement pressée contre sa cuisse qu'elle sentait le moindre frémissement de muscle sous les culottes fauves.

C'était dangereusement provocateur. Pourtant, elle ne

bougea pas d'un pouce durant plusieurs secondes, laissant cette sensation s'imprimer dans sa peau.

— Je suppose qu'une roue a cassé, dit-il.

La diligence versa sur la droite puis oscilla, instable. Le cocher jura de nouveau, assez grossièrement pour que les joues rondes des deux sœurs deviennent rouge vif.

M. Matheson tendit la main vers la portière et se propulsa dehors tel un phénix, les surprenant tous. Prudence se pencha et regarda par l'ouverture. La voiture était en équilibre précaire sur ce côté. Elle jeta un coup d'œil à ses compagnons par-dessus son épaule et se dit que si les deux dames tentaient de quitter l'habitacle en même temps, la diligence pourrait bien basculer. Elle sauta vivement hors de la voiture, atterrissant maladroitement contre un postillon qui venait d'apparaître pour les aider à descendre.

— Que s'est-il passé ? demanda-t-elle, une fois encore.

— La roue s'est brisée, miss.

M. Matheson, nota-t-elle, avait rejoint les hommes qui s'étaient rassemblés autour de la roue déficiente. Il s'était accroupi pour l'examiner et Prudence se demanda s'il était familier des roues en général, ou simplement curieux.

Il s'ensuivit pas mal de discussions. M. Matheson se pencha, se tenant d'une main au véhicule, et tendit un bras loin sous la voiture. Etait-il naturel d'être légèrement excitée par la façon dont un homme s'attaquait à un problème mécanique ? se demanda Prudence. En tout cas, elle n'avait jamais vu un gentleman s'impliquer de cette manière dans ce genre de problème.

Quand il se redressa, il s'essuya la main sur ses culottes, y laissant une tache de graisse. Ce qui ne rebuta pas Prudence. Elle trouva cela étrangement séduisant.

— L'essieu est en bon état, annonça-t-il.

Les hommes discutèrent encore, plus fort cette fois-ci. Il sembla à Prudence qu'ils étaient en désaccord les uns avec les autres. Finalement, le cocher demanda aux femmes et au vieil homme de s'éloigner de la diligence pendant que ses aides et lui essayaient de réparer la roue. M. Matheson fut inclus dans le groupe des passagers.

On détacha les chevaux, et quelques-uns des hommes empilèrent tout ce qu'ils pouvaient trouver sous la voiture, afin de la garder en équilibre lorsqu'on enlèverait la roue.

— Ma valise ! s'écria Prudence en se précipitant au milieu d'eux pour la prendre et la retirer avant qu'elle puisse être utilisée comme cale.

Mme Tricklebank et Mme Scales s'assirent sur de grosses pierres, sous les branches d'un arbre. Elles prirent le vieil homme et le garçon sous leur aile et s'agitèrent autour d'eux. Il ne restait pas de place pour Prudence, alors elle s'assit sur une malle.

Ils regardèrent les hommes redresser la voiture avec des pierres, des bagages et des instruments qui provenaient de la diligence elle-même, puis ôter la roue. M. Matheson, revenu à la charge, prêtait sa force considérable à l'opération. Prudence se demanda si son occupation, dans la vie, requérait de s'y connaître en roues. Elle ne voyait pas pourquoi, sinon, il s'impliquerait de la sorte. Ce n'était pas comme s'il n'y avait pas assez d'hommes pour effectuer le travail. La seule autre explication à peu près plausible était qu'il aimait faire ce genre de choses.

L'homme âgé grogna et bougea afin de s'installer plus confortablement, repoussant les deux sœurs au bord des pierres.

— Il est peut-être américain et assez grossier, mais on

ne peut nier qu'il est bien taillé, déclara Mme Scales d'un ton rêveur.

Prudence battit des cils. Elle glissa un regard vers les deux sœurs et s'avisa qu'elles admiraient la silhouette de M. Matheson.

— Madame Scales, quelle vulgarité ! protesta sa sœur.

Mais elle ne détacha pas les yeux du robuste dos de M. Matheson.

Puis elles penchèrent la tête de côté et contemplèrent en silence son grand corps musclé. De fait, sa taille et sa prestance faisaient paraître les Anglais qui l'entouraient assez mal nourris.

Il avait ôté sa redingote, offrant ainsi à la vue de Prudence les muscles qui jouaient dans son dos, le contour de ses jambes puissantes et de ses hanches tendant l'étoffe de ses culottes tandis qu'il se baissait. Elle sentit une certaine chaleur monter le long de son échine et défit les deux premiers boutons de son spencer.

— Il fait vraiment très chaud cet après-midi, n'est-ce pas ? demanda-t-elle, sans s'adresser à quelqu'un en particulier.

Et personne en particulier ne lui répondit.

Tandis qu'elles admiraient à part soi M. Matheson, une autre discussion échauffée éclata parmi les hommes. Cette fois, un postillon fut envoyé sous la diligence, et il rampa si loin que seules ses bottes restèrent visibles. Les autres surveillaient, s'assurant que la voiture reste calée sur son perchoir temporaire. Enfin, le postillon ressortit de sous le véhicule en se tortillant et donna à voix basse une information si calamiteuse, apparemment, que les hommes se remirent à discuter encore plus bruyamment.

Le cocher y mit fin en criant :

— Assez !

A ce moment-là, M. Matheson s'écarta en pivotant du groupe d'hommes, les poings sur les hanches, et prit une profonde inspiration.

— A votre avis, quelle est son occupation ? demanda Mme Scales d'un ton pensif, visiblement peu affectée par les cris et les querelles. Il paraît si... fort.

— Très fort, confirma sa sœur. Peut-être forgeron ?

— Ses habits sont trop beaux pour un forgeron, glissa Prudence.

Mme Tricklebank sortit un éventail de son réticule et, d'un geste vif du poignet, se mit à s'éventer.

— Oui, je pense que vous avez raison. C'est quelqu'un qui a les moyens.

M. Matheson pirouetta soudain face aux hommes et défit sans soin son écharpe. Il se mit à parler d'un ton sévère, tout en remontant ses manches et en révélant des avant-bras aussi épais que des poteaux. Puis il tendit la main vers la roue et la releva sans effort apparent.

Les deux sœurs étouffèrent une exclamation en même temps que Prudence ; une telle démonstration de vigueur était inattendue et piquante. Prudence aurait aimé voir ce qu'il avait l'intention de faire avec cette roue, mais le cocher, visiblement mécontent de son intervention, la lui prit des mains. Le gentleman américain la lâcha avec réticence, attrapa sa redingote et s'éloigna d'un pas raide, tandis que le cocher appuyait soigneusement la roue contre la voiture. Il les dépassa, la mine sombre.

— Que s'est-il passé ? lui cria Mme Tricklebank.

— Ce qui s'est passé ? répéta M. Matheson d'un ton sec en se tournant pour faire face aux trois femmes et au vieil homme. Je vais vous le dire ! Ce cocher stupide — il le désigna du doigt — insiste pour que nous attendions une autre diligence au lieu de réparer la roue et de nous remettre en route.

Il baissa ses manches avec brusquerie, jetant un regard noir au cocher par-dessus son épaule.

— On pourrait penser qu'un homme qui gagne sa vie en conduisant un attelage a au moins un outil ou deux avec lui.

Il enfila sa redingote avec énergie, puis se passa la main dans les cheveux. Il marmonna quelque chose et se détourna de la voiture, faisant plusieurs pas vers une prairie d'herbe haute ; il s'immobilisa et se tint debout, leur tournant le dos, les jambes écartées, les poings sur les hanches.

Un instant, Prudence crut qu'il avait l'intention de décamper. Elle l'imaginait sans mal traversant les champs à grandes enjambées jusqu'à la côte, les mâchoires serrées, puis embarquer sur le premier bateau qu'il trouverait pour voguer vers l'Amérique.

— Pourquoi cela vous met-il de si mauvaise humeur ? demanda Mme Scales.

— Parce que Dieu sait quand une autre diligence passera ! cria-t-il par-dessus son épaule.

Prudence et les deux sœurs échangèrent un regard. Elles savaient toutes trois que deux diligences parcouraient cette route chaque jour, ainsi que la Poste royale. Un moyen de transport quelconque arriverait bientôt. Mais M. Matheson semblait si perturbé qu'aucune d'elles n'osa le lui dire. De fait, Prudence trouvait sa contrariété et ses grommellements étrangement amusants. Et elle eut beau essayer de se retenir de sourire, elle n'y parvint pas.

Hélas, M. Matheson choisit cet instant pour se retourner vers leur petit groupe. Son regard se posa sur elle et il fronça les sourcils à la vue de son sourire.

— Qu'y a-t-il ? demanda-t-il d'un ton irrité. J'ai dit quelque chose qui vous amuse ?

Toutes les têtes pivotèrent vers elle, ce qui rendit son amusement encore plus irrépressible. Elle dut baisser la tête et se couvrir la bouche de la main, les épaules secouées par ses efforts pour s'empêcher de rire aux éclats.

— Splendide ! fit M. Matheson, hochant la tête comme s'il n'était ni surpris ni décontenancé par son rire.

— Je vous demande pardon, dit-elle, souriant toujours. Je vous demande sincèrement pardon. Vous paraissez si… contrarié.

Il la détailla de haut en bas, comme si elle le laissait perplexe, comme s'il ne pouvait comprendre ce qu'elle disait. Son examen rendit soudain Prudence consciente d'elle-même — de ses bras et de ses jambes, de sa poitrine sur laquelle son regard s'attarda un peu trop longtemps.

— Bien sûr, que je suis *contrarié*, dit-il en insistant sur le mot d'un ton qui piqua sa curiosité.

Détestait-il simplement le terme lui-même, ou détestait-il qu'elle ne soit pas contrariée elle aussi ?

— J'ai des affaires importantes à régler et les retards que j'ai déjà subis pourraient rendre toute cette entreprise désastreuse !

— Le retard que vous avez pris en partant dans la mauvaise direction, bien sûr, dit Prudence sans penser à mal, et ensuite cet incident avec la roue…

Il la fusilla du regard.

— Oh ! pardon, fit-elle en jetant un coup d'œil aux autres. Etait-ce un secret ? Une autre voiture passera bientôt, rassurez-vous. Deux diligences parcourent cette route chaque jour.

— C'est une nouvelle magnifique, miss Cabot, dit-il en se dirigeant vers elle. Et qu'allons-nous faire pendant que nous attendons ? Rien ? Ne devrions-nous pas essayer de résoudre notre problème ? demanda-t-il, désignant la diligence d'un geste irrité.

— Moi, en tout cas, je n'ai pas l'intention d'attendre debout, annonça Mme Scales d'un ton supérieur.

Comme personne ne semblait enclin à le faire, ni à résoudre le problème, l'attente commença.

Les hommes s'assirent sur le côté de la route, sur des malles dressées, les dames et le vieil homme sur leurs pierres. M. Matheson laissa fuser plusieurs bruits impatients tandis qu'il tournait en rond non loin d'eux. De temps à autre, il allait jusqu'à la route et plissait les paupières dans la direction d'où ils étaient venus, essayant de voir au-delà du virage et du bosquet de chênes qui cachaient la vue. Puis il virevoltait, passait à grands pas devant les hommes assis autour de la roue brisée pour aller jusqu'à la prairie, et refaisait le même trajet un moment plus tard.

Mme Scales, s'avisa soudain Prudence, l'étudiait comme elle-même étudiait M. Matheson.

— Avez-vous dit que personne ne pouvait vous conduire en toute sécurité jusque chez votre amie, ma chère ? demanda la commère d'un air matois.

Cette femme était impossible ! Mais Prudence avait grandi avec trois sœurs et les tactiques des gens trop curieux lui étaient familières. Elle afficha donc un sourire suave et objecta avec douceur :

— Je n'ai pas dit ça du tout, madame Scales. Le temps passerait peut-être plus vite si nous trouvions de quoi nous occuper. Qu'en pensez-vous ?

Elle bondit de son siège.

— Que pourrions-nous bien faire ? bougonna Mme Scales.

— Un concours, répondit Prudence.

— Dieu me vienne en aide, marmonna M. Matheson.

— Oui, un concours ! insista Prudence, soutenant obstinément cette idée impétueuse.

— Comme quoi, par exemple ? demanda Mme Scales. Nous n'avons pas de cartes, pas de jeux.

— Je sais ! Une course à pied, proposa Mme Tricklebank avec entrain, ce qui lui valut un regard ébaubi de sa sœur et du vieil homme.

— Et qui suggères-tu pour participer à une course à pied, Nina ?

— Peut-être quelque chose d'un peu moins athlétique, intervint Prudence. Quelque chose…

— Un exercice de tir ?

C'étaient les premiers mots que l'homme âgé prononçait. Ils en furent si surpris que tous se tournèrent vers lui.

— J'avais à l'esprit un jeu de vocabulaire ou une occupation un peu plus calme, dit Prudence, mais va pour un exercice de tir.

— C'est absurde ! s'exclama Mme Scales. Encore une fois, qui participera ?

— Eh bien, les messieurs, certainement, répondit Prudence. Je n'ai encore jamais rencontré de gentleman qui ne soit pas féru de sport.

— Je ne suis pas sûr que vous vouliez vraiment mettre des armes à feu entre les mains de certains de nos compagnons de voyage, dit M. Matheson.

Prudence regarda les hommes qui se prélassaient. Il avait raison. Mais Mme Scales l'observait avec une telle intensité qu'elle n'osa pas faire marche arrière.

— Alors je participerai, dit-elle en se tournant.

Sa déclaration fut accueillie par des ricanements. Seul M. Matheson partit d'un rire franc.

— C'est ridicule !

Prudence en resta bouche bée.

— Comment pouvez-vous dire ça ? On m'a appris à tirer !

— Et pourquoi faire ? s'écria Mme Scales. Ma parole, madame Tricklebank, l'état de la société est exactement comme je le craignais — les dames ne sont plus des dames !

Prudence fut doublement offensée.

— Je vous demande pardon, on m'a appris à tirer pour le sport, évidemment !

— Je pense qu'il n'y a rien d'évident là-dedans, reprit Mme Scales, qui ouvrit son éventail d'un geste sec et se mit à l'agiter au même rythme que celui de sa sœur.

— Cette idée me plaît, déclara pour sa part M. Matheson de façon inattendue en hochant la tête.

Il croisa les bras et l'étudia avec intensité, un sourire amusé transformant son visage. Ses yeux brillaient.

— Elle me plaît même beaucoup, en vérité. Que diriez-vous de limiter le concours à nous deux, pour commencer ? Les autres pourront soutenir qui ils veulent.

Prudence jeta un regard à leurs compagnons. Elle s'attendait à ce qu'un gentleman se lève et exprime son désir de tirer, mais aucun ne le fit.

— Eh bien, miss Cabot ? fit M. Matheson. N'était-ce pas votre idée pour passer le temps ?

Ça l'était, en effet. Et avec le recul, cette idée lui paraissait très mauvaise. Parler si hardiment et si impétueusement ne lui ressemblait pas du tout. Mais elle comprenait mieux, maintenant, comment ses sœurs avaient coutume de parler quand ce n'était pas leur tour et de dire des choses outrageuses. Elle venait d'en faire autant. Mais après, comment s'arrangeaient-elles ? Comment pouvaient-elles suggérer des choses impétueuses et ensuite les faire ?

M. Matheson l'observait avec beaucoup trop d'impatience, comme s'il ne pouvait attendre de lui mettre une arme à feu dans la main. Son sourire s'était agrandi.

— Peut-être que ces bonnes gens aimeraient parier sur notre concours, dit-il d'un ton lisse, faisant un grand geste vers les dames.

— Parions, oui, dit le vieil homme en hochant la tête.

— Ooh, fit Mme Scales d'un air réjoui. On me connaît certainement pour apprécier un pari ou deux.

Elle gloussa et ouvrit son réticule. Prudence la regarda, bouche bée. Mme Scales lui jeta un regard d'attente.

— Eh bien quoi ? Comme le gentleman l'a dit, c'était votre idée.

— Très bien, dit Prudence, irritée.

Quelle sotte elle était ! On lui avait bel et bien appris à tirer. Le comte, comme ses sœurs et elle avaient toujours appelé leur beau-père, avait insisté pour qu'elles apprennent toutes les quatre à monter convenablement à cheval, à se servir d'un pistolet, à jouer et à tirer à l'arc. Il disait qu'elles devaient être préparées à trouver dans un homme un adversaire à leur hauteur. Hélas, Prudence n'avait pas tiré depuis si longtemps qu'elle manquait totalement de pratique.

— Il va nous falloir une cible, dit Matheson avec toute l'assurance d'un homme qui sait qu'il va gagner, et gagner haut la main.

Ce trait de caractère, découvrit alors Prudence, était aussi exaspérant qu'un gentleman soit anglais ou américain !

— J'en ai une, dit le vieil homme.

Il sortit une flasque de sa poche. Il la leva au-dessus de ses lèvres, but ce qui restait dedans, puis la tendit à M. Matheson.

— Une cible parfaite, approuva ce dernier. Merci, monsieur !

Il fit un clin d'œil malicieux à Prudence en passant devant elle. La flasque parut terriblement petite à Prudence.

— Je n'ai pas d'arme à feu, s'empressa-t-elle d'observer, espérant que les choses s'arrêteraient là.

— Alors vous utiliserez la mienne, déclara M. Matheson, souriant et glissant la main dans sa redingote pour l'en sortir. Je vous suggère d'ôter vos gants, miss Cabot.

Les sœurs s'agitèrent et roucoulèrent à ces mots, puis admirèrent ouvertement M. Matheson, tandis qu'il s'éloignait pour poser la flasque sur un rocher.

Impossible d'y échapper… Prudence tira sur ses gants, marmonnant à propos des sottes de son espèce.

M. Matheson revint près d'elle et, du talon de sa botte, traça une ligne dans la poussière.

— Donnez-moi votre main, dit-il.

— Ma main ?

Il la lui prit impatiemment, sa paume chaude et ferme sur sa peau, y pressa le pistolet et referma ses doigts sur la crosse. Il exerça une légère pression et lui sourit, ses yeux pétillant de ce que Prudence interpréta comme du pur plaisir.

— Les dames d'abord, dit-il, et il la lâcha pour reculer.

Prudence baissa les yeux sur le pistolet. La crosse était nacrée, le barillet en argent. Il ressemblait assez à celui que son beau-frère Augustin aimait montrer à ses amis. Mais Augustin gardait l'arme dans un coffret à Beckington House, à Londres. Il ne la portait pas sur lui. Par ailleurs, le pistolet de M. Matheson était plus petit que celui avec lequel elle avait appris à tirer.

— Vous savez comment vous en servir, n'est-ce pas ? demanda-t-il.

— Oui !

Elle leva l'arme pour mieux la voir.

— C'est-à-dire, je suppose que la détente…

— Je m'en doutais, commenta M. Matheson.

Il s'avança, la prit par le poignet et la fit pivoter de telle sorte qu'elle ait le dos contre son torse.

— Je me sentirais plus à l'aise, dit-il d'une voix un peu altérée, si vous ne le pointiez pas sur moi.

— Oh ! je vous demande pardon.

Il se pencha par-dessus son épaule et lui fit tendre le bras qui tenait le pistolet, l'aidant à viser la cible. Puis il lui montra comment l'armer.

— Aimeriez-vous faire un coup d'essai ?

Un coup d'essai ? Non, elle voulait que ceci se termine le plus vite possible !

— Pas nécessairement, répondit-elle avec impertinence.

Un coin de la bouche de M. Matheson se releva. Prudence dut se forcer à détourner les yeux de cette bouche. Ces lèvres, pleines et humides, la déstabilisaient un peu et elle avait besoin de garder ses esprits.

— Que le concours commence, déclara-t-il, reculant de nouveau pour prendre place parmi les quelques passagers masculins s'étant rapprochés pour regarder.

Tandis qu'elle étudiait la cible, Prudence perçut des bavardages dans son dos, et des pièces tintèrent. Elle jeta un coup d'œil par-dessus son épaule et vit que les pièces arrivaient dans le chapeau que le vieil homme avait pris au garçon. Les gens faisaient leurs paris. Il y avait des rires, aussi, et Prudence se demanda s'ils la visaient.

— Allez-y, miss Cabot. Il ne faudrait pas que la nuit tombe avant que vous ayez eu votre chance, dit M. Matheson, et quelqu'un ricana.

Prudence leva le bras. Le pistolet était lourd dans sa main. M. Matheson avait posé la flasque à ce qui lui sembla être une grande distance. Son bras se mit à trembler et elle en fut mortifiée. Elle visa de son mieux… ferma un œil, puis l'autre… et tira.

Le bruit du verre brisé la surprit presque autant que le recul de l'arme. Elle ne s'était pas attendue du tout à frapper la cible, encore moins du premier coup comme elle semblait l'avoir fait dans un moment de chance pure. Elle poussa une exclamation ravie et soulagée et tournoya sur elle-même.

— Vous avez vu ? demanda-t-elle aux autres.

— Bien sûr, que nous avons vu ! répondit Mme Scales. Nous sommes assis juste ici.

Prudence poussa un cri de triomphe, jubilant comme si elle avait su depuis le début qu'elle pouvait le faire.

— A vous, monsieur Matheson, dit-elle d'un ton enjoué, tandis que deux hommes s'empressaient d'aller examiner la flasque. Mais nous aurons besoin d'une autre cible.

Elle fit une révérence et lui tendit le pistolet.

— En effet, dit-il, lui jetant un regard méfiant, comme s'il s'attendait à ce qu'elle lui joue un tour.

Puis il prit l'arme qu'elle lui tendait avec précaution.

— J'ai une cible ! lança Mme Scales.

Elle leva un petit miroir à main.

— Ruth, c'est M. Scales qui te l'a donné !

— Eh bien, il m'en donnera un autre, n'est-ce pas ? Fais ton pari.

Un homme prit le miroir et traversa la prairie pour le poser à l'endroit précis de la flasque.

— Regardez bien, miss Cabot, je vais vous montrer comment on tire au pistolet, dit M. Matheson.

Il se plaça sur la ligne qu'il avait tracée par terre. Il mit une main dans son dos, tendit le bras et fit feu. Il frappa visiblement quelque chose et le miroir tomba derrière le rocher. Deux messieurs s'avancèrent pour regarder ; Prudence courut pour les rattraper et voir par elle-même. L'un d'eux se pencha par-dessus le rocher, ramassa le miroir et le brandit. Il était intact en grande partie, mais un coin s'était cassé en tombant ou avait été touché par la balle.

— J'ai gagné ! s'écria Prudence avec une surprise pleine de joie. Vous avez manqué la cible !

— Je ne l'ai pas manquée, protesta M. Matheson d'un ton bourru, désignant le miroir écorné. Ne voyez-vous pas qu'un morceau manque ?

— Vous avez dû l'érafler, suggéra l'un des hommes. Vous avez frappé le rocher ici, vous voyez ? Et la balle…

— Oui, oui, je vois, dit M. Matheson en agitant la main. Néanmoins, l'objet a été touché. Nous sommes donc à égalité.

— Alors qui va recevoir les gains ? demanda Mme Scales, tandis que le bruit d'un attelage leur parvenait.

Prudence n'entendit pas la réponse à cette question et son cœur manqua plusieurs battements lorsqu'elle vit la voiture qui apparaissait sur la route. Ce n'était pas la deuxième diligence comme ils s'y attendaient, c'était la voiture du Dr Linford ! Le cœur de Prudence bondit, en proie à une panique douloureuse. Dès qu'il la verrait, le Dr Linford non seulement saurait qu'elle avait menti, mais exigerait qu'elle vienne avec lui. Il dirait tout à son beau-frère, lord Merryton, qui serait très contrarié par cette entorse aux convenances. Il insistait pour que ses sœurs et elle gardent toujours à l'esprit leur réputation et l'honneur de la famille. Comme il subvenait généreusement à ses besoins, à ceux de Mercy et de leur mère, et qu'il avait payé très cher pour que les directeurs de l'école d'art de Lisson Grove ignorent les scandales touchant l'entourage de Mercy et l'admettent en cours, elle ne pouvait même pas imaginer les conséquences, si elle était découverte dans cette situation. En outre, elle n'avait pas le temps d'essayer de se les figurer. Elle chercha frénétiquement autour d'elle une cachette tandis que la berline s'arrêtait. Mais la prairie était désespérément vide. Il n'y avait que le large dos de M. Matheson pour la protéger, alors elle se précipita derrière lui, empoignant sa redingote.

— Que diable… ?

Il voulut se retourner, mais elle poussa sur son épaule pour arrêter son mouvement.

— Je vous en prie, monsieur, l'implora-t-elle. De grâce, pas un mot !

— Est-ce que vous vous cachez ? demanda-t-il, incrédule.

— Oui !

— Bonté divine, marmonna-t-il.

Il se raidit.

— Miss Cabot, reprit-il doucement, et elle pensa qu'il allait dire qu'il ne l'aiderait pas, et qu'elle devait sortir de derrière lui. Votre plume se voit.

— S'il vous plaît, faites-moi cette faveur. Je vous paierai…

— Me payer ! Bon sang, votre plume dépasse !

La plume de son bonnet ! Prudence retint une exclamation, arracha vivement la plume et la laissa tomber par terre. Elle se colla au dos de M. Matheson, se fondant quasiment en lui. Elle sentit une odeur de cheval, de cuir et de corps vigoureux, et ferma les yeux, pressant la joue contre la chaleur de son dos. Le drap fin de sa redingote était doux et elle garda les yeux fermés, se sentant complètement en sécurité durant ce bref laps de temps.

— Que faites-vous ? demanda-t-il à voix basse.

— Je me cache, chuchota-t-elle. Je vous l'ai dit.

— Je comprends que vous vous cachiez, mais vous me touchez, dit-il, insistant sur le dernier mot.

— Eh bien oui ! fit-elle, exaspérée.

Ignorait-il ce que c'était que se cacher ?

— Je me faufilerais sous votre redingote si je le pouvais. C'est ça, se cacher.

— Bonjour ! entendit-elle le Dr Linford lancer à la cantonade. Pouvons-nous vous aider ?

Prudence était perdue. Elle allait être humiliée publiquement, exposée au scandale — choses qui lui semblaient bien pires que le déplaisir de M. Matheson au fait qu'elle le touche.

— Tournez-vous, dit-il.

— Non, couina Prudence, et sa voix ressembla à un gémissement. De grâce, ne…

— Tournez-vous et marchez jusqu'au bosquet, au-delà des rochers. Personne ne vous verra, là-bas, et si on vous voit, vous serez trop loin pour qu'on distingue qui vous êtes.

— Je ne peux pas…

— Vous ne pouvez pas rester ici à vous cacher derrière moi, miss Cabot. Il y a de quoi éveiller les soupçons. Allez, je vous suivrai et bloquerai la vue.

Prudence écarta sa joue de la chaleur et de la sécurité de son dos. Il avait raison, bien sûr ; elle ne pouvait pas plus se cacher qu'une vache au milieu d'un pré. Elle jeta un coup d'œil aux arbres que M. Matheson lui avait indiqués.

— Miss Cabot ?

— Oui ?

— Lâchez ma redingote et tournez-vous.

— Oh. Oui…

Elle lâcha sa veste avec réticence et tenta de lisser le pli qu'elle avait fait dans le tissu en s'y accrochant.

Il remua les épaules comme si elle l'avait tiré en arrière et arrangea ses manchettes.

— Vous vous êtes tournée ?

— Euh…

Elle pivota.

— Oui.

— Alors, pour l'amour du ciel, marchez avant que les passagers de cette voiture ne commencent à se demander pourquoi je reste piqué comme un maudit arbre dans ce champ !

Prudence fit ce qu'il lui commandait, serrant et desserrant les mains, le pas léger et rapide, s'efforçant cependant de ne pas courir. Elle n'osait pas regarder en arrière de peur que le Dr Linford ne la voie. Lorsqu'elle atteignit la sécurité des arbres, elle fit une pirouette et heurta la poitrine de M. Matheson.

Il lui prit le coude d'une main ferme et se pencha pour la dévisager sous le rebord de son bonnet. Son regard était intense. Perçant. C'était presque comme s'il pouvait voir à travers elle.

— Je vais vous poser une question et il faut que vous soyez complètement honnête avec moi. Avez-vous des ennuis ?

— Non ! répondit-elle, affolée.

Pas encore, en tout cas.

— Non, non, rien de tel.

— Le jurez-vous ?

Seigneur, il se comportait comme s'il savait ce qu'elle avait fait ! Elle détourna les yeux, mais il mit prestement une main sur sa joue et la força à le regarder. Elle ouvrit la bouche pour répondre, puis se ravisa et la referma. Elle hocha la tête avec vigueur.

Il continua à étudier son visage un moment, sans se démonter, cherchant, présuma Prudence, un signe de malhonnêteté, ce qui la fit se sentir étrangement vulnérable. Son regard passa de ses doux yeux topaze et de ses cils sombres jusqu'à l'ombre de sa barbe et ses lèvres. Ses lèvres... Elle était sûre de n'avoir jamais vu des lèvres pareilles chez un homme et même en cet instant, aussi terrifiée qu'elle soit d'être découverte, elles la troublèrent légèrement.

— Restez ici, dit-il.

Il s'éloigna d'elle à grands pas, retournant vers les véhicules.

Lorsqu'il atteignit le petit groupe, une discussion animée était en cours, dont le centre semblait être Mme Scales. M. Matheson fit un geste vers la berline de Linford. Mme Scales se courba pour prendre son panier et un sac, et se hâta vers la voiture. Sa sœur s'empressa de la suivre, laissant tomber son panier à un moment donné et le ramassant promptement.

A la portière de la berline, il y eut une autre discussion. Les bagages furent répartis autrement, puis les deux sœurs et le vieil homme se joignirent au Dr Linford et à sa femme dans leur voiture. Ensuite, le médecin prit place à côté de son cocher. Après ce qui sembla à Prudence durer une éternité, la berline se mit enfin en branle, contournant la diligence et s'éloignant rapidement sur la route.

Elle s'affaissa de soulagement et un sourire lui fendit le visage : elle avait réussi à berner complètement le Dr Linford. Comme elle était intelligente ! Elle ne se serait jamais crue capable de subterfuge, mais elle semblait douée dans ce domaine. Elle se sentait étrangement exaltée. Enfin, quelque chose d'excitant arrivait dans sa vie ! Ce n'était qu'une seule journée, mais jusqu'ici, les événements l'avaient mise en joie.

Maintenant que la voiture des Linford était repartie, Prudence remarqua que M. Matheson se dirigeait vers elle à grands pas, les pans de sa redingote flottant derrière lui.

Quel mal y avait-il dans cette histoire, vraiment ? Elle avait eu son content de plaisir grâce à de beaux yeux topaze et des lèvres troublantes, et personne ne le saurait. Etant donné qu'elle arriverait chez Cassandra comme prévu, nul ne soupçonnerait son badinage avec l'aventure.

Elle aurait pu se tordre le bras pour se donner une tape cordiale et triomphante dans le dos, mais une pensée lui traversa soudain l'esprit : Mme Scales ou Mme Tricklebank pourraient parfaitement citer son nom à Mme Linford, qui saurait tout de suite ce qu'elle avait fait. Pire, qu'elle les avait intentionnellement évités, le Dr Linford et elle, comme si elle avait quelque chose de terrible à cacher.

Elle passa alors de l'euphorie d'avoir mis sur pied une escapade dont elle se souviendrait longtemps, à la terreur d'avoir commis un horrible méfait.

Qu'allait-elle faire, maintenant ?

Chapitre 4

Comme il revenait à grands pas vers le bouquet d'arbres, miss Cabot parut se recroqueviller légèrement, ce que Roan prit comme un autre signe qu'elle cachait quelque chose. Elle lui rappelait décidément beaucoup Aurora. Il aimait sa sœur, l'adorait, mais elle était la jeune femme la plus impétueuse qu'il ait jamais rencontrée. Ne se souciant de rien, se moquant des conséquences de ses actions, elle courait en permanence le risque d'être irrémédiablement compromise. Certes, il admirait à son corps défendant le caractère indépendant de sa sœur — il n'en manquait pas lui-même —, mais il ne se fierait pas à elle ne fût-ce qu'un instant.

En voyant miss Cabot regarder autour d'elle comme si elle projetait de s'échapper, il eut le même sentiment de méfiance vis-à-vis d'elle.

Elle décida apparemment qu'il valait mieux ne pas s'enfuir en courant et le lancer ainsi à ses trousses, mais elle fit un pas en arrière.

Il se retint de la saisir par les bras et de la secouer. A la place, il la fixa.

— Bon, les sœurs sont parties. Vous pouvez donc tranquillement m'avouer ce que vous avez fait.

— Que voulez-vous dire ? Je n'ai rien fait ! soutint-elle d'une manière pas très convaincante.

— Un vol ? demanda-t-il platement.

Elle réprima une exclamation.

— Un meurtre ?

— Monsieur Matheson !

— Ne prenez pas cet air atterré, miss Cabot, car je ne peux imaginer une seule raison valable pour laquelle vous vous cacheriez d'un médecin nanti d'une meilleure voiture que cette diligence.

Elle pâlit. Elle n'avait manifestement rien à dire pour sa défense et se mordit la lèvre d'une façon que Roan voyait comme un signe universel de culpabilité chez une femme. Honnêtement, il ne savait pas s'il devait lui faire un sermon de bonne conduite ou mordre cette lèvre comme il en avait terriblement envie. Il pensa à un homme — un autre mordeur de lèvres — avec Aurora, dans de semblables circonstances, et frémit intérieurement.

— Avouez-le : vous deviez voyager dans cette voiture.

Elle haussa le menton et serra fortement ses mains sur sa taille.

— Oui.

Toutes sortes de scénarios traversèrent aussitôt l'esprit de Roan, et aucun n'était satisfaisant.

— Est-il… avez-vous une liaison avec lui ?

— Quoi ? *Non !* s'exclama-t-elle, ses joues s'empourprant.

— Etes-vous sa fiancée ? poursuivit-il, se demandant si elle ne cherchait pas à fuir un engagement.

De nouveau, la similitude avec Aurora était déstabilisante et étrangement exaspérante.

— Il est marié ! se récria-t-elle. N'avez-vous pas vu sa femme dans la voiture ?

— Alors de quoi s'agit-il, miss Cabot ? Qu'est-ce qui vous a poussée à vous cacher comme une vulgaire criminelle ?

Sa colère — contre Aurora, il devait l'admettre — atteignait des sommets.

— Je ne suis pas une criminelle !

— Mmm, fit-il, avec l'air d'en douter.

— J'étais…

Elle déglutit et se frotta la nuque.

— Il est vrai, dit-elle en levant la main, que le Dr Linford devait m'accompagner jusqu'à Himple, où je dois retrouver un domestique de M. Bulworth, qui m'escortera jusque chez mon amie Cassandra. Mais cette diligence s'arrêtera aussi à Himple.

Il attendit qu'elle en dise plus. Il attendait qu'elle lui explique pour le moins pourquoi elle avait pris la diligence. Mais elle se contenta de hausser les épaules comme si c'était une explication suffisante.

Ce qui n'était pas le cas.

— Pourquoi être montée dans une diligence bondée, avec un certain nombre de vauriens potentiels, au lieu de voyager dans une voiture équipée de ressorts, et en bonne compagnie ? demanda-t-il, incrédule.

Elle se frotta de nouveau la nuque. Renifla.

— C'est assez difficile à expliquer, en vérité.

— Difficile ? La seule difficulté que je vois, c'est votre réticence à admettre ce que vous avez fait, quoi que ce soit. Je ne parviens pas à imaginer la raison de vos actions.

Une pensée lui vint soudain à l'esprit et la colère le submergea. Il la saisit abruptement par le coude et la tira en avant.

— A-t-il essayé… A-t-il pris des libertés avec vous ?

demanda-t-il à voix basse, tout en jetant un coup d'œil aux autres par-dessus son épaule.

Si c'était le cas, il sauterait sur le dos d'un cheval de la diligence et rattraperait ce scélérat. Il lui romprait son maudit cou…

— Non ! Non, pas du tout ! Le Dr Linford est quelqu'un de bien, un homme correct…

— Alors par tous les diables, de quoi s'agit-il ?

Elle se redressa de toute sa taille, qui était moyenne, et dégagea son bras d'un coup sec.

— Je vous demande pardon, mais je ne vous dois aucune explication, monsieur Matheson.

— Non, en effet, reconnut-il. Et je ne vous dois pas non plus mon aide. Aussi vais-je expliquer au cocher qu'une personne responsable doit vous prendre en charge à la première occasion…

— Très bien ! Je pensais — j'étais même certaine — que voyager avec les Linford serait ennuyeux, voilà. Je me suis dit que la diligence serait plus…

Elle fit un mouvement circulaire de la main, comme s'il devait comprendre ce qu'elle voulait dire et parvenir de lui-même à la conclusion.

Mais il n'avait aucune idée de ce qu'elle entendait par là. Il se pencha, la regardant avec attention.

— Plus quoi ?

— Plus…

Son regard le parcourut de haut en bas et elle rougit violemment.

— … excitante, murmura-t-elle.

Cela n'avait absolument aucun sens ! Cette petite écervelée pensait qu'une diligence serait plus excitante que la confortable voiture d'un médecin ? Qu'un véhicule public où l'on était serré contre des étrangers était plus excitant qu'une banquette rembourrée ? Il ne put s'empêcher de rire.

Miss Cabot le fusilla du regard.

— Je suis très heureuse de vous amuser !

— M'amuser ? Je ne suis pas amusé, je suis ébahi par votre stupidité.

Elle poussa un petit cri indigné et pirouetta, paraissant vouloir s'enfoncer au pas de charge dans les bois, mais Roan la rattrapa par le bras avant qu'elle puisse fuir, et la ramena en arrière. Elle percuta son torse, atterrissant contre lui comme contre un oreiller.

— C'est bon, dit-il, jetez un peu votre gourme, si ça vous chante. Mais une diligence ? C'est la pire façon de voyager ! Après la mer, cela dit, si vous voulez mon avis. Qu'est-ce qui a pu vous faire penser que ce serait excitant ? Marcher sur des charbons ardents serait plus agréable.

Elle se dégagea, croisa les bras devant elle et le regarda du coin de l'œil. Sa rougeur s'était accrue.

— Je suis désolée que vous trouviez ça si désagréable, monsieur Matheson.

Il cligna des paupières. Puis il commença à comprendre et franchement, il n'aurait pu être plus ravi. Ou flatté. En tout cas, enchanté, absolument enchanté.

— Je vois, fit-il alors, jovial, conscient du grand sourire qu'il arborait.

— Non, vous ne voyez pas.

— Oh ! je crois que si. Vous vouliez voyager avec moi !

Il lui donna une petite tape joueuse sur le bras.

— Vous avez une bien haute opinion de vous ! déclara-t-elle d'un ton impérieux.

— Je n'en ai pas besoin, la vôtre me suffit, répliqua-t-il en faisant une courbette théâtrale. Je l'admets, je suis surpris.

Certes, je suis très recherché à New York, avec ma prestance et ma bourse bien garnie…

Il la taquinait, mais de fait ce n'était pas loin de la vérité. Que l'on demande à M. Pratt si ce n'était pas vrai.

— Mais être admiré à ce point par une jolie rose anglaise me fait palpiter le cœur.

— Dieu du ciel, je crois que je vais mourir de honte !

Roan rit de plus belle.

— De grâce, n'en faites rien !

Il mit une main sur son épaule et l'incita à pivoter.

— Vous êtes bien trop charmante pour mourir, et après tout, vous vous êtes donné assez de mal comme ça.

Il lui pressa l'épaule. Il avait l'intention de la lâcher, mais sa main glissa le long de son bras, jusqu'à son poignet.

Elle fit claquer sa langue et détourna la tête.

— Je vous taquine, miss Cabot ! Un coq ne peut s'empêcher de chanter, n'est-ce pas ? Je suis réellement flatté.

Il fit passer sa main de son bras à sa taille et l'attira à lui.

— Si je dois être admiré, sachez que je suis très heureux de l'être par une personne aussi belle que vous.

— Oh ! Seigneur, marmonna-t-elle. Ne badinez pas avec moi. Je suis déjà assez mortifiée.

Toutefois, elle ne fit aucun geste pour se dégager.

— Je suis tout à fait sincère. Néanmoins, aussi plaisant que ceci soit pour moi, vous savez très bien que vous ne devriez pas courir la campagne avec des étrangers. Vous pourriez être victime d'un vaurien, sur la route. Au prochain arrêt, j'ai l'intention de vous mettre dans une voiture privée pour Hipple.

— Himple, le corrigea-t-elle, s'écartant hélas de lui. Et je m'y transporterai moi-même, vous n'avez pas besoin de vous en soucier.

Exactement comme Aurora. « C'est ma vie et je suis libre de la gâcher, Roan. Tu n'as pas à t'en soucier. »

— Vous transporter là-bas n'est pas sans conséquence, miss Cabot. Vous ne voudriez pas ternir votre réputation par un moment d'impétuosité, n'est-ce pas ?

— Non, ce n'est pas sans conséquence, en effet, monsieur Matheson, répondit-elle d'un ton effronté. Mais les dégâts ont déjà été faits. Je doute sincèrement de pouvoir les aggraver.

Que voulait-elle dire par là ? se demanda Roan. De quelle façon s'était-elle perdue ? Etait-elle encline à donner des interprétations exagérément dramatiques des événements de sa vie, comme Aurora ?

— Ohé ! La diligence ! cria quelqu'un.

Un cri de soulagement monta aux lèvres des autres passagers et il y eut soudain un déploiement d'activité, chacun rassemblant ses bagages. Tandis que la deuxième diligence s'arrêtait derrière la première, Roan regarda les hommes par-dessus son épaule pendant un instant, puis jeta un coup d'œil à miss Cabot. Pourquoi les femmes les plus séduisantes créaient-elles le plus de problèmes ? Miss Pratt, assurément, ne songerait jamais à faire ce que miss Cabot avait fait ce jour-là ! Ce qui faisait d'elle l'épouse parfaite, non ? Pour le moment, décida-t-il, il continuerait à s'en convaincre. Il n'avait pas encore demandé Susannah en mariage, mais l'on s'attendait à ce qu'il le fasse. Lui-même s'était préparé à le faire, pour toutes les raisons qui faisaient que Susannah ne se trouvait pas ici, sous cet arbre, avec lui.

Oui, il continuerait à s'en convaincre.

Il détourna son regard des yeux noisette de miss Cabot.

— Je devrais me rendre utile.

— Oui, bien sûr.

Elle soutint son regard, l'observant avec attention. Puis un sourire apparut lentement sur son joli visage.

— Merci de ne pas m'avoir dénoncée au Dr Linford.

Roan soupira.

— Je suis trop sensible au sourire d'une jolie femme. C'est la croix que j'ai à porter.

Le sourire de miss Cabot s'élargit.

— Je vais attendre sur les pierres.

Elle passa devant lui d'un pas glissant, avec une élégance innée. Elle s'assit là où ils s'étaient rassemblés un peu auparavant, souleva sa valise et la posa en équilibre sur ses genoux, les mains sagement croisées dessus. Puis elle regarda droit devant elle, comme si elle était à une *garden-party*.

Roan ne put s'empêcher de sourire. Tandis qu'il passait près d'elle, il lui toucha l'épaule.

— Je ne vous ai pas remerciée.

— Me remercier ? demanda-t-elle, levant les yeux vers lui.

— De votre grande estime, répondit-il avec un clin d'œil.

Elle marmonna à mi-voix quelque chose qui ressemblait beaucoup à « coq vaniteux » ainsi qu'une autre expression du même goût, puis elle tourna la tête et joua avec une boucle sur sa nuque.

Roan rejoignit les hommes, ôtant sa redingote. Le cocher de la deuxième diligence avait les outils nécessaires pour réparer la roue brisée. Roan l'aurait réparée plus rapidement si on l'avait laissé diriger le travail. Il avait l'habitude des roues cassées ; sa famille était dans le commerce du bois de construction, et leurs attelages apportaient des chargements à New York depuis aussi loin que le Canada. Couper et charger le bois étaient un travail ardu, et il avait dû plus d'une fois donner un coup de main pour aider à la coupe et au transport. Il n'y voyait pas d'inconvénient — il aimait la façon dont le labeur physique le faisait se sentir vivant et fort. En conséquence, il avait réparé plus de roues, d'essieux et de choses de ce genre que ces hommes en avaient peut-être seulement vu dans leur vie !

Mais le cocher était inflexible : le travail devait être fait à sa façon.

La roue fut fixée et attachée à l'essieu, puis on commença à charger les bagages sur la diligence, on attela les chevaux, et le cocher demanda aux passagers d'embarquer.

Roan renfila sa redingote, et prit le plus petit de ses sacs dans la pile des bagages qui attendaient encore. Il se retourna, avec l'intention d'appeler miss Cabot.

Elle avait disparu.

Il s'engagea alors dans la prairie, scrutant l'orée des arbres et la route, mais elle demeurait invisible. Etait-elle montée dans la deuxième diligence ? Il regarda dans cette direction. Les passagers rassemblaient leurs affaires et embarquaient.

Il s'y dirigea à grands pas.

— Excusez-moi, dit-il en se faufilant entre les passagers pour regarder à l'intérieur.

Il n'y avait qu'une femme et une petite fille.

Il se retourna vers les autres.

— L'un d'entre vous a-t-il vu une jeune femme ? A peu près de cette taille, précisa-t-il d'un geste de la main. Avec un bonnet ?

Il indiqua sa propre tête.

Personne ne l'avait vue.

Où pouvait-elle être ? Roan s'empressa de retourner à la première voiture, sur laquelle les bagages étaient maintenant attachés. L'un des hommes voulut prendre son sac, mais il l'arrêta.

— Avez-vous vu miss Cabot ? lui demanda-t-il. Elle est montée à Ashton Down.

— Non, monsieur. Dois-je mettre votre sac en haut ?

— Je vais le garder, merci.

Roan contourna le cocher et glissa un œil dans la diligence. Deux gentlemen qui avaient voyagé sur l'impériale s'étaient installés à l'intérieur, à côté du jeune homme, affaissé sur la banquette, engoncé dans son manteau, et tenant toujours sa valise usée.

Pas de miss Cabot.

Un léger frisson de panique remonta sur l'échine de Roan. Il se tourna vers le cocher, qui surveillait les derniers réglages des harnais.

— Avez-vous vu miss Cabot ?

— La jolie fille ? demanda ce dernier en levant les yeux vers lui, les paupières plissées.

Roan n'eut pas le temps de se demander pourquoi il était agacé que le cocher la mentionne de cette manière.

— Oui, elle-même, dit-il.

— Elle doit répondre à un besoin naturel, je dirais.

Mais bien sûr ! Roan regarda vers les arbres, à l'autre bout de la prairie.

— Allez, montez, dit le cocher. Nous sommes déjà en retard.

— Mais il nous manque quelqu'un !

— Ce n'est pas mon travail de poursuivre les brebis égarées, répondit le cocher en se hissant sur son siège. Nous avons dit assez clairement que nous repartions. Embarquez-vous ?

Roan le fusilla du regard.

— Vous laisseriez une jeune femme seule en pleine campagne ? demanda-t-il d'un ton coupant, tandis que la deuxième diligence les contournait et commençait à avancer sur la route.

— Vous voulez que j'attende combien de temps, Yankee ? J'ai un horaire à suivre et des passagers à amener à destination. Ils n'ont rien mangé de la journée. J'aurai de la chance si j'atteins Stroud d'ici la tombée de la nuit.

— Miss Cabot ! tonna Roan. Miss Cabot, venez tout de suite !

Pas de réponse. Ils attendirent quelques minutes encore, Roan faisant les cent pas le long de la voiture.

— Allons-y ! cria l'un des hommes.

— Dernière chance, Yankee, dit le cocher.

— Et ses bagages ? demanda Roan, désignant les sacs et les affaires attachés à la voiture.

Il l'avait aidée à charger sa malle et elle était là, arrimée sous tout le reste, y compris sa malle à lui.

— Tout bagage non réclamé sera laissé à la station suivante, répondit le cocher en prenant ses rênes. Allez-vous monter ?

Roan jeta un coup d'œil à la prairie vide.

— Je ne vais pas attendre, déclara le cocher en faisant claquer les rênes sur le dos des chevaux.

Il émit un coup de sifflet strident et la diligence s'éloigna en cahotant. La poussière qu'elle soulevait enveloppa Roan debout sur le bord de la route avec son sac.

Où diable était-elle passée ? Il décrivit un cercle complet sur lui-même, parcourant du regard le paysage tranquille, ne voyant rien d'autre qu'un couple de vaches qui paissaient.

Mais pourquoi s'en faisait-il exactement, sapristi ? N'était-ce pas suffisant qu'il ait dû abandonner ses affaires florissantes à New York pour venir chercher Aurora ? C'était bien sa chance ! Son père était trop âgé pour partir à la recherche de sa fille indisciplinée et Beck, son frère, était encore plus jeune qu'Aurora. Il n'y avait que lui — personne d'autre sur qui compter pour ramener sa sœur au bercail, afin qu'elle épouse M. Gunderson comme elle l'avait promis.

Il supposait maintenant que, contrairement à ce qu'Aurora avait prétendu, elle n'aimait pas son fiancé, finalement. Il lui avait paru hautement improbable qu'elle l'aime, en vérité, étant donné la manière dont ses fiançailles avaient été décidées par leur père.

Rodin Matheson était un visionnaire. Il avait conçu un moyen d'accroître la fortune familiale d'une façon qui pourvoirait généreusement aux besoins des Matheson présents et futurs — oncles, tantes, cousins, petits-enfants. En mariant Aurora au fils de l'empire du bâtiment qu'était Gunderson Properties, son père assurait que Les Bois de Construction Matheson seraient utilisés pour édifier la ville de New York pendant des années et des années.

Roan trouvait cette idée brillante, vraiment, et Aurora avait donné son accord après quelques rencontres avec Sam Gunderson.

— J'adore M. Gunderson, avait-elle dit d'un ton rêveur.

Tel était peut-être le cas… à ce moment-là. C'était le problème avec Aurora : elle voletait d'un instant à l'autre, changeant d'avis aussi souvent que les aiguilles d'une horloge changeaient de place.

C'était M. Pratt, un ami de son père, qui avait suggéré que Roan ferait peut-être un bon parti pour sa fille Susannah. M. Pratt était le propriétaire des Fonderies Pratt, et Rodin s'était alors mis à entrevoir un triumvirat de construction encore plus grand et plus prospère. Entre les Fonderies Pratt, Gunderson Properties et les Bois de Construction

Matheson, leurs affaires respectives et leurs revenus grimperaient en flèche, alors qu'ils deviendraient *le* consortium de construction d'une ville en pleine croissance.

La perspective était enivrante. A ce moment-là, Roan n'avait pas encore rencontré Susannah, qui passait l'été à Philadelphie. Mais M. Pratt avait soutenu que sa fille était délicieuse, une jeune femme avenante et agréable qui ferait une parfaite épouse pour lui. Roan n'avait pas beaucoup réfléchi aux qualités propres à une épouse parfaite — il n'était pas un sentimental et pour ce qui était du mariage, il l'acceptait simplement comme une chose qui devait être faite. Il n'avait pas pensé non plus beaucoup à la personne qu'il épouserait un jour ; c'était même la chose la plus éloignée de son esprit. Il avait supposé que quelle que soit cette femme, de la familiarité naîtrait l'affection. Et l'affection était la seule chose nécessaire dans un couple, non ? Ses parents en avaient trouvé au long de leur vie commune et semblaient heureux. Il imaginait que ce serait pareil pour lui. Quant à avoir des enfants, il y songeait à peine — il ne pouvait imaginer quelque circonstance que ce soit dans laquelle il ne serait pas disposé à jouer avec enthousiasme son rôle de géniteur.

Puis il avait rencontré Susannah Pratt.

Elle était venue à New York juste avant que l'oncle et la tante de Roan rentrent d'Angleterre. Elle n'était pas du tout telle que M. Pratt l'avait décrite et, pire encore, Roan ne put rien trouver d'attirant en elle. Il lui était impossible d'accepter qu'elle soit la femme avec qui il devrait faire connaissance avant de lui proposer le mariage. En lui-même, il se l'était reproché — la valeur d'une personne ne résidait pas dans son visage, juste ciel, mais dans son âme ! Aussi avait-il vaillamment essayé de voir au-delà de cette apparence décevante.

Hélas, miss Pratt n'était pas du tout communicative. Il ne put se trouver aucun intérêt commun avec elle, et même s'il en avait trouvé un, elle était particulièrement timide et craignait de le regarder dans les yeux.

Juste avant que son oncle et sa tante reviennent, il avait décidé de lui demander ce qu'elle souhaitait réellement. Peut-être le trouvait-elle aussi peu plaisant que lui la trouvait peu agréable. Peut-être désirait-elle, elle aussi, échapper à cet arrangement.

Mais les nouvelles que son oncle et sa tante avaient rapportées d'Angleterre avaient balayé tout le reste. Ils étaient tous au désespoir de retrouver Aurora avant qu'elle ne soit perdue pour eux, et Roan avait mis ses propres problèmes de côté pour partir à sa recherche. Que pouvait-il faire d'autre ?

Il pouvait maudire sa sœur pour les longues semaines de traversée de l'Atlantique, c'était certain ! Plus longtemps Susannah Pratt s'attendrait à ce qu'il devienne son mari, plus il serait difficile ensuite de se défaire d'elle. Et pour l'heure, Roan était encore plus fâché que sa sœur ne soit pas à West Lee, ou quel que soit le nom du hameau où il avait été envoyé, mais dans l'autre West Lee, au nord. Cela seul suffisait à ses tracas. Avait-il vraiment besoin de se faire du souci au sujet d'une autre jeune femme, incorrigible, intraitable et désobéissante ?

Non. Il n'avait pas à s'en faire. Peu lui importait que les yeux de miss Cabot soient de la couleur des plantes grimpantes qui ornaient sa maison de famille. Ou qu'elle soit montée dans cette diligence parce qu'elle était attirée par lui. Ou qu'il ait probablement causé sa fuite en la taquinant et l'embarrassant.

Elle n'était pas son affaire, sapristi ! Et pourtant, elle l'était quand même.

Pour la deuxième fois ce jour-là, il arracha son chapeau de sa tête et le jeta par terre dans un geste de frustration qui ne lui ressemblait pas. Maudite soit l'Angleterre ! Maudites soient les femmes !

Pour faire bonne mesure, il donna un coup de pied dans son couvre-chef et le regarda rouler sur la route.

Puis, avec un soupir de lassitude, il traversa la route pour aller le chercher. Il découvrit qu'il l'avait expédié dans un fossé plein d'eau boueuse, ce qui déclencha une bordée de jurons explosifs.

Il ramassa son sac, le hissa sur l'épaule et continua à marcher. Il trouverait bien un autre chapeau dans le prochain village.

Il s'agissait pour le moment de savoir où était passée cette stupide petite pécore.

Chapitre 5

Prudence n'avait pas eu l'intention de fuir, en réalité. Elle était aussi désireuse que n'importe qui d'autre de monter dans la diligence et de se remettre en route. Mais tandis que les réparations traînaient en longueur, elle avait commencé à imaginer toutes sortes de scénarios. Elle pourrait retrouver le Dr Linford et sa femme au prochain village, pour commencer, et devrait alors affronter leur mécontentement et leur dégoût. Pire, être ramenée à Blackwood Hall sur leur injonction, sous le sceau de la honte et dûment accompagnée d'un représentant de l'autorité. Elle imaginait très bien la scène. On l'obligerait à monter à l'arrière d'un chariot comme une criminelle, et tandis qu'ils traverseraient lentement des villages, des enfants et des vieilles femmes sortiraient pour lui lancer des quolibets et des légumes pourris. « Femme sans vergogne ! »

Cette humiliation publique serait suivie du regard affreusement désappointé de lord Merryton. C'était un homme étrange, intensément réservé. Grace soutenait que c'était sa nature, et qu'au fond il était très humain. Néanmoins, tout le monde à Londres le trouvait distant et insensible. Pour avoir vécu maintenant deux ans sous son toit et dîné à sa table, elle savait qu'il était extraordinairement aimable et même qu'il l'aimait beaucoup. Mais il paraissait presque anormalement soucieux des convenances, et s'il y avait une chose qu'il ne pouvait pas supporter, qu'il ne tolérait pas, c'était le scandale et le fait que l'on jase sur sa famille.

Comme il avait été son bienfaiteur sans faille et son ami, elle ne pourrait supporter de le décevoir. Elle le tenait en très haute estime et, à sa grande honte, n'avait pas pensé à lui lors de ces quelques instants, à Ashton Down, où elle avait impétueusement décidé de partir à l'aventure.

Elle s'était alors demandé, assise sur sa pierre à observer les hommes qui réparaient la roue, si elle ne devrait pas retourner par elle-même à Blackwood Hall et implorer la miséricorde de son beau-frère. Si elle était ramenée à lui par le Dr Linford, qui serait forcé de changer ses plans à cause de sa stupidité, cela le mettrait encore plus en colère. Le mieux était qu'elle y arrive seule, qu'elle reconnaisse son erreur et le supplie de lui pardonner.

Voilà pourquoi, après un dernier regard au dos musclé et aux hanches minces de M. Matheson, elle avait pris sa valise et s'était mise à marcher. Elle avait eu envie de remercier le gentleman américain pour son aide, mais pensé que ce n'était probablement pas une très bonne idée d'attirer son attention sur le fait qu'elle s'en allait.

Elle avait à l'esprit de trouver un cottage. Elle offrirait alors de payer quelqu'un pour la ramener à Ashton Down. Et si elle atteignait le prochain village sans avoir trouvé de cottage, elle pourrait se tenir hors de vue jusqu'à ce que le Dr Linford ait poursuivi sa route.

Elle marchait à présent d'un bon pas, s'efforçant d'avoir confiance dans son nouveau plan. Tout n'était pas perdu.

Elle était au moins aussi intelligente qu'Honor et Grace. Elle réussirait à se sortir de cette débâcle.

Elle entendit soudain un véhicule qui approchait, et sa confiance retomba aussitôt. C'était sûrement la diligence. Elle n'avait pas fait tant de route que cela. Le cocher s'arrêterait et insisterait pour qu'elle monte. Elle n'avait pas pensé à ce hic. Mais elle était déterminée à se débrouiller seule.

— Tu ne flancheras pas, murmura-t-elle. Tu as autant le droit de marcher le long de cette route que n'importe qui.

Elle releva le menton, tandis que le véhicule approchait. Ce fut seulement au tout dernier moment qu'elle comprit que le cocher n'avait pas l'intention de s'arrêter et de s'enquérir de son sort. Avec un cri alarmé, elle se jeta sur le côté de la route, tandis que l'attelage passait à fond de train, l'enveloppant d'un nuage de poussière.

Quand la diligence fut passée, Prudence se releva, toussant, le cœur tambourinant, et épousseta sa robe du mieux qu'elle put.

— Il aurait au moins pu ralentir pour voir si je n'étais pas blessée, marmonna-t-elle.

Puis elle remonta sur la route, carra les épaules et se remit à marcher.

Elle n'eut pas plus tôt fait quelques pas qu'elle entendit arriver la deuxième diligence. Maintenant aguerrie, elle quitta aussitôt le bord de la route et se mit à l'abri au-delà du fossé.

Mais cette diligence-ci ralentit. L'attelage fut mis au pas, avant de s'arrêter à sa hauteur.

Le cocher, *son* cocher, la regarda de haut un instant, puis tourna la tête et cracha par terre.

— Oui, miss, la roue est réparée. Montez.

— Merci, mais je préfère marcher, répondit-elle d'un ton léger.

— Marcher ? Jusqu'où ? Il n'y a pas de village ou de gens à des milles à la ronde !

— Des milles ? répéta-t-elle en s'efforçant de ne pas paraître impressionnée. Combien de milles diriez-vous ?

— Cinq.

— Eh bien ! C'est une bonne chose que j'aie mis mes chaussures de marche. Et c'est une belle journée pour marcher, aussi. Merci encore, mais je poursuivrai mon chemin à pied, monsieur.

Elle se demanda si Roan Matheson était assis à l'intérieur de la voiture et l'entendait, se moquant de sa stupidité. Etait-ce pour cela qu'il ne se montrait pas ? Peut-être ne voulait-il pas qu'on pense qu'il avait quelque relation que ce soit avec une débutante écervelée qui arpentait la route dans des chaussures mieux faites pour la danse ?

— Comme vous voudrez, dit le cocher qui leva les rênes, prêt à faire repartir l'attelage.

— Monsieur ! cria-t-elle avant qu'il démarre. Voulez-vous faire en sorte que ma malle soit livrée à Himple ?

Elle ouvrit son réticule pour en sortir quelques pièces et commença à traverser le fossé qui bordait la route.

— S'il vous plaît… Si vous voulez bien la laisser au relais de poste, quelqu'un viendra la chercher.

Elle grimpa sur la route — glissant une fois et se rattrapant —, puis se hissa sur le marchepied du cocher. Elle lui tendit quelques shillings.

— Vous êtes seule, miss ? lui lança alors l'un des gentlemen qui voyageaient sur l'impériale.

Elle l'ignora. Son cœur battait à toute vitesse, pas seulement de peur, mais d'une colère qui n'était pas du tout rationnelle. Elle imaginait Roan Matheson assis dans la diligence, levant les yeux au ciel ou peut-être même gloussant avec le garçon. Elle méritait probablement sa dérision, étant donné ce qu'elle avait fait ce jour-là, mais cette idée ne lui plaisait pas du tout.

— Vous êtes bien sûre ? demanda le cocher en prenant les pièces et en les empochant.

— Tout à fait. Merci.

Elle redescendit de son perchoir.

Le cocher fit claquer les rênes. De nouveau, Prudence fut presque renversée. Elle recula en chancelant dans le fossé, et se rattrapa à une branche pour ne pas tomber.

Elle regarda la diligence s'éloigner et disparaître sous les arbres.

Elle se trouvait à cinq milles d'un village !

Elle jeta un coup d'œil autour d'elle. Il n'y avait personne, et l'on n'entendait rien hormis la brise dans la cime des arbres et le cliquetis de la diligence qui diminuait. Elle n'avait jamais été ainsi seule. Mais, comme le disait souvent sa pauvre mère avant de perdre l'esprit, personne ne pouvait rectifier vos erreurs hormis vous-même. Plus vite on se mettait sur le bon chemin, plus tôt on atteignait la bonne destination.

Sans doute pinaillerait-elle au sujet de la bonne destination, mais il n'y avait rien à y faire maintenant. Et elle ne verserait pas une seule larme ! Il n'y avait rien qu'elle détestait plus que les femmes qui se mettaient à pleurer au premier signe d'adversité. Oui, elle allait marcher avec des chaussures faites pour se promener dans un jardin d'agrément… dès qu'elle aurait reposé un peu ses pieds douloureux.

Elle laissa tomber sa valise et s'assit dessus, les genoux joints, les jambes écartées pour garder son équilibre. Elle croisa les bras sur les genoux, posa son front dessus et crispa les paupières.

Comment as-tu pu être aussi stupide ?

Qu'est-ce qui avait bien pu lui faire croire qu'elle pouvait être comme ses aînées ? Elle n'avait jamais été comme elles, n'avait jamais pris des risques aussi audacieux, envoyant promener toute bienséance sur un caprice. Qu'est-ce qui lui avait fait croire qu'elle pouvait franchir les bornes de la bienséance *maintenant ?* Bien sûr, elle avait été désorientée dernièrement, insatisfaite de son sort, mais tout de même ! Elle était seule sur une route, la proie parfaite pour des bandits de grand chemin, des malfaiteurs, exposée à toutes sortes de rencontres dangereuses auxquelles elle n'osait même pas penser. Des bohémiens, peut-être ! Elle étouffa une exclamation et son cœur s'emballa, tandis qu'elle se rappelait les histoires effrayantes que Mercy aimait tant raconter.

— Eh bien ?

La voix d'homme la terrifia au point qu'elle tenta de bondir sur ses pieds et de hurler en même temps, si bien qu'elle ne réussit qu'à tomber de son perchoir précaire.

M. Matheson tendit aussitôt une main vers elle. En un instant de pur soulagement, elle s'agrippa à lui de toutes ses forces et se remit debout avec une telle vigueur qu'elle se catapulta contre lui et lui jeta les bras autour du cou.

Peut-être fut-il aussi stupéfait qu'elle… Toujours est-il qu'il l'attrapa, et qu'aucun d'eux ne bougea pendant un long moment. Puis M. Matheson posa fermement les mains sur sa taille et l'écarta de lui avec précaution, la regardant de haut comme si elle avait perdu l'esprit.

— Je vous demande pardon, s'excusa-t-elle. J'ai été un instant submergée par le soulagement ! Que faites-vous à pied ?

— N'est-ce pas évident ? Je viens à votre secours !

Prudence sentit le rouge lui monter aux joues et perçut les coups sourds de son cœur dans sa poitrine, mélange de honte et de ravissement.

— Vous m'avez fait une telle frayeur ! dit-elle en pressant la main sur son corselet. J'ai cru que j'allais en mourir.

— Bon, je pense que nous avons retardé votre décès pour une heure ou deux au moins. Que diable faites-vous ici ? Pourquoi avez-vous quitté la diligence ? Au nom du ciel, où pensez-vous aller à pied ?

— Jusqu'au prochain village ou cottage, répondit-elle en faisant un geste vague. J'ai l'intention de payer quelqu'un pour me ramener à Ashton Down.

Il regarda la route en plissant les paupières.

— Quelle chose parfaitement ridicule à faire ! dit-il d'un ton bourru. Alors que vous aviez une place dans une diligence !

— J'ai craint que Mme Scales ne puisse se retenir de raconter aux Linford tout ce qui s'est passé depuis le départ d'Ashton Down, et… et qu'elle mentionne mon nom.

— Il y a de grandes chances que ce soit le cas, dit-il en hochant la tête, comme si c'était une conclusion établie. Et votre solution a été… quoi ? De vous enfuir ?

— Non, protesta-t-elle comme s'il était absurde de suggérer qu'elle aurait pu s'enfuir, alors qu'elle l'avait manifestement fait. Ma solution était de partir et de trouver plus loin quelqu'un qui me ramène à Blackwood Hall. Je préférerais que ma famille apprenne directement de moi le… la tournure des événements…

— Mmm.

Il croisa les bras et la fixa avec une telle attention que sa peau se mit à la picoter.

— Vous avez vraiment pensé que vous pourriez marcher jusqu'à ce que quelqu'un, nanti d'un moyen de transport, veuille bien vous ramener à ce Hall, où vous confesserez votre folie ?

Présentées sous cet angle, les choses semblaient en effet ridicules. Elle renifla, se gratta la joue et contempla la route, puis lui jeta un regard de côté.

— Vous n'avez pas besoin de paraître si content de vous, monsieur Matheson ! Vous m'avez rivé mon clou. J'ai été stupide, je le reconnais.

— Je n'ai même pas commencé à vous le river, miss Cabot, mais je le ferai volontiers tandis que nous gagnerons le prochain village et trouverons ce moyen de transport. Pour l'instant, j'aimerais vous mettre à plat ventre sur mon genou comme une enfant et vous donner une bonne fessée, car Dieu sait à quel point vous vous êtes montrée puérile !

— Oui, c'est ce qu'il semble ! concéda-t-elle, vexée. Mais vous n'êtes pas mon père, monsieur Matheson.

— Votre père ! s'étrangla-t-il. J'ai tout juste trente ans ! Et pourtant, j'ai deux fois plus de bon sens que vous.

— Si vous aviez deux fois plus de bon sens que moi, vous seriez allé à Weslay au lieu de Wesleigh !

Il fut un instant décontenancé par la véracité de cette déclaration.

— Je vais tolérer cette remarque, dit-il en levant un doigt, au moins jusqu'à ce que je trouve le moyen de vous faire rentrer en toute sécurité chez vous.

Il se pencha pour prendre sa valise.

Mais elle fut plus rapide et l'attrapa avant qu'il puisse le saisir.

— Je vais porter ma propre valise, merci.

— Pour l'amour du… Le prochain village est loin !

— Je sais très bien à quelle distance il se trouve. Cinq milles. Et je suis parfaitement capable de porter mon propre bagage !

Il marmonna dans sa barbe et hissa son propre sac sur son épaule.

— Y allons-nous ?

— Ai-je un autre choix ?

Elle se mit à marcher, sa valise tapant désagréablement contre son genou.

— Où est votre chapeau ? demanda-t-elle, souhaitant qu'il cesse de la regarder aussi intensément.

Il fronça les sourcils.

— Perdu. Comment se fait-il que vous, les demoiselles, soyez toutes les mêmes ? ajouta-t-il avec irritation, comme s'il ne cessait de tomber sur des jeunes femmes célibataires errant à travers la campagne anglaise.

— *Nous, les demoiselles* ? Avez-vous une si vaste expérience des demoiselles, monsieur Matheson ?

— Suffisamment. Pourquoi croyez-vous que je sois ici, dans ce maudit…

Elle lui jeta un regard acéré.

— Dans ce pays étranger, rectifia-t-il avec plus de douceur.

— Je ne sais pas. Probablement pour apprendre la bonne conduite à toutes les jeunes demoiselles.

— Si seulement j'avais le temps qu'il faut ! Mais non, je suis ici pour instruire *une seule* demoiselle. Et ce n'est pas vous ! Je suis à la poursuite de mon incorrigible sœur, aussi entêtée et impulsive que vous.

Prudence rejeta la tête en arrière.

— Je ne serais pas du tout surprise si elle essayait de garder ses distances vis-à-vis de vous et de vos opinions.

— Elle n'y échappera pas, pourtant.

— Je ne peux imaginer que quelqu'un y échappe, répliqua-t-elle d'un air impertinent.

Ils marchèrent en silence quelques instants. Prudence se

demandait ce que cette sœur avait fait, et ce qui avait poussé Roan Matheson à se lancer à sa « poursuite ».

— Où est-elle ? demanda-t-elle.

— Où peut bien être miss Aurora Priscilla Matheson ? renchérit-il d'un ton bougon. J'espère fortement qu'elle se trouve à West Lee, Weslay ou ce que vous voudrez.

Il eut un geste impatient devant son incapacité à saisir les subtiles différences entre les noms des villages anglais.

— Voulez-vous que je vous raconte son histoire ? reprit-il.

Et il enchaîna, sans lui laisser le temps de répondre :

— Mon oncle et ma tante l'ont emmenée à Londres, au printemps dernier. C'était une sorte de cadeau de mariage, une occasion de voir un peu le monde avant qu'elle épouse M. Gunderson. Mais Aurora est très impétueuse et elle s'est fait beaucoup d'amis à Londres. Apparemment, certains d'entre eux l'ont persuadée de rester un mois ou deux de plus que ce qui était prévu. Quand le moment est venu de partir, elle a refusé de rentrer avec mon oncle et ma tante. Elle a écrit à mon père en disant qu'elle reviendrait plus tard.

— Elle est seule ? demanda Prudence, impressionnée par tant de toupet.

— Je suppose. Telle est Aurora : elle n'a pas voulu entendre raison, ce qui n'a surpris personne et a causé de fameux remous. Son mariage avec Gunderson est très avantageux pour ma famille. Presque aussi avantageux que le sera…

Il s'arrêta subitement et détourna les yeux.

— Peu importe. Croyez-moi simplement quand je vous dis que son fiancé était très mécontent, et qu'on m'a envoyé la chercher avant qu'elle ne ruine irrémédiablement sa réputation, ses fiançailles et ne nuise aux intérêts des Matheson.

— Mais comment savez-vous où elle est ?

— Je ne le sais pas, en vérité. Dans sa dernière lettre, reçue avant que j'embarque, elle disait qu'elle voyageait, qu'elle séjournait çà et là, mais qu'elle avait été invitée à visiter la maison de ce Penfors. Etant donné les détails de sa lettre et sa date, nous pensons qu'elle devrait y être maintenant.

Prudence faillit éclater de rire. Le fait qu'il existe quelque part une jeune femme plus incorrigible que ses propres sœurs était impossible à croire, et en même temps c'était délicieux à savoir. Cette miss Aurora Priscilla Matheson avait abandonné sa famille pour rester dans un pays étranger, sans considération apparente pour sa vertu ? Prudence aimerait beaucoup la rencontrer. Elle aimerait poser les yeux sur une femme célibataire assez courageuse pour agir ainsi…

Un instant, se dit-elle. Eprouvait-elle vraiment de l'admiration pour elle ?

Roan Matheson remarqua sa mine.

— Que signifie ce sourire ? Les incartades de ma sœur vous amusent-elles ? Elle peut alors compter une personne au moins qu'elle divertit, car je vous assure que ce n'est pas le cas de ma famille ! Son mariage a une grande importance pour nous. Sans mentionner qu'une telle attitude est celle d'une sotte.

— On ne peut guère la blâmer de vouloir goûter à l'aventure avant de se marier. Etre célibataire peut être très ennuyeux, vous savez. Rester assise dans des salons, à parler du temps qu'il fait…

Prudence changea sa valise de main.

— Aurora n'est jamais restée assise dans un salon à s'ennuyer. Elle a eu une vie aussi privilégiée qu'une jeune femme peut l'espérer à New York. Elle a des foules d'amis, assiste à tous les événements mondains. Je parierais que son derrière n'a pas touché un fauteuil de salon depuis des mois !

Prudence lui jeta un coup d'œil choqué.

— Quoi ? fit-il. Ah, j'oubliais... Je ne dois pas dire de tels mots devant une fragile fleur anglaise.

— Je ne suis pas une fragile fleur anglaise ! Qui vous a donné cette idée ?

— Ma tante. Elle affirme que vous êtes toutes très sensibles et qu'il faut y faire attention. D'après elle, les débutantes anglaises ne sont pas aussi robustes que les Américaines. Fragiles, selon ses termes.

Prudence poussa une exclamation indignée.

— Ce n'est pas vrai ! Nous sommes très robustes ! Regardez-moi : je marche et je porte ma valise.

— Vous portez bel et bien votre valise, dit-il en feignant l'étonnement.

Puis il rit et la lui prit aisément de la main pour la porter avec la sienne.

— Ne prenez pas cet air offensé ! Vous êtes manifestement très robuste, miss Cabot.

Son regard glissa sur elle, de haut en bas.

— Et peut-être pas aussi impétueuse qu'Aurora.

Il sourit, et Prudence sentit ce sourire la traverser. Elle rougit et détourna les yeux, absurdement fière qu'il la trouve robuste.

Il soupira.

— Mais voilà : je ne peux jamais rester longtemps en colère contre Aurora. Mon père l'a choyée toute sa vie, alors je suppose que ce n'est pas entièrement sa faute si elle est comme elle est. Elle est la seule fille de la fratrie, et mon père en est fou.

— Vous avez donc un frère... plusieurs frères, peut-être ?

— Un seul, Beck. C'est le plus jeune.

— Et est-ce que M. Beck Matheson est aussi impétueux que sa sœur ? demanda Prudence.

— Beck n'est pas du tout impétueux. Il me ressemble beaucoup — responsable, prudent et par-dessus tout travailleur.

Elle lui décocha un sourire malicieux, amusée par sa fierté.

— Votre nature industrieuse est très américaine, je suppose.

— Bien sûr. L'Amérique est industrieuse.

— On aime travailler dur, là-bas, à ce que j'ai entendu dire, continua Prudence.

Un sourire satisfait releva le coin de sa bouche.

— Devrait-on dédaigner le dur labeur ? demanda-t-il comme s'il était impensable de ne pas l'apprécier, et il donna un coup d'épaule joueur à Prudence.

— Quelle sorte de dur labeur fait votre famille ? s'enquit-elle.

— Nous sommes dans le bois de construction.

Prudence avait supposé qu'il était dans le commerce. Est-ce que tout le monde, en Amérique, n'était pas impliqué dans un commerce ou un autre ? Mais le bois de construction ? Cela semblait si… commun. D'un autre côté, sans titres et sans haute société pour ainsi dire, elle présumait que tout le monde, en Amérique, devait travailler pour avoir ce qu'il possédait.

— Voulez-vous dire que vous coupez des arbres ? demanda-t-elle, regardant ses mains à la dérobée.

Il rit.

— J'en ai coupé un ou deux, mais non. Ma famille possède l'une des plus grandes entreprises fournissant du bois dans le pays. Nous achetons ce bois au Canada, employons des hommes pour le transporter du Canada à New York, puis le vendons à des constructeurs. Nous le vendons surtout à Gunderson Properties, l'un des constructeurs les plus importants de la ville. Le mariage entre ma sœur et Sam Gunderson garantira que notre offre rencontrera toujours une demande, vous voyez ? Nous sommes aussi récemment devenus partenaires des Fonderies Pratt.

— Oh !

— Du bois et du fer, c'est ce qu'il faut pour la construction. Notre partenariat avec Gunderson et Pratt sera très lucratif pour nous tous. Nous mettrons notre famille à l'abri pour les générations à venir.

Voilà qui semblait industrieux, en effet, et paraissait également intéressant à Prudence. Personne ne lui parlait jamais de tels sujets.

— Ça paraît ambitieux, commenta-t-elle.

— Très ambitieux, oui. Mon père a forgé ces relations, mais elles dépendent encore de…

Sa voix retomba un instant.

— … D'ententes. De mariages. Ce genre de choses…

Il n'avait pas besoin de l'expliquer à Prudence. Elle savait très bien comment ententes et mariages permettaient de s'enrichir.

— Mais assez parlé de moi. Combien de frères et sœurs avez-vous, miss Cabot, et sont-ils tous aussi impétueux que vous ?

Prudence laissa fuser un petit rire.

— J'ai trois sœurs, monsieur Matheson.

— Roan, je vous en prie, dit-il, et son sourire fit briller ses yeux.

Roan. Son prénom tournoya en elle. Il avait une consonance américaine, avait l'air industrieux, lui aussi, comme s'il abattait des arbres, forgeait du fer et érigeait de grands immeubles. Elle le laissa s'enrouler autour de ses pensées.

— Mes sœurs sont plus impétueuses que moi, le croirez-vous ? Je suis celle qu'on considère comme la plus responsable.

— Non ! fit-il avec un rire incrédule.

— Au moins jusqu'à aujourd'hui, corrigea-t-elle, et il rit de nouveau. Il y a Honor, Mme Easton, et Grace, lady Merryton — elle est comtesse. Elles sont plus âgées que moi. Et puis, il y a la benjamine, Mercy, qui a deux ans de moins que moi et qui jure de ne jamais se marier, mais de devenir une artiste célèbre.

— Quatre sœurs, dont l'une comtesse royale… Voilà qui doit ravir les princes anglais.

— Royale ? Qu'est-ce qui vous a donné cette idée ?

Il haussa un sourcil.

— Une comtesse n'est-elle pas royale d'une certaine façon ?

Prudence éclata de rire. Elle se pencha un peu en arrière sous l'effet de la gaieté que lui causait sa remarque absurde, en se tenant d'une main à son bras.

— Grace est comtesse, mais pas royale. Et vraiment, combien croyez-vous qu'il y ait de princes en Angleterre ?

— Une douzaine ? suggéra-t-il, après une courte réflexion.

Comme Prudence gloussait, il ajouta :

— D'accord, je suis très ignorant des monarchies en général. Ce régime paraît inutilement compliqué aux gens de l'extérieur.

— Je pensais que les Américains comprenaient parfaitement la monarchie.

— Je suis sûr que beaucoup la comprennent, mais comme nous nous en sommes émancipés, je n'y accorde guère de pensées. Si vous venez en Amérique un jour, vous comprendrez ce que je veux dire.

Un instant, Prudence essaya de s'imaginer en Amérique. Elle visualisa une meute de gens armés de fourches et de faux, s'émancipant de ce qu'ils voyaient comme de la tyrannie.

— Je ne suis jamais allée au-delà des côtes anglaises, dit-elle pensivement. Mais sir Luckenbill est allé à New York.

— Qui est ce Luckenbill ?

— Un ami du mari de ma sœur, venu dîner chez nous à l'occasion. C'est un érudit distingué.

Du moins le prétendait-il — un érudit en sciences, même si la nature exacte de son savoir scientifique semblait assez vague à Prudence et ses sœurs.

— Eh bien ? Comment a-t-il trouvé la ville ?

Elle lui sourit.

— Dois-je vous dire la vérité ?

— Oui.

— Il l'a trouvée assez primitive, comparée à Londres. Quant à ses habitants…

Elle fit une pause.

— … Il les a jugés plutôt rustres, en vérité.

Roan Matheson rit.

— C'est parce qu'en Amérique les hommes sont des hommes. Nous ne portons pas nos mouchoirs dans nos manchettes et ne respirons pas des sels !

— Les gentlemen anglais ne respirent pas des sels, dit Prudence, mais elle ne nia pas que beaucoup d'entre eux portaient leur mouchoir dans leur manchette.

Elle ne pouvait imaginer cet homme portant un jour son mouchoir dans sa manchette.

— Si vous aviez des frères, vous comprendriez peut-être ce que je veux dire.

Soudain, il la prit par le coude et la tira à son côté pour l'empêcher de trébucher sur l'entrée d'un terrier de lapin.

— J'ai un frère par alliance, dit Prudence, en sautillant autour du trou. Le comte de Beckington est mon beau-frère bien-aimé.

Il parut impressionné.

— Un comte, dites-vous ? Lui doit faire partie de la royauté, alors.

Prudence rit de nouveau.

— Non !

Il lui tenait toujours le coude. Il grogna en levant les yeux au ciel.

— A quoi servent tous ces titres, s'ils ne sont pas destinés à être royaux ?

— Aimeriez-vous que je vous l'explique ? demanda-t-elle, tandis qu'il lâchait son bras.

— Non, merci. Je ne me suis jamais beaucoup intéressé à l'histoire et à cette manie de regarder en arrière. Au cours de mes études, j'ai toujours nettement préféré ce qui était pratique et actuel. L'arithmétique et la science. L'étude de la démocratie. Mais peu importe, vous piquez ma curiosité... Pourquoi votre frère ne vous escorte-t-il pas ? Il ne devrait pas vous permettre de courir la campagne seule.

— Vous recommencez avec cette idée que quelqu'un d'autre doit me permettre de faire ce qui me plaît. Mais je suis une adulte ! Et Augustin n'est pas mon souverain, monsieur. En outre, je trouve très ironique que vous me posiez ces questions, étant donné que vous ne savez pas vraiment où se trouve votre sœur.

— Touché, miss Cabot. Si j'avais su qu'on la laisserait seule, je ne lui aurais jamais permis de partir, dit-il en insistant sur « permis » et en lui faisant un clin d'œil. Quelle est l'excuse de votre comte ?

— Augustin n'a pas la moindre idée de l'endroit où je suis et il n'a pas à le savoir. Il est très occupé par sa vie à Londres, et je suis occupée par la mienne. Quant à vous, vous avez des opinions très tranchées.

— Vraiment ? fit-il, paraissant surpris, et il s'arrêta comme pour considérer cette notion.

Il lâcha les bagages et hocha la tête.

— Peut-être… Mais je ne m'en excuserai pas.

Il sourit et écarta une mèche de cheveux de la joue de Prudence.

— Vous êtes facilement irritée, miss Cabot.

— Pas du tout ! C'est juste ce que les hommes disent aux femmes lorsqu'ils sont remis à leur place.

Il rit, lui effleura de nouveau la joue, puis repoussa le rebord de son bonnet.

— Voulez-vous l'enlever ? J'aimerais beaucoup voir votre visage en entier.

Prudence sentit quelque chose ondoyer entre eux, une énergie palpable qui l'entourait soudain, l'attirait plus près de lui. Elle soutint son regard et desserra les rubans de son bonnet, puis elle le laissa tomber dans son dos, accroché à son cou.

Le regard de Roan Matheson la parcourut sans hâte, de ses cheveux qui étaient sûrement tout décoiffés à son visage, puis plus bas, effleurant son corselet avant de remonter. Ses yeux plongèrent alors dans les siens et son sourire s'élargit. Il lui toucha la mâchoire du revers des doigts.

— Merci. Je suis toujours revigoré par la vue d'une belle femme.

Belle… Elle avait été qualifiée de belle toute sa vie, mais quand c'était lui qui le disait, elle le croyait. Elle sentit la chaleur de son admiration descendre le long de son dos et pétiller jusque dans son ventre. Elle se remit à marcher avec la sensation de son doigt brûlant sa joue, l'expression de ses yeux consumant ses pensées.

Le silence retomba entre eux. Prudence avait une conscience

aiguë du mâle qui se trouvait à côté d'elle, avec son corps aussi massif qu'une montagne et deux fois aussi fort. Il ne semblait pas gêné le moins du monde par le poids des bagages qu'il portait, alors qu'elle s'efforçait de ne pas boiter dans ses horribles chaussures.

Elle devait penser à autre chose, absolument, sinon, elle deviendrait obsédée par la façon dont il la regardait ! Son regard était délicieusement perçant, comme s'il essayait de voir au-delà de sa peau.

— Comment se fait-il que votre sœur ait fait la connaissance de lord Penfors ? demanda-t-elle avec curiosité.

— De la façon qu'elle a de rencontrer les gens, je suppose, en s'immisçant dans des situations où elle n'a pas lieu d'être. Le connaissez-vous ?

— Juste vaguement, de réputation. Je sais qu'il réside surtout à la campagne, qu'il a une épouse, mais pas d'enfants à ma connaissance. Vous avez l'intention de la retrouver, et ensuite ?

— De la ramener à la maison, naturellement. Après quoi, je la présenterai à son fiancé et souhaiterai bonne chance à ce jeune homme.

Prudence ne put s'empêcher de rire.

— Mais si votre sœur n'a pas suivi votre avis jusqu'à maintenant, qu'est-ce qui vous fait penser qu'elle le fera ?

— Excellente question. Je serai peut-être forcé de lui mettre des menottes et de la fourrer dans un sac. A présent, dites-moi : que ferez-vous, une fois que vous serez mise dans une voiture pour rentrer chez vous ?

Le rappel de Blackwood Hall la rendit morose. Elle grimaça à la pensée du long hiver qui s'étendait devant elle et joua avec les rubans de son bonnet, hésitante.

— Ah ! fit-il.

— Ah ? Ah quoi ?

— C'est juste que je vois.

— Et que voyez-vous ?

— C'est évident, répondit-il.

Son sourire faisait pétiller ses yeux.

Son ennui chronique était donc si évident ?

— De fait, tout prend sens, maintenant. Votre voyage pour aller voir une *amie,* dit-il comme s'il ne croyait pas à l'existence de cette amie. Votre escapade en diligence pour pouvoir me reluquer à votre aise…

— Pas pour vous « reluquer », se défendit-elle.

— Puis votre revirement… Il doit y avoir un gentleman attendant dans les coulisses. Si je devais deviner, je dirais que c'est quelqu'un que vous n'êtes pas sûre de vouloir encourager, ou quelqu'un que vous aimeriez au contraire plus encourageant.

Son raisonnement était si ridicule qu'elle en rit.

Roan Matheson, de nouveau, s'arrêta au milieu de la route et laissa tomber leurs bagages, mettant les poings sur les hanches, puis se tourna vers elle.

— Qu'ai-je encore dit ?

— Vous ne pourriez vous tromper davantage ! s'écria-t-elle gaiement. C'est peut-être différent en Amérique, mais ici, quand une famille est flétrie par le scandale, personne ne se rue à sa porte pour en courtiser les filles. Il n'y a pas de gentleman. De fait, on pourrait même dire qu'ils manquent cruellement !

Dès que les mots tombèrent de ses lèvres, Prudence se plaqua la main sur la bouche. S'il y avait une chose qu'une débutante ne faisait pas, c'était de déclarer à de parfaits inconnus que personne ne s'intéressait à elle.

Mais il la fixa comme si elle lui parlait à présent dans une langue étrangère.

— Allez-y, riez si vous en avez envie, dit-elle en agitant la main, pour l'inciter à le faire. Je l'ai dit. C'est la vérité.

Il secoua la tête.

— Pardonnez-moi, mais je suis sidéré.

— Continuez, prenez ça à la légère !

— Je ne le prends pas à la légère. Ecoutez-moi plutôt, miss Cabot : en Amérique, si une femme aussi… aussi belle que vous — et ne vous y trompez pas, vous êtes très belle — n'avait pas d'accord avec un gentleman fortuné, je vous garantis qu'il y aurait une file d'attente pour elle tout autour du pâté de maisons. Et personne ne se préoccuperait d'un quelconque scandale.

Prudence battit des cils. Elle sentit de nouveau cette onde de chaleur le long de son échine, ce scintillement à l'intérieur de sa personne.

— Votre attention serait très recherchée, ajouta-t-il, tandis que son regard la parcourait avec une intensité qui s'infiltrait par ses pores.

Un sourire affreusement large, elle en était sûre, fendit son visage.

— C'est précisément pourquoi les femmes comme vous ne devraient pas marcher seule sur des routes comme celle-ci, poursuivit-il, bourru. Les hommes sont des bêtes et des vauriens, incapables de ne pas suivre une personne de votre beauté.

Le sourire de Prudence s'élargit encore, aussi impossible que cela lui paraisse.

— Je vais partout à pied, à Blackwood Hall…

— Ce n'est pas pareil. Par ici, sans protection ni bon sens, vous êtes la proie d'hommes comme moi.

Elle rit.

— D'hommes comme vous !

— Oui. Comme moi. Un vaurien.

— Vous n'êtes pas un vaurien ! rétorqua-t-elle.

— Oh ! mais si, je suis un complet vaurien, miss Cabot, insista-t-il avec un sourire démoniaque. Ne vous y trompez pas. Quelqu'un vous a-t-il jamais mise en garde contre les appétits des hommes ?

Une bribe d'inquiétude commença à s'immiscer en Prudence et à chasser sa jubilation à être qualifiée de « belle » par un homme aussi séduisant. Lord Merryton, en effet, l'avait avertie au sujet des vauriens et des débauchés. « Ne vous fiez jamais à un gentleman, quoi qu'il vous dise, Prudence. Il y a une chose dans son esprit qui le contrôle, et ce n'est pas une vertu. »

— Juste ciel, n'ayez pas l'air d'avoir peur de moi, à présent ! reprit-il d'un ton impatient.

Il se pencha pour reprendre les bagages, puis passa avec décontraction un bras autour de la taille de Prudence, l'incitant à marcher. L'incongruité de la situation la frappa : elle aimait sentir près d'elle cet homme qui se traitait lui-même de vaurien.

— Vous me rappelez trop ma sœur. Je ne pourrais pas plus ternir votre réputation que la sienne.

Prudence ne tenait pas à lui rappeler sa sœur en cet instant, pas du tout — la comparaison lui donna même des aigreurs.

— Quel genre de scandale ? demanda-t-il, tandis qu'ils marchaient côte à côte.

— Pardon ?

— Vous avez dit qu'il n'y a aucun gentleman à votre porte pour cause de scandale. Quel genre de scandale ?

Elle ne tenait pas non plus à lui révéler les sordides extravagances de sa famille.

— Mes sœurs se sont mariées d'une façon peu conventionnelle, répondit-elle prudemment.

— Elles ont été forcées de se marier ?

— Forcées ? répéta-t-elle, se demandant comment exprimer au mieux ce qui s'était passé.

— Je veux dire, étaient-elles enceintes ?

Prudence étouffa une exclamation, indignée devant une accusation aussi horrible — personne ne prononçait jamais ce mot à voix haute. S'il existait un mot dans la langue anglaise qui était soigneusement caché sous des euphémismes, c'était bien celui-là.

— Absolument pas !

— Non ?

Il haussa les épaules.

— Quelles autres manières non conventionnelles de se marier existe-t-il ?

— Elles ne manquent pas.

Il gloussa et lui pressa doucement la taille.

— Vous m'amusez, miss Cabot. Vous êtes un peu prude, n'est-ce pas ? Et en même temps ouverte d'une curieuse façon, en particulier pour une femme qui marche sur une route déserte avec un complet étranger.

— Je n'ai plus l'impression que vous soyez un complet étranger.

— Pourtant je le suis. Vous ne savez rien de moi. Vous me rappelez un homme sur qui je suis tombé la fois où mon cheval s'est blessé, dans le Nord.

Il se mit à lui raconter l'histoire de ce qui lui sembla être une très longue et dangereuse marche à travers le territoire américain. C'était là, apparemment, qu'il avait eu une idée importante : il fallait de meilleurs moyens de transport entre les grandes villes et le Nord. Il avait des opinions très arrêtées sur le sujet. Prudence put l'observer à l'envi, car sur cette question, sa participation à la conversation était complètement inutile.

Ce discours sur les transports et la nécessité d'un canal l'avait complètement épuisée, le temps qu'ils atteignent le village. En outre, ses pieds la mettaient à la torture.

Il n'y avait pratiquement rien dans la petite bourgade. Seulement quelques cottages, une forge et une auberge minuscule qui faisait office de relais de poste. En outre, la localité paraissait désertée, à part une femme qui se promenait dans son jardin. Plus loin sur la route il y avait quelques autres bâtiments, peut-être une épicerie. Les diligences étaient arrivées et reparties, mais surtout, il n'y avait aucun signe du Dr Linford.

Avec un soupir de soulagement, Prudence s'assit sur une barrière en face de l'auberge. Elle ne souhaitait rien plus vivement que de quitter ses chaussures et de se masser les pieds, mais elle se contenterait dans un premier temps de les soulager de son poids.

Roan Matheson, de son côté, posa leurs bagages et regarda autour de lui comme si les avoir portés pendant cinq milles avait été une broutille.

— Avez-vous faim ? Moi oui, dit-il.

— Non, merci.

Elle leva les yeux vers lui. Elle ne pouvait nier que leur petite aventure touchait à sa fin. Elle en avait assez fait pour une journée, et quoi qu'il advienne, elle ne pouvait s'imposer à lui plus longtemps. Il venait juste d'arriver d'Amérique !

— Merci d'avoir marché avec moi, monsieur Matheson.

Je sais que vous êtes impatient de retrouver votre sœur. Tout ira bien pour moi jusqu'à ce qu'une diligence passe.

Il parut surpris.

— Mon nom est Roan. Et je préfère vous mettre moi-même dans une voiture.

— Vous ne vous inquiétez sûrement pas pour moi ? Il n'y a personne ici hormis une vieille femme, dit-elle en désignant la femme aux cheveux blancs courbée sur un bâton, qui s'affairait dans ses plates-bandes. En outre, une diligence ne tardera pas à passer.

Il lui fallut un certain effort, mais elle sourit.

Lui ne sourit pas. Il fronça les sourcils et sembla débattre en silence de ce qu'il devait faire d'elle.

— Vous en êtes sûre ? demanda-t-il, paraissant incertain.

— Tout à fait.

— Eh bien… je suppose que lorsque la prochaine diligence pour le Nord passera, je la prendrai.

Prudence se sentit stupidement déçue, même si elle venait de lui dire qu'il ne devait pas se sentir obligé de rester avec elle. Il avait été assez gentil pour elle, malgré sa folie. Alors elle se força à sourire de nouveau et lança d'un ton enjoué :

— Bonne chance à vous, monsieur ! Je prie pour que vous retrouviez votre sœur.

Il hocha la tête. Passa d'un pied sur l'autre.

— Bonne chance à vous aussi, miss Cabot.

Il paraissait réticent. Il fronça les sourcils et ne bougea pas. Il la fixa un instant, le regard intense, puis écarta les doigts et étudia sa paume.

— Ainsi, vous allez rentrer à Blackwood Hall, c'est ça ?

Elle regarda autour d'elle. Peut-être, pensa-t-elle, pourrait-elle se rendre à Himple et s'éviter l'humiliation de retourner à Blackwood Hall.

— Peut-être devrais-je continuer jusqu'à Himple pour retrouver mon amie. Ce n'est pas très loin d'ici.

Elle s'abrita les yeux de la main et regarda la route. Mais celle-ci dessinait un virage marqué. Prudence se leva, chancelant un peu, étant donné l'état de ses pieds. Et cela ne l'aida pas à voir le village d'Himple, dont elle ignorait à quelle distance il se trouvait, en vérité.

— Je ne pense pas que ce soit une bonne idée, dit Roan, se déplaçant pour se poster à côté d'elle et regarder la route, lui aussi.

— Je ne sais pas. A mon avis, ils ne me laisseront plus jamais sortir de Blackwood, lorsqu'ils auront vent de cette histoire.

Elle le regarda du coin de l'œil.

— Me laisseriez-vous sortir, vous ?

— Aucune chance !

Il regarda par-dessus son épaule.

— Alors vous comprenez mon…

Il lui prit brusquement le coude et la fit tourner de telle sorte qu'elle se retrouva dos à la route et face à lui.

— Qu'est-ce que…

— Reculez sous cet arbre.

— Cet arbre ! Mais je ne…

— Reculez, reculez ! insista-t-il en la poussant un peu et en bougeant avec elle, jusqu'à ce qu'elle soit sous les branches basses d'un sycomore et dans son ombre. Faites-vous toute petite.

— Me faire toute petite ? Comment s'y prend-on ?

Prudence tenta de se tourner, de voir derrière l'arbre ce qui avait attiré l'attention de Roan, mais il resserra les doigts sur son coude.

— Ne…

Trop tard, elle avait vu ce qu'il avait vu. Le Dr Linford était sorti sans se presser d'un des bâtiments de la rue et s'avançait sur la route.

Etouffant une exclamation, Prudence pressa son dos contre l'arbre.

— Oh ! non, *non,* murmura-t-elle, son esprit s'emballant.

Elle se représentait déjà le médecin la forçant à monter dans sa voiture et faisant demi-tour pour la ramener chez elle.

— Où est sa berline ?

— Au pied de la colline, répondit Roan. Ne paniquez pas.

Il se rapprocha, si bien qu'il la touchait presque.

— Comment puis-je ne pas paniquer ? Il va me voir !

Elle attrapa les revers de sa redingote et s'efforça de se faire toute petite.

— Ne bougez pas, ou vous allez attirer son attention sur…

— Je suis perdue ! dit-elle, secouant les revers de son vêtement dans sa frustration.

— Miss Cabot ! fit-il d'un ton sévère.

Prudence ne saurait jamais comment la chose arriva. Elle constata seulement qu'à un certain moment la bouche de Roan Matheson était sur la sienne. Ses lèvres, ces lèvres superbes, douces, chaudes et souples, se pressaient sur les siennes. Son corps était plaqué contre le sien.

Et c'était exquis.

Ses genoux se mirent à flageoler ; Roan passa alors un bras autour de sa taille comme s'il devinait sa faiblesse. Il l'attira à lui et pencha la tête de côté, puis glissa la langue dans sa bouche. Sa main était chaude sur son cou, restant là tandis qu'il l'embrassait, son pouce lui caressant la mâchoire. Ses seins étaient pressés contre son torse et elle se demanda s'il pouvait sentir que son cœur battait la chamade. Ses lèvres bougeaient légèrement sur les siennes, en dessinant la forme avec délicatesse, les goûtant comme si elles étaient une gourmandise, et Prudence s'entendit gémir doucement. Alors la pression de sa bouche sur la sienne s'intensifia. Il prit son visage dans sa main, et le caressa doucement.

Ce n'était pas le premier baiser de sa vie, mais cela aurait aussi bien pu l'être. Des étincelles explosaient en elle. C'était vraiment l'impression qu'elle avait… L'air était expulsé de ses poumons par son cœur qui tambourinait et elle pensait éclater sous la délicieuse torture de son baiser. Il bougea contre elle, la pressant contre l'arbre, et elle eut conscience de la réaction intuitive et vive de son corps qui se moulait et fondait contre lui. Sa force et son désir se pressaient contre elle et l'imprégnaient. C'était la chose la plus sensuelle qui lui soit jamais arrivée. La chose la plus excitante, provocatrice et troublante qu'elle pouvait imaginer. Elle ne voulait pas que cela prenne fin, jamais…

Mais soudain, ce fut fini.

Roan Matheson releva la tête. Ses yeux balayèrent son visage et il passa son pouce sur sa lèvre inférieure.

— Ceci est précisément la raison pour laquelle vous ne devez pas être seule sur cette route, miss Cabot, dit-il d'un ton emporté. Il y a des vauriens partout sur cette Terre. Il me déplaît de vous rappeler que je vous avais prévenue, mais je l'ai fait.

— Oh !

— Je ne voyais pas ça comme un compliment pour mon sexe, ajouta-t-il d'une voix coupante, et il se pencha pour regarder de l'autre côté de l'arbre. Je ne le vois plus.

— Bien, dit-elle, en lui souriant.

Son regard glissa jusqu'à elle. Il fronça les sourcils.

— Seigneur, marmonna-t-il avant de reculer, de lui

prendre la main et de l'écarter de l'arbre. Je pense que nous ferions mieux de chercher un cheval ou deux.

— Pardon ?

Il lui pressa la main.

— Je ne peux guère vous laisser seule maintenant, n'est-ce pas ?

— Mais je croyais que je vous rappelais votre sœur.

Son froncement de sourcils s'accentua.

— En cet instant, vous ne me rappelez rien d'autre qu'une tentatrice !

Le sourire de Prudence s'élargit.

Il secoua la tête.

— Vous savez monter, j'imagine ? Alors nous ferions mieux d'aller à cheval jusqu'à… où vous rendez-vous, déjà ?

— A Himple, dit-elle, incapable de réprimer son sourire.

— Himple, répéta-t-il.

Il leva les yeux au ciel, et soupira comme si cette histoire le perturbait aussi.

Chapitre 6

L'achat de chevaux, dans ce pays, n'était pas bon marché. Et il n'était pas non plus facile, surtout quand on avait de l'aide non sollicitée.

Roan avait expressément demandé à miss Cabot de rester à l'extérieur du relais de poste, pendant qu'il y entrait pour se renseigner. Naturellement, elle objecta, arguant que son accent étranger risquait de rendre difficile l'obtention d'informations. Il rétorqua que son état de jeune femme « célibataire et sans chaperon » risquait aussi de poser problème. Miss Cabot n'apprécia pas ce rappel — ce qui n'était pas surprenant — et il ne fut pas étonné qu'elle ne lui obéisse pas.

Les femmes de sa vie ne lui obéissaient jamais — ces femmes étant sa mère, sa sœur et ses conquêtes. Aucune d'elles ne suivait jamais ses avis, mais aucune d'elles ne l'avait jamais autant perturbé que miss Cabot. En partie peut-être parce qu'elle avait l'habitude déconcertante de parler quand il préférait qu'elle se taise.

Il nourrissait l'espoir que Susannah Pratt lui obéirait, mais il n'en savait pas assez sur elle pour le dire. Elle était douce, bien disposée, et… il ne cessait de chercher des qualités à admirer chez elle. Ce jour-là, un peu plus sérieusement qu'auparavant.

Dans le relais, il fut aussitôt assailli par bon nombre de sacs postaux qui pendaient du plafond. Il en écarta certains en tapant dessus, se baissa pour passer sous d'autres, et traversa le plancher qui craquait jusqu'à un omptoir.

Deux hommes d'un certain âge étaient assis derrière. Aucun d'eux ne bougea quand il s'approcha, donnant l'impression qu'ils étaient assis là depuis le commencement des temps et faisaient corps avec leur tabouret. C'était un miracle qu'ils ne soient pas couverts de toiles d'araignée ! L'un d'eux arborait une barbe d'un blanc de neige sous son nez aplati. L'autre avait perdu la majorité de ses cheveux, mais Dame nature avait jugé bon de lui laisser une paire de chenilles velues en guise de sourcils.

— Bonjour, messieurs…

Les chenilles acquiescèrent. La barbe, elle, ne sembla pas l'avoir entendu.

— Je me demandais si on pouvait trouver des chevaux à acheter, dans le coin.

— Qu'est-ce que vous dites ? demanda la barbe. Vous voulez acheter un cheval ?

Roan ne voyait pas du tout quel autre sens le mot « chevaux » pouvait avoir en Angleterre, mais il confirma :

— Oui. Deux chevaux.

— Deux, répéta la barbe, d'un ton qui suggérait qu'il trouvait cela excessif.

— Oui. Il m'en faut deux. Pour ma… euh…

Il grimaça et désigna vaguement la porte de la tête.

— Ma femme et moi, articula-t-il avec peine.

Que pouvait-il dire d'autre ? Il ne pouvait pas laisser entendre à ces hommes qu'il voyageait seul avec une femme non mariée. Non qu'il se soucie de ce qu'ils penseraient de lui, mais il imaginait très bien ce qu'ils penseraient — et diraient — de miss Cabot.

— Votre femme…, dirent les chenilles.

Et elles échangèrent un regard avec la barbe.

Roan ravala une petite boule d'inconfort. Se pouvait-il que quelqu'un de la diligence les ait mentionnés ? Qu'on ait peut-être même suggéré qu'ils guettent miss Cabot pour la défendre ?

— *Deux,* répéta la barbe aux chenilles.

— Y a-t-il un problème ? demanda Roan.

— La voiture de poste passera dans l'heure, déclarèrent les chenilles. Votre femme pourra prendre un billet pour monter à bord.

— En effet, répondit Roan. Ce serait une bonne solution si le mouvement de la voiture ne la rendait pas malade.

Les deux hommes ne dirent rien.

— Elle est délicate, ajouta-t-il, s'étranglant presque sur le mot.

On pouvait dire bien des choses de miss Cabot, mais certainement pas qu'elle était une personne un tant soit peu délicate.

— O'Grady. Habite plus loin sur la route, dit la barbe. Il prend ceux que la poste ne veut plus.

Tandis que Roan essayait de comprendre ce que ces mots signifiaient, la porte s'ouvrit derrière lui. Le regard des deux hommes se porta vers l'entrée.

— La madame, annoncèrent les chenilles.

— Pardon ? demanda miss Cabot. Bonjour, messieurs.

Elle s'avança jusqu'à Roan et lui sourit.

— Du succès ?

— *Oui.*

Il jeta un coup d'œil en biais aux deux hommes et passa un bras autour de sa taille. Miss Cabot regarda sa main.

— Je pense que vous seriez mieux dehors…

— Oh ! je suis très bien ici, dit-elle d'un ton enjoué, et elle écarta son bras de sa taille. Alors vous nous avez trouvé un cheval !

— Il semblerait que M. O'Grady, plus loin sur la route, pourrait avoir un cheval ou deux à céder.

— La madame devrait attendre ici. C'est une trotte, dirent les chenilles.

— La madame… ? commença miss Cabot, mais Roan l'interrompit vivement.

— Merci ! dit-il d'une voix forte, et cette fois, il l'empoigna et la tint fermement. Au nord, avez-vous dit ? demanda-t-il encore plus fort, tandis qu'il l'attirait à lui, contre son flanc, et orientait ses épaules de telle sorte que son visage soit pressé sur sa poitrine.

Puis il la fit pivoter vers la porte.

— Oui, au nord, répondit l'un des hommes.

Roan ouvrit la porte et poussa miss Cabot devant lui.

Une fois hors du relais de poste, elle fit demi-tour, posa les mains sur sa taille dans une attitude peu amène et le fusilla du regard.

— Vous leur avez dit que j'étais votre femme ?

— Je vous avais demandé d'attendre dehors.

— J'ai attendu dehors ! Mais ensuite je me suis demandé pourquoi je devais le faire. Combien de temps faut-il pour s'enquérir d'un cheval, je vous le demande ? Pourquoi leur avez-vous dit une chose pareille ? Comme si ma situation n'était pas assez désespérée ! Vous aviez vraiment besoin d'inventer cette histoire ?

— J'ai pensé qu'il serait mal vu d'annoncer que je voyage

avec une jeune femme qui n'est ni mon épouse ni ma sœur, et, de surcroît, quelqu'un que je connais à peine.

— Oh ! fit-elle, perdant de sa vindicte.

— Allons-nous trouver cet O'Grady ? demanda-t-il, en se penchant pour ramasser leurs bagages.

Puis il s'éloigna sans regarder en arrière.

Un instant plus tard, miss Cabot apparut à côté de lui, traînant les pieds dans ses chaussures mal adaptées.

— Où est ce M. O'Grady ? demanda-t-elle avec irritation, après une demi-heure de marche en direction du nord.

— Je n'en suis pas complètement sûr.

Ils marchèrent de nouveau en silence. De temps à autre, miss Cabot soupirait. Elle remonta son bonnet sur sa tête, ce que Roan n'apprécia pas — il aimait regarder son visage.

Au bout d'un moment, elle gémit un peu.

— Je ne peux pas… Enfin, je ne sais pas si je…

— C'est sûrement là, fit Roan, pointant du doigt cinq chevaux qui paissaient dans une prairie, devant eux.

Cette nouvelle incita miss Cabot à accélérer le pas ; elle boitilla soudain à une allure impressionnante.

La prairie était ceinte d'un muret de pierres sur lequel elle s'assit promptement avant d'ôter ses chaussures et de soupirer.

— Maintenant, le défi est de trouver l'homme à qui appartiennent ces chevaux, dit Roan. Il ne doit pas être loin.

Il baissa les yeux sur sa protégée.

— Puis-je vous faire confiance pour rester ici, sur ce muret, pendant que je vais jeter un coup d'œil ?

— Oui, dit-elle en fixant ses pieds.

Roan les regarda aussi. Ses bas étaient mouillés de l'écoulement de ses ampoules. Il s'accroupit à côté d'elle et prit un pied dans sa main.

— Non ! s'exclama-t-elle. Que faites-vous ?

Il commença à en masser la plante, et tout le corps de miss Cabot s'affaissa de soulagement.

— Vous ne devriez pas, vraiment, protesta-t-elle faiblement, levant cependant son autre pied près de celui qu'il massait, et fermant les yeux. Ce n'est pas convenable.

Il sourit, savourant son expression extasiée, tandis qu'il continuait à lui masser les pieds.

— Ce qui n'est pas convenable, c'est que vous essayiez de traverser l'Angleterre à pied avec ces horribles chaussures !

— Elles viennent de France, monsieur, dit-elle avec raideur.

— Qu'est-ce que ça à voir ? Elles sont inadaptées.

— Bien sûr ! Elles ne sont pas faites pour marcher dans la campagne, riposta-t-elle avec indignation en rouvrant les yeux.

Roan s'interrompit dans ses massages, dans l'intention de discuter, mais elle lui donna un petit coup de son autre pied afin qu'il continue.

— Je n'ai jamais eu l'intention de traverser l'Angleterre avec !

— Vous n'avez pas d'autres chaussures dans votre valise ?

— Si, répondit-elle. Des pantoufles en soie. Je suppose qu'en Amérique vous vous attachez tous des bandes de cuir aux pieds pour aller avec le cuir de vos pantalons, et que vous vous pavanez comme si c'était la chose à la mode.

Roan ne put s'empêcher de rire.

— Pardonnez-moi… Je n'ai jamais voulu critiquer vos belles chaussures françaises.

— Hmm, fit-elle, et elle referma les yeux.

Lorsqu'il lui eut massé le second pied aussi soigneusement que le premier, il le lâcha et se leva. Miss Cabot étendit les jambes et fit jouer ses orteils.

— Bon, et maintenant, puis-je vous faire confiance ?

— Oui. Je vais avec vous, répondit-elle, la tête inclinée de côté, examinant ses pieds.

— Quoi ? Non ! Vous n'écoutez pas.

Il se pencha, lui prit le menton dans la main et la força à lever la tête.

Elle sourit.

— Vous allez rester ici, sur ce muret, exactement comme vous êtes, pendant que je vais jeter un coup d'œil alentour.

Elle noua calmement les doigts autour de son poignet et tira brusquement sur sa main. Puis elle se redressa, approchant la tête si près de la sienne que Roan put voir les petits points bruns dans ses très beaux yeux noisette.

— Je viens. Vous êtes étranger et vous ne savez pas y faire.

Là-dessus, elle se rassit en arrière et reporta son attention sur ses pieds.

Roan était perplexe.

— Je ne sais pas faire quoi, exactement ?

— Parler aux paysans.

Elle renfila ses chaussures avec une grimace de douleur, ignorant son regard incrédule.

— Restez ici, miss Cabot.

— Non !

Elle remua les chevilles, leur faisant faire de petits cercles, ses pieds pointant vers la route. Puis elle plaça délicatement les mains sur ses genoux et leva les yeux vers lui.

— Comptez-vous rester ici et me fixer toute la journée, ou allons-nous trouver un cheval ?

Roan soupira. Il savait reconnaître une femme obstinée et il lui tendit la main.

Ils traversèrent la prairie et étudièrent les chevaux qui paissaient. Ils n'étaient pas jeunes, et l'un d'eux avait une bosse au-dessus de la cuisse droite.

— Oh ! mon Dieu ! fit miss Cabot.

Mais Roan les trouva doux et assez forts.

— Ils feront l'affaire.

A l'autre bout du pré, en contrebas, il aperçut quelques cottages et des bâtiments qui ressemblaient à des granges. De la fumée s'élevait des cheminées.

Il s'arrêta.

— C'est charmant, dit miss Cabot d'un ton rêveur.

Roan la regarda, ne sachant pas très bien ce qu'elle trouvait charmant. Le soleil était à l'aplomb au-dessus d'eux, et mettait en évidence des taches de rousseur sur son nez. Elle paraissait remarquablement fraîche, en dépit de tout ce qui s'était passé ce jour-là.

— Vous ne trouvez pas ?

Il ramena son attention au paysage devant eux. Un cochon fouillait la terre devant l'une des granges, au milieu de quelques poules. Un chien était couché à l'ombre d'un arbre près d'un cottage, la tête levée, le mufle tourné dans la direction de Roan.

— « Charmant » n'est pas le mot que j'emploierais, marmonna-t-il en observant le chien et en le jaugeant.

Il avança prudemment et ajouta :

— Attendez ici.

Le chien commença à agiter la queue, puis il bondit sur ses pattes et aboya.

L'une des portes du cottage s'ouvrit et un homme sortit. Il se dirigea vers Roan avec un léger sourire — à moins que ce ne soit un rictus — telle une vache bien nourrie rentrant lourdement à l'étable. Roan vit qu'il lui manquait une dent et un œil du même côté, comme s'il avait reçu un coup spectaculaire. Il fut curieux de savoir ce qui lui était arrivé, mais vu qu'il devait marchander pour une affaire importante il jugea préférable de ne pas risquer de lui déplaire.

— Oui ? fit l'homme, son œil unique regardant au-delà de Roan vers miss Cabot probablement.

— Bonjour, dit Roan. Seriez-vous par hasard disposé à vous séparer d'une paire de chevaux ?

L'homme regarda vers la prairie, où paissaient ses cinq bêtes.

— Oui ? répéta-t-il.

Roan fut un instant empli de confusion : est-ce que l'homme ne le comprenait pas, ou voulait-il qu'il continue ? Il opta pour la seconde hypothèse.

— Avec des selles, si vous pouvez vous en passer. Je vais à West Lee.

— Wesleigh ? Prenez la diligence qui va vers le sud, répondit l'homme en agitant la main dans la direction du village d'où ils venaient, et en se retournant, comme si l'affaire était réglée.

— Pas ce West Lee là. Celui du Nord.

— Oh ! vous voulez dire « Weslay » ? demanda l'homme en plissant les paupières. Alors pourquoi dites-vous « Wesleigh » ?

Roan prit une grande inspiration. Il avait beau s'y escrimer, il n'entendait pas la différence.

— J'ai besoin de deux chevaux pour m'emmener dans le Nord, et vous, monsieur, en avez cinq dans votre pré. Certains sont-ils à vendre ?

L'homme le considéra un moment en silence.

— Quinze livres.

Roan blêmit à l'annonce de cette somme exagérée.

— Quinze livres pour deux vieux canassons ?

— Pas pour deux, non, monsieur, déclara patiemment l'homme. Pour un.

— Un ! Ces vieilles carnes ne valent pas le quart d'un penny ! s'écria Roan, agitant la main derrière lui, à l'aveuglette.

— Ils valent certainement le quart d'un penny. Peut-être vouliez-vous dire une livre ? fit alors la voix de miss Cabot derrière lui.

Roan dut faire appel à un contrôle de soi considérable pour se tourner calmement vers elle, noter que des chardons s'accrochaient au bas de sa robe et déclarer tranquillement :

— Je voulais dire le quart d'un penny.

Il se retourna vers le vieil homme.

— Voulez-vous nous excuser un instant ?

Sur ce, il refit face à miss Cabot, posa les mains sur ses épaules, la fit pivoter, et ils s'éloignèrent au pas de charge afin de se mettre hors de portée des oreilles de l'homme.

— Par tous les diables, que faites-vous ? Laissez-moi au moins négocier avec ce vieux bouc !

— Très bien, dit-elle avec détachement. Mais un quart de penny, ce n'est vraiment pas beaucoup. Même un très vieux cheval vaudrait plus. Voulez-vous que je vous montre ? demanda-t-elle en prenant son réticule.

Il posa sa main sur la sienne pour l'arrêter.

— J'ai déjà vu un quart de penny. Pensez-vous que j'aie débarqué sur le sol anglais et me sois mis gaiement en chemin sans me renseigner sur la monnaie ou les coutumes du pays ?

— Eh bien…

Elle haussa les épaules et détourna les yeux, comme si c'était exactement ce qu'elle pensait.

— Vous avez offert un quart de penny, murmura-t-elle.

— Je n'ai pas le temps de vous expliquer les subtilités d'une négociation maintenant. Laissez-moi marchander et pas un mot !

Il retourna à grands pas jusqu'au vieil homme qui s'était appuyé contre une barrière, le chien à ses pieds.

— Je vais vous donner dix livres pour deux, annonça-t-il, tirant sa bourse de sa poche.

— Quinze pour un, contra l'homme.

— C'est ridicule ! Pensez-vous que j'ai l'intention de les élever ? De produire un troupeau de chevaux de poste usés, à l'échine creuse ?

Le vieil homme haussa les épaules.

— Peut-être que vingt livres lui conviendraient mieux ?

Dieu le préserve ! Miss Cabot venait de réapparaître à côté de lui, souriant joliment au maquignon.

— Ça me semble assez juste, continua-t-elle. Vingt livres, c'est vraiment beaucoup d'argent. Notre garde-chasse, M. Cuniff, a vendu sa charrette pour vingt livres et, rendez-vous compte, il a envoyé sa benjamine à l'école privée ! C'est une petite fortune, non ?

Roan était prêt à la renvoyer dans son coin, peut-être même avec une petite tape sur son postérieur très bien formé, mais le vieil homme le surprit. Il lança à miss Cabot un regard dont Roan était certain que c'était un sourire.

— Oui, beaucoup d'argent, convint-il.

— Il serait très aimable à vous d'accepter vingt livres. Mon cousin, poursuivit-elle en le désignant, n'a pas beaucoup d'argent, en vérité, et si vous pouviez envisager d'accepter ce prix, je vous en serais très reconnaissante.

Elle sourit d'un air suave, l'air remarquablement angélique.

— Pour vous, *lass*, je veux bien vous faire ce prix, répondit alors le vieil homme.

Roan la fixa, bouche bée. Avait-elle vraiment proposé vingt livres, dix de plus que ce qu'il comptait payer ? Pour deux chevaux ? Du moins espérait-il que c'était pour deux — comme l'homme avait parlé d'un seul, il n'en était pas sûr.

— Pour ce prix, nous devrions avoir des selles, dit-il. Je peux m'en passer, mais on ne peut s'attendre à ce que ma cousine — il jeta un coup d'œil de travers à miss Cabot — fasse de même.

— Pour ce prix, vous avez un cheval, pas de selle, dit le maquignon.

— Quoi ? s'écria miss Cabot. Nous étions d'accord pour deux !

— Nous étions d'accord sur le prix, miss. Pas sur le nombre de bêtes. J'ai dit quinze pour un. Vous avez contré à vingt. C'est vingt livres pour un cheval.

Elle étouffa une exclamation et tourna de grands yeux vers Roan.

— Ce n'est pas du tout ce que je voulais dire ! Voyons, monsieur..., dit-elle en se tournant vers l'homme.

Roan parvint à l'interrompre avant qu'elle ne lui coûte encore plus d'argent.

— Non, non, non, non ! Ne parlez pas. Ne dites pas un mot de plus.

— Mais il...

— Il a les chevaux, insista Roan en la fixant, espérant qu'elle lise dans ses yeux combien il était important qu'elle n'ajoute plus rien.

— Mais vous ne pouvez pas accepter ! chuchota-t-elle.

— Vous l'avez déjà fait, dit-il sur le même ton.

Il jeta un coup d'œil par-dessus son épaule à O'Grady, qui les observait avec un certain amusement. Roan écarta miss Cabot de quelques pas. Il était si près d'elle, à présent, qu'il ne put s'empêcher de remarquer combien sa peau était lisse, combien ses cheveux, sur ses tempes, étaient blonds, et combien les fines marques de rire autour de ses yeux étaient séduisantes. En outre, cette bouche qu'il avait embrassée si impétueusement lui parut encore plus pleine, plus sensuelle que sous le sycomore.

— Vous êtes en colère et moi aussi, dit-elle, le ramenant brusquement à l'instant présent. Mais je ne peux vous laisser acheter un cheval à ce prix.

Elle leva le réticule qui pendait à son poignet.

— Ecartez ce sac ou je vais le prendre. J'ai ma fierté, miss Cabot.

— Et j'ai la mienne !

— Faites-moi confiance, ma fierté est plus grande et plus forte que la vôtre a jamais rêvé de l'être. Si vous n'écartez pas ce réticule tout de suite, je ne vous vendrai pas seulement comme épouse à M. O'Grady, je prendrai aussi un cochon en échange !

Elle inspira, choquée. Puis son joli visage se crispa en une expression de fureur si intense qu'il en sentit presque la brûlure. Elle s'écarta de lui en tournoyant et s'éloigna à grands pas en direction du pâturage.

Un cheval, une bride, une corde et aucune selle plus tard — dix-huit livres tout compris, après négociation du prix —, Roan attacha leurs bagages sur le dos d'un animal éreinté. Il joignit les mains pour aider miss Cabot à monter et elle planta fortement son talon dans ses paumes.

Il la propulsa vers le haut.

Elle atterrit les deux jambes du même côté.

— Relevez votre jupe, et passez une jambe par-dessus.

— Il n'en est pas question !

— Vous ne pouvez pas monter de cette façon, dit-il d'un ton impatient. Nous sommes deux à devoir nous jucher sur cet animal.

Qu'avaient donc les jeunes femmes pour être aussi récalcitrantes ? C'était comme si la gent féminine entière voulait prouver qu'elle était capable de faire tout ce que faisaient les hommes. Il posa la main sur sa cuisse pour attirer son attention et nota combien elle était mince et ferme.

— Le jour tire à sa fin, dit-il.

— Alors enfourchez le cheval, monsieur Matheson, et mettons-nous en route.

— Très bien, lâcha-t-il d'un ton coupant. Mais je ne tolérerai pas de larmes si vous tombez !

Il se mit en place d'un seul bond. Le vieil animal fit deux pas de côté, visiblement pas habitué à porter un tel poids. Roan dut faire passer les jambes de miss Cabot par-dessus sa cuisse droite et placer ses bras de chaque côté d'elle pour pouvoir prendre la bride. Le cheval s'ébroua et miss Cabot glissa contre lui, son épaule juste sous son menton.

— Vraiment…

Elle se mit soudain à se tortiller, parvenant Dieu sait comment à remonter une jambe sur l'encolure du cheval. Elle prit son temps pour s'installer, tirant sur sa jupe, redressant son bonnet.

Sentir son corps frotter ainsi contre le sien, c'était vraiment trop pour Roan.

— Vous êtes conscient, n'est-ce pas, que si nous rencontrons quelqu'un je me jetterai à bas de ce cheval ? dit-elle avec irritation.

— Si vous continuez à vous tortiller ainsi, je vous éjecterai moi-même, grommela-t-il, mettant le cheval au trot.

Avec un glapissement de surprise, miss Cabot rebondit, son postérieur se calant bien trop étroitement entre ses jambes, au goût de Roan.

Cette chevauchée promettait d'être la plus insupportable

de sa vie ! Jamais, jusqu'ici, il n'avait été mis autant sens dessus dessous par une femme. Il n'avait par ailleurs jamais imaginé qu'il pourrait être forcé d'acheter un vieux cheval et de le chevaucher avec une belle fille sur les genoux. Et franchement, cette expérience lui faisait redouter ce que ces jolis yeux noisette pourraient l'obliger à faire d'autre.

Chapitre 7

Il sembla à Prudence qu'ils chevauchaient depuis des heures sur cet étroit chemin de campagne sans voir personne. De temps à autre, au bout d'un champ, elle apercevait de la fumée qui montait d'une cheminée éloignée ou un troupeau de moutons éparpillés au flanc d'un coteau. Mais on aurait dit que la contrée de l'Ouest avait été abandonnée.

Le cheval — une vieille jument de trait — allait péniblement de l'avant. Et rien de ce que Roan Matheson essayait ne la poussait à aller plus vite.

— Quand je pense à ce que j'ai payé pour cette… *carne* ! dit-il en prononçant ce mot avec difficulté, tandis qu'il faisait de son mieux pour faire avancer la bête.

Ils s'arrêtaient de temps à autre pour qu'elle se repose. La fin d'après-midi était devenue très chaude ; Prudence ôta son bonnet et son spencer et les mit dans sa valise, ainsi que son réticule.

Sans sa veste, elle avait encore plus conscience du corps de son compagnon de route. Sa peau devint moite du seul fait de la chaleur qui se dégageait entre eux. Elle sentait tous les contours de son corps, ses parties masculines pressées contre ses hanches. C'était à la fois provocateur et alarmant.

Il était terriblement inconvenant d'être assise sur lui de cette manière, mais... elle aimait cela.

Son esprit dériva alors vers des images osées, son imagination allant jusqu'à le voir sans ses vêtements. Ces pensées la faisaient transpirer d'une manière qui lui paraissait un peu dangereuse vu les circonstances, mais elle n'était pas sûre de s'en soucier. Elle n'avait jamais été aussi intimement proche d'un homme et il semblait ridicule de se préoccuper des convenances maintenant, pas après ce baiser, pas après avoir été assise si près de lui.

Non pas qu'elle soit prête à envoyer totalement sa vertu au diable.

Du moins se le disait-elle.

Comme la conscience qu'elle avait de lui ne faisait que s'intensifier, elle tenta de fixer son attention sur autre chose. N'importe quoi.

Elle essaya tout d'abord de lui parler. « Aimez-vous New York ? Est-ce une très grande ville ? La traversée a-t-elle été très agitée ? Combien de marins faut-il, à votre avis, pour équiper l'un de ces bateaux ? » Mais il ne paraissait pas d'humeur à discuter et ne tarda pas à répondre à ses nombreuses questions par des monosyllabes, en grognant.

Alors elle se mit à chantonner. On la considérait comme une pianiste accomplie, ce dont elle convenait modestement. Mais lorsqu'elle chantait, c'était moins plaisant. Elle commença à chantonner pour couvrir les gargouillements de son estomac et pour faire cesser les frissons qui montaient et descendaient le long de son échine chaque fois qu'un cahot la pressait plus fortement contre Roan. Elle se mit à chanter plus fort quand ses jambes commencèrent à lui faire mal, à force d'être assise d'une façon si malcommode, mais les bouger emboîterait encore plus son corps dans le sien.

Elle venait juste de prendre une voix d'opéra, ou quasiment, lorsque Roan Matheson passa le bras sur son estomac et le pressa.

— Je vous en supplie… arrêtez !

— De chanter ?

— De chanter, de parler, dit-il d'un ton implorant.

— Je cherche seulement à passer le temps, se défendit-elle, un peu blessée qu'il n'apprécie pas ses efforts. J'aimerais m'arrêter, ajouta-t-elle, se sentant soudain nauséeuse.

— C'est précisément ce que je vous demande.

— Je veux dire le cheval. J'aimerais descendre.

— Bientôt, lui promit-il. Nous ne devons plus être très loin.

— Maintenant, monsieur Matheson ! s'exclama-t-elle, car elle avait vraiment mal au cœur, tout à coup.

Il arrêta le cheval et en descendit. Prudence sauta avant qu'il ne puisse l'aider, mais elle n'avait pas escompté que ses jambes soient si faibles. Elles fléchirent sous elle et elle se retrouva à quatre pattes.

— Miss Cabot !

Il la remit sur pied, puis écarta son bonnet et ses cheveux de son visage.

— Allez-vous bien ?

— Oui, je vais bien, je vais bien, répondit-elle, chassant ses mains.

Elle posa la main sur son ventre.

— Qu'y a-t-il ? demanda-t-il avec une expression alarmée. Etes-vous malade ?

— Non !

Puis elle avoua dans une grimace :

— Si, un peu.

Il prit son visage dans sa paume.

— Vous n'êtes pas chaude. Est-ce votre tête ? Votre ventre ?

— Je ne sais pas, dit-elle, pressant les mains sur son abdomen. J'ai la nausée.

— Il faut que vous mangiez quelque chose. Où est la nourriture que vous aviez ce matin ?

— Dans ma valise.

Il la laissa et alla jusqu'au cheval pour détacher sa valise. Il la défit et la lui tint ouverte ; Prudence en sortit le paquet improvisé et le déplia. Ils penchèrent la tête en même temps et regardèrent les maigres portions qui restaient. Il y avait un peu de fromage, deux beignets et un quignon de pain rassis. Prudence lui jeta un coup d'œil.

— Eh bien, fit-il d'un ton penaud. Apparemment, j'ai mangé plus que je ne le pensais. Mangez ce qui reste. Nous allons bientôt trouver un village et je m'assurerai que vous soyez bien nourrie.

— Il n'y a pas de prochain village, dit-elle d'un ton morose, en grignotant un beignet. Nous avons chevauché toute la journée et n'avons rien vu. Nous devons être près de Brasenton Park.

— De… ?

— Le domaine du comte de Cargyle. Il est situé entre Ashton Down et Himple. Mon amie, Mme Bulworth, m'a dit que c'est une vaste propriété sauvage, et cet endroit me paraît vaste et sauvage.

— Je suis arrivé par là, vous vous souvenez ? demanda-t-il. Je dirais que nous sommes à une demi-heure de la prochaine localité, tout au plus.

— Une demi-heure ! s'exclama-t-elle en tressaillant.

L'idée de remonter sur ce cheval était plus qu'elle ne pouvait supporter.

— Venez, dit-il, en passant un bras autour de ses épaules.

Pensez au bain que vous demanderez à l'aubergiste de vous préparer.

— Un bain, répéta-t-elle rêveusement.

Il s'avéra qu'il avait presque raison. En moins d'un quart d'heure, tandis que le soleil commençait à baisser, ils arrivèrent à une taverne.

— Aha, repas en vue ! dit-il en lui donnant une tape sur la jambe.

La taverne se trouvait seule sur la route, sans autres bâtiments autour. Prudence eut les plus grands doutes sur le genre de nourriture qu'elle proposait — l'édifice paraissait assez délabré avec sa maçonnerie abîmée et son toit qui s'affaissait sur la droite. Il y avait une seule fenêtre, entrouverte.

Alors qu'ils s'approchaient, un homme sortit en chancelant par la petite porte et contourna le bâtiment, pour disparaître sur un sentier qui conduisait dans les bois.

Prudence observa la bâtisse avec méfiance. Elle ne s'était jamais considérée comme délicate, mais l'idée de manger un plat cuisiné dans cette taverne miteuse lui retournait l'estomac.

— Je n'ai pas faim, dit-elle. Ce n'est pas la peine d'entrer.

— Ne parlez à personne pendant que je serai à l'intérieur, entendez-vous ? déclara Roan, ignorant sa remarque. Si quelqu'un vous aborde, prenez ce cheval et filez. Vous savez monter, n'est-ce pas ?

— Oui, bien sûr. Mais vraiment, il n'est pas nécessaire…

— Pas de « mais », Prudence. Attendez, c'est tout !

Il s'éloigna à grands pas. Elle aurait pu insister davantage pour qu'ils continuent leur chemin, mais elle avait été distraite par la façon dont il avait dit son prénom. Comme s'ils étaient amis. Et il sonnait si joliment quand il le prononçait ! Il ne paraissait pas raide, ainsi qu'il lui avait toujours semblé dans la bouche des Anglais, comme si le « Pru » leur restait dans la gorge. Quand Roan Matheson le prononçait, son prénom paraissait charmant. Facile. Heureux.

Il disparut à l'intérieur et elle glissa à bas du cheval, prenant soin d'atterrir convenablement, cette fois. Elle resta à côté de la jument, lui caressant l'encolure et observant la porte de la taverne. Des rires s'en échappaient, des voix graves d'hommes, la voix aiguë d'une femme. Elle recula dans l'ombre, son pouls s'emballant. Pourquoi Roan Matheson tardait-il tant à revenir ? Qu'est-ce qui le retenait ? Elle avait un mauvais pressentiment.

La porte s'ouvrit brusquement et il sortit à grands pas, les poches remplies, l'expression sombre.

— Que se passe-t-il ?

Il ne répondit pas ; il l'attrapa par la taille sans prévenir et la jeta pratiquement sur le dos du cheval. Puis, dans ce qui sembla presque être le même mouvement, il se hissa de façon acrobatique derrière elle. Passant un bras ferme autour de sa taille et saisissant la bride, il fouetta la jument et cria : « Hue ! », la faisant partir au galop. Un galop qui secouait fortement. Prudence en cria de surprise et de frayeur. Roan l'attira durement contre lui, alors que leur monture galopait d'un pas inégal, les faisant rebondir sur son dos comme de petits enfants.

Mais elle se remit vite au pas, préférant apparemment une allure moins rapide, malgré les suppliques et les cajoleries de Roan.

Prudence jeta un coup d'œil par-dessus son épaule, s'attendant à voir des cavaliers à leurs trousses. Mais il n'y avait personne.

— Pourquoi fuyons-nous ?

— Je n'ai pas reçu un accueil très chaleureux, dit-il. J'ai jugé préférable de ne pas m'attarder.

Il guida la jument hors de la route, l'engageant sur un sentier qui suivait un cours d'eau.

— Où allons-nous ? demanda encore Prudence, plissant les paupières dans la lumière faiblissante.

— Nous nous arrêtons pour la nuit. Le cheval n'en peut plus.

— Mais... il n'y a pas d'auberge ! Pas d'abri ! s'écria-t-elle, alarmée.

Elle n'avait à aucun moment considéré cette possibilité : il avait dit qu'un village était proche.

— Qu'y a-t-il, Prudence ? N'avez-vous jamais dormi à la belle étoile ?

— Non ! répondit-elle, atterrée.

Elle sentit son rire se répercuter dans son dos, tandis qu'il arrêtait la vieille jument et sautait à terre.

— Descendez, dit-il, et sans lui laisser le temps d'esquisser un mouvement, il la souleva.

Quand elle fut sur le sol, il sortit de ses poches renflées un torchon et une vieille flasque tachée d'huile.

— De la viande et du pain, annonça-t-il en lui tendant le torchon. Et de la bière.

— Vous les avez achetés ?

— Pas exactement, répondit-il avec un sourire de biais. Disons seulement qu'une servante a proposé de m'aider.

Ses yeux brillaient.

— Aidez-moi à rassembler du bois pour le feu, maintenant.

Elle ramassa du bois, ses pensées pleines d'images très explicites sur la façon dont il avait pu convaincre une servante d'auberge de lui donner ces victuailles.

Il s'avéra très efficace pour établir un camp. Il frotta des bâtons l'un contre l'autre pour enflammer du petit bois, comme elle avait vu le faire une fois un garde-chasse, et en quelques instants ils eurent un petit feu ronflant. Il ôta leurs bagages du dos de la jument et, d'une claque sur la croupe, l'envoya paître et boire le long du ruisseau. Il étendit son manteau sur le sol pour que Prudence s'asseye. Elle fouilla dans sa valise et en sortit son spencer, qu'elle enfila, puis elle s'installa devant le feu, les genoux remontés contre sa poitrine. Elle regarda Roan tirer son pistolet de sa botte et le glisser à sa ceinture.

Il piqua la viande sur un bâton et la tint au-dessus du feu pour la réchauffer. De la graisse coula et grésilla dans les flammes. Au bout de quelques minutes, il tendit le bâton à Prudence.

— Mangez.

Elle obéit. La viande, graisseuse et filandreuse, était la meilleure qu'elle ait jamais goûtée — elle ne s'était pas rendu compte qu'elle était affamée à ce point.

Il lui offrit la flasque de bière, qu'elle considéra avec un peu plus de nervosité.

— Vous buvez de la bière, n'est-ce pas ? demanda-t-il.

Elle en avait bu peut-être deux fois dans sa vie.

— Oui, répondit-elle, prenant la flasque.

La bière était bien meilleure que la viande. Elle répandit sa chaleur en elle, la réchauffant contre la fraîcheur qui commençait à s'installer.

Lorsqu'ils eurent dévoré la nourriture, Prudence s'essuya la bouche du revers de la main, ce qui manquait de délicatesse.

— Je vais me laver les mains, dit-elle, et elle se rendit au bord du ruisseau.

Elle s'accroupit et, ce faisant, baissa les yeux sur la robe bleu pâle qu'elle portait. Seigneur, on aurait dit qu'elle l'avait trouvée dans les bois ! Des taches de terre et des crins de cheval en émaillaient la mousseline, et des bribes de végétaux étaient accrochées à l'ourlet. Elle adorait cette robe de voyage, mais elle doutait qu'Hannah, la femme de chambre et aide de sa mère depuis des lustres, puisse la nettoyer.

Elle se lava le visage du mieux qu'elle put, repoussant en arrière des mèches folles. Elle avait l'impression que ses cheveux étaient tout emmêlés, et se dit qu'elle allait prendre ses peignes en ivoire dans sa valise pour les coiffer de son mieux.

Lorsqu'elle revint près du feu, Roan était allongé sur le côté, les jambes tendues. Il l'avait observée, s'avisa-t-elle, et ses yeux avaient pris un éclat différent. Ils lui semblaient plus sombres. Peut-être plus agités. Quoi que ce soit qui ait changé, cela fit frissonner Prudence. Elle s'agenouilla sur sa redingote. Il ne parla pas ; il se redressa seulement et lui toucha le coin de la bouche. C'était juste un effleurement, à peine un contact, mais son doigt s'attarda et son regard ne quitta pas celui de Prudence. Et ce contact, ce regard se réverbérèrent en elle comme une onde de lumière. Elle se sentit un peu déstabilisée. Poussée par une chose qu'elle ne pouvait pas nommer, mais qui avait à voir avec ce baiser sous le sycomore, avec la façon dont il la regardait maintenant. Cela avait à voir avec une aspiration si profonde et si vaste qu'elle avait l'impression d'y flotter à la dérive.

Elle noua les doigts autour de son poignet, et écarta sa main de sa bouche. Puis elle se choqua elle-même en prenant son index entre ses lèvres, sur une impulsion. Elle le toucha de la pointe de la langue, comme un sucre d'orge, et le suça légèrement.

Roan prit une grande inspiration. Son regard tomba sur sa bouche et s'y attarda. Il paraissait affamé, et Prudence eut l'impression qu'il pourrait la dévorer aussi facilement qu'il avait dévoré leur pain. Son cœur se mit à battre la chamade. Aussi sidérante que soit cette idée, elle pensa alors qu'il lui plairait qu'il la dévore.

Il retira son index de sa bouche, saisit ses doigts et les pressa comme pour la mettre en garde.

— Asseyez-vous, maintenant.

Mais Prudence ne bougea pas. Elle était fascinée par l'expression de ses yeux, par le pli de sa bouche.

Il fixa ses lèvres.

— A moins que vous ne soyez prête à en assumer les conséquences, asseyez-vous tout de suite !

Elle savait de quelles conséquences il voulait parler, et cela l'effrayait. Non parce qu'elle les craignait, mais, au contraire, parce qu'elle ne les craignait pas du tout. Ce qui lui faisait peur, c'était son inclination à vouloir ignorer les convenances et la vertu. N'avait-elle pas causé assez de problèmes pour un jour ? Mais justement, à quoi bon se restreindre maintenant ? se dit-elle. Et surtout, la pensée qu'elle n'aurait plus jamais une chance pareille s'infiltra dans son esprit.

Roan sentit son hésitation à reculer comme il le lui avait commandé et secoua la tête.

— Vous êtes intrépide, n'est-ce pas ? Comme ma sœur.

— Je ne suis pas votre sœur, répondit-elle en regardant sa bouche.

Un petit sourire appréciateur apparut sur ses lèvres.

— Non, vous ne l'êtes pas.

Son regard descendit jusqu'à son spencer.

— Soyez prudente, Prudence. Un jeune homme passera par là et…

Il se remit soudain sur ses pieds, et scruta les ombres qui s'étaient refermées autour d'eux.

— Qu'y a-t-il ? demanda Prudence, qui se releva d'un bond, elle aussi.

Il posa un doigt sur ses lèvres pour l'inciter au silence et s'avança, examinant les arbres alentour. Elle le vit soudain se raidir. Trois hommes sortirent des bois et se déployèrent en éventail, de telle sorte qu'on ne pouvait pas les contourner. Le cœur de Prudence se mit à battre très fort.

— Qu'avons-nous là ?

L'homme qui avait parlé était aussi grand qu'un arbre et il lui manquait des dents.

— Un tête-à-tête d'amoureux ?

Les deux autres, qui étaient aussi débraillés que lui, rirent.

Prudence se sentit très mal, se remémorant les histoires horribles que Mercy racontait tout le temps.

— Bonsoir, messieurs, dit Roan, les jambes écartées et les poings serrés contre ses cuisses. Je vous inviterais bien à dîner, mais comme vous le voyez, nous n'avons rien à partager.

Le regard du grand homme se posa sur Prudence.

— Rien, vraiment ? lâcha-t-il d'un ton traînant, tout en la parcourant des yeux.

Prudence crut qu'elle allait vomir. Elle dut émettre un gémissement de détresse, car Roan la prit par le bras et la fit passer derrière lui.

— Comme je l'ai dit, nous n'avons rien à partager, répéta-t-il, la voix sourde de colère.

Le grand homme s'approcha et ses deux comparses les entourèrent. L'un d'eux se baissa pour prendre sa valise.

— Non ! s'exclama-t-elle d'une voix étouffée, puis elle entendit le bruit déplaisant d'un poing heurtant de l'os.

Apparemment, Roan avait frappé le grand homme au visage quand elle avait crié, l'expédiant à terre. Puis il lui sauta dessus avant que l'autre puisse se relever.

Ils roulèrent sur le sol, échangeant des coups. Prudence avait si peur pour Roan qu'elle en était quasiment figée sur place. Surtout quand les deux autres l'empoignèrent pour libérer leur compagnon.

Mais Roan n'était pas disposé à s'arrêter de lutter. Il décocha un crochet à l'un des deux hommes, le frappant à la mâchoire qui craqua si bruyamment que Prudence se sentit malade. L'homme bascula à terre, se couvrant le visage de ses mains. Roan continua à les combattre tous les trois, s'arrangeant pour les frapper tout en restant hors d'atteinte, sautillant et se déplaçant comme un lutteur sur un ring. Dans la mêlée, son pistolet tomba et glissa sur l'herbe. Prudence plongea dessus, le ramassant avant que les hommes ne le remarquent.

Mais affronter trois adversaires à la fois était trop pour Roan. Non sans mal les deux plus petits le saisirent par les bras et le maintinrent pendant que le grand le frappait à l'estomac.

Alors Prudence paniqua, craignant qu'il ne soit tué, et sans réfléchir, hurla.

Ce hurlement fit se tourner toutes les têtes, comme si les quatre hommes pensaient que quelqu'un d'autre les avait rejoints.

— Etes-vous fous ? cria-t-elle. Pensez-vous que le comte va perdre un instant pour rechercher qui a attaqué son invité ?

Le poing du grand homme s'arrêta en l'air. Il se tourna lentement vers elle.

— C'est bien, dit-elle, hochant la tête avec vigueur, tout en cachant le pistolet dans les plis de sa robe.

— Cet homme est l'hôte de lord Cargyle !

— Prudence, ne…, commença Roan, mais l'un des hommes l'interrompit d'un direct dans les côtes.

Le plus grand rit.

— Cargyle, dites-vous, ma jolie ? Il est à des milles d'ici !

Il s'avança lentement vers elle.

— Il n'y a personne pour entendre vos cris.

Prudence ne pouvait reprendre sa respiration. Elle leva le pistolet, et le pointa sur lui avant qu'il ne fasse un autre pas.

— Ou les vôtres, dit-elle d'une voix étranglée.

L'arme servit son dessein — le brigand hésita et leva les mains en l'air.

— Posez ce pistolet, ma belle, dit-il. Vous ne savez pas vous en servir…

— Mais si, répondit-elle, la voix enrouée par la peur. Mon père, le comte de Beckington, s'en est assuré.

Avec un rire ravi, l'homme regarda ses compagnons derrière lui.

— Ah bon, Beckington ? répéta-t-il en s'inclinant avec grandeur — mais ses yeux restaient rivés sur le pistolet.

Prudence l'arma, comme Roan le lui avait montré.

— Prudence, ne…

— … lui tirez pas dessus ? acheva-t-elle.

Son cœur battait si fort, maintenant, qu'elle en tremblait.

— Lâchez-le, ordonna-t-elle aux deux hommes qui maintenaient toujours Roan. Lâchez-le tout de suite ou je tire entre les oreilles de votre chef !

— Ah oui, vraiment ? dit l'intéressé en souriant d'une manière lascive, écœurante.

Il sentait sa peur, Prudence le savait. Il se remit à avancer vers elle.

— J'aime qu'une *lass* ait du tempérament.

— Prudence ! lui cria Roan, et son cri fut suivi du nouveau heurt morbide d'un poing sur de l'os.

Elle était effrayée, mais aussi très en colère. Elle se rappela soudain les recommandations que lady Chatham, une grande dame de Mayfair, lui avait faites, ainsi qu'aux autres débutantes qui devaient être présentées à la Cour. « Vous ne devrez surtout pas avoir l'air d'être sur le point de vous évanouir. Nouez les mains dans votre dos et serrez-les très fort pour vous empêcher de trembler. »

Elle appliqua ce conseil, serrant les mains si fort sur le pistolet qu'elle avait l'impression que la nacre de la crosse lui entrait dans la chair. Elle releva le menton et regarda l'homme dans les yeux, comme elle avait regardé le roi.

— Faites un pas de plus et je vous tirerai dessus, monsieur. Ce sera ma seule sommation.

Elle le visa, le pistolet pointé sur sa tête.

L'homme plissa les paupières, l'étudia, débattant visiblement des risques qu'il encourait.

— Donnez-moi ce pistolet !

Il plongea dessus à l'instant où Prudence fit feu. Elle n'aurait su dire où elle l'avait touché, mais elle l'avait touché, car il poussa un hurlement et s'effondra. Ses compagnons lâchèrent aussitôt Roan pour courir à lui. Dans le chaos, Roan réussit à se mettre debout. Il attaqua l'un des hommes avec un couteau, lui entaillant le bras.

— Relève-le, relève-le ! cria ce dernier, et l'autre aida le plus grand à se remettre sur pied.

Puis tous trois retournèrent dans les bois, les deux plus petits tirant et le plus grand poussant.

Prudence était à présent immobile, le pistolet toujours pointé devant elle. Elle tremblait de tout son corps.

— Prudence ? Posez le pistolet, dit Roan d'une voix rauque.

Elle déplaça son regard des arbres vers lui. Il chancelait. Le couteau qu'il avait sorti d'elle ne savait où tomba par terre. Puis il tomba lui-même à genoux.

Elle se rua vers lui pour le retenir avant qu'il ne bascule.

Se mettant à genoux, elle aussi, elle passa les bras autour de ses épaules.

— C'est bon, crachota-t-il, grimaçant de douleur, un bras sur l'estomac. Fuyez, lâches !

Prudence ne pouvait évaluer toutes ses blessures, à la lumière basse du feu, mais il avait un œil qui enflait et son nez était en sang.

Il noua les doigts autour de ses bras et elle remarqua l'état de ses articulations.

— Aidez-moi à me relever. Je ne veux pas mourir affalé par terre comme un ivrogne, dit-il avec difficulté, comme si parler lui faisait mal.

— Vous ne pouvez pas mourir ! dit-elle d'un ton frénétique, lui saisissant le bras à deux mains pour le redresser. Je ne le permettrai pas ! Je vous en prie, monsieur Matheson, je vous en prie !

Il réussit à rester droit et lui sourit, tandis qu'elle l'aidait à se remettre sur ses pieds.

— Vous voyez ? Droit comme un « i », commenta-t-il d'une voix altérée, jetant un bras lourd autour de ses épaules. Où est le pistolet ? Nous devrions le garder à proximité. Le couteau aussi, si vous pouvez le retrouver.

Elle se baissa et ramassa le pistolet. Roan s'assura qu'il n'était pas armé.

— Bien joué, Prudence Cabot, dit-il. Je pense que vous nous avez sauvé la peau. A propos, où est la jument ?

Prudence chercha nerveusement autour d'elle.

— Elle est là, elle broute toujours.

— Ces voleurs sont intelligents — ils ont eu la jugeote de ne pas la prendre.

Il vacilla. Prudence le rattrapa en passant un bras autour de sa taille. Puis elle réussit à lui faire mettre un bras sur ses épaules. Titubant sous son poids, elle parvint à le conduire jusqu'à un arbre et l'aida à s'asseoir. Il s'adossa au tronc. Il s'efforçait de lui sourire, le souffle creux.

— Je n'y ai pas laissé un bras ou une jambe, n'est-ce pas ?

Elle secoua la tête.

— C'est ma faute, dit-elle en ravalant ses larmes. C'est ma faute si nous sommes tombés sur cette taverne.

— Je ne dirai pas le contraire, reconnut-il en lui caressant la joue. Mais heureusement pour vous, je ne suis pas rancunier.

— Je suis tellement désolée !

Sa voix était pleine du désespoir qu'elle éprouvait.

Il grogna et ferma les yeux. Il devait la détester, à présent, d'être montée à bord de la diligence. Si elle ne l'avait pas fait, il serait confortablement en route pour Weslay et elle serait en train d'attendre que M. Bulworth lui envoie son domestique. Elle se sentait affreusement stupide. Ce qui lui avait semblé une rébellion amusante et anodine contre les convenances, ce matin-là, lui apparaissait maintenant comme la chose la plus effrayante et la plus risquée qu'elle ait jamais faite. Elle avait beaucoup de chance que ces bandits n'aient pas tué Roan. Sotte, sotte qu'elle était !

— Prudence… Donnez-moi un peu de whisky, voulez-vous ? J'en ai dans mon sac.

Elle se releva, mais à l'endroit où ils avaient laissé leurs bagages, il n'y avait plus rien. Elle pirouetta, essayant de voir au-delà de la lumière du feu.

— Ils ne sont plus là ! s'écria-t-elle. Ils ont pris nos bagages !

— Bon sang !

Elle ramassa le couteau et retourna près de Roan. Elle s'agenouilla à côté de lui et glissa les mains dans les poches de sa redingote qui gisait par terre. Elle trouva un mouchoir et s'en servit pour tamponner le sang autour de son nez.

— Il vous faut un médecin.

— Je suis sûr que j'ai l'air plus atteint que je ne le suis en réalité. C'est horrible ? Terrifiant ?

— Terrifiant, confirma-t-elle.

Elle voulut encore essuyer le sang de son nez, mais il lui saisit le poignet et écarta sa main, puis mêla ses doigts aux siens, tandis qu'il appuyait la tête contre l'arbre.

— Je suis tellement, tellement désolée, monsieur Matheson, murmura-t-elle de nouveau.

— Bon, eh bien…, commença-t-il, en se mettant sur le côté et en portant une main à ses côtes avec une grimace. Je ne sais pas si je vais mourir cette nuit, mais si c'est le cas, j'aimerais quitter cette Terre en entendant mon prénom sur vos lèvres.

— Vous n'allez pas mourir.

— C'est bien entendu mon vœu le plus cher, mais on ne peut jamais savoir, quand l'hospitalité est offerte d'une manière aussi violente. Une fois, j'ai entendu parler d'un homme qui est mort brutalement deux jours après une bagarre.

— Deux jours !

— Vous voyez ? Mon trépas pourrait arriver à tout moment. Alors, exaucez le souhait d'un homme peut-être mourant et dites-le, Prudence, implora-t-il, prenant sa main dans la sienne. Dites mon prénom.

— Roan… Mais vous n'allez pas mourir, Roan. Pas question !

— Ah, enfin, fit-il, et il sourit en fermant les yeux.

Il posa leurs mains jointes sur le genou de Prudence.

— Vous m'avez sidéré, ce soir. Très courageuse et très maligne.

Elle eut un sourire penaud. Elle n'avait pas été courageuse, elle avait réagi impulsivement. Elle regarda sa main posée sur la sienne, meurtrie et ensanglantée.

— Que vais-je faire maintenant ? murmura-t-elle, tout en essayant d'essuyer le sang de ses articulations.

— Faire ?

Il ouvrit un œil, posa une main sur son épaule, et l'attira à lui, assez près pour pouvoir passer un bras autour d'elle. Il la blottit contre lui et la tint là. Puis il arma le pistolet et le lui tendit.

— Tirez s'ils reviennent, et cette fois, touchez le grand carrément entre les deux yeux.

Il soupira.

— Pendant ce temps, je vais réfléchir.

— S'ils reviennent, ils nous tueront.

Il ne répondit rien.

Prudence se redressa pour le regarder.

— Monsieur Matheson ? Roan ?

Elle lui secoua l'épaule. Cela ne servit à rien, ses yeux restèrent fermés. Il s'était évanoui. A moins qu'il ne soit mort.

Chapitre 8

Courbé sur l'encolure de Baron, son cheval favori, Roan filait aussi vite que l'étalon pouvait aller à travers les champs de la propriété de sa famille, à New York. Il était pourtant certain qu'il arriverait trop tard pour prévenir l'un des chariots transportant du bois qu'une roue allait se détacher, lorsqu'ils descendraient dans la vallée de l'Hudson. Il rencontrait obstacle sur obstacle — des arbres tombés, des rivières en crue, une clôture trop haute pour que son cheval la franchisse. Alors qu'il approchait de la route, il constatait que les chariots avaient déjà commencé à descendre la colline. Il ouvrait la bouche pour les appeler, notant la présence d'une forte odeur de fumier…

Il s'éveilla en grognant.

Il cligna des yeux dans l'obscurité, et son regard se posa sur les braises qui restaient du feu. L'odeur désagréable était due à la jument qui se tenait juste à quelques pas. Il essaya de remuer, mais grimaça en sentant la raideur de son corps, la douleur lancinante. Ce maudit Goliath lui avait sûrement cassé une côte ! Heureusement, son cœur et ses poumons semblaient fonctionner. Rien de plus que quelques meurtrissures douloureuses.

Il survivrait donc, ce qui était plus que ce qu'il pouvait dire de ce colosse. Il ne savait pas très bien où la balle l'avait touché, mais il y avait eu assez de sang pour qu'il soit sûr qu'il ne reviendrait pas en redemander.

Prudence était pelotonnée près de lui. Elle lui tournait le dos, le pistolet toujours dans la main. Ses cheveux dorés étaient étalés autour d'elle. Il se pencha plus près, plissant les paupières ; elle avait des feuilles dans les cheveux. Il se demanda vaguement ce qu'était devenu son bonnet.

Il la regarda dormir. Sa poitrine se soulevait et s'abaissait lentement. Il éprouva alors du désir pour elle — un désir pur, brûlant, pressant.

Il posa la main sur sa hanche. Prudence sursauta en étouffant un cri et roula sur le dos, agitant le pistolet en tous sens. Roan s'en saisit.

— Tout va bien, la rassura-t-il.

Lorsqu'elle vit que c'était lui qui avait troublé son sommeil, elle se détendit, soupira d'un air endormi et se redressa pour s'asseoir à côté de lui.

— Vous êtes vivant.

— Je ne parviens pas à deviner au ton de votre voix si ça vous fait plaisir ou non.

— Je suis soulagée. J'entends sans arrêt des bruits et je crois à chaque fois que ce sont eux qui reviennent.

Roan grimaça de nouveau, mais cette fois de contrariété : il avait été incapable de lui prodiguer la moindre sécurité.

— Nous ne craignons rien, dit-il. Nos bagages étaient les seules choses de valeur. Ils ne reviendront pas.

Et même s'ils revenaient, il ne doutait pas de pouvoir les étrangler de ses mains nues et ce, malgré son corps meurtri. Il adressa à Prudence un sourire de sympathie.

— Je sais que vous me défendrez avec beaucoup d'ardeur. J'aime ça, Prudence Cabot.

Elle fit claquer sa langue.

— J'étais terrifiée ! J'ai cru qu'ils allaient vous tuer.

Lui aussi l'avait cru, mais il n'aimait pas y penser. Cela lui rappelait la fois, au Canada, où il avait été attaqué par quelques hommes à propos d'une partie de cartes. Il avait bien cru mourir ce soir-là aussi. Les hommes avaient surgi de nulle part pour fondre sur Beck et lui, brandissant des gourdins. C'était un miracle s'ils étaient sortis vivants de cette embuscade. Mais ils avaient perdu leurs chevaux, et n'avait été l'amabilité d'une veuve et de sa très charmante fille, eh bien…

Mais il ne voulait pas penser à cela non plus maintenant. Il était heureux de ne pas être mort ce soir-là. Très heureux, vraiment.

— Vous devez avoir soif, dit Prudence en faisant mine de se lever.

— Je vais très bien, dit-il avec un sourire rassurant. Les Américains sont des durs. Je refuse de laisser quelques brutes anglaises m'abattre !

Même si c'était exactement ce que ces Anglais avaient fait.

— Pourquoi ne dormez-vous pas ? suggéra-t-il. Je vais garder ouvert l'œil qui n'est pas enflé.

Elle sourit d'un air las. A la faible lumière qui provenait des braises, elle paraissait encore plus jeune qu'il ne l'avait pensé au départ. Quel âge avait-elle ? Vingt ans ? Moins ? Il se leva, remit du bois dans le feu et remua les tisons.

Elle se massa les tempes. Ses cheveux, qui dans la lumière ravivée des flammes ressemblaient plus encore à de l'or filé, s'étaient complètement échappés de leurs épingles. Lorsqu'elle s'aperçut qu'il la regardait, elle dit :

— J'espère que vous pourrez me pardonner.

— Vous pardonner ?

— Pour ceci, répondit-elle.

Elle remonta les genoux sous sa jupe, noua les bras autour, et posa le menton dessus.

— Si j'avais attendu le Dr Linford, comme j'étais censée le faire, vous auriez voyagé dans la diligence et n'auriez jamais rencontré ces hommes malfaisants.

— Ce qui est fait est fait, dit-il en revenant s'asseoir, dos à l'arbre. Il ne sert à rien de ressasser. Nous pouvons seulement aller de l'avant.

Elle joua distraitement avec un bâton qui se trouvait près de son pied.

— Admettez-le. Vous souhaiteriez n'avoir jamais posé les yeux sur moi.

— Je n'admettrai rien de tel, parce que ce n'est pas vrai. Mais satisfaites ma curiosité, voulez-vous ? Pour quelle raison avez-vous évité Linford ? Je veux les vraies raisons, Prudence. Ce qu'ont fait vos sœurs est vraiment si horrible ?

— C'est trop mortifiant à confesser !

— Ça ne peut pas l'être plus que de dormir au bord d'un ruisseau, si ?

Elle sourit.

— Vous marquez un point.

Elle repoussa des boucles de cheveux dorés de son visage et contempla son bâton un long moment avant de parler. Puis elle se décida.

— Je dirais que tout a commencé quand mon beau-père, le comte de Beckington, a contracté la consomption. Augustin, mon beau-frère, devait hériter de toute sa fortune. Il est très généreux, mais sa fiancée, elle, voyait d'un mauvais œil le fait de partager l'héritage du comte avec quatre belles-sœurs qui n'étaient pas mariées et n'avaient pas de perspectives à ce moment-là.

Roan grimaça de nouveau, mais cette fois par sympathie pour l'homme qui serait nanti d'une épouse et de quatre sœurs célibataires. Il imaginait à peine les sommes d'argent dépensées rien qu'en chaussures !

— Ma mère n'a pas été d'un grand secours pour nous, hélas. C'est à cette époque qu'elle a commencé à montrer des signes de folie.

— Elle est folle ? demanda Roan, ne sachant pas si Prudence l'entendait au sens littéral du terme.

— Complètement, confirma-t-elle avec solennité. Mes sœurs et moi avons essayé de le cacher, car nous savions qu'une fois que la haute société le découvrirait, on jaserait. Les gentlemen craindraient que sa folie puisse courir dans notre sang et qu'en nous épousant elle soit transmise à leurs enfants.

— Le croyez-vous ? demanda-t-il.

Il n'avait jamais pensé à ce genre de choses auparavant. Mais après tout, il pensait très rarement au mariage.

Prudence fit signe que non.

— La folie de ma mère a débuté après un accident de voiture. Il n'y a pas de trace de folie dans notre histoire, autrement, mais ça importe peu. Personne dans le grand monde ne prendrait ce risque. Sans compter que nous n'avions plus notre beau-père pour nous assurer une dot convenable. Soudain, tout paraissait impossible pour nous.

— Alors c'est là le scandale… La folie de votre mère… C'est pourquoi vous m'avez dit que vos sœurs ne s'étaient pas mariées de façon conventionnelle. Elles ont épousé quelqu'un qui ne correspondait pas à votre situation, c'est ça ?

— J'aimerais bien que ce soit tout, répondit Prudence en

soupirant. Le scandale a commencé par mes sœurs aînées, Honor et Grace. Lorsqu'il est devenu clair que le comte allait mourir, qu'Augustin allait épouser Monica Hargrove et que notre mère était folle, elles ont eu chacune l'idée parfaitement ridicule d'obtenir malgré tout une demande en mariage, et dans les plus brefs délais, avant que quiconque ne découvre nos ennuis.

Elle paraissait perturbée.

— Elles se sont dit que si elles mettaient la main sur un riche époux, elles pourraient aider notre mère, ainsi que Mercy et moi, quand nous serions rejetées de la haute société, reprit-elle d'un air sombre.

Roan haussa les épaules.

— Voilà qui paraît très raisonnable.

— En théorie, convint Prudence. Mais en pratique, ç'a été scandaleux. Honor a proposé le mariage publiquement à un homme riche mais de naissance illégitime, et Grace a tenté de piéger un homme dans le mariage, ce qu'elle a parfaitement réussi — sauf que ce n'était pas celui qu'elle avait prévu.

Roan éclata de rire. Mais Prudence ne rit pas.

— Tout ceci est à présent bien connu à Londres et dans la haute société, voyez-vous, ce qui fait qu'à cause de ça, de la folie de ma mère et de notre manque de dot, Mercy et moi ne sommes pas considérées comme de bons partis. Mercy ne s'en soucie guère. Elle est très douée en peinture et déterminée à devenir une artiste reconnue. Elle jure qu'elle ne se mariera jamais. Lord Merryton — l'époux de ma sœur Grace — a payé très cher pour la faire admettre dans une école prestigieuse, et elle est folle de joie. Elle dit qu'elle sera parfaitement contente de voyager à travers le monde et de créer de belles œuvres. Elle ne se soucie pas de la haute société, ni de faire un mariage avantageux.

— Et vous ?

Les épaules de Prudence s'affaissèrent.

— Je ne sais pas. Je suppose que je m'en soucie tout de même. Ça fait quatre ans que Grace s'est mariée, et personne n'a montré le moindre intérêt pour moi depuis. Je pense que je vais mourir d'ennui. Et pour aggraver les choses, j'ai vécu à Blackwood Hall ces deux dernières années. C'est un endroit aussi isolé que celui-ci, dit-elle en désignant d'un geste leur environnement. Je m'occupe de ma mère. Je suis invitée de temps à autre à une soirée, mais je n'ai pas de relations à proprement parler. Je n'ai que vingt-deux ans et suis destinée à rester aux crochets de mon beau-frère.

— Ce ne peut pas être vrai…

— Pourtant ça l'est. Vous ne pouvez pas comprendre ma situation, je pense, mais c'est pourquoi je suis montée dans cette diligence aujourd'hui. Je voulais…

Elle s'arrêta et prit une grande inspiration.

— Je voulais savoir quel effet ça fait de *vivre.* J'ai toujours été sage et correcte, j'ai suivi toutes les règles, ce qui n'a mené à rien. Honor et Grace sont mariées, elles adorent leur mari et ont des enfants magnifiques. Mercy a des visées complètement différentes. Moi, ce que j'ai toujours voulu, c'est me marier et avoir une famille à moi. Or, il apparaît que je ne peux pas l'avoir. Alors j'aimerais au moins savoir à quoi ressemble la vie en dehors de Blackwood. Je veux connaître l'aventure. Je veux me sentir excitée par la nouveauté. Je veux découvrir toutes ces choses que j'ai perdues depuis que j'ai été écartée du monde.

Roan ne savait pas comment la réconforter. Il ignorait tout de la manière dont les mariages étaient conclus en Angleterre, mais il la comprenait. A New York, ils s'étaient donné du mal pour trouver à Aurora un gentleman répondant à leurs attentes — qui soit à la fois digne d'elle et puisse favoriser leurs affaires —, aussi voyait-il parfaitement comment quelque chose de ce genre pouvait affecter une jeune Anglaise de la bonne société. Même lui était prêt à se sacrifier pour la prospérité et le standing de sa famille.

Prudence l'observait, son regard lumineux cherchant à être rassuré, supposa-t-il. Il se creusa la tête pour trouver un argument qui l'apaiserait.

— La vie est... Elle est ce que vous en faites, commença-t-il, mais les mots lui parurent inadéquats.

— Oui ?

Elle se pencha légèrement en avant, comme si elle craignait de manquer un avis précieux susceptible de transformer son existence.

Comme il aurait souhaité pouvoir lui offrir cela !

— Ce que je veux dire, c'est que la vie ne vient pas à vous, Prudence. Vous ne pouvez pas rester assise dans un salon quelconque et attendre qu'elle se montre à votre porte.

Elle hocha la tête.

— Quelle que soit votre situation, c'est à vous de créer la vie que vous voulez mener.

— Le pensez-vous vraiment ?

— Bien sûr !

Il suivait ce précepte chaque jour. Pourtant, il était conscient qu'il ne donnerait jamais un tel conseil à Aurora. Elle avait à peu près l'âge de Prudence, et cependant il ne lui donnerait jamais l'index, sachant qu'elle lui prendrait le bras. Mais voilà qu'il conseillait Prudence en ce sens, suggérant en substance que ce qu'elle avait fait ce jour-là était non seulement bien, mais peut-être même justifié, étant donné sa situation.

Aurora avait-elle les mêmes désirs inassouvis ? Devrait-il trouver sa conduite justifiée ? Il en était étrangement peu sûr.

Ce qui faisait de lui un vaurien de la pire espèce ! Car il savait aussi bien qu'il sentait la douleur dans son côté qu'il conseillait à Prudence de suivre ses désirs uniquement parce qu'elle lui plaisait. Il aimait le fait qu'elle soit montée dans cette diligence parce qu'elle le trouvait attirant. Il aimait qu'elle ait passé la journée blottie entre ses jambes. Il aimait la façon dont elle avait intrépidement brandi le pistolet et tiré sur ce scélérat, en dépit du fait qu'elle aurait pu les faire tuer tous les deux.

Il avait apprécié cette journée d'aventure avec elle. Elle lui avait fait aspirer à sa propre liberté de choix. Certes, il était libre, mais dernièrement il avait ressenti le poids de ses responsabilités. Comme le fait qu'il devait donner sa parole à son père et à John Pratt. Pour être juste, il n'avait rien promis à Susannah à part de revenir bientôt, mais le reste était entendu. Tout le monde escomptait qu'il lui proposerait le mariage, lorsqu'il rentrerait et aurait installé Aurora.

Elle et lui devaient se marier dans l'intérêt de la famille.

Il regarda longuement Prudence, si belle avec ses yeux noisette, ses cheveux dorés et ses lèvres pulpeuses, et dit :

— Je pense qu'on devrait vivre comme on le veut.

Ce n'était pas un mensonge, c'était tout ce qui faisait de lui l'homme qu'il était.

La réaction de Prudence lui causa un choc. Un choc complet. Car à l'instant même où il prononça ces mots, elle se jeta sur lui, atterrissant maladroitement sur son torse, ses lèvres trouvant les siennes. La douleur le transperça et il inspira vivement, mais cela ne la fit pas reculer. Elle l'embrassa aussi ardemment qu'il l'avait fait sous le sycomore.

Il n'avait pas voulu dire qu'elle devait rechercher ce genre de choses. Il posa les mains sur ses bras et la repoussa en arrière en grimaçant.

— Oh ! s'exclama-t-elle, lui caressant le visage, ses doigts semant des traînées brûlantes sur sa peau, touchant sa lèvre meurtrie et son œil enflé. Vous ai-je fait mal ? Je voulais... Je pensais...

— Je sais ce que vous pensiez.

Il posa la main sur sa hanche et la repoussa avec douceur sur le flanc.

— Vous pensiez profiter d'un pauvre homme invalide.

Il la fit basculer sur le dos, et roula avec elle de façon à se retrouver allongé sur le côté.

— Ne sous-estimez jamais la force d'un homme, même s'il est blessé. Et ne doutez jamais que tout homme est un scélérat, quelle que soit son apparence. Jusqu'au dernier, nous explosons de désir pour les femmes comme vous. Regardez-moi maintenant, Pru, regardez-moi bien, car c'est ainsi que le pur désir se présente. Je devrais vous laisser tranquille. Je ne devrais pas vous toucher, mais je brûle de désir pour vous.

Lorsqu'il l'embrassa, elle émit un petit soupir qui s'immisça en lui. Sa douleur diminua — il ne sentait plus rien hormis ce désir brut qui montait en lui. Son sang se mit à bouillir. Il était à cet instant le genre d'hommes qu'il méprisait, mais c'était plus fort que lui. Il avait fait des promesses, donné sa parole... cependant il était faible. Aussi faible qu'un petit enfant devant un bocal de bonbons, quand une femme aussi belle que Prudence était allongée sous lui. Le démon qui l'habitait le pressait de continuer, encouragé par sa réaction sensuelle.

Elle passa les bras autour de son cou et lui rendit son baiser, sa langue tournant autour de la sienne, ses lèvres si douce sous les siennes. C'était contre ce danger qu'il l'avait mise en garde.

— Vous voulez de l'aventure, Prudence Cabot ? demanda-t-il d'une voix rauque, tout en promenant sa bouche de sa joue à son oreille, grognant un peu sous la douleur que ce mouvement lui causait.

— Oui, Roan, murmura-t-elle. Oui, j'en veux.

Elle n'aurait rien pu dire de plus excitant pour lui ! Il lui taquina le cou. Elle fit un bruit de gorge qui ressemblait un peu au roucoulement d'une colombe, et cela ne fit qu'accentuer sa fièvre. Lentement, douloureusement, il promena les mains sur son corps, trouva ses seins, sa taille.

Prudence lui prit la tête entre les mains et l'embrassa, lui mordillant la lèvre.

— Aïe, marmonna-t-il, et elle déplaça aussitôt ses baisers légers sur ses joues, son œil tuméfié.

Il glissa la main dans son corselet, et ses doigts se refermèrent sur sa poitrine. Il n'avait pas envie de s'arrêter, ne voulait pas cesser de caresser sa peau crémeuse, jamais.

Il sema des baisers le long de son cou jusqu'à sa gorge, pressa sa bouche sur le renflement d'un sein et se dit qu'il n'avait jamais goûté de chair aussi suave. Elle était divine, plus douce et plus délicieuse que n'importe quelle autre femme. La nuit tourbillonnait autour d'eux ; une lumière laiteuse semblait couler sur sa peau au milieu de l'obscurité, jetant sur elle des ombres qui le captivaient. Il se pencha et suivit la trace du clair de lune sur son joli corps, jusqu'à ce qu'il atteigne l'ourlet de sa jupe. Il le remonta, et sa main trouva dessous une chair chaude et douce.

Prudence avait le souffle court. Sa poitrine se soulevait

et s'abaissait à chaque respiration. Sa chevelure était un mélange désordonné de feuilles et de boucles. Pourtant il n'avait jamais été aussi excité par la vue d'une femme.

Il embrassa le creux de son genou, son esprit se projetant déjà dans la pensée de bouger en elle.

Prudence poussa un long soupir plein de volupté. Ce doux bruit fit glisser Roan le long d'une pente invisible, et ils tombèrent pêle-mêle dans une nuit qui explosait de sensualité autour d'eux.

Ses mains bougeaient sur le corps de Prudence, l'une sur un sein qu'il avait réussi sans savoir comment à libérer du corselet, l'autre sur sa jambe nue. Il la fit remonter, et glissa bientôt les doigts entre ses jambes, percevant la tension douloureuse du désir dans sa respiration haletante. Il mordilla la chair de sa cuisse, pendant que sa main la caressait. Son odeur l'enveloppait, lui mettait l'eau à la bouche, faisait pulser son corps. Ne pouvant en supporter davantage, il s'appuya sur les bras au-dessus d'elle et s'immisça entre ses jambes. Elle leva les yeux vers lui avec un sourire sensuel.

— Je vous ai mise en garde contre les scélérats, n'est-ce pas ? dit-il d'une voix rauque.

— Je ne m'en souviens pas, répondit-elle en lui caressant le visage du revers de la main.

Il prit un sein dans sa bouche, puis descendit le long de son corps. Il lui remonta la jupe jusqu'à la taille et glissa les mains sous ses hanches. Prudence releva les genoux de chaque côté de lui et lorsqu'il posa la bouche sur son sexe, elle étouffa un cri et se cambra. Il lui saisit les mains, et plongea sa langue en elle comme un homme affamé, tournant autour du centre de sa volupté.

Prudence soupira de plaisir. Un son si primitif, si brut… Il souhaitait désespérément être en elle, mais, tout aussi désespérément, ne voulait pas être le scélérat qui prendrait sa vertu au bord d'un ruisseau. Même s'il en mourait d'envie. Même si elle mourait d'envie qu'il le fasse.

Quand elle cria d'extase sous ses exquises caresses, il referma la bouche sur elle, la mordilla, puis fit de nouveau glisser sa langue sur sa féminité.

Elle sanglota de plaisir, poussant les hanches vers lui, arquant le dos et le cou tandis qu'elle atteignait le summum de la volupté. Roan la tint fermement, et elle gémit de nouveau, puis retomba brutalement sur le sol. Elle se couvrit les yeux de son bras, le souffle court.

— Vous êtes vraiment un scélérat ! dit-elle en cherchant à l'atteindre dans le noir.

— Et vous, vous êtes vraiment magnifique.

Il se retourna avec précaution, et s'allongea sur le dos.

Prudence roula vers lui, un bras sous sa tête.

— C'était… c'était *stupéfiant,* dit-elle.

Son sourire de ravissement semblait rayonner dans la nuit.

— Je n'en avais aucune idée, ajouta-t-elle, surtout pour elle-même, posant la tête sur son épaule.

Il essaya de réfléchir à ce qu'il devait dire dans un moment pareil, mais comme il avait lui-même du mal à concevoir ce qu'il ressentait, il ne put trouver la moindre platitude, ni les paroles de mise en garde adaptées à l'occasion. Pour finir, cela n'eut guère d'importance — Prudence s'était endormie, confiante, dans le cercle de ses bras. Si confiante, en vérité, qu'elle ronflait légèrement.

Hélas, lui était parfaitement réveillé à présent, et son corps le faisait souffrir de plus d'une façon. *Qu'ai-je fait ?* se demanda-t-il. Il s'était perdu dans l'instant présent — il aurait pu la mettre enceinte, bonté divine ! Il était le genre d'homme contre lequel il avait mis Aurora en garde. *Susannah…*

Ah, bon sang !

Plus vite il conduirait Prudence à Himple, mieux ce serait. Il se sentait encore plus protecteur vis-à-vis d'elle, maintenant, et la désirait beaucoup plus aussi, deux sentiments plus dangereux pour lui que tout ce que ce pays pouvait lui réserver. Les voleurs et bandits de grand chemin étaient des agneaux comparés à la peur qu'il avait de son propre désir. Il aspirait à mettre Prudence dans une diligence, à retrouver au plus vite cette petite peste d'Aurora, puis à quitter l'Angleterre avant de faire quelque chose qu'il regretterait vraiment.

Il chercha sa bourse pour voir combien d'argent il avait. Il tapota ses poches.

Pas de bourse.

Il repoussa délicatement Prudence sur le dos et s'assit, se tâtant des deux mains. *Non !* Il se mit à quatre pattes, explorant à tâtons le sol à l'endroit où il s'était battu avec ces hommes, tout en sachant que cela ne servait à rien. Ces brigands lui avaient pris aussi sa bourse.

Il marmonna un vilain juron contre les Anglais. Il fallait qu'il réfléchisse. Mais il pensa surtout à sa gredine de sœur. Non, ce n'était pas juste de la tenir pour responsable des événements de cette journée, et pourtant, c'était précisément contre elle qu'il était en colère. Si elle était rentrée chez eux quand elle devait le faire, rien de tout ceci ne serait arrivé.

Mais c'était ainsi qu'il en était avec Aurora, et l'avait toujours été. Elle appréciait beaucoup les attentions des jeunes gens. Comme la jeune femme allongée près de lui en ce moment, elle était incroyablement agréable à regarder. Elle avait un tempérament et une apparence qui rendaient les hommes idiots, au point qu'ils lui promettaient tout ce qu'elle désirait entendre. Qui avait-elle rencontré dans ce pays ? Et que lui avait-il promis ?

Il avait pourtant cru qu'elle tenait vraiment à Gunderson, un homme calme et studieux, qui aurait pu sembler un choix étrange pour Aurora au premier regard. Mais il l'adorait comme les hommes étaient enclins à le faire et possédait toutes les qualités requises pour un époux : il était d'une famille riche, vivait dans une grande propriété du Connecticut, était fou d'elle et le mariage était avantageux pour leur famille.

Est-ce qu'Aurora se rebiffait contre l'idée d'un mariage « avantageux », elle aussi ? Il n'y avait pas songé jusque-là.

Il jeta un coup d'œil à Prudence. Apparemment, elle voulait la même chose qu'Aurora. Les femmes actuelles étaient ainsi, se dit-il, marchant dans New York ou Londres avec leurs groupes d'amis, voulant de « l'aventure » et de « l'amusement ». Il soupira et caressa le bras de Prudence.

Elle tressaillit, émit un petit bruit de contentement.

Lorsqu'elle soupirait ainsi, il avait envie de lui offrir autant d'aventure qu'elle pouvait en avoir. Que lui arrivait-il ? A quoi pensait-il ?

Il refusa d'y songer plus avant, craignant ce qu'il pourrait découvrir. Il ne devait penser qu'à une seule chose, à partir de maintenant : conduire miss Cabot chez ses amis le plus tôt possible, avant qu'il ne fasse quelque chose d'aussi impulsif et imprudent qu'Aurora.

Il ne voulait rien entendre de la petite voix qui lui disait qu'il l'avait déjà fait.

Chapitre 9

Prudence sentit une caresse sur sa joue, une caresse qui lui parut distante, comme provenant d'un autre monde. La sensation l'agaça et elle s'en écarta, d'où qu'elle vienne. Puis une secousse sur son épaule, juste après, lui fit penser qu'elle était peut-être encore dans la diligence, en train de rêver.

— Prudence…

Son prénom, chuchoté d'une voix grave et soyeuse, suivi du frôlement d'une barbe sur son menton, la força à revenir à la conscience. Elle ouvrit les yeux, clignant des paupières dans le petit jour, incapable de saisir où elle se trouvait exactement… jusqu'à ce qu'un bruit d'eau courante pénètre ses pensées. Le ruisseau.

Roan.

Elle battit des cils, vit son visage.

— Vous dormez comme une bûche, dit-il.

Ses yeux et sa lèvre n'étaient pas aussi enflés et meurtris qu'ils l'avaient paru la veille au soir. Prudence sourit au souvenir d'eux sur la redingote, sous les étoiles. Comme cela avait été délicieux, et choquant !

— J'ai une surprise pour vous, dit-il doucement. J'ai retrouvé nos bagages.

— Oh ! fit-elle en se redressant. Où ?

— Sur la route. Ils ont été pillés, mais il reste encore certaines choses dedans.

Prudence écarta ses cheveux de son visage et s'agenouilla près de sa valise pour regarder à l'intérieur. Son contenu était sens dessus dessous ; il lui restait une camisole propre, des bas, mais sa jolie robe en soie verte avait disparu, ainsi que les pantoufles en soie brodées qu'elle s'était refusé à mettre la veille, les jugeant trop belles pour être abîmées. Ses jolies chaussures ! Elle fouilla au fond et découvrit que la brosse et le peigne au manche en ivoire — cadeaux de Grace — manquaient également, tout comme son réticule.

Roan avait sorti de son côté une chemise, un gilet et un nécessaire de rasage. Il passa la main dans le fond comme s'il cherchait quelque chose de particulier. Puis il donna un coup de pied dans le sac, de toutes ses forces.

— Qu'est-ce qui manque ? demanda Prudence.

— Mes billets de banque. Ils ont volé tout mon argent.

— Tout ? répéta-t-elle.

— Quasiment. Je suis sans le sou jusqu'à ce que je retrouve la malle que j'ai envoyée à Himple.

— Qu'allons-nous faire maintenant ?

Il lui prit la main et l'attira dans ses bras.

— Nous persévérons, Prudence Cabot. Et nous allons chercher nos malles.

Il la lâcha et rassembla ses affaires.

— Et si nous découvrons que le pays entier est plein de voleurs et de bons à rien, je vous porterai moi-même sur mon dos jusqu'à Londres et je vous remplirai une garde-robe de robes et de chaussures.

Elle sourit d'un air dubitatif.

— Vous le feriez vraiment, monsieur Matheson ? Rien que pour moi ?

Il eut un grand sourire, posa les mains sur ses épaules et la fit tourner pour lui reboutonner sa robe.

— Je ne le ferais que pour vous. Mais si ma malle a été volée, elle aussi, je n'aurai plus rien hormis mon caractère indomptable et un besoin désespéré d'atteindre la Banque d'Angleterre pour nous guider.

Il l'embrassa. Elle poussa un soupir de contentement. Le monde auquel Roan l'avait initiée la veille au soir était un monde qu'elle avait assez mal imaginé auparavant. Elle repensa à l'extase qu'il lui avait procurée et sourit au frais ciel bleu et à la fine bande rose à l'horizon. Cette aventure, aussi problématique et désastreuse qu'elle puisse se révéler au bout du compte, lui avait néanmoins donné l'impression de renaître. Elle s'était libérée des règles et des attentes de la bonne société. Elle vivait, vivait réellement, pour la première fois de son existence.

— Je meurs de faim, murmura-t-elle.

Il pencha la tête, lui taquina le cou et passa un bras autour de sa taille.

— Moi aussi.

Elle rougit. Le sens de ses mots évoquait maintenant pour elle bien plus de choses que la veille.

— Venez vous laver dans le ruisseau, dit-il. Nous n'avons pas beaucoup de distance à parcourir aujourd'hui.

Elle alla jusqu'au cours d'eau et se frotta le visage de ses doigts, du mieux qu'elle put. Elle attacha ses cheveux sur la nuque et les laissa pendre dans le dos. Elle eut plus de mal avec sa robe. Elle était froissée et sale, et l'on voyait qu'elle avait dormi avec. Elle ne pouvait guère arriver chez les Bulworth avec l'air d'avoir été traînée derrière une charrette depuis Blackwood Hall. Il faudrait qu'elle trouve un endroit pour prendre un bain et s'arranger au mieux.

Ils se remirent en route, tandis qu'une éclatante lumière dorée remplaçait peu à peu le rose à l'horizon. La brume qui s'était posée sur les champs dans la nuit commençait à se lever. L'attaque des brigands semblait presque un rêve, et Prudence avait la sensation qu'un rideau s'écartait pour elle sur le monde. Elle n'avait jamais vu des verts aussi vibrants, des jaunes aussi crémeux, des roses aussi frais. Elle voulait graver cette matinée dans son âme, ne jamais oublier ses sensations, lors de cette première aube où elle s'éveillait de l'ennui qui avait menacé de la submerger.

— N'est-ce pas magnifique ? demanda-t-elle.

— Quoi ?

— Le paysage. La campagne.

— C'est joli.

— Joli ! C'est charmant, Roan. Est-ce que l'Amérique ressemble à ça ?

— Elle n'y ressemble pas. Mais elle a une autre sorte de beauté. Brute, avec beaucoup de régions vierges. Pas dans la ville de New York, évidemment. Mais si vous deviez aller dans le Nord comme je le fais souvent, vous pourriez avancer pendant des jours sans voir personne.

— Pas de villages ? Pas de paysans, pas de moutons ?

— Il y a quelques localités avec des champs et du bétail, le long des routes principales. Mais l'Amérique est tellement plus vaste que cette île. Il est impensable de l'habiter tout entière. Je ne peux décrire combien un paysage intouché par l'homme est grandiose.

Il se mit à parler de l'Amérique, de ses forêts et de ses vallées, de ses montagnes couronnées de neige, de ses larges rivières sinueuses. Cela sembla enchanteur à Prudence. Elle aspirait à voir ce qu'il décrivait, à chevaucher dans ces vastes étendues. Elle l'imaginait très bien dans ce décor, monté sur un cheval bien plus jeune, ses sacs et sa couverture attachés sur la croupe de l'animal. Elle se l'imaginait ramassant du bois et faisant du feu au milieu d'une forêt, puis rôtissant un lapin qu'il avait attrapé. Elle ignorait complètement comment on faisait ces choses-là, mais elle devinait qu'un homme aussi fort et vigoureux que Roan devait en venir facilement à bout.

Il lui parla de New York, aussi, et une image plus civilisée de lui commença à se former dans son esprit. Il mentionna le City Hotel et les bals qui y avaient lieu. Elle se représenta alors un gentleman vêtu d'un habit de soirée et d'un gilet blanc en soie, bon danseur, étonnamment léger sur ses pieds, tandis qu'il tournait autour des dames qui dansaient avec lui. Elle voyait parfaitement son sourire éclatant, ses yeux topaze pétillant alors qu'il les couvrait de compliments. Elle imaginait les débutantes new-yorkaises groupées derrière leurs éventails, pouffant et chuchotant à propos de sa belle silhouette, leurs yeux allant droit à lui dans la salle de bal, où qu'il se trouve.

Il lui parla de la petite maison que sa famille avait en ville, sur Broadway Street, tout près du Théâtre du Parc. Sa famille, lui apprit-il, jouait un rôle de mécène pour les arts et le théâtre. Mais il montra plus d'enthousiasme pour décrire la grande propriété familiale dans la vallée de l'Hudson. Prudence l'imagina alors traversant à pied, peut-être avec un chien ou deux sur les talons, une grande pelouse verte qui descendait jusqu'au bord du fleuve. Elle le vit dressant les chevaux que sa famille élevait, car il ne semblait pas être du genre à se fier à quelqu'un d'autre pour cela. En l'écoutant, elle se représentait un domaine plus luxuriant que Longmeadow, la propriété des Beckington où elle avait grandi, ou que Blackwood Hall.

Puis elle commença rêveusement à s'inclure dans ses visions. Dans la propriété de New York, les paysages qu'il dépeignait, ses doigts effleurant des fleurs de rhododendron ou ses jupes caressant une pelouse verte couverte de rosée.

Roan parla de nouveau des affaires de sa famille, des plans qu'ils avaient, du travail qu'il effectuait pour eux. Il vint soudain à l'esprit de Prudence que ce qui manquait dans son discours, c'était la mention d'un cercle social, d'une fiancée, de projets de mariage.

— Vous parlez de l'héritage de votre famille, et pourtant vous ne faites pas allusion au mariage, lui fit-elle remarquer.

Il ne répondit rien. Son silence lui fit tourner la tête.

— Vous allez bien vous marier, n'est-ce pas ? Avoir des fils ?

— Bien sûr, convint-il d'un ton crispé.

Son attitude était si étrange que Prudence eut soudain l'idée horrible qu'il était déjà marié.

— Oh ! mon Dieu, dit-elle en se détournant.

— Quoi ?

— Etes-vous… êtes-vous marié ? s'obligea-t-elle à demander, abasourdie par sa propre stupidité.

— Quoi ? Non ! Bien sûr que non ! Pensez-vous que j'aurais… Pru, pour l'amour du ciel !

Il posa la main sur sa taille.

— J'hésitais à vous répondre non pas parce que je suis marié, mais parce qu'en toute honnêteté j'ai un accord avec quelqu'un. Moins un accord qu'une attente de nos pères respectifs, d'ailleurs. En vérité, je la connais à peine et Dieu sait que je ne lui ai rien proposé. Mais un mariage avec elle profiterait aux Matheson et à sa famille.

Prudence eut la sensation d'avoir reçu un direct à l'estomac. Elle eut du mal, pendant un instant, à reprendre son souffle.

— Je vois, parvint-elle à dire.

Seigneur, ce qu'elle était naïve !

— Non, vous ne voyez pas, dit-il. C'est un arrangement…

— Je n'avais aucun droit de demander.

Elle ferma les yeux, souhaitant n'avoir jamais ouvert la bouche. Mais elle avait parlé, et maintenant elle se sentait mal.

— Comment s'appelle-t-elle ?

Il y eut une autre hésitation. Enfin, il répondit :

— Susannah.

Susannah. Elle était sûrement très belle. Elle était en Amérique où elle l'attendait. Elle était la femme avec qui il se réveillerait, tandis qu'elle…

— Pru, je n'aurais pas dû…

— Je l'ai voulu, dit-elle d'un ton coupant, l'interrompant avant qu'il ne gâche complètement le souvenir de la nuit précédente. Tout va très bien, Roan. Ce n'est pas comme si j'avais pensé que vous me proposeriez…

Juste ciel, je suis ridicule !

Elle n'acheva pas sa phrase. Elle n'en avait pas besoin, il comprenait ce qu'elle voulait dire. Elle avait eu tort de penser qu'elle avait le moindre droit sur lui. La veille au soir, il s'agissait d'aventure pour elle. Il s'agissait de faire l'expérience de la vie. Alors pourquoi cela semblait-il soudain si douloureux ?

Un silence inconfortable tomba sur eux. Prudence regardait fixement au loin et pensait à l'Amérique. A des pommiers, à de vertes collines.

Elle n'aurait su dire combien de temps ils chevauchèrent sans un mot.

Roan se pencha soudain et dit doucement :

— Regardez par là...

Il pointa le doigt par-dessus son épaule.

Prudence suivit la direction indiquée et vit des volutes de fumée qui montaient au-dessus des arbres.

— Un village. C'est une vue plaisante, n'est-ce pas ?

Une bouffée de panique envahit Prudence, la ramenant brutalement à la réalité.

— Oh ! non. Non ! Je ne peux pas entrer dans un village dans cet état ! J'ai besoin d'une robe propre et je dois me coiffer.

— J'aimerais beaucoup vous obliger, mais je ne pense pas qu'on puisse fournir un bain par ici, dit Roan. Et je n'ai pas non plus de robe propre à vous offrir.

— Vous devez me permettre de me rafraîchir ! Ma famille...

— Très bien, très bien... Nous allons faire un détour et suivre le ruisseau jusqu'à ce que nous trouvions un endroit convenable pour votre toilette.

Il tira sur les rênes du cheval et quitta la route, guidant la vieille jument sur un sentier qui longeait le cours d'eau.

Au milieu d'un bouquet d'arbres, ils découvrirent un étang. Il n'était pas très grand — peut-être trois acres en tout — et des nénuphars en mangeaient la moitié. Mais une eau claire et fraîche affleurait sa berge herbeuse. De l'herbe qui ondulait également juste sous la surface, mais un peu plus loin, elle laissait la place à des sédiments.

— C'est parfait, dit-elle.

Elle ôta ses chaussures et ses bas, puis releva l'ourlet de sa jupe et s'avança à hauteur de cheville.

— Oh...

Elle ferma les yeux et savoura la sensation délicieuse de

l'herbe qui lui chatouillait les pieds, de l'eau fraîche qui lui léchait les chevilles.

— Savez-vous nager ? demanda Roan.

Prudence lui jeta un coup d'œil par-dessus son épaule. Il se tenait debout sur la rive, un pied posé sur une pierre, les bras croisés, et l'observait.

— Oui, répondit-elle. Et vous ?

Il porta une main à son écharpe, pour en défaire le nœud.

— Comme un poisson, dit-il.

Elle le vit enlever sa redingote et son gilet, puis sortir sa chemise de ses culottes. Son regard ne quittait pas le sien, et l'éclat de ses yeux lui faisait un peu tourner la tête. Elle avait beau savoir à présent qu'il était promis à une autre femme ou peu s'en fallait, ses pensées tournaient autour du souvenir de la nuit précédente. Ils étaient presque à Himple, et cette aventure extraordinaire allait prendre fin, ainsi que la chose la plus merveilleusement enivrante qu'elle ait jamais connue. Les dommages étaient faits, pour tous les deux. Aussi n'hésita-t-elle qu'un bref instant avant de passer la main dans son dos et de défaire les boutons de sa robe. Elle la tira par-dessus sa tête, la laissa tomber sur la rive et se tint là, dans sa camisole.

Elle vit aussitôt les yeux de Roan s'assombrir. Il promena son regard sur elle, lentement, comme s'il enregistrait chaque détail de son corps pour s'en souvenir.

Elle sourit et se tourna, s'avançant dans l'étang jusqu'à ce que sa camisole flotte autour de sa taille. Ses tétons pointaient à travers l'étoffe fine et elle tendit les bras de chaque côté, pour écarter l'eau de ses paumes. Elle écarta les orteils, aussi, laissant la vase s'immiscer entre eux.

C'était une sensation familière, qui lui rappelait son enfance. Et quelle enfance merveilleuse cela avait été ! Elle était si jeune quand son père, un évêque de l'Eglise anglicane, était mort subitement. Sa mère s'était remariée avec le comte de Beckington, lui-même veuf, et Honor, Grace, Mercy et elle avaient été envoyées à Longmeadow pour y être convenablement éduquées, dans tout ce qu'une fille de comte doit savoir. Musique et travaux d'aiguille, peinture et tir à l'arc, géographie et histoire. Lorsqu'elles n'étaient pas à leurs leçons, elles avaient des acres et des acres à explorer ! L'été, elles partaient chaque jour, suivies d'Augustin, leur beau-frère, qui était toujours sur leurs talons, comme un chiot, et les mettait en garde contre nombre de dangers imaginaires.

L'un de leurs passe-temps favoris était de passer l'après-midi au bord du lac avec un livre. Augustin venait rarement — il avait peur des anguilles, disait-il, même si elle ne se souvenait pas d'en avoir jamais vu une. Elles descendaient toutes les quatre jusqu'au lac en file indienne, Honor portant le panier de pique-nique, Grace avec leurs livres attachés par une courroie, qu'elle passait sur son épaule comme une écolière. Au bord de l'eau, elles se déshabillaient et restaient en camisole. Elles nageaient, plongeaient sous la surface, flottaient sur le dos. Lorsqu'elles se lassaient de cet exercice, elles s'allongeaient sur les berges herbues pour se sécher, mangeant le fromage et le pain contenus dans le panier, lisant à haute voix.

Oh ! comme cette époque lui manquait ! C'était avant qu'elles fassent leur entrée dans le monde, avant qu'elles pénètrent dans la haute société si restrictive, avant que chacun de leurs mouvements soit épié, leurs paroles répétées dans les salons de Mayfair.

Debout dans cet étang avec ses nénuphars, Prudence avait

l'impression d'être revenue à Longmeadow, d'avoir remonté le temps, libre d'être la jeune fille qu'elle était alors.

Elle *pouvait* encore être cette jeune fille, au moins ce jour-là. Elle descendit abruptement dans l'eau, écarta les bras, donna un coup de pied, et se lança.

Elle glissa sous la surface et jaillit de nouveau dans la lumière, riant et tremblant sous le petit choc que le froid lui avait donné. Elle nagea jusqu'au milieu de l'étang, s'attendant à ce que Roan la rappelle, pour la mettre en garde.

Mais Roan ne la rappela pas. Roan la laissa nager.

Elle se mit sur le dos et flotta un moment au milieu de la pièce d'eau, clignant des paupières en regardant le ciel clair et bleu, au-dessus de sa tête. Ses cheveux se déployaient autour d'elle comme des algues et elle remuait paresseusement les mains, se déplaçant à peine, sentant la chaleur du soleil sur son visage.

Tournant la tête, elle constata que Roan se tenait toujours là où elle l'avait laissé. Elle fit demi-tour et nagea sans hâte vers la rive.

— Vous n'imaginez certainement pas depuis combien de temps je n'ai pas nagé dans un lac !

— Sans doute que non.

— Des années, dit-elle, la première étonnée. J'avais oublié à quel point j'aimais ça.

Elle plongea de nouveau et nagea vers lui jusqu'à ce qu'elle ait de l'eau jusqu'à la taille. Elle fit passer ses cheveux sur une épaule et les essora à deux mains.

— Venez me rejoindre !

Il secoua la tête. Elle se moqua de lui.

— Avez-vous peur de moi, maintenant ?

— J'ai peur de ce que vous faites, répondit-il. Le risque est trop grand.

— Oh ? C'est à moi de le prendre, non ?

— C'est aussi le mien, lui rappela-t-il.

Elle sourit et s'approcha de lui.

— Roan… nous serons à Himple dans moins d'une heure. Je serai expédiée chez mes amis, et vous rentrerez chez vous, alors… ne voulez-vous pas nager avec moi, juste une fois ?

Il sourit de ce demi-sourire, si charmeur.

— Vous rendez la situation impossible, Pru. Je suis un homme faible.

Il promena délibérément les yeux sur elle. Il avait une expression dangereuse, où s'affichait le désir, et le cœur de Prudence s'emballa. Mais elle ne bougea pas de l'endroit où elle était. Elle le laissa impudemment la regarder, se tenant immobile tandis que son regard s'attardait sur ses seins, bien visibles sous le coton mouillé de sa camisole. Elle ne parvenait pas à croire à tout ce qui lui était arrivé durant les vingt-quatre dernières heures, et combien elle se sentait incroyablement différente. La veille, à cette heure-là, elle redoutait le voyage jusqu'à Himple. Et maintenant ? Maintenant, elle regardait un étranger avec autant de désir qu'il la regardait. Elle sentait ce désir palpiter dans son cœur, et dans son bas-ventre. Elle se sentait vivante. Si vivante !

Et Roan était superbe. Il n'y avait pas d'autre mot pour qualifier un homme bâti aussi puissamment que lui. Elle se rappela sa bouche sur son sexe, la façon dont il l'avait tenue si tendrement contre lui et avec tant de soin, sa main caressant paresseusement son bras. Elle distinguait le feu qui brûlait dans ses yeux, même de loin. Elle avait déjà vu cette expression dans les yeux d'autres hommes, mais n'avait jamais vraiment su ce qu'elle signifiait. Et elle ne l'avait jamais vue aussi profondément ancrée que dans le regard de Roan.

Elle plongea, nageant sous la surface, laissant l'eau la

porter un peu avant de ressortir pour respirer. La dernière fois qu'elle avait nagé ainsi, elle était si jeune, si ignorante du monde et de la façon dont les choses se passaient, de toutes les choses qui comptaient, celles qui seraient attendues d'elle et celles qui seraient sévèrement jugées ! Mais rien de tout cela n'importait dans ce petit étang avec ses nénuphars. Cette aventure l'avait emportée loin de tous les pièges de son existence.

Roan s'était avancé au bord de l'eau, le regard si intense qu'il semblait la brûler partout où il la touchait. Il la désirait, et elle le désirait. Elle ne le nierait pas, ne ferait pas marche arrière. Elle ne serait plus jamais une débutante vierge.

Il leva une jambe et ôta sa botte. Puis l'autre, après en avoir sorti son pistolet. Prudence l'observa tandis qu'il déboutonnait ses culottes et enlevait tout vêtement de son corps magnifique. Il était complètement nu, à présent, le sexe dressé. Il n'était que durs aplats et muscles ondulants. Il entra sans la moindre modestie dans l'étang, ses jambes agitant l'eau tandis qu'il marchait vers elle. Il semblait ne pas se soucier des meurtrissures de son corps, ni de la possibilité que quelqu'un les découvre. Il semblait ne se soucier de rien à part elle.

Elle était captivée. Elle avait le souffle court et la tête lui tournait. Elle désirait désespérément tout ce qu'il lui ferait, tout ce qu'il lui montrerait.

Lorsqu'il l'atteignit, elle lui passa les bras autour du cou. Il plaça ses jambes autour de sa taille, lui enlaça le dos de ses bras, et ils flottèrent ainsi. Il supportait son poids, plongeant les yeux dans les siens, comme s'il essayait de déterminer ce qu'il allait faire d'elle. Elle sentait son sexe dur contre elle, une sensation qui l'électrisait.

— Eh bien, Prudence ? demanda-t-il, comme son regard

glissait jusqu'à sa bouche, le regard d'un homme qui n'avait rien mangé de la journée et voyait un morceau succulent devant lui. Qu'avez-vous à dire pour votre défense ? Maintenant, votre aventure est devenue la mienne.

Elle sourit.

— Je ne sourirais pas ainsi, si j'étais vous ! Une débutante n'a aucune idée de la façon dont ça enflamme un homme. Il se trouve que je n'ai pas l'habitude d'entrer à tâtons dans des eaux dangereuses. Je plonge, même quand je ne vois pas le fond.

Un délicieux petit frisson parcourut l'échine de Prudence.

— Y a-t-il une autre manière de prendre un risque ?

Il fit entendre un bruit qui ressemblait presque à un grondement.

— Les risques ont des conséquences, petite délurée. Etes-vous prête à les affronter ? demanda-t-il, s'efforçant de paraître sévère.

Prudence avait envie qu'il pose les mains sur elle comme la veille, sur ses seins, entre ses jambes.

— Embrassez-moi, lui commanda-t-elle.

Il fronça les sourcils et écarta une mèche mouillée de son cou.

— Je suis très sérieux, Prudence. Etes-vous préparée aux conséquences de ce que vous désirez ? De votre aventure ? De cette baignade ? Si vous ne l'êtes pas, alors je vous prie de me le dire maintenant, avant que je ne perde tout contrôle. Dites-le-moi tout de suite afin que je puisse retourner sur la berge, loin de la tentation que vous représentez. Dites-le maintenant, à cet instant. Dites : « Allez-vous-en, Roan. »

Ce qu'il demandait était honnête, mais elle connaissait sa réponse avant même qu'il ait ôté ses bottes.

— Je suis préparée aux conséquences, dit-elle. Complètement.

Elle l'embrassa sur la bouche.

Il ferma les yeux et pressa son front sur le sien.

— Vous étiez censée dire « non ». Vous étiez censée me gifler, me repousser. Je suis étonnamment impuissant lorsqu'il s'agit de vous.

Il lui passa la main sur la tête.

— Vous m'intriguez, Prudence. Vous êtes très belle, vous êtes intelligente. Vous êtes tout ce qu'un homme pourrait désirer. Mais…

Il tressaillit.

— … Je ne sais que faire de vous !

— Vous allez m'accompagner jusqu'à Himple. Puis vous penserez à moi avec affection dans les années à venir.

Cela lui faisait mal de le dire, mais quelle autre possibilité y avait-il ?

Il fit la grimace comme si l'entendre était trop douloureux pour lui aussi.

— Nous ne sommes libres ni l'un ni l'autre. Mais en cet instant, je suis dans un étang au milieu de nulle part, éprouvant des choses que je n'ai jamais éprouvées auparavant et que je n'éprouverai peut-être plus jamais. Je ne demande pas de considération, Roan, et je n'en attends pas. Vous vouliez savoir si j'étais préparée aux conséquences et j'ai dit « oui ». Je ne suis pas une sotte — je comprends ce que ça signifie.

— Ah, Prudence !

Il la regarda dans les yeux, comme s'il cherchait quelque chose — un doute, peut-être ? L'instant où il pourrait la convaincre de renoncer ? Il ne les trouverait pas. Elle avait vingt-deux ans. Elle mourrait peut-être vieille fille, mais elle ne mourrait pas innocente !

Il dut le comprendre, car un souffle après il l'embrassa.

Il lui tenait la mâchoire d'une main, les doigts de son autre main écartés dans ses cheveux mouillés, et il l'embrassait.

Elle lui rendit son baiser, les mains sur son torse nu, ses doigts en dessinant les durs aplats, puis descendant jusqu'à sa taille et ses hanches. Elle éprouvait la même chaleur intense que la veille, un désir qui flambait haut et fort, se répandant en elle comme s'il était attisé par un vent furieux. Elle avait envie de le toucher partout, des doux lobes de ses oreilles aux muscles de son dos, aux reliefs de son abdomen, à ses hanches.

Il fit glisser sa camisole de ses épaules, l'abaissant jusqu'à sa taille, puis posa sa bouche sur ses seins. La sensation de ses dents et de sa langue sur elle était exquise. Elle se sentait brûlée et insatiable tandis qu'il parcourait son corps de ses mains, de sa bouche. Comment redeviendrait-elle un jour Prudence Cabot ? Comment pourrait-elle continuer à vivre en sachant que ce genre de désir existait dans le monde ?

Elle prit le lobe de son oreille entre ses lèvres, le taquina de sa langue. Elle lui mordilla le cou tandis que ses doigts effleuraient ses tétons, les faisant se raidir. Il poussa un grognement de satisfaction, un son incroyablement érotique à ses oreilles.

De sa main, il trouva sa féminité et la caressa, puis s'introduisit en elle. Sa façon de la toucher et son désir pour elle la poussaient au-delà de toute aspiration. Il la propulsait dans un état insupportable, où elle pourrait bien mourir de plaisir.

Soudain, Roan se redressa et la souleva. Il glissa les mains sous ses hanches et la guida de telle sorte que son sexe soit pressé contre l'entrée du sien. Elle sentait son corps réagir et s'ouvrir naturellement à lui. Il l'embrassa tout en glissant les doigts en elle, caressant de son pouce le cœur de sa volupté, et elle dut retenir son souffle sous l'effet d'un plaisir indicible.

— Je ne peux en supporter davantage, dit-il entre ses dents serrées, et il se pressa contre elle.

Il l'embrassa tendrement tout en commençant à se frayer un chemin en elle, poussant légèrement, se retirant et recommençant. Elle se détendit peu à peu. Elle glissait dans un état qui ressemblait à un rêve, émerveillée par la façon dont leurs corps se complétaient, malgré la brûlure qu'elle ressentit lorsqu'il rompit sa virginité. Elle laissa aller la tête en arrière tandis qu'il s'enfonçait plus profondément, bougeant avec précaution au début, puis l'entraînant plus loin dans le désir, la submergeant par le contact de son corps, par cet acte charnel, par le tourbillon d'émotions qui montait en elle. Ses assauts durèrent longtemps. Il l'avait plaquée contre lui d'un bras, et l'observait tandis qu'il bougeait, comme s'il était vital qu'il la voie.

A chaque poussée, il allait plus vite. Elle gémit, sentant son corps se crisper autour de lui, l'emportant sur la vague du plaisir. Avec un gémissement de voluptueuse défaite, elle laissa tomber sa tête sur l'épaule de Roan et frissonna d'extase.

Son orgasme fut suivi du sien, plus puissant. Avec un cri d'assouvissement, il se retira complètement d'elle, avant de la prendre dans ses bras. Il était essoufflé, la serrait fort, et ses baisers sur sa joue et son cou étaient doux.

L'eau autour d'eux commença à se lisser. Il posa les paumes de chaque côté de sa tête et, doucement, avec soin, lui embrassa le front, l'arête du nez, la bouche.

Elle était endolorie. Hors d'haleine. Mais elle était enivrée. Elle n'avait jamais imaginé ainsi l'acte de chair et serait reconnaissante à Roan Matheson le reste de sa vie pour lui avoir fait découvrir cet aspect de l'existence. Elle l'adorerait pour cela, et ne regretterait jamais les vingt-quatre dernières heures. Pas un instant !

— Allez-vous bien ?

Elle hocha la tête et lui sourit. Elle passa un bras autour de son cou et l'embrassa sur la joue.

— Vous avez réussi à me stupéfier à deux reprises, monsieur Matheson.

Il sourit aussi, mais son sourire était incertain. Il continua à la tenir, se soulevant un peu dans l'eau, riant de ce que les poissons devaient penser d'eux. Il la taquina, la caressa, son regard allant de son oreille à son nez et à son épaule, avec un sourire tendre.

— Nous devrions sortir de ce charmant étang avant d'être découverts, suggéra-t-il au bout d'un moment.

Elle acquiesça d'un hochement de tête, mais aurait été parfaitement heureuse de rester là indéfiniment. Elle se représenta un cottage au bord de ce petit étang. Roan irait pêcher chaque matin et elle ferait cuire des petits pains ou des gâteaux — la cuisinière lui avait montré une fois comment faire ; elle pourrait peut-être s'en souvenir. Le soir, il lui ferait la lecture pendant qu'elle lui tricoterait des chaussettes. Puis ils se retireraient dans leur petite chambre, les fenêtres ouvertes sur les étoiles, et il lui ferait l'amour, encore et encore.

C'était le rêve qui l'accompagnerait le restant de ses jours. Lorsqu'elle s'abandonnerait à ses rêveries, elle ne penserait pas à la réalité, ni au chagrin qu'elle éprouverait quand le temps viendrait pour lui de partir, pas plus qu'à la douleur qu'elle ressentirait chaque fois qu'elle penserait à lui.

Non, elle ne se rappellerait que ces moments-là.

Chapitre 10

Prudence farfouilla dans sa valise en marmonnant, cherchant quelque chose qui pourrait améliorer l'aspect de sa tenue. Elle finit par émerger de derrière les arbres un châle attaché autour de son corselet, châle destiné à cacher le plus gros des salissures. Elle avait également relevé ses cheveux assez coquettement avec quelques épingles, mais sans l'aide d'un miroir, sa coiffure était légèrement de travers.

— Eh bien ? demanda-t-elle en écartant les bras et en tournant sur elle-même. Qu'en pensez-vous ?

Roan en pensait qu'avec ses yeux noisette étincelants et son sourire sensuel elle était magnifique. Peut-être plus belle encore que le jour où il l'avait vue pour la première fois.

— Je n'ai jamais rencontré quelqu'un de plus charmant.

Elle rit, puis baissa les yeux pour lisser les plis de sa jupe.

Sagement, il évita tout commentaire sur sa robe sale et froissée, pas plus qu'il ne mentionna sa coiffure penchée.

— Nous remettons-nous en route ?

Tandis qu'elle s'occupait d'améliorer son apparence, il avait contemplé le petit étang, nerveux, lui qui ne l'était jamais d'ordinaire, s'avisant à quel point ils avaient été exposés aux regards. Et si quelqu'un les avait surpris ? Mais il avait été tellement captivé, tellement ensorcelé par la nymphe des eaux qui nageait dans sa fine camisole de coton, l'invitant à la rejoindre, qu'il s'était perdu dans l'instant présent. Le seul problème, c'était qu'il devait encore se retrouver, entiché qu'il était de cette lutine aux cheveux dorés.

Il était également conscient du temps qu'il avait perdu dans sa recherche de sa sœur. Chaque instant qu'il ne consacrait pas à ce but était un instant où il risquait de la perdre. Une attitude qui lui ressemblait bien peu… Il avait toujours été un homme intègre et responsable, celui vers qui sa famille se tournait pour résoudre les problèmes. Ce Roan-là était encore à Ashton Down. Il ne reconnaissait pas l'autre. Et cependant, il ne savait comment revenir en arrière.

Il n'était même pas sûr de vouloir revenir en arrière.

— Je suis prête, annonça Prudence.

Avec sa valise à la main, elle avait l'air d'une vagabonde. S'il ne la connaissait pas, il aurait pu s'attendre à ce qu'elle lui offre de lui lire les lignes de la main. Il s'efforça de cacher son sourire à cette pensée.

— Quoi ? fit-elle.

— Rien. Je suis juste heureux que vous soyez enfin prête à continuer notre petit voyage. J'ai une sœur à rattraper et une malle à retrouver, si vous vous en souvenez.

— Oh ! je n'ai pas oublié, lui assura-t-elle. Je suis aussi anxieuse de revoir ma malle que vous la vôtre.

Il l'installa sur le dos de la jument et attacha de nouveau leurs bagages sur la croupe de la vieille rosse. Il marcha à côté de la bête, la ramenant à travers la prairie dont elle avait brouté une bonne part. Elle avait probablement envie de faire la sieste, maintenant.

Il aimait marcher, même à une allure de tortue. Il avait

besoin d'exercice physique pour évacuer ses frustrations à propos du vol et de sa mauvaise conduite.

Prudence, elle, paraissait presque joviale, comme si cet enchaînement de désastres l'amusait. Il supposa qu'elle était trop privilégiée et trop jeune pour mesurer à quel point leur situation était critique, mais lui en était terriblement conscient. Si sa malle avait disparu et s'il était obligé de se rendre à la banque centrale de Londres — il n'avait aucune idée de la distance que cela représentait —, il se pourrait qu'il ne retrouve jamais Aurora.

Prudence était en train de lui raconter quelque chose à propos d'une *garden-party* où un invité célèbre était tombé dans une fontaine et avait dû être secouru. Il ne l'écouta que d'une oreille. Ses pensées se bousculaient, il calculait, projetait ce qui passerait s'ils ne retrouvaient pas leurs affaires en arrivant à Himple.

Au détour d'un virage, il aperçut enfin des volutes de fumée s'élever vers le ciel.

— Regardez, Pru, dit-il, nous avons atteint Himple.

Elle se redressa.

Himple était un village — un vrai village — avec une grand-rue, une place centrale et des maisons blotties dans d'étroites allées qui partaient de la rue principale. Il y avait des gens, aussi, des dizaines de gens dehors par ce chaud après-midi d'été. Des charretiers qui déplaçaient leurs marchandises, des femmes qui portaient des seaux d'eau tirés du puits central, des enfants qui jouaient dans les ruelles. Et tandis qu'ils descendaient la grand-rue, Roan se sentit immensément soulagé. Il arrêta la jument devant un bâtiment qui arborait fièrement l'emblème de la Poste royale et siffla un garçon d'écurie. Ce dernier accourut et tint la bride du cheval, pendant que Roan aidait Prudence à descendre, puis détachait leurs bagages.

— Mettez-la à l'écurie, dit-il au garçon. Nourrissez-la bien. Elle le mérite.

Le garçon porta les doigts à sa casquette et tira sur la bride de la bête pour la faire avancer.

Prudence était déjà à la porte du relais et regardait par la vitre. Quand Roan lui ouvrit la porte, elle entra et poussa un cri ravi à la vue de sa malle, posée contre un mur. Celle de Roan était à côté.

— C'est la vôtre ? lui demanda-t-elle.

— Oui, Dieu merci.

Il alla jusqu'aux malles et s'accroupit pour les examiner. Par miracle, les serrures étaient intactes.

Un homme au nez large et plat sortit d'une pièce du fond en nettoyant un monocle. Des attaches en caoutchouc retenaient ses manches de chemise.

— Oui, s'il vous plaît ? fit-il en les voyant.

— M. Roan Matheson, se présenta Roan. Je suis venu récupérer ma malle. L'autre appartient à miss Cabot.

L'employé continua à nettoyer son monocle en regardant les malles, les yeux plissés. Il alla jusqu'à un petit comptoir, plaça le monocle sur son œil et éparpilla quelques feuillets. Il en prit un et le tint tout près de son visage.

— Ah.

— Ah, quoi ? demanda Roan.

— La malle noire est au nom de Roan Matheson. C'est vous ?

Roan jeta un coup d'œil à Prudence.

— Oui, comme je l'ai dit.

L'employé consulta de nouveau le feuillet.

— La seconde appartient à miss Prudence Cabot.

Il releva les yeux vers eux.

— C'est vous, miss ?

— Oui.

— Vous êtes la *lass* que la diligence a perdue quand la roue s'est cassée, n'est-ce pas ?

Il l'enveloppa d'un regard si réprobateur qu'elle en rougit.

— Et vous êtes le gentleman qui est parti à sa recherche, pas vrai ?

Qu'est-ce que cela pouvait lui faire ? Roan lui répondit par un regard noir. L'employé ne sembla pas s'en soucier.

Il revint au papier et dit :

— La malle Cabot sera enlevée par le domestique de M. Barton Bulworth demain à midi.

Il ôta son monocle et les dévisagea.

Roan sentait la tension qui émanait de Prudence.

— Demain ? répéta-t-elle en lui jetant un regard incertain.

Il savait ce qu'elle pensait : qu'allait-elle faire jusqu'au lendemain ?

— Oui, confirma l'employé. Et vous, monsieur ? Où dois-je faire livrer votre malle ?

Roan le regarda fixement.

— Je vais la garder avec moi. J'ai l'intention de prendre la diligence de 4 heures pour West Lee.

— Vous voulez prendre la diligence pour le Sud ? C'est qu'elle est arrivée et repartie. Elle passe à 1 heure pile…

— Euh… je pense que ce gentleman veut dire *Weslay,* intervint Prudence.

Elle ajouta un peu plus doucement, en évitant de le regarder :

— C'est son accent…

— Ah ! s'exclama l'employé d'un ton triomphant. Un

Yankee, je parie. J'ai entendu dire que leur accent est un peu rude.

— Rude ? répéta Roan.

— La diligence pour le Nord est passée à 3 heures, continua l'employé. Juste à l'heure, avec ça.

Décidément, ce voyage n'était qu'une suite ininterrompue d'obstacles ! Roan avait l'impression que, de frustration, il pourrait éclater aux coutures, tout comme une tente avait craqué sous une forte bourrasque à un mariage où il était allé, quelques années plus tôt.

— 3 heures ! s'écria-t-il, contenant à peine sa fureur.

Il n'était que 3 h 20.

L'employé posa un coude sur le comptoir d'un geste détaché et dit d'un ton amène :

— La diligence de l'après-midi pour le Nord passe à 3 heures. Chaque jour à 3 heures. En vérité, elle n'a jamais plus d'un quart d'heure de retard. A moins qu'il pleuve. S'il pleut, elle peut être retardée.

Il se prit au jeu de son explication et enchaîna :

— Une bonne pluie peut ralentir les meilleurs cochers, vous savez, avec les routes dans cet état. Je me rappelle une année où il a plu tous les jours ! Pas une pluie légère, voyez-vous, mais des trombes d'eau. A Portrees, ils ont perdu un pont, mais la Poste royale a continué à passer. Elle arrivait simplement en retard tous les jours, parfois de quatre ou cinq heures. Une fois même de vingt-quatre heures…

— Je vous demande pardon, monsieur, l'arrêta Prudence d'un ton suave, s'avançant légèrement pour se placer entre Roan et l'employé. Nous nous trouvons dans une sorte de dilemme… Je dois me rendre sans tarder chez Mme Bulworth. Il y a sûrement un moyen de transport jusqu'à la propriété des Bulworth ?

— Non, répondit l'homme en secouant la tête. Pas à cette heure de la journée. Si vous étiez arrivée plus tôt, vous auriez pu convaincre l'épicier de vous emmener. Je crois qu'il allait par là. Mais c'est trop tard. Vous ne pourrez partir que demain, avec le domestique des Bulworth. Il y a peu de gens qui vont dans cette direction, d'ici. Vous avez fait un long détour pour arriver chez eux, non ? Les gens qui vont à Bulworth viennent d'Epsey, habituellement.

Prudence jeta un regard d'impuissance à Roan.

— Il n'y a pas d'autre moyen pour nous de continuer notre voyage ? insista-t-il. Pas de fiacre à louer, pas de voiture ?

— Pas à Himple, non, monsieur. Il y a une auberge sur le chemin, là-bas, le Renard et l'Hirondelle, dit l'homme en faisant un geste sur sa droite. C'est une auberge convenable, si vous voulez mon avis. Une aile pour les gentlemen, une autre pour les familles.

Il regarda de nouveau Prudence.

— Mme House est la femme de l'aubergiste. Vous pourriez lui dire que vous avez eu des problèmes. D'ordinaire, elle ne prend pas les femmes seules.

— Pardon ? fit Prudence, fronçant les sourcils. Pourquoi Mme House n'accepterait-elle pas les femmes seules ?

— A quelle heure est la prochaine diligence ? demanda Roan, l'interrompant et lui touchant discrètement la main pour l'empêcher de protester.

— 10 heures demain matin, répondit l'homme. Et elle sera à l'heure, vu que c'est la Poste royale. Jamais en retard, la Poste royale, sauf s'il pleut. Autrement, vous pouvez régler votre montre dessus, c'est certain. Le vieux M. Stainsbury, il règle l'horloge de l'église…

— Y a-t-il un porteur dans le coin ? Quelqu'un qui peut porter nos malles jusqu'à l'auberge ? le coupa Roan.

— Eh ? Oh ! fit l'employé, visiblement désappointé d'être interrompu. Je les ferai porter par les garçons du relais. Ils s'attendront à quelques pièces pour leur peine. Ils monteront aussi un bain, s'il le faut.

Il jeta un nouveau coup d'œil à Prudence.

Elle porta instinctivement la main à ses cheveux, et retint une exclamation en découvrant qu'une autre mèche était tombée.

— Les garçons de la Poste, ça, c'est une équipe de travailleurs qui ne traînera pas en route…

— Merci, dit vivement Roan.

Il ouvrit la porte et la lui tint.

— Miss Cabot ?

Prudence passa devant lui, mortifiée.

— Je pense que je pourrais mourir de honte, dit-elle quand il sortit derrière elle.

Elle essaya d'arranger ses cheveux.

— Ce serait une issue tragique à notre escapade.

Il ôta son chapeau et se passa la main sur la tête.

— Qu'allons-nous faire ? demanda-t-elle.

— Prendre des chambres à l'auberge.

Il lui sourit.

— Et nous donnerons une couronne aux garçons pour qu'ils montent le bain dont l'employé pense que vous avez besoin.

Levant les yeux au ciel, Prudence se mit à marcher résolument vers l'auberge.

Lorsqu'il entra dans l'auberge pour louer un hébergement avec le peu d'argent que Prudence avait épinglé à l'intérieur de sa poche, Roan entendit dire — pour sa plus grande satisfaction — qu'il ne restait plus de chambres pour hommes seuls. Il n'avait pas envie d'être séparé de Prudence, pas après tout ce qu'ils avaient traversé. Et cependant, il lui avait paru terriblement présomptueux de songer à partager un lit avec elle, avec la réalité de leur vie qui pointait son nez à travers le rideau qu'ils avaient tiré autour d'eux. Il lui avait déjà pris assez. Pourtant il voulait plus. Grands dieux, comme il voulait plus !

Il fut donc transporté d'apprendre de Mme House, une femme à l'air persécuté, avec des pommettes anguleuses, qu'il ne restait plus de chambres pour une personne. Seulement une chambre double.

— Elle contient une table, deux chaises et un grand lit. Cela vous conviendra-t-il ? demanda-t-elle en versant deux pintes de bière.

— Ce sera très bien, répondit Roan. Il me faudra aussi un bain.

Mme House secouait déjà la tête avant qu'il ait fini de parler.

— Je n'ai pas d'hommes pour le monter. Regardez autour de vous, monsieur, ils sont tous ivres.

— Moi, j'en ai. Mais j'aurai besoin d'eau. Et d'un poulet rôti si vous en avez un. Avec du pain, des olives — ce que vous voulez…

Elle fronça les sourcils en poussant les chopes sur le comptoir, vers une servante.

— J'ai très peu de personnel, dit-elle. Je ne peux pas m'en passer…

Roan n'aurait su dire combien d'argent il fit glisser jusqu'à elle, mais apparemment cela suffit. Elle lui jeta un coup d'œil de biais, puis s'essuya les mains sur sa robe et prit le billet.

— Mon épouse a eu une journée très éprouvante, madame. J'aimerais beaucoup la lui rendre plus agréable.

— Votre épouse, ah oui ? demanda-t-elle, sarcastique.

— C'est son père, expliqua Roan. Il n'en a plus pour longtemps. Nous faisons la course contre la montre pour arriver jusqu'à lui.

— Pauvre chère, dit Mme House d'un ton moqueur. Emmenez-la vite en haut, alors. Et envoyez vos garçons pour le bain. Je vais le faire préparer.

Roan alla chercher Prudence et ils suivirent les jeunes gens et leurs malles jusque dans la chambre. Elle était petite, mais elle avait une fenêtre qui donnait sur la place. Après les trente-six dernières heures qu'ils venaient de passer dans le plus grand chaos, elle parut somptueuse à Roan. Il promit deux couronnes à chacun des garçons lorsqu'ils auraient apporté le bain.

— D'où êtes-vous ? demanda-t-il au plus âgé, quand il revint avec la baignoire.

— De Midlothian, monsieur.

— Près d'ici ?

Le garçon hocha la tête.

— Il y a une vieille jument à l'écurie. Elle ne vaut pas un quart de penny, mais elle a parcouru un long chemin et mérite de brouter en paix.

Roan lui tendit un billet de cinq livres. Le garçon ouvrit de grands yeux.

— Emmenez-la chez vous, et mettez-la dans un pré.

— Un cheval ? répéta le jeune homme, impressionné.

— Pas un cheval. Une vieille rosse. Soyez gentils avec elle.

Le garçon regarda son compagnon d'un air excité. Ils avaient manifestement hâte de récupérer ce trophée inattendu.

Roan rit doucement en refermant la porte derrière eux. Ces gamins le maudiraient quand ils verraient la jument !

Il se détourna de la porte. Prudence était penchée sur sa malle, dont elle sortait des robes et des vêtements ornés de dentelle. Il fut prompt à ouvrir la sienne, pour s'assurer que les billets de banque qu'il y avait rangés y étaient toujours. Il fut très soulagé de les trouver.

Prudence avait terminé d'étaler ses toilettes sur le lit — des soies et des brocarts, des satins et des velours —, et les examinait d'un œil critique, quand la servante leur apporta leur dîner avec du vin.

Le fumet de la nourriture l'arracha à la contemplation de ses habits, et elle s'assit à la table en bois, en face de Roan, qui entreprit de découper le poulet, s'arrêtant de temps à autre pour se lécher les doigts.

— Pensez-vous que la nourriture est aussi bonne qu'elle en a l'air ? demanda-t-il, tandis qu'ils attaquaient le repas.

— Je sais seulement que je n'ai jamais goûté un poulet aussi parfaitement rôti, déclara Prudence, après en avoir avalé une bouchée.

Elle but avidement son verre de vin, comme si elle avait erré quarante jours et quarante nuits dans les étendues sauvages de l'ouest de l'Angleterre.

Lorsqu'elle fut rassasiée et désaltérée, elle s'adossa à sa chaise, une main sur l'estomac, avec l'air d'une chatte repue.

— C'était *merveilleux !*

Roan rit. C'était merveilleux, en effet. Il avait beaucoup mieux mangé dans des établissements bien meilleurs que cette vieille auberge, mais c'était le repas dont il se souviendrait — les lèvres de Prudence luisantes de graisse, ses yeux brillants de bonheur et ses joues légèrement hâlées par le soleil. Pour lui, elle était magnifique.

Un coup frappé à la porte annonça l'eau du bain. Durant les dix minutes suivantes, deux filles entrèrent et sortirent avec leurs seaux, versant l'eau fumante dans le tub en cuivre jusqu'à ce qu'il soit presque plein.

Roan leur donna un billet — il n'avait pas de monnaie — et s'amusa de leurs yeux exorbités devant cette fortune, tout comme les deux garçons un peu avant.

— Il ne va rien vous rester, à ce rythme, dit Prudence en riant.

Roan sourit. Il ferma la porte à clé derrière les servantes et se retourna vers elle.

— Votre Majesté, votre bain attend !

— Je n'ai jamais souhaité aussi désespérément un vrai bain, dit-elle en se levant.

Elle plaça une chaise près de la baignoire, puis posa dessus quelques flacons tirés de sa malle. Ensuite, elle enleva ses habits sales. Ce faisant, elle souriait à Roan d'un air aguicheur, comme une maîtresse. Comme si elle n'avait jamais été l'innocente débutante qu'elle était encore un jour ou deux en arrière. Elle était plus téméraire, maintenant. Plus mûre. Ce changement plaisait à Roan.

Elle fut bientôt nue devant lui. Il avait toujours trouvé que le corps féminin était la plus grande œuvre d'art qui soit, mais la nudité de Prudence lui coupa le souffle. Elle avait de jolies courbes, elle était douce et souple, et la voir lui donna une envie folle de la toucher.

Elle monta dans la baignoire et s'assit dans l'eau. Le pouls de Roan s'enfiévra lorsqu'elle appuya la tête sur le rebord et ferma les yeux. Ses cheveux se déployèrent aussitôt dans l'eau, autour d'elle et sur ses seins.

— C'est le paradis, murmura-t-elle. Merci, Roan.

— Laissez-moi vous laver les cheveux, proposa-t-il.

Elle ouvrit un œil et sourit, surprise.

— Vous voulez vraiment le faire ?

Il prit le pichet sur la table de toilette.

— Oui.

Il apporta d'abord la bouteille de vin et leurs verres, et les posa par terre. Il enleva les affaires de la chaise et s'assit, puis plongea le pichet dans l'eau. Prudence se redressa et pencha la tête ; il versa l'eau sur ses cheveux pour les mouiller.

— Je pense que Mme Bulworth appréciera que j'arrive dans une robe propre et les cheveux convenablement relevés, dit-elle avec un sourire ironique. Elle ne saura pas qu'elle vous le devra.

Roan sourit et lui savonna les cheveux.

Prudence soupira et referma les yeux, se détendant pendant qu'il officiait.

— Vous allez me manquer, dit-elle doucement. Est-ce de la folie ? Je vous connais depuis un jour et demi, et pourtant je sais que vous me manquerez terriblement.

Elle allait lui manquer, elle aussi — à un point qui le stupéfiait.

— Vous me manquerez aussi, Prudence.

Il plongea le pichet dans l'eau pour la rincer. Elle ne dit rien tandis qu'il finissait et reposait le récipient.

Puis elle lui prit la main.

— Venez, dit-elle.

Il rit.

— Nous ne tiendrons pas tous les deux dans cette baignoire !

— Si, lui assura-t-elle, et elle remonta les genoux contre la poitrine.

Roan doutait fortement qu'il y ait assez de place pour deux, mais il voulait bien essayer. Il se dévêtit rapidement, conscient que les yeux de Prudence étaient posés sur lui, son regard glissant hardiment sur son corps, s'imprégnant de lui. Plus d'une femme l'avait vu nu, mais c'était la première fois dans son souvenir qu'il souhaitait qu'une femme le trouve aussi attirant qu'il la trouvait séduisante. Il monta dans le tub, s'appuya des mains sur les côtés et s'accroupit avec précaution. De l'eau gicla par-dessus bord, et Prudence rit de plaisir. Il était coincé dans cette baignoire, mais heureux de pouvoir se laver.

Elle l'aida, lui savonna le torse, le cou et le visage. Il l'aida aussi, lui lavant la poitrine et le ventre. Elle se moqua de lui lorsqu'il plongea la tête dans l'eau pour la mouiller, et se mit à genoux pour lui laver les cheveux à son tour.

— Dois-je vous raser ? Je rasais le comte quand il ne pouvait plus le faire.

— Ça me plairait, dit-il.

Prudence tendit le bras et trouva le rasoir qu'il avait sorti, ainsi que son savon à barbe. Puis elle rasa avec soin sa barbe de deux jours.

Lorsqu'ils furent propres, Roan leur servit du vin. Il aimait ça, être assis dans un bain avec Prudence. Ses cheveux étaient lissés en arrière et ses seins dépassaient juste de la surface de l'eau ; son visage était doucement doré par la lumière du feu. Il n'avait jamais été aussi captivé, jamais aussi empli de contentement.

Ils parlèrent de leur famille, de chevaux et de chiens qu'ils aimaient beaucoup, tous les deux. Il évoqua de nouveau le canal que tant de gens essayaient de faire construire entre le lac Erié et la ville de New York.

— Il changera le commerce tel que nous le connaissons.

Prudence lui raconta les souvenirs qu'elle avait de son

père, même s'il était mort alors qu'elle était très jeune, et lui décrivit la personne que sa mère était avant de devenir folle.

— Elle était si belle ! dit-elle avec nostalgie.

Elle lui parla du second mariage de sa mère avec le comte de Beckington, qui adorait ses nombreuses belles-filles. Elle lui parla de la haute société londonienne, des bals, des *garden-parties*, des soirées.

— Ce temps-là est derrière moi, j'en ai peur, commenta-t-elle avec un rire lugubre.

Cette remarque rendit Roan grave. Si une femme méritait d'être la reine d'un bal, c'était Prudence. Il se la représenta dans une coûteuse robe du soir, des bijoux étincelant à ses oreilles et sur sa gorge, son sourire illuminant les gens autour d'elle.

— Qu'allez-vous faire ? demanda-t-il doucement. Après votre visite à votre amie, je veux dire ?

— En supposant que Merryton n'a pas déjà envoyé une armée après moi ? demanda-t-elle en l'éclaboussant. Je présume que je retournerai à Blackwood Hall et que j'attendrai.

— Attendre ? répéta Roan sans comprendre. Quoi ?

Elle haussa les épaules.

— Une demande en mariage.

Il dut afficher un air déconcerté, car elle lui sourit et agita ses orteils contre lui.

— Ne soyez pas dépité, Roan. C'est ce que font les débutantes. Qu'y a-t-il d'autre pour nous, vraiment ?

— Vous pouvez sûrement avoir une occupation ?

Elle rit.

— Comme gouvernante ou préceptrice ? Ça me serait égal, notez bien. De fait, ce travail me plairait beaucoup, j'ai toujours rêvé d'avoir beaucoup d'enfants. J'ignore ce que je vais devenir, mais les jeunes dames d'un certain standing ne sont pas censées travailler, en Angleterre. Elles sont censées bien se marier et disposer sur les tables les cartons portant les noms des invités lors des dîners.

Elle sourit et lui éclaboussa de nouveau le torse.

— J'envie Mercy, d'une certaine manière. Elle a réussi à échapper à l'ennui par l'art. J'aurais dû être plus zélée dans mes entreprises.

Roan tenta de sourire, mais la trace de désespoir et d'apathie dans ses jolis yeux ne lui échappait pas et le rendait légèrement malade.

Prudence détourna le regard. Elle but son vin et mit le verre de côté. Elle effleura du bout des doigts l'eau du bain maintenant tiède, sinon froide.

— Notre aventure se termine demain matin, n'est-ce pas ?

— Elle n'a pas besoin de s'achever ici, dit-il avec témérité.

Ces yeux noisette pouvaient le pousser à faire n'importe quoi — à ignorer sa morale, ses responsabilités. Il le savait, mais il dit néanmoins ce qu'il avait dans le cœur.

— Venez dans le Nord avec moi, Prudence.

Elle sourit et leva les yeux.

— Et qu'y ferais-je ? Me présenter comme votre cousine à des gens qui pourraient bien connaître ma famille ? Et si je le faisais, quoi, après ? Ça se terminerait de toute façon un lendemain ou un autre, non ?

Roan souhaitait désespérément dire ce qu'elle voulait entendre — qu'il resterait en Angleterre ou que d'une manière ou d'une autre, ils trouveraient un moyen de poursuivre leur aventure, qu'il la courtiserait comme il le fallait. Qu'il lui ferait même cette demande en mariage qu'elle attendait.

Mais c'était impossible. Il avait une famille, une vie, une affaire qui marchait bien en Amérique, et des gens dépendaient de la promesse qu'il avait faite à son père au sujet de

Susannah Pratt. En outre, il devait reconduire Aurora à la maison. Sa sœur avait fait des promesses aussi, mais plus encore, leur mère était dans tous ses états à propos d'elle. Il devait au moins lui ramener Aurora. Même s'il le souhaitait désespérément, il ne pouvait pas jouer le prétendant pour Prudence.

Elle se méprit sur son silence.

— Vous n'avez pas besoin de dire quoi que ce soit, Roan. Je savais depuis le début que ce ne serait jamais plus qu'une brève aventure. Je me souviendrai de ces quelques jours avec beaucoup de tendresse et… et de gratitude.

— De la gratitude, répéta-t-il d'un ton amer, fermant les yeux.

Il se sentait très mal ; il était anxieux et en colère, en total désaccord avec lui-même.

— Un mot curieux, étant donné que j'ai terriblement profité de vous, Pru. Je vous ai pris une chose qui ne peut être remplacée.

— Roan !

Elle s'assit et lui leva le menton.

— Comment pouvez-vous parler ainsi ? Je vous ai *suivi*. Je vous ai fait des avances. Je vous voulais tellement, Roan ! Je voulais que vous me touchiez. Je voulais ressentir…

Elle fit entendre un petit claquement de langue impatient.

— Je voulais tout éprouver ! Je ne suis pas une petite fille. Je savais ce que je faisais.

Il chercha les mots justes à dire et n'en trouva aucun susceptible de décrire son tourment.

— Moi non plus, je n'oublierai jamais ces jours-là, dit-il, jugeant ses paroles totalement inadéquates.

Il se redressa et prit sa main dans la sienne.

— *Jamais,* Pru.

Elle lui sourit avec une telle tendresse que ce flot de chaleur enfla dans son cœur… puis son sourire se fit espiègle.

— Mon aventure n'est pas encore terminée, si ?

Il sourit à son tour.

— Non, elle n'est pas terminée.

Il se leva et sortit avec précipitation de la baignoire, semant de l'eau partout, avant de la soulever dans ses bras. Il la porta jusqu'au lit, l'étendit sur le dos et s'allongea sur elle.

Elle caressa son visage, ses cheveux mouillés.

— Roan…

Le corps de Roan et son cœur réagirent aussitôt à son prénom murmuré dans un souffle. Quelque chose avait explosé en lui, quelque chose de tendre et d'affectueux, quelque chose qui se diffusa jusque dans les endroits sombres et froids de son âme, des endroits qui n'avaient jamais été touchés auparavant.

Prudence soupira et lui offrit son cou parfumé, l'invitant aux caresses. Il posa un baiser juste derrière son oreille et glissa les bras dans son dos, l'écrasant contre lui.

— Je vous veux, dit-il contre sa peau. Je vous veux tellement, Prudence !

Il engloba de sa main un sein qu'il pétrit, puis il descendit le long de son corps, encore humide du bain.

Il sentait palpiter sa chair là où il la touchait. Il sentait son cœur s'emballer, sa peau s'échauffer. Son odeur, son poids dans ses bras, sa douceur excitaient chaque fibre de son être. Il était affamé d'elle.

Il prit un sein dans sa bouche et sentit son propre pouls tressauter au gémissement de plaisir qu'elle laissa échapper. La pulsion qui l'animait lui semblait vitale ; il n'avait jamais désiré une femme aussi fort que cette nuit, dans cette auberge anglaise. Le besoin d'être en elle, de l'emplir de son corps était tout-puissant. Il pressa son érection contre elle, repoussant une image mentale de Susannah, ainsi que la question de savoir s'il pourrait jamais ressentir pour elle quelque chose d'approchant.

Il glissa une main entre les cuisses de Prudence, et ses doigts trouvèrent sa féminité.

— Oh ! Seigneur, gémit-elle.

Il était presque insupportable de se tenir contre elle sans la pénétrer, mais il voulait prolonger ce moment le plus longtemps possible. Il voulait que ces instants avec elle durent toujours dans son esprit. Il lui embrassa le ventre et descendit encore.

Elle lui saisit la tête et emmêla ses doigts à ses cheveux. Elle haletait — ou était-ce lui ? Il bougeait instinctivement, maintenant, lui écartant les jambes et glissant sa langue dans son sexe. Sa gorge gronda lorsqu'elle se cambra contre lui, et ses petits cris de plaisir encouragèrent son désir. Mais il tint bon et l'explora complètement de sa bouche, d'une manière tout à fait nouvelle pour lui. D'une manière dont il ne connaîtrait jamais une autre femme. Pas comme ceci. Ces caresses étaient à Prudence et à lui. A eux seuls.

Elle se mit à onduler contre lui, l'enjoignant d'aller plus vite. Lorsqu'elle atteignit l'extase, il se redressa et s'appuya sur les bras au-dessus d'elle pour la regarder.

Elle lui dédia le sourire d'une femme satisfaite et, chose qui le surprit beaucoup, prit son sexe dans sa main. La sensation de ses doigts refermés sur sa verge était intolérable : il serra les dents pour s'empêcher de perdre le contrôle. Il glissa une main entre eux, couvrit celle de Prudence, et lui montra comment le caresser.

Elle observa sa main qui bougeait sur lui. Son expression était à la fois curieuse et pleine de jubilation, comme si elle avait découvert de l'or. Il crispa les mâchoires, désirant le plaisir qu'elle lui donnait et redoutant en même temps un orgasme monstrueux.

Lorsqu'il ne put plus tenir, il lui saisit le poignet et l'arrêta. Elle sourit et, aussi innocente qu'elle soit, il vit dans son regard brûlant qu'elle comprenait quel pouvoir elle détenait sur lui. C'était la malédiction des hommes, supposa-t-il, glissant de nouveau une main entre ses jambes et la pénétrant d'un doigt, d'être aussi ensorcelés par le corps féminin. C'était sa malédiction à lui d'être si désespérément entiché d'une débutante anglaise.

Il se glissa entre ses jambes.

— Vous me rendez fou, dit-il doucement. Complètement fou ! Dire que j'aurais pu venir en Angleterre sans jamais vous trouver !

— Ne m'oubliez pas, Roan.

— Jamais, je vous le promets, dit-il en la pénétrant, poussant doucement, s'installant en elle.

Il la prit dans ses bras et roula sur le dos. Prudence poussa un petit cri et appuya les mains sur son torse. Il se souleva et l'embrassa tendrement, prenant sa lèvre inférieure entre ses dents, tout en continuant à bouger de manière exquise en elle. Il était toujours un peu impressionné par l'union physique et émotionnelle d'un homme et d'une femme, et s'émerveillait de la vivre si naturellement avec elle.

Il continua à remuer en elle et elle l'accompagnait, se penchant au-dessus de lui si bien que ses cheveux humides le caressaient. A ce moment-là il se perdit en elle, entièrement.

Elle s'effondra sur lui, la tête sur son épaule, ses cheveux lui couvrant le visage et les yeux.

— Est-ce que c'est toujours aussi… aussi passionné ? demanda-t-elle, le souffle court.

Il écarta ses cheveux de son visage et lui caressa le dos.

— Ça n'a jamais été aussi passionné pour moi.

Elle releva la tête ; elle rayonnait. Son sourire, ses yeux, toute sa personne resplendissait telle une étoile tombée du ciel. La piètre qualité de sa comparaison poétique le fit rire. Pensait-il réellement de telles choses ? Dieu le garde, oui, il les pensait !

Prudence l'embrassa, puis roula sur le dos à côté de lui. Elle mêla ses doigts aux siens et ils restèrent allongés ainsi, côte à côte, se tenant par la main et fixant le plafond en bois.

Roan ne voulait pas lui lâcher la main. Il avait l'impression étrange que son cœur s'entortillait autour de ses pensées, mais il y avait quelque chose chez cette femme qui s'était enfoncé profondément en lui, des racines qui se plantaient dans son être plus profondément et plus solidement que tout ce qu'il avait jamais éprouvé. Cela le faisait se sentir curieusement vulnérable, aussi, comme si Prudence avait ouvert en lui une porte dont il ignorait l'existence et en avait franchi le seuil. Il avait envie de refermer cette porte et de l'enfermer à l'intérieur pour toujours.

Il luttait pour faire cohabiter une toquade grandissante et le profond attachement qu'il ressentait pour Prudence, maintenant qu'il lui avait pris sa virginité. Il ne trouvait pas de sens à ce qu'il éprouvait, ni aux nombreuses pensées conflictuelles qui s'agitaient dans son esprit, encore moins aux désirs qui s'éveillaient en lui, des désirs qu'il n'avait jamais eus de sa vie.

Prudence le surprit en relevant la tête et en lui souriant de haut.

— Pensez-vous que… Est-ce que nous pourrions recommencer ? Ce n'est pas encore le matin, n'est-ce pas ?

Il prit son visage entre ses mains, et l'étudia.

— D'où venez-vous ? Et qu'ai-je fait dans ma vie pour découvrir un tel trésor ?

Elle rit et s'allongea sur lui.

— Non, Pru, poursuivit-il, en lui décochant un grand sourire. Ce n'est pas encore tout à fait le matin.

Chapitre 11

Le matin finit par arriver, et beaucoup trop vite au gré de Prudence. Ils étaient allongés dans les bras l'un de l'autre, après avoir exploré mutuellement leur corps et fait l'amour aux petites heures du jour. Elle avait eu ensuite un sommeil agité, et s'éveilla quand le soleil commença à filtrer par la petite fenêtre de leur chambre.

Qu'est-ce que c'était que cette odeur ?

Ah, oui. Le poulet et le vin.

Elle souleva le bras de Roan posé en travers de son ventre et roula vers lui, contre son torse. Il était allongé sur le flanc à côté d'elle, les yeux fermés, la respiration profonde. Elle posa deux baisers sur sa poitrine et s'assit.

Il avait ouvert un œil et l'observait.

— Vous êtes insatiable, dit-il, lui passant les doigts dans les cheveux.

— Je pense que je le suis peut-être, en effet, concéda-t-elle, après un instant de réflexion.

Elle l'embrassa sur les lèvres, puis roula, et jeta les jambes par-dessus le bord du lit. Elle avait été initiée à un monde intime magnifique, délicieux et tendre, ces deux derniers jours, et elle répugnait à le quitter. Mais elle le devait. Elle se sentait d'ailleurs l'esprit remarquablement clair à ce sujet. Elle devait retourner à sa vie. Roan devait trouver sa sœur et retourner à ses promesses, à sa famille qui avait besoin de lui.

Elle avait peut-être l'esprit clair, mais savait que cela blesserait trop son cœur de le sentir de nouveau en elle une dernière fois. Aussi se leva-t-elle rapidement, craignant qu'il ne la retienne et que sa résolution ne craque. Elle avait l'impression que la brise la plus légère la ferait tomber et qu'elle finirait par le supplier de rester. Comme une parente pauvre. Comme une orpheline. Comme quelqu'un sans espoir.

Elle enroula le drap autour d'elle. Elle était très endolorie, en vérité, mais c'était une sensibilité délicieuse, quelque chose qu'elle savourait. Chaque mouvement lui rappelait la magie qu'elle avait découverte dans les bras de Roan.

Elle alla jusqu'à sa malle et en sortit sa robe de jour vert foncé bordée de brun.

Elle entendit, derrière elle, Roan qui se levait. Puis un bruit d'éclaboussures dans la cuvette. Il alla chercher ensuite les affaires dont il avait besoin. Elle s'affaira à réorganiser ses toilettes dans sa malle, afin qu'il ne voie pas les larmes qui lui brûlaient les yeux, en un mélange singulier de bonheur et de terrible regret.

Etait-il possible de tomber amoureuse de quelqu'un aussi vite ? Etait-il possible de trouver quelqu'un qui vous convenait aussi parfaitement par pur hasard ? Comment pourrait-elle jamais penser à un autre homme avec la sensation des mains de Roan sur son corps ? Comment pourrait-elle jamais regarder d'autres yeux et ne pas revoir les siens ? Comment vivrait-elle le reste de sa vie ennuyeuse en sachant que son cœur était quelque part de l'autre côté de l'océan ?

Ce serait son fardeau secret à porter, ce qui l'accompagnerait toujours. Elle aurait à affronter des repas de famille le cœur douloureux, tandis que tout le monde rirait autour d'elle. Lorsque des unions seraient conclues, lorsque des enfants naîtraient, quand des Noëls seraient célébrés et que ses sœurs rassembleraient autour d'elle ceux qu'elles aimaient, elle penserait à Roan.

C'est injuste. Terriblement injuste, se dit-elle. Et pourtant, il en était ainsi.

Roan s'habilla tandis qu'elle enfilait sa robe et terminait d'emballer ses affaires. Elle ne le laisserait pas voir sa détresse ; elle ne serait pas une débutante larmoyante, s'accrochant à son amant. Elle pensait ce qu'elle lui avait dit : elle savait exactement ce qu'elle cherchait, quand elle était montée dans cette diligence. Elle n'aurait jamais pu imaginer tout ce qui se passerait, mais elle savait ce qu'elle faisait et elle vivrait en assumant les conséquences de ses actes. Par Dieu, elle le regarderait partir la tête haute !

Elle se prépara à cette séparation et, de fait, préférait qu'il en soit ainsi, qu'il parte le premier. Elle était sûre de pouvoir tenir ses sentiments à bonne distance jusqu'à ce que la diligence ait disparu sur la route.

Hélas, la malchance voulut que le domestique des Bulworth arrive à l'auberge avec plus de deux heures d'avance.

— Je croyais que vous ne viendriez pas chercher cette malle avant midi, dit Roan d'un ton irrité, comme si c'était la faute du pauvre garçon s'il était arrivé trop tôt.

— Je ne sais pas, milord, répondit le jeune homme, en pétrissant son chapeau dans ses mains.

Il semblait avoir dix-huit ou dix-neuf ans. Il avait un peu de barbe au menton et sa nervosité marquait ses joues de taches rouges.

— Je suis parti quand M. Bulworth me l'a demandé.

— C'est bon, dit Prudence, en posant une main apaisante sur le bras de Roan.

Il lui semblait un peu différent ce matin, avec ses cheveux coiffés et son visage bien rasé. Plus viril, plus imposant, ce qu'elle n'aurait pas cru possible. Et ses yeux aussi avaient changé — leur éclat avait disparu. Ils lui paraissaient presque bruns, à présent, et les minuscules rides de souci qui les bordaient le faisaient paraître un peu triste.

— Bien, dit-elle, s'efforçant de paraître enjouée. Je suppose que nous devons nous dire adieu, n'est-ce pas ?

Elle sourit au domestique des Bulworth.

— Voici ma malle…

Le garçon hocha la tête, remit son bonnet, et hissa la malle sur son épaule.

Prudence essaya de sourire à Roan, mais n'y parvint pas.

— Je vous demanderais bien de m'écrire, mais ça semble assez futile et ça ne fera probablement que me déprimer davantage…

Soudain, il lui prit la main.

— Vous pouvez encore venir avec moi à West Lee.

— « Weslay », marmonna-t-elle.

— Ecoutez… Nous pourrions dire que vous êtes ma cousine. La cousine Prudence et la compagne d'Aurora, venue pour la ramener à la maison.

— Roan ! Dès que je prononcerai un mot, ils sauront que je ne suis pas américaine. Et il est tout à fait possible que je connaisse quelqu'un, là-bas. Penfors est vicomte. Il se peut qu'il ait rencontré mon beau-père, ou Merryton.

— Mais…

— Mais, reprit-elle, en prenant ses deux mains dans les siennes, je dois partir et vous aussi. Y a-t-il réellement une autre option ? Quand bien même je donnerais cher… quand bien même j'adorerais continuer avec vous, j'ai franchi toutes les bornes. J'aurai de la chance de revoir un jour l'extérieur de Blackwood Hall, en vérité. Et plus encore que ça, je ne sais pas si je pourrais supporter de vous accompagner. Plus je suis avec vous, plus j'ai envie de… *tout.* Me comprenez-vous ?

Il soupira, serrant ses mains dans les siennes.

— Oui, bien sûr que je vous comprends. Vous avez raison, Pru. Si ce n'était pas pour Aurora…

Il secoua la tête et baissa les yeux.

— Venir avec moi serait bien trop intrépide… même pour vous.

Il la regarda de nouveau et eut un sourire de regret.

— Quand rentrerez-vous à Blackwood Hall ? Je viendrai vous voir avant notre départ.

— Non ! s'exclama-t-elle. C'est impossible.

— J'ai besoin…

— *Non,* Roan. Ce sera pire, si vous venez.

Il parut blessé, mais elle ne supporterait pas qu'il vienne à Blackwood Hall.

Il lui serra les mains plus fort.

— Je ne suis pas prêt à vous voir partir, Prudence. Il se peut même que je n'y sois jamais prêt, mais là, je ne peux pas…

Il crispa les mâchoires et détourna les yeux.

Ses paroles firent à Prudence l'effet d'une flèche en plein cœur.

— Pourquoi ne pouvez-vous pas être anglais ? gémit-elle.

— Pourquoi ne pouvez-vous pas être américaine ? Les étoiles sont contre nous, Pru. Il n'y a pas d'autre façon de voir les choses. Croyez-moi, j'ai essayé.

Elle se mordit la lèvre pour empêcher le sanglot logé dans sa gorge de s'échapper.

— Bon, dit-elle. Je suppose que je dois…

Elle désigna le chariot près duquel le domestique des Bulworth attendait.

— Oui.

Roan déglutit. Il lui offrit son bras, l'escorta jusqu'au véhicule et l'aida à monter. Elle se pencha et l'embrassa sur la joue. C'était le genre de baiser qu'elle aurait pu donner à Augustin, le baiser poli et chaste signifiant « au plaisir de vous revoir » que la société et les convenances permettaient, et cela la rendait folle.

Roan recula, les mains nouées dans le dos.

— Bonne chance, miss Cabot.

— A vous aussi, monsieur Matheson.

— Y allons-nous, miss ? demanda le garçon.

— Oui, allons-y, je vous en prie, dit-elle en levant la main, tandis que le chariot démarrait.

Comme ils commençaient à cahoter sur la route, elle se retourna sur la banquette.

Roan se tenait au milieu de la chaussée et la suivait des yeux. Il resta là jusqu'à ce qu'elle ne puisse plus le voir. Et quelque part sur cette route poussiéreuse, entre Roan et elle, gisait son cœur.

— Il fait plutôt chaud, non ? demanda le jeune homme pour faire la conversation. On n'a pas eu de pluie, pour ainsi dire. C'est si sec que les récoltes de la ferme Tatlinger sont perdues. Il paraît qu'il pourrait vendre à Bulworth.

— Oui, il fait terriblement sec, dit Prudence.

Le garçon continua à parler, mais ses paroles étaient comme le gazouillis d'un oiseau pour elle — rien que du bruit, des sons qui ne voulaient rien dire, car elle était trop absorbée par ses propres pensées pour être polie.

— Ils prennent les fils Ferguson pour aider à la moisson.

Ils sont six. Pour moi, chacun peut faire le travail d'un cheval de trait !

Elle avait fait ce qu'il fallait. Elle faisait toujours ce qu'il fallait, à l'exception éclatante d'un après-midi à Ashton Down. Il ne faisait aucun doute qu'elle devrait expliquer son retard et elle trouverait bien quelque chose. Mais elle ne mentionnerait pas le feu de camp. Ni l'étang plein de nénuphars. Ni le luxe d'une chambre d'auberge et d'un bain partagé, pas plus que sa relation exquise avec un homme qui n'était pas son fiancé. Un homme qui était encore un étranger pour elle quarante-huit heures plus tôt. Il était absurde de se sentir si dépourvue. Elle le connaissait à peine !

Oui, vraiment, elle avait fait ce qu'il fallait. Comme toujours.

Et si elle portait son enfant ? Il avait pris soin de ne pas laisser sa semence en elle, mais la nuit précédente… la nuit précédente, le moment qu'ils partageaient les avait dominés tous les deux. Elle pensa à ses menstrues qu'elle devait avoir une semaine plus tard. Que ferait-elle pendant cette semaine ? Attendre, voilà tout. Parce que faire quoi que ce soit d'autre, aller plus loin qu'elle ne l'avait déjà fait risquerait de provoquer le pire des scandales. Peut-être même l'accuserait-on d'avoir gravement violé la morale ou quelque chose dans le genre. Elle n'avait aucune idée des accusations d'immoralité et de conduite indécente qu'on pouvait lui opposer, mais elle se voyait très bien debout devant un magistrat : « Oui, milord, j'ai couché avec un homme hors des liens du mariage… »

— Bobby Ferguson, c'est le plus grand d'entre eux, je dirais. Il mesure une tête de plus que ses frères et paraît aussi large que ce chariot.

Que disait donc ce garçon ? Prudence se détourna, parcourant du regard les champs jaunis.

Quel honneur avait-elle, en vérité ? Et qu'y avait-il de bon dans l'honneur, s'il signifiait ne pas vivre ? Et s'il en était ainsi, pourquoi ne pourrait-elle pas se rendre à Weslay ? Pourquoi ne pourrait-elle pas passer la semaine avec Roan ? Elle ne connaissait pas personnellement Penfors et elle était certaine qu'ils n'avaient jamais été présentés. Il ne saurait pas qui elle était.

Mais s'il avait des invités, il existait un risque qu'elle connaisse quelqu'un. Néanmoins, serait-ce le cas ? Qui ferait la route de Londres à Howston Hall, à cette époque de l'année ? Il faisait trop chaud et il y avait trop de poussière pour faire un aussi long trajet. Elle pouvait presque entendre lady Chatham, tenant sa cour dans son salon. « Si Penfors voulait que nous venions, il nous aurait invités en juin. Pas en août. Les routes seront poussiéreuses et le voyage bien trop fatigant, par cette chaleur. De fait, il n'a jamais eu l'intention de nous recevoir. »

Les autres dames seraient d'accord avec lady Chatham parce qu'elles étaient toujours d'accord avec elle. Il était tout à fait possible que Roan trouve Penfors seul avec sa famille. Et s'ils déclaraient qu'ils ne connaissaient pas Aurora, que se passerait-il ? Roan serait complètement perdu. Un étranger parmi eux, sans relations. Le laisseraient-ils seulement entrer ?

— Je l'ai vu soulever une pierre de la taille d'un mouton, une fois. Sans la moindre aide, continua le domestique, imperturbable.

Prudence se redressa soudain. Comment pourrait-elle *ne pas aller* à Weslay ? Comment pourrait-elle laisser un pauvre Américain se débrouiller sans soutien dans la haute société anglaise ? C'était répréhensible de sa part, vraiment, de le laisser y aller seul, alors qu'il l'avait sauvée.

— Il a failli la faire tomber sur les pieds du pauvre fermier.

Elle n'a pas vraiment touché ses pieds, entendez-moi bien, mais le fermier a hurlé comme si c'était arrivé.

Il gloussa à ce souvenir.

— Faites demi-tour, dit-elle, si doucement tout d'abord qu'elle s'entendit à peine elle-même.

— Pardon ?

— Faites demi-tour !

Elle se tourna sur le banc et regarda en arrière. Le village avait disparu, comme si le paysage vide l'avait englouti.

— Faites demi-tour, *demi-tour !* lui cria-t-elle, poussant des deux mains sur son épaule.

Il la regarda comme si elle avait perdu l'esprit.

— Tournez !

Qu'elle l'ait effrayé ou qu'il ait finalement compris qu'elle était sérieuse, il arrêta l'attelage et fit bouger laborieusement les chevaux, deux pas en arrière, puis deux en avant, jusqu'à ce que le chariot ait viré sur place. Il sembla à Prudence que cela prenait des heures.

— M. et Mme Bulworth, ils m'attendent. Ils comptent sur moi pour vous amener, miss.

— Vous n'aurez qu'à leur dire que vous m'avez attendue et que je ne suis pas venue.

— Quoi, vous voulez que je leur mente ?

— Comment vous appelez-vous ?

— Robert, miss, répondit-il l'air anxieux, comme s'il s'attendait à ce qu'elle le fasse renvoyer.

— Robert, écoutez-moi. Je suis partie en négligeant de faire quelque chose de très important. Comprenez-vous ? En toute conscience, je ne peux pas agir de la sorte, n'est-ce pas ? Et la seule raison pour laquelle j'ai négligé de régler cette chose importante est que Mme Bulworth m'attendait. Vous devez le lui dire. Vous pourrez lui expliquer la situation, n'est-ce pas ? Que j'ai laissé quelque chose d'inachevé, que je l'ai regretté et que je viendrai la voir dès que je le pourrai.

— Je ne sais pas, je ne sais pas, répéta le garçon d'un air craintif. M. Bulworth me punira s'il pense que j'ai fait quelque chose que je n'aurais pas dû faire.

— Mais il s'agit justement de faire ce qu'il faut ! Vous devez m'aider à redresser un terrible tort. Allez donc plus vite ! Ne pouvez-vous pas accélérer ?

— Nous allons épuiser les chevaux !

— Mais il se peut qu'il soit trop tard ! S'il vous plaît, *s'il vous plaît,* essayez de les faire avancer plus vite !

— Hue ! rugit-il, la surprenant, et il fit claquer les rênes sur le dos des bêtes.

Elles se mirent si rapidement au galop que Prudence bondit très haut sur son siège. Elle en glapit de surprise et s'agrippa au bord du véhicule pour se retenir.

Un quart d'heure plus tard, ils dévalaient la grand-rue d'Himple à toute allure, puis s'arrêtaient rudement entre l'auberge et le relais de poste.

— Oh ! non ! fit Prudence. Non, non, non !

Il était trop tard — les sacs de courrier qu'elle avait vus sur le trottoir en partant n'y étaient plus.

— Qu'est-ce que je fais maintenant, miss ? demanda Robert.

Mais Prudence avait déjà sauté du banc. Elle courut dans le relais.

— La voiture de la Poste royale est-elle déjà passée ? demanda-t-elle anxieusement à l'employé.

— Oui, répondit-il comme si c'était une question ridicule. Elle n'est jamais en retard, sauf quand il pleut. Elle est partie pile au quart.

Prudence retint une exclamation et pressa la main sur

sa poitrine. La douleur dans son cœur était très réelle, elle bouillonnait en elle comme une coulée de graisse brûlante.

— De quel côté ? demanda-t-elle.

— Du seul côté où elle va à cette heure du jour.

Il indiqua le nord.

Prudence tourna sur elle-même et courut dehors. Elle considéra Robert et son attelage de deux bêtes. La Poste royale était tirée par quatre chevaux. Il était impossible qu'un attelage de deux chevaux rattrape un attelage de quatre chevaux frais.

Il était vraiment trop tard. Prudence sentit alors tout son corps s'affaisser sous le poids immense de sa perte.

Chapitre 12

Roan se sentait malade.

Pas physiquement malade — il aurait accueilli volontiers quelque chose d'aussi commun qu'une banale affection. Juste… mal en point.

Il avait jeté un coup d'œil à l'intérieur de la diligence, vu la jeune mère avec ses deux enfants et un gentleman bien né qui lui avait adressé un signe de tête cordial, et il avait refermé la portière sans un mot. Il avait rejoint l'arrière de la voiture, là où les postillons avaient chargé ses bagages et deux sacs portant le sceau officiel de la Poste royale, puis grimpé sur le banc.

Il s'en voulait d'avoir permis cette « histoire » avec Prudence. Car il s'agissait bien de cela : une histoire, une brève aventure. Qu'est-ce que cela aurait pu être d'autre ? Il pouvait se dire bien sûr qu'elle était très belle et que lui, homme doté de pulsions plus puissantes que n'importe quelle force, n'avait aucun espoir de résister à la tentation qu'elle incarnait. Ou encore qu'à l'instar des petites aventures qui avaient précédé celle-ci, la blessure d'y mettre fin disparaîtrait le temps que la diligence quitte Himple.

Il pouvait se dire quantité de choses, mais tandis que cette maudite voiture de poste se traînait carrément sur la route, aucun des arguments qu'il se servait ne le soulageait. Il était tourmenté par une nostalgie fervente et pleine de regrets.

Il se montrait irrationnel. Puéril. Où était l'homme en lui ? Où était cet être solide, capable d'étouffer les émotions inutiles ? Celui qui pouvait admettre à part soi qu'un mariage avec Susannah Pratt profiterait à tous les gens concernés et se convaincre lui-même que c'était une raison suffisante pour se marier ? Cet homme gisait sur la route, piétiné par ses propres émotions.

Ils s'arrêtèrent dans un hameau pour changer de chevaux. Roan jeta un coup d'œil aux deux hommes aux redingotes marron usées et aux culottes fauves qui se hissèrent avec lui sur l'impériale. Aucun des deux ne semblait très bavard, et c'était très bien comme cela.

Tandis que la voiture repartait, l'attelage frais aussi laborieux que le premier, Roan ferma les yeux, espérant bloquer l'irruption de l'image de Prudence en train de partir, tournée sur le siège à côté de ce garçon pour le voir. Mais dans son effort, un autre souvenir envahit ses pensées. La chair crémeuse de Prudence, les douces courbes de son corps, le parfum qui l'enveloppait, la soie de ses cheveux. La façon dont elle l'avait regardé. Ce qu'il avait ressenti quand il était en elle.

Un frisson violent lui parcourut l'échine.

La voiture se balançait irrégulièrement et son humeur se fit plus noire. Il espérait qu'ils atteindraient bientôt West Lee, car qui n'aurait eu aucun mal à dire quel arbre il pourrait abattre, quelle bête sauvage il pourrait défier, si cette corvée ne prenait pas bientôt fin. Il regarda fixement au loin, voyant les champs se changer en forêt, puis il tourna son attention sur le ruban de route qu'ils avaient parcouru en cahotant.

C'est alors qu'il remarqua un chariot qui arrivait derrière eux. Et à vive allure, qui plus était.

Le cocher était courbé sur les rênes et Roan ne put discerner s'il avait l'intention de les rattraper ou de les dépasser. Quel que soit son but, il conduisait beaucoup trop vite pour ce type de véhicule.

Le garde l'avait remarqué, lui aussi, et tira son pistolet, qu'il arma.

— Des bandits de grand chemin ? demanda un passager, mais le garde ne répondit pas.

Roan fixait le chariot, paupières plissées, à travers la poussière que soulevait la voiture de poste. Ce n'était pas un bandit de grand chemin. Les bandits ne commettaient pas leurs mauvaises actions à bord de chariots, ils les commettaient à cheval.

Un mouvement sur la droite du cocher retint soudain son attention et il réprima une exclamation. C'était Prudence, et elle tentait de se mettre debout !

— Ralentissez la voiture ! cria-t-il, bondissant sur ses pieds. Arrêtez !

— Asseyez-vous, monsieur ! lui ordonna le garde. Vous allez tomber et vous rompre le cou.

— Halte ! tonna Roan. Halte, halte !

— Pourquoi nous arrêterions-nous ? demanda l'un des hommes. Pour être volés ?

— Ce chariot est là pour moi ! Il est pour moi !

— Alors vous le retrouverez au prochain arrêt, aboya l'homme. Nous n'allons pas tous nous arrêter pour lui.

— *Arrêtez cette maudite voiture !* rugit Roan.

Le garde cria quelque chose au cocher et la diligence ralentit si brusquement que Roan faillit effectivement en tomber.

— Bon sang ! jura l'homme aux culottes fauves, tandis

que le chariot s'arrêtait si violemment derrière la voiture de poste qu'il sembla sur le point de tomber en morceaux.

Les deux chevaux étaient couverts d'écume et soufflaient comme s'ils avaient galopé sur toute la distance depuis la propriété Bulworth.

Roan sauta à terre et Prudence descendit de son siège.

— Que faites-vous, Pru ? Quelle chose complètement folle, insensée, imprudente faites-vous ?

Elle rayonnait. Elle avait le souffle court comme si elle avait couru à côté des chevaux, mais elle rayonnait.

— Weslay, dit-elle en essayant de reprendre sa respiration. Je devrais peut-être vous accompagner jusqu'à Weslay.

Des émotions que Roan ne reconnut pas le submergèrent et il l'enlaça dans une étreinte pleine de rudesse.

— Peut-être le devriez-vous, en effet, marmonna-t-il en l'embrassant sur la joue.

Il passa un bras autour d'elle et l'entraîna jusqu'à la voiture, ouvrit brusquement la portière et la poussa quasiment à l'intérieur.

— Faites de la place, faites de la place ! commanda-t-il. Je vais prendre vos affaires, ajouta-t-il à l'intention de Prudence.

Il marcha d'un pas raide jusqu'au chariot, prit lui-même sa malle, la porta jusqu'à la voiture et l'y arrima. Il prit également sa valise.

— Voilà, dit-il au jeune garçon en lui tendant un billet de banque, dont il ne nota même pas la valeur.

Quelle qu'elle soit, ce n'était sûrement pas assez, ce ne pourrait jamais être assez. Il exultait ; son cœur s'emballait sous l'excitation de savoir qu'elle était revenue à lui.

— Et le prix de sa place ? cria le cocher d'en haut.

Roan lui tendit quelques pièces et passa la tête par la portière. Il comprit à l'expression des autres passagers que son corps massif n'était pas le bienvenu à l'intérieur, mais il entra néanmoins, s'installa à côté de Prudence et lui prit la main, qu'il serra très fort.

Elle parlait à l'homme contre qui elle était pressée, le souffle encore court.

— … j'ai pensé que je devrais peut-être prendre la diligence du matin pour aller voir mon père qui ne se porte vraiment pas bien, mais il ne me plaisait pas d'y aller seule. Alors j'ai pris notre chariot et nous avons roulé très vite pour rattraper la voiture de poste dans laquelle se trouvait mon… mon cousin.

Elle se justifiait, ce qui consterna Roan — elle ne devait aucune explication à ces gens. Mais elle le regarda, rayonnante, si manifestement contente de son histoire.

Son voisin, qui était vêtu d'une redingote de beau drap bleu marine, d'un gilet de brocart et de bottes superbement cirées, sourit comme si son récit l'amusait particulièrement.

— Mon Dieu, tout ce trajet pour voyager avec votre cousin ?

Roan lui décocha un regard d'avertissement.

— Oui, mon cousin, répondit Prudence, hochant la tête avec enthousiasme.

Trop d'enthousiasme, en vérité — personne n'était excité à ce point de voir un cousin.

Le gentleman le remarqua aussi, Roan s'en rendit compte. Il sourit de nouveau, et son regard entendu croisa celui de Roan par-dessus les yeux de Prudence.

Qu'il pense ce qu'il voulait, après tout, il n'en avait cure !

Prudence leva la tête et lui sourit.

— Vous n'êtes pas fâché contre moi, n'est-ce pas ? demanda-t-elle gaiement.

Il nota que son visage et ses habits étaient couverts d'une

fine couche de poussière. Mais il ne voyait que son teint de porcelaine, et l'éclat du bonheur dans son regard.

— Ça semblait la seule solution possible, ajouta-t-elle.

— Je suis très heureux que vous ayez suivi mon conseil. Mais comment…

— Je ne sais pas ! le coupa-t-elle, anticipant sa question. Je pensais que nous ne vous rattraperions jamais.

— Nous avons de la chance que ces attelages de la Poste se traînent, alors ? fit-il.

Il sourit aussi, comme s'il ne s'agissait que d'une broutille, une folie de sa jeune cousine. Mais il était conscient que le gentleman l'étudiait, ainsi que Prudence, et que la mère de famille détournait d'elle le regard de ses enfants. Néanmoins, il s'en moquait, il ne s'en souciait pas. Pru était ici, à côté de lui, et il était ébahi que sa course pour le rattraper l'ait rendu si heureux. Follement heureux. D'une manière troublante, imprudente, ridicule.

Peut-être le comprit-elle, car elle eut un rire léger et le regarda, les yeux brillants.

— J'ai perdu mon bonnet, dit-elle.

— Vous avez perdu votre bonnet ! répéta-t-il absurdement, et il gloussa de joie, si fort qu'il attira l'attention des autres passagers.

La voiture continua son chemin à travers des forêts de châtaigniers et de chênes, le long de champs où paissaient des moutons, du bétail. Puis la campagne commença à se vallonner, les champs laissant place à de hautes collines qui fatiguaient l'attelage. Ils changeaient de chevaux tous les dix milles, maintenant, au lieu de quinze, et lors d'une de ces haltes le gentleman rejoignit Roan.

— Votre cousine est tout à fait charmante.

Roan tourna lentement la tête et le fusilla du regard.

— Et ?

— Elle est anglaise, n'est-ce pas ? Et vous êtes… eh bien, j'ignore ce que vous êtes, mais à en juger par votre accent, je dirais que vous êtes américain.

— Et ? répéta Roan.

L'homme haussa les épaules.

— Et rien.

Il lui sourit et s'éloigna d'un pas nonchalant.

Cet homme le mettait mal à l'aise. Il s'inquiétait pour Prudence. Toutefois, il se dit qu'une fois qu'ils atteindraient West Lee ils ne le reverraient plus. Entre-temps, il ne laisserait pas sa franche curiosité atténuer son bonheur.

Ils poursuivirent leur route, passant sur de vieux ponts de pierre, devant les ruines d'un château, disparaissant dans l'ombre sous des arbres. Quelques pins commencèrent à apparaître dans la verdure tandis qu'ils obliquaient vers le nord.

Bientôt, le soleil se coucha. Roan avait hâte de sortir de cette voiture et d'être avec Prudence tant qu'il le pouvait. Il pensait qu'il était sur le point de mourir d'impatience quand enfin ils gravirent une colline et que l'un des postillons cria :

— Weslay ! Prochain arrêt Weslay !

— Regardez…, dit Prudence, pointant le doigt vers la fenêtre.

Dans le lointain, une vaste maison en calcaire gris, flanquée d'une tour carrée à chacune de ses extrémités, trônait majestueusement sur une butte. Elle était si grande qu'elle comptait assez de cheminées pour chauffer toute la vallée de l'Hudson en hiver.

— Howston Hall, annonça le gentleman voisin de Prudence. C'est la résidence du vicomte Penfors.

Roan en fut stupéfait. C'était là la résidence de Penfors ? Là qu'Aurora était allée ?

— Elle est énorme, marmonna-t-il.

— Seize chambres d'hôtes, précisa le gentleman.

Au coup d'œil de Roan, il ajouta :

— Le vicomte est un de mes amis. Je suis assez familier de la propriété.

Mauvaise nouvelle ! Roan sentit Prudence se raidir à côté de lui ; elle avait dû s'aviser elle aussi qu'ils n'allaient pas être débarrassés de lui.

La voiture tourna à droite et entra dans le pittoresque village avec ses cottages blanchis à la chaux, deux églises nanties de hauts clochers et une charmante place centrale sur laquelle des messieurs d'un certain âge jouaient aux boules sur un carré de gazon.

Tous les passagers descendirent ; les chevaux furent dételés et plusieurs hommes apparurent pour enlever les bagages et tirer la voiture dans une grange en briques, au bout de la grand-rue.

La femme qui avait voyagé avec eux bouscula ses enfants pour leur faire traverser une rue animée et disparut dans une allée, entre deux édifices. Les deux hommes qui avaient voyagé sur l'impériale entrèrent à l'auberge. Mais le gentleman anglais s'attarda.

Evidemment.

— Je vais demander s'il y a un moyen de transport pour Howston Hall, dit Prudence à Roan, en secouant ses jupes.

— Pour Howston Hall ? releva le gentleman qui l'avait entendue. Je vous demande pardon, je croyais que vous vous hâtiez de rejoindre le chevet de votre pauvre père.

Prudence battit des cils.

— C'est ce que nous faisons. Mais nous devons présenter nos respects au vicomte pendant que nous sommes si près.

— Bon, eh bien, si vous faites partie des invités du vicomte pour la fin de semaine, vous n'avez pas besoin de trouver un moyen de transport — j'ai déjà prévu une voiture.

Il sourit à Roan.

— Votre cousine et vous serez les bienvenus.

— Oh ! non, nous ne voudrions pas nous imposer, dit Prudence en regardant Roan du coin de l'œil. Nous nous arrangerons très bien.

— Vous imposer ! Ce n'est qu'un petit trajet en voiture, miss… ?

— Merci, mais il se peut que nous nous attardions un peu dans le village. Il est charmant.

Elle noua ses mains et les serra pour juguler sa nervosité montante, comme on le lui avait appris, et, se détournant légèrement du gentleman, feignit d'admirer la localité.

Mais l'homme tint bon.

— Ce n'est pas Mayfair, vous savez, reprit-il d'un ton jovial. Il n'y a pas de fiacre à chaque coin de rue. Vous feriez mieux de saisir l'occasion, et je serais heureux de rendre service. C'est-à-dire… si vous êtes certaine que votre père souffrant n'a pas besoin de vous ?

Il sourit.

Roan ne connaissait pas Mayfair mais, en voyant rougir le cou de Prudence, il sut qu'elle ne voulait pas monter dans une voiture avec cet homme. Il avait aussi conscience que le gentleman avait probablement raison — il n'y avait guère de solution que leurs pieds.

— Son père est en de bonnes mains, dit-il. Nous aimerions rendre visite à son bienfaiteur.

— Oh ! son bienfaiteur ! dit l'homme en paraissant très amusé, maintenant.

Roan eut envie de lui planter son poing dans la figure.

— Y a-t-il quelque chose que vous aimeriez dire, monsieur ?

— Seulement que je serais heureux de vous emmener à Howston Hall.

La tournure des événements mettait Roan mal à l'aise. Mais il était aussi conscient qu'Aurora pouvait séjourner dans cette grande bâtisse en cet instant, se préparant à dîner. Il ravala donc sa fierté et ses doutes. Si Aurora était là, il devait aller jusqu'à elle.

— Qui aurons-nous le plaisir de remercier pour cette proposition ? demanda-t-il.

— Lord Stanhope, répondit le gentleman, et Roan fut certain d'entendre un petit gémissement de désespoir du côté de Prudence. Et vous êtes… ?

— Matheson, dit Roan.

Le regard de Stanhope glissa vers Prudence.

— Nous allons prendre nos affaires, annonça Roan.

— Laissez, le valet le fera. Si vous voulez juste m'indiquer les noms sur vos malles ?

— Elles sont lourdes, contrecarra Roan. Cousine, voulez-vous venir ? Vous pourrez porter votre valise.

Il posa la main sur le coude de Prudence et l'éloigna prestement de Stanhope.

— Roan, chuchota-t-elle. C'est un véritable désastre !

Elle jeta un coup d'œil à Stanhope par-dessus son épaule.

— Je n'aurais jamais dû venir ! J'aurais dû rester sur le chariot, j'aurais dû aller chez Cassandra !

— Non, vous deviez faire exactement ce que vous avez fait et venir avec moi. Je n'ai jamais été aussi heureux de voir quelqu'un que de vous voir. Je ne sais pas qui est cet homme, mais ne vous en faites pas, dit-il en examinant les bagages sur le trottoir. Il est curieux, c'est tout.

— C'est lord *Stanhope !* coupa Prudence avec frénésie. C'est un *comte,* Roan !

— Royal ?

— Quoi ? Non !

Elle lui saisit le bras.

— Je le connais !

— Calmez-vous, Pru. Il va voir votre affolement et suspecter quantité de choses.

Elle hocha la tête et inspira.

— J'ai entendu parler de lui, rectifia-t-elle, un peu plus calme. Je ne lui ai jamais été formellement présentée, mais Honor si. Il connaît ma famille et appartient au même club qu'Augustin. Il reconnaîtra mon nom, il saura ce que j'ai fait et le racontera à tout Londres !

Roan regarda dans la direction de Stanhope. Il parlait avec un porteur et faisait un geste vers eux.

— Vous n'avez pas à vous inquiéter, Pru. Vous êtes ma cousine, vous rappelez-vous ? Miss Cabot a…

Prudence retint une exclamation et le frappa au bras.

— Ouille, dit-il, surpris par la force de son coup.

— Ne prononcez pas ce nom !

— Je voulais juste faire remarquer que… qu'elle est restée à Blackwood Hall…

Prudence inspira et le frappa de nouveau.

— Je ne l'ai pas dit ! protesta-t-il.

— Vous avez dit Blackwood Hall, siffla-t-elle, et tout Londres sait qui réside à Blackwood Hall !

— Très bien, je comprends. Je ne…

— Tout Londres le saura ! Tout Londres ! Et vous pouvez compter que je serai la risée de la haute société. Pourquoi, pourquoi ai-je pensé que je pouvais être comme mes sœurs ? dit-elle en implorant le ciel. Je n'ai jamais voulu être comme elles, en réalité, mais regardez-moi : je suis la pire de nous toutes ! Merryton et Augustin vont me…

— Pardon…

C'était Stanhope, de nouveau. Il s'était placé à la hauteur de Roan et souriait toujours comme si tous trois avaient plaisir à partager un petit secret.

Prudence pinça les lèvres et se détourna de lui, essayant visiblement de lui dissimuler son visage.

— Mon valet va prendre vos affaires. Vous n'avez qu'à les désigner.

Il gloussa, comme s'il trouvait la situation vraiment très amusante, et s'éloigna.

— C'est sans espoir, dit faiblement Prudence.

Elle paraissait soudain tellement abattue, alors qu'elle avait été l'image du calme et de la détermination durant les deux jours précédents, heureuse de jouer le rôle de cousine ou d'épouse, heureuse de vivre cette aventure avec lui. Elle avait tiré sur un homme et gardé ses esprits, pour l'amour du ciel ! Il ignorait en quoi cet homme pouvait changer cet état de choses, mais il avait envie de lui frotter les oreilles pour avoir tout gâché.

— Restez calme, dit-il d'un ton apaisant, plaçant une main au creux de son dos, tandis qu'il indiquait les bagages au valet. Nous serons bientôt débarrassés de lui.

— Oh ! Roan, dit-elle, comme s'il lui faisait pitié.

Elle sourit tristement.

— Vous en serez débarrassé. Pas moi.

Il éprouva une vague de culpabilité et sentit tout le poids de leur folie se refermer lentement sur eux.

Tandis qu'on chargeait leurs malles, lord Stanhope leur fit signe de monter dans la voiture. Il aida Prudence. Roan suivit, s'assit à côté d'elle et face à Stanhope, l'observant avec attention, se demandant quoi faire de lui. Leur aventure avait viré d'intensément agréable à problématique. Il avait été si heureux de voir Prudence qu'il n'avait pas réfléchi à ce qui se passait. A présent, il ne pouvait s'empêcher d'être d'accord avec elle : elle aurait dû rester dans le chariot, elle aurait dû aller chez son amie.

Alors que la voiture quittait le village, Stanhope dit à Prudence :

— Je vous demande pardon, miss, mais je n'ai pas encore eu le plaisir de faire votre connaissance.

— Matheson, dit-elle lentement, surprenant Roan. Je suis miss Matheson.

L'un des sourcils de Stanhope se haussa au-dessus de l'autre.

— *Matheson...*, répéta lentement Stanhope. C'est un grand plaisir pour moi de vous connaître, miss Matheson. Maintenant, vous devez me dire d'où vous venez. Votre visage me semble familier, et je pense que nous nous sommes peut-être déjà rencontrés. Chez Almack's, peut-être ?

— Je suis sûre que non, milord, répondit vivement Prudence en secouant la tête. Je viens de l'ouest du pays. Comme c'est aimable à vous de nous emmener. Cette voiture est très confortable. Les ressorts paraissent neufs. Le sont-ils ? demanda-t-elle, en sautant un peu sur son siège.

Les ressorts ? Roan la regarda, perplexe.

— Je l'ignore, déclara Stanhope sans la quitter des yeux. C'est une voiture louée.

— Où habitez-vous, milord ? demanda Roan pour attirer l'attention de l'homme sur lui.

— A Londres. Près de Grosvenor Square.

— Arrivez-vous juste de Londres ? Quelles sont les nouvelles ? demanda encore Roan, qui continua à harceler le comte de questions, afin qu'il ne puisse pas interroger Prudence.

De son côté, celle-ci les ignorait, s'éventant comme si elle avait trop chaud.

Mais quand Roan se mit à questionner Stanhope au sujet du commerce à Londres — pour satisfaire sa propre curiosité, entre autres —, ce dernier agita la main, et sa chevalière brilla dans la lumière faiblissante du jour.

— Je ne m'occupe pas de commerce, monsieur. Ainsi, vous êtes cousins ? demanda-t-il avant que Roan puisse commencer à parler du temps. Je suppose, monsieur Matheson, que votre père est un parent de votre cousine par…

— Ils sont frères, répondit Roan à l'instant même où Prudence disait : « Par ma mère. »

Dès qu'elle l'eut dit, elle ferma les yeux et pressa deux doigts entre ses sourcils.

Stanhope laissa fuser un petit rire.

— Cela semble un peu confus.

— Pas du tout, répondit Prudence en se ressaisissant aussitôt. Ma mère est mariée au frère de son père.

Elle sourit, et Roan sentit qu'elle était assez contente d'elle pour sa présence d'esprit.

Tout cela paraissait beaucoup divertir Stanhope. Tous trois savaient pertinemment que les mensonges s'accumulaient dans la voiture, mais seul l'un d'eux s'en amusait. La question à laquelle Roan souhaitait une réponse était ce que Stanhope ferait exactement de ces mensonges. Pour l'instant, il avait l'air de vouloir continuer à s'amuser, cuisinant Prudence, mais la voiture tourna soudain, et Howston Hall apparut.

Roan fut momentanément distrait de cette bataille de mots avec Stanhope, car la maison paraissait plus grandiose au fur et à mesure qu'ils en approchaient. Comment Aurora avait-elle réussi à s'y faire inviter ? Par l'intermédiaire de quelle connaissance ? Dans quel but ?

La route traversait la forêt, si bien que seule la façade de la maison était visible pour l'instant, mais même cet aperçu suffisait à réduire quelqu'un au silence. Elle était bâtie tout en pierre, et comprenait deux étages. Des rangées de fenêtres étincelantes, à chaque étage, donnaient sur la forêt. Du lierre tapissait l'une des tours, et un treillis couvert de roses formait une arcade au-dessus de l'entrée.

La voiture vira dans l'allée, contournant une immense pelouse au milieu de laquelle se dressait une fontaine en pierre. Elle représentait trois poissons sautant l'un sur l'autre, et de leur gueule ouverte jaillissait de l'eau. Deux paons se pavanaient non loin, picorant l'herbe.

Cette demeure était une vision magnifique, idyllique. Roan n'avait jamais rien vu d'aussi splendide, sauf peut-être dans des livres ou sur des tableaux accrochés au-dessus des cheminées à New York, et il fut impressionné par sa taille. La résidence de sa famille, considérée pourtant comme l'une des plus imposantes de la vallée de l'Hudson et située dans un décor très semblable à celui-ci, était moitié moins vaste.

L'attelage s'arrêta.

La double porte qui marquait l'entrée s'ouvrit soudain. Un majordome et deux valets — Roan supposa que c'en étaient, vu leur livrée — se précipitèrent vers la voiture et se tinrent immobiles tandis que le cocher descendait de son banc et ouvrait la portière.

Stanhope fut le premier à sortir et s'arrêta tout de suite pour offrir sa main à Prudence.

— Milord, vous êtes le bienvenu, dit le majordome. Madame.

Roan descendit derrière Prudence juste comme un gentleman très petit et très rond sortait de la maison. Il avait les joues rouges et le nez large, et semblait avoir la soixantaine.

Sur ses talons venait une femme qui le dépassait d'une tête, presque aussi ronde que lui. Elle avait le genre de visage doux et flasque que la grand-mère de Roan montrait dans sa vieillesse.

— Milord ! Nous pensions que vous ne viendriez pas ! s'écria l'homme, tout heureux, à l'intention de Stanhope.

— Vous serez très content de l'avoir fait, vous savez, déclara la femme, pleine d'enthousiasme. Mais vous avez manqué toute l'excitation ! Redmayne a failli abattre lady Vanderbeck !

— L'abattre ! s'exclama Stanhope, prenant sa main pour s'incliner dessus.

— Avec une raquette de badminton, bien sûr, précisa le gentleman. Nous ne laisserions pas Redmayne avec un pistolet, pas après la dernière fois, n'est-ce pas ? Oh ! vous avez amené des amis, ajouta-t-il en voyant Roan et Prudence.

Il écarta largement les bras.

— Vous êtes les très bienvenus !

Stanhope, nota Roan, ne dissipa pas l'idée qu'ils étaient amis, se contentant de le regarder comme s'il s'attendait à ce que lui le fasse. Mais Roan n'allait sûrement pas faire une chose pareille, pas avant de savoir au moins qui était cet homme pour sa sœur.

— Enchanté, commença-t-il, mais il fut interrompu par des chevaux au galop et des cavaliers rieurs qui arrivaient à toute allure dans l'allée.

— Penfors, vraiment ! lança une femme.

Elle était vêtue d'une tenue d'équitation couleur rubis et portait coquettement d'un côté de la tête un chapeau assorti.

— Vous ne nous aviez pas dit que la route avait été emportée !

— Ah, oui ? fit le petit gentleman corpulent, qui était

apparemment lord Penfors. Je l'ign[...]. Vous le saviez, ma chère ?

Il se tourna vers la femme qui était so[...] peu de temps après lui.

— Je n'en ai pas été avertie ! protesta-t-elle comme si on l'accusait. Cyril ? cria-t-elle en pivotant en marchant vers la maison. Cyril ! Qu'est-ce que c'est que cette histoire de route emportée ?

— Stanhope ! s'écria la femme en rouge. Espèce de goujat !

Elle sauta à bas de son cheval et courut jusqu'à lui.

— Je savais que vous viendriez !

Stanhope rit.

— Je suis indigné d'être traité de goujat, madame. Je n'ai pas encore atteint ce statut élevé.

Il lui rendit son accolade enthousiaste.

— Oh ! Penfors ! déclara la femme en lui prenant le bras. Vous devez accueillir M. Fitzhugh dans notre coterie.

Elle désigna un gentleman encore assis sur un énorme et bel étalon noir.

— Il est venu d'Ecosse avec une très grosse bourse, étant donné qu'il a vendu son château.

— Oui, bien sûr, vous devez vous joindre à nous, monsieur Fitzhugh, dit Penfors, tandis que l'homme sautait à terre et qu'un palefrenier sortait en courant pour s'occuper de son cheval.

Fitzhugh s'inclina très bas et racla l'allée de son chapeau, remerciant le vicomte avant de courir rattraper Stanhope et la femme en rouge qui entraient dans la maison. Les autres cavaliers rejoignirent alors les écuries, riant et bavardant.

Ce qui laissa Penfors, Roan et Prudence debout dans l'allée, embarrassés, tandis que des domestiques s'affairaient autour d'eux.

— Oh ! je vous demande pardon, dit le vicomte en renversant la tête en arrière pour regarder Roan. Avons-nous été présentés, milord ?

— Hélas, non, répondit Roan.

L'épouse de Penfors sortit à cet instant de la maison en s'agitant et se hâta vers eux.

— Je vous présente mes sincères excuses pour arriver sans être annoncé. Je suis Roan Matheson. Et voici…

Mais le vicomte pivota soudain avant que Roan ne puisse présenter sa prétendue cousine.

— Cyril ! cria-t-il. Une chambre pour M. et Mme Matheson ! Ils sont les invités de Stanhope, alors ce doit être une belle chambre, pas une chambre de l'aile ouest.

— Oh ! non, s'écria Prudence. Vous ne devez pas…

— Sottise, madame. Stanhope est un très bon ami. Vous l'êtes donc aussi. Je ne songerais pas à vous mettre dans l'aile ouest. Nous gardons ces chambres pour les coquins qui arrivent sans avoir été invités.

Il rit de bon cœur.

— Milord ! protesta sa femme, qui les avait rejoints. Ce n'est pas vrai.

Elle regarda Prudence et ajouta :

— Nous ne recevons pas de coquins à Howston Hall.

— Vous ne pouvez pas dire que nous n'en recevons pas, objecta Penfors. Avez-vous seulement regardé la table du dîner, hier soir ?

— Je peux le dire et je le dis ! A présent, venez avec moi, madame Matheson, ajouta-t-elle, tendant la main à Prudence. Votre femme de chambre va-t-elle arriver ?

— Je n'ai pas…

— Oh ! ce n'est pas grave. Nous avons quantité de

servantes. Je dirais que nous employons tout Weslay ici, n'est-ce pas, Penfors ?

— Certes… Matheson, êtes-vous doué aux cartes ? demanda le vicomte, tandis que lady Penfors entraînait une Prudence atterrée derrière elle.

— Je… euh… Je ne gagne pas trop souvent et ne perds pas trop souvent non plus.

Penfors éclata bruyamment de rire à cette réponse, manifestement surpris.

— Quelle drôle de manière de parler vous avez ! Ce doit être Eton. C'est la formation d'Eton, n'est-ce pas ? Moi, je sors de Cambridge.

— Milord ! Cessez de parler et laissez ce pauvre homme gagner sa chambre ! lui cria son épouse. Ils voudront assurément prendre un bain avant le dîner, et nous n'avons pas beaucoup de temps.

— Non, nous n'en avons pas beaucoup, répéta le vicomte, en consultant sa montre de gousset.

— Prenez soin de garder votre jeune épouse près de vous, Matheson, cria encore la vicomtesse par-dessus son épaule. Penfors a tout à fait raison, la maison est pleine de vauriens et de débauchés !

Elle rit gaiement en faisant franchir la porte à Prudence et disparut dans la maison.

— Si vous voulez bien me suivre, monsieur, dit le majordome, et Roan emboîta vivement le pas au valet qui portait les malles.

— Vous semblez alarmé, observa Penfors. Tirez-vous ?

Roan marqua une pause.

— Sur les vauriens ?

Penfors rit de nouveau si fort qu'il en crispa les paupières et que des larmes perlèrent au coin de ses yeux.

— Quel délice ! Quel délice ! L'avez-vous entendu, Maman ? Il est très intelligent ! cria le vicomte, même si sa femme était déjà à l'intérieur.

Il se hâta vers l'entrée, laissant Roan fermer la marche.

Chapitre 13

La chambre d'hôte dans laquelle ils furent précipités était somptueuse, avec un haut lit de plume et de grandes doubles fenêtres qui offraient une vue magnifique sur le lac, derrière la maison. Le lit était ceint de tentures de brocart, le sol couvert d'épais tapis, et au-dessus de la cheminée, une toile de maître représentait une chasse au renard.

Mais Prudence restait insensible à tant de splendeurs ; elle faisait les cent pas devant l'âtre et regardait Roan, fronçant les sourcils, chaque fois qu'elle passait près de lui. Elle ne s'arrêta qu'une fois à la fenêtre, les bras serrés devant elle, pour observer deux cygnes qui glissaient vers l'ouest. On aurait dit qu'ils filaient droit dans le soleil couchant. Une illustration parfaite de ce qu'elle-même avait fait — elle avait été si aveuglée par la lumière éclatante qui émanait de Roan, si captivée, qu'elle avait glissé au centre d'une boule de feu.

Elle fit demi-tour et s'éloigna de la fenêtre. Passa de nouveau près de Roan, elle s'arrêta cette fois devant lui, les mains sur les hanches.

Il était assis, les bottes posées sur un pouf, un verre de cognac entre les doigts.

— Comment pouvez-vous rester assis là, alors que nous fonçons droit dans le soleil ?

— Pardon ?

Elle agita la main. Elle n'avait pas le temps de lui expliquer le mélange explosif de ses émotions, comment la joie et l'espoir avaient été engloutis par Stanhope.

— Stanhope me connaît, j'en suis certaine. Vous rendez-vous compte de ce que ça signifie ?

— Non, dit Roan en secouant la tête. Il ne vous *connaît* pas, Pru. Il se fait une idée de vous, c'est tout.

— Une idée de moi ! Que voulez-vous dire ?

Roan soupira. Il mit son cognac de côté, posa les pieds par terre et se pencha en avant, appuyant ses bras sur ses genoux.

— Comment dire ? Il a une idée du genre de femme que vous êtes…

Prudence étouffa une exclamation offusquée et voulut s'éloigner de lui.

— Non, je ne voulais pas dire…

Soudain, les mains de Roan furent sur sa taille et il l'attira à lui, le dos contre son torse.

— Je n'ai pas dit ça pour vous affliger. Mais il sent que quelque chose ne va pas, et les pensées d'un homme vont naturellement dans cette direction…

— Naturellement ?

Il la serra contre lui et lui taquina le cou.

— Il s'agit là de l'explication la plus plausible, étant donné qu'il ne sait rien de notre situation. Vous avez dit que vous ne l'avez jamais rencontré. Il ne sait donc pas qui vous êtes. Vous devez garder à l'esprit que nous partirons dès que j'aurai trouvé Aurora, et que vous ne le reverrez pas.

— Comment le savez-vous ?

Elle dénoua les mains de Roan d'un geste brusque et s'éloigna, puis se tourna face à lui.

— Roan…

Elle s'arrêta, ne sachant pas très bien comment s'exprimer.

— … Cette histoire a été la chose la plus stupéfiante et la plus merveilleuse qui me soit jamais arrivée. Je pensais que je pourrais la porter avec moi, durablement. Mais quand j'ai vu Stanhope, je…

Elle grogna.

— J'ai été une telle sotte !

Il pointa un doigt sur elle.

— Non, Pru, je n'accepterai pas que vous disiez ça !

Il s'approcha d'elle, glissa la main sous son menton, et la força à le regarder.

— Vous êtes une femme vibrante, magnifique, qui a étanché sa soif de vivre. Si vous reniez notre aventure à cause de ce freluquet, vous trancherez mon pauvre cœur.

Il prit son visage à deux mains.

— Vous n'allez pas m'abattre, n'est-ce pas, Prudence ?

Elle ne put réprimer un petit sourire.

— Non.

— Bonne fille, dit-il, en la prenant dans ses bras. Je détesterais étrangler un homme avant le dîner.

Prudence soupira et appuya la tête sur sa poitrine.

— Que faisons-nous, maintenant ?

— Que pouvons-nous faire ? Nous sommes ici, et je dois me renseigner sur Aurora. Alors, je suggère que nous prenions le bain que lady Penfors nous a gracieusement offert. Puis nous assisterons à ce dîner insupportable. Il faut espérer qu'Aurora y sera, ou du moins que j'aurai des nouvelles d'elle, une idée de l'endroit où elle a pu aller. Ensuite, nous quitterons Howston Hall. Comme vous le disiez, à la fin, personne ne saura rien.

— Vous ne comprenez pas, Roan ! Il est comte, il évolue dans le même monde que ma famille !

— Ecoutez-moi, dit-il d'un air sévère. Si vous rencontrez Stanhope dans l'avenir et qu'il soit assez pervers pour vous questionner, ou suggérer que vous étiez ici, vous n'aurez qu'à le nier. Prudence Cabot n'était pas ici ce soir. Prudence *Matheson* y était. Ce sera la parole d'une jeune et chaste débutante contre celle d'un homme du monde, et d'après ce que vous m'avez dit, personne ne croira que vous, vivant retirée à Blackwood Hall, ayez pu apparaître ici sans escorte ni invitation. Je ne le crois pas moi-même quand je le dis à voix haute.

— Ça semble en effet très simple à vous entendre, murmura-t-elle d'un ton incertain.

— Je pense que c'est toujours aussi simple que ça vous a semblé à Ashton Down, quand vous êtes montée dans cette diligence, Pru. Nous sommes tombés sur un os en route, mais rien que nous ne puissions surmonter. Il s'agit d'une nuit, rien de plus. Regardez ce que nous avons accompli ! Et vous pensez qu'un homme aussi gnangnan que Stanhope va nous perdre ? Impossible ! Nous formons une équipe formidable, miss Matheson.

Prudence lui sourit avec réticence. Elle voulait désespérément le croire, et lorsqu'elle regardait ses yeux topaze, elle voyait qu'il voulait désespérément y croire, lui aussi. Oh ! comme elle souhaitait ne jamais retourner à sa vie ! Comme elle souhaitait qu'ils puissent continuer à chercher sa sœur à travers l'Angleterre, à travers l'Europe, à travers le monde, juste elle et lui, survivant grâce à leur intelligence.

— Venez ici, dit-il d'un ton apaisant, et il l'attira à lui, l'embrassant doucement.

Quand il l'embrassait ainsi — si tendrement, si affectueusement — elle pouvait le croire. Elle pouvait croire que tout se terminerait bien.

Un coup frappé à la porte les sépara ; Roan s'écarta d'elle et fit entrer les valets avec la baignoire, suivis par les soubrettes qui apportaient l'eau.

— Je vais vous laisser à votre bain, madame Matheson, dit-il.

Il prit son cognac et passa dans le salon voisin.

Après le bain, un peu de cognac et l'aide d'une soubrette pour relever ses cheveux, Prudence se sentit en effet un peu mieux. Elle était prête à affronter les questions de Stanhope et déterminée à en faire un jeu, à condition de rester un pas ou deux en avance sur lui.

Elle revêtit une robe de soie dorée avec de délicates broderies et une traîne vert pâle brodée de fils d'or. La soubrette qui était venue l'aider à s'habiller entrelaça un ruban vert à son chignon bouclé. Après deux jours entiers passés à battre la campagne, elle se sentait un peu comme une princesse. Elle mit un collier d'émeraudes, des boucles d'oreilles assorties et ses pantoufles en satin préférées.

Dans le salon, Roan se tenait à la fenêtre, les mains nouées dans le dos. Il avait revêtu une jaquette de soirée à queue-de-pie et des culottes noires.

— Roan ?

Il se retourna au son de sa voix. Une écharpe d'un blanc de neige était nouée sous son menton et ressortait sur son gilet à rayures noires et or. Il était splendide. Un prince, songea-t-elle. Un prince américain. Son cœur se gonfla d'adoration. Ou était-ce d'amour ? En tout cas, ce qu'elle éprouvait était profond et débordant.

Le regard de Roan glissa lentement sur elle.

— Juste ciel, comme vous êtes belle !

Elle rougit de plaisir et baissa les yeux.

— C'est aimable à vous de le dire.

— Vous êtes la femme la plus ravissante que j'aie vue de ma vie.

Il secoua la tête.

— Mais vous devez entendre ça de la bouche de nombreux admirateurs. Ils doivent tous vous dire quelle beauté unique vous êtes.

Prudence eut un petit rire gêné.

— Non.

— Je le pense sincèrement, dit-il.

Il toucha sa joue du dos de la main, puis effleura son décolleté du revers des doigts.

— Vous m'avez stupéfié chaque jour, mais ce soir, vous me coupez le souffle.

Il se pencha et l'embrassa tendrement sur les lèvres.

Elle sourit et lui caressa la mâchoire.

— Je vous adore, le savez-vous ?

Elle joignit les mains derrière son cou et attira sa tête à elle.

— Vous êtes très beau vous-même. Je suppose que tous les petits oiseaux qui volettent autour de vous en Amérique vous font ce compliment, non ?

— Il n'y a pas d'oiseaux qui volettent autour de moi, Pru...

Il l'embrassa, tandis que ses mains glissaient jusqu'à ses hanches.

Mais il ne s'attarda pas et releva la tête en soupirant.

— Vous êtes une tentatrice. Je n'aimerais rien tant que vous arracher cette robe maintenant, pièce par pièce.

Il passa légèrement le pouce sur sa lèvre.

— Comment est-ce arrivé ? Comment se fait-il que vous vous soyez trouvée sur cette place d'Ashton Down au jour, à l'heure et au moment exact où je devais y être ?

— Je pourrais vous poser la même question.

— Je me la poserai le reste de ma vie.

Il secoua la tête et déposa un baiser léger sur ses cheveux.

— Menton haut, Prudence ! Souriez-leur comme vous m'avez souri et ils seront charmés au point de vous manger dans la main d'ici minuit.

Elle glissa la main dans la sienne.

— J'avoue que je préfère le petit feu de camp au bord du ruisseau avec, pour seul autre convive que nous, la jument.

Roan rit.

— Qu'on ne dise jamais que Roan Matheson ne sait pas courtiser une dame !

Il n'était que 7 heures et demie, trop tôt pour le dîner, et pourtant il y avait au moins deux douzaines de personnes au salon — et toutes semblaient avoir bu du vin depuis des heures.

Penfors les accueillit à la porte et insista pour leur faire faire le tour de la pièce, les présentant à tous comme « les invités de Stanhope ». Ce dernier, nota Prudence, ne tenta pas de détromper son hôte, mais lui sourit simplement, comme s'ils étaient des conspirateurs.

Elle refusa de le prendre en compte, même si sa peau la picotait de terreur.

A côté d'elle, Roan parcourait la foule du regard, cherchant sa sœur, tandis que lord Vanderbeck, un homme mince au menton fuyant, fasciné par le fait que Roan venait de

New York, le harcelait de questions. Comment allaient le commerce et la marine ? Etait-il déjà allé à Philadelphie ? Roan répondait poliment et paraissait à l'aise avec lui.

Mais Prudence le trouvait lassant et se mit à regarder autour d'elle, cherchant une femme qui pourrait ressembler à Roan. Elle était si concentrée sur sa recherche qu'elle sursauta quand lady Penfors apparut à son côté.

— Vous ne voulez sûrement pas écouter ce moulin à paroles, dit la comtesse d'une voix forte, sans se soucier que Vanderbeck l'entende ou non. Venez, vous avez d'autres personnes à rencontrer.

Prudence fut présentée alors au jeune et roux M. Fitzhugh, qui admira très ouvertement son décolleté. M. et Mme Gastineau lui accordèrent à peine un regard. M. Redmayne et son compagnon, M. True, la saluèrent poliment et M. True indiqua sa sœur, Mme veuve Barton. Prudence reconnut en celle-ci la femme vêtue de rouge rubis qui avait sauté de son cheval avec une telle exubérance pour accueillir Stanhope.

Puis elle aperçut ce dernier à quelques pas, le regard rivé sur elle. Elle allait de nouveau bénéficier de son attention non partagée, semblait-il. Il commença à avancer vers elle, mais lady Penfors s'intercala vigoureusement entre eux, en compagnie de la femme en rouge.

— Stanhope, je me demande pourquoi vous n'avez pas présenté Mme Barton à votre amie.

Prudence évita le regard du comte.

— Enchantée, dit-elle poliment à la jeune femme.

Mme Barton avait des yeux brun vif et un charmant sourire à fossettes.

— Vous êtes une vraie beauté ! dit-elle en inspectant Prudence du ruban dans ses cheveux jusqu'à la pointe de ses pantoufles en satin.

— Voici Mme Matheson, annonça lady Penfors d'une voix toujours aussi forte.

— Euh…

Prudence sentit le rouge lui monter aux joues. Elle chercha comment corriger la vicomtesse, mais Mme Barton parla la première.

— Quelle robe splendide, dit-elle d'un ton approbateur. Elle semble être l'œuvre de Mme Dracott, non ?

Mme Dracott était la couturière la plus recherchée de Londres et la robe que portait Prudence était effectivement son œuvre. Elle n'avait jamais songé que quiconque remarquerait sa toilette, et elle fut un instant réduite au silence. La clientèle de la couturière était très élitiste. Reconnaître qu'elle portait une robe Dracott revenait à admettre qu'elle était plus que ce qu'elle avait laissé entendre.

Mme Barton rit de bon cœur devant son trouble.

— J'ai commis un impair, semble-t-il… J'oubliais que les robes de Mme Dracott sont au-dessus des moyens de beaucoup de femmes. J'ai eu une grande chance à cet égard.

Elle se tourna un peu sur la droite et sur la gauche pour attirer l'attention sur sa robe de soie rose pâle.

— Votre toilette est magnifique, dit Prudence, se rendant compte qu'elle devait faire un commentaire.

— Merci, fit Mme Barton avec un clin d'œil. J'aimerais vraiment peindre la vôtre !

Elle agita son éventail au-dessus de sa tête, et Prudence n'aurait pas su dire si elle avait envie de peindre sur sa robe, ou de la copier sur une toile.

— Qui l'a faite ?

— Qui ? répéta Prudence, se raclant la gorge pour gagner du temps. Ma… euh… ma mère.

Stanhope gloussa, attirant son attention.

— Grand sot ! le réprimanda Mme Barton d'un air mutin, en s'appuyant contre lui. Quoi ? Pensez-vous que seule une modiste peut se servir de fil et d'étoffe ? Bien sûr que sa mère a confectionné sa robe !

— Si vous le dites, dit le comte en souriant à Prudence.

Elle eut alors le sentiment très désagréable que Stanhope se référait à sa mère en particulier, que d'une manière quelconque il savait qu'il était impossible à celle-ci de coudre quoi que ce soit — surtout pas une robe aussi recherchée que celle-là.

Son cœur sombra.

— Je peux très bien imaginer cette traîne ravissante flotter derrière vous quand vous dansez, dit Mme Barton.

Soudain, elle étouffa une exclamation.

— Mais oui ! Nous devons danser. Lady Penfors ! cria-t-elle, forçant Prudence à reculer, tandis qu'elle agitait son éventail en direction de la vicomtesse.

C'était la pire des idées. Prudence était certaine qu'elle devrait danser avec Stanhope.

— Une idée fantastique ! répondit lady Penfors sur le même ton. Oui, oui, nous danserons après le dîner. Cyril ! Où êtes-vous, Cyril ? Envoyez immédiatement chercher des musiciens au village !

— Est-il possible de trouver des musiciens aussi tard ? demanda Prudence, dans une pauvre tentative de les décourager de poursuivre le projet.

— Vous ne pouvez pas objecter. C'est décidé, roucoula Mme Barton tandis que le majordome à l'air harcelé arrivait près de sa maîtresse.

Il y eut une conversation animée entre lady Penfors et lui, puis il s'éloigna en faisant signe à un valet. La vicomtesse, quant à elle, se mettait à taper dans ses mains comme si elle essayait d'attirer l'attention d'un groupe d'enfants.

— Attention ! Attention tout le monde ! Le dîner est servi. Trouvez vos partenaires, je vous prie, et préparez-vous à défiler !

Pendant que les invités se mettaient en quête de leurs partenaires, Roan s'approcha de Prudence.

— Vous devez me promettre d'accourir et de me sauver, si Vanderbeck vient dans ma direction, marmonna-t-il. Tuez-le s'il le faut.

— L'avez-vous trouvée ? murmura Prudence.

Il secoua la tête.

— Je ne l'ai pas vue. J'ai essayé de savoir si tous les invités étaient descendus dîner, mais la question a fait parler Vanderbeck plus encore.

Ils ne purent en dire davantage, car M. Fitzhugh se plaça à côté de Prudence et fit observer qu'il n'y avait pas eu de pluie depuis longtemps. Ne trouvait-elle pas que la pelouse sud paraissait un peu roussie ?

Dans la salle à manger, Prudence fut soulagée de constater que Roan et elles étaient assis l'un face à l'autre, et à l'extrémité opposée à Stanhope. Non pas que cela diminuât l'intérêt de ce dernier à son égard ; elle sentait son regard constamment sur elle ou presque, ce qui lui faisait dresser les cheveux sur la nuque. Mme Gastineau était placée à sa droite et un vieux gentleman, lord Mount, à sa gauche. Il était aussi sourd qu'âgé, et Prudence se demanda si la quantité de poils qui sortaient de ses oreilles n'avait pas quelque chose à voir avec sa surdité.

Personne autour d'elle ne semblait curieux de sa présence. Et personne ne les regardait de travers, suspectant une entourloupe. Roan avait raison : elle devait seulement faire au mieux et ce serait bientôt fini.

Elle commença à se détendre quand le repas fut servi, et s'autorisa à mieux observer les gens rassemblés là. C'était une étrange collection d'invités et elle n'en connaissait aucun, hormis Stanhope. En outre, Howston Hall était si loin de tout que les chances qu'elle revoie l'une ou l'autre de ces personnes semblaient en effet très minces.

Le dîner fut en vérité très plaisant. Ils dégustèrent un consommé et du faisan, burent du vin, et la conversation s'orienta bientôt sur l'exercice de tir prévu le lendemain matin. Une fois que les assiettes furent enlevées et les glaces servies, Roan trouva l'occasion de demander à Penfors si sa sœur était venue à Howston Hall.

— Miss Matheson ? dit le vicomte d'une voix forte, surprenant Prudence et plusieurs autres.

Elle regarda autour d'elle ; au bout de la table, Stanhope l'observait encore. Elle détourna les yeux.

— Aurora Matheson, précisa Roan. Dans sa dernière lettre, elle m'écrivait qu'elle était chez des amis qui avaient l'intention de venir vous rendre visite ici.

— Moi ? fit Penfors, paraissant perplexe.

— Elle est jeune, reprit Roan, le visage soucieux. Elle a les cheveux auburn et les yeux bruns.

— Ah, oui, la jeune Américaine ! s'écria le vicomte. Elle était si délicieuse ! Très spirituelle, et très bonne à la chasse.

— La chasse ? releva Roan, comme s'il suspectait Penfors de se tromper d'Aurora.

— Voilà ! déclara soudain Penfors en levant l'index en l'air. C'est là que j'ai entendu votre façon de parler ! Je pensais qu'elle venait d'Eton, mais vous parlez de cette manière parce que vous êtes yankee !

Roan lança un coup d'œil à Prudence, avant d'acquiescer.

— Un Yankee, répéta M. Gastineau. Mon grand-père était là-bas, vous savez, dans les colonies, en 69. Un hiver terrible. Il a perdu deux orteils.

— Les hivers peuvent être rudes, confirma Roan.

Il se tourna vers Penfors pour lui demander :

— Je vous demande pardon, milord, voulez-vous dire qu'Aurora est venue à Howston Hall et repartie ?

— Oui, elle est partie. Quand donc, Maman ? cria-t-il à sa femme, en tapant fortement sur la table pour attirer son attention.

Il réussit par la même occasion à attirer celle de tout le monde.

— Hein, quoi ? fit lady Penfors d'un ton irrité. Pourquoi tambourinez-vous sur la table ?

— La jeune Américaine ! Quand était-elle ici ?

— Oh ! la jeune *Américaine !* Jolie comme un bouton de rose, n'est-ce pas ? dit la vicomtesse qui sourit soudain. Très bonne à la chasse.

Roan lança à Prudence un regard plein d'incompréhension.

— Oui, oui, mais quand était-elle *ici ?* demanda Penfors, frappant de nouveau la table de ses articulations.

— Ici ?

— Oui, ici ! cria-t-il.

— Eh bien, vous n'avez pas besoin de crier, Penfors, nous vous entendons tous très bien. Je ne me rappelle pas quand elle était ici, exactement. Quand les Villeroy étaient chez nous, il me semble… Oui ! Souvenez-vous, elle est rentrée à Londres avec M. et Mme Villeroy. Cyril ! Quand les Villeroy étaient-ils ici ?

— Ils sont repartis voilà quinze jours, madame, répondit le majordome.

— Quinze jours ! cria lady Penfors à travers la table, comme si personne n'avait entendu le majordome à part elle.

— Elle est allée à Londres ? répéta Roan, fronçant les sourcils.

— Elle s'est entichée d'Albert, vous rappelez-vous, Penfors ?

La vicomtesse pouffa comme une jeune fille.

— Albert qui ? demanda Roan en prononçant le « t », à l'anglaise.

— Al-*ber,* Al-*ber,* rectifia Penfors, avant d'ajouter : elle a presque poussé le pauvre jeune homme à boire, à force de l'appeler Albert.

— Ma sœur ? demanda Roan, qui nageait en pleine confusion.

— Lady Penfors ? cria le vicomte, visiblement agacé que Roan ne suive pas sa pensée.

— Quoi ?

— Peu importe, Maman, mangez votre pudding. Nous avons éclairci les choses. La petite Américaine s'est entichée du fils Villeroy et est rentrée à Londres avec sa famille et lui !

— Oui, c'est bien ça, confirma lady Penfors. Albert !

— Al-*ber !* lui cria son mari en retour.

— Seigneur, marmonna Roan.

— Il n'y a pas de quoi s'alarmer, monsieur, voulut le rassurer le vicomte. Les Français ne sont pas aussi libidineux qu'ils l'étaient autrefois. Ils sont assez supportables maintenant, non ? Et ce garçon n'est pas une menace pour votre sœur. Je doute qu'il puisse soulever un mouchoir sans transpirer.

Mme Gastineau se mit à rire.

— Albert Villeroy. C'est un soupçon de garçon, voyez-vous, dit-elle à Roan, avec des pommettes hautes et de longues mains fines.

— Peu m'importe qu'il ait des mains comme des gigots !

Penfors rit et le désigna du doigt.

— Regardez-moi ça ! Matheson est dans tous ses états ! Notre petite Américaine est partie avec le fils Villeroy, non ? Une jeune fille charmante, votre sœur, Matheson. Charmante. Très bonne aux cartes.

Roan donnait l'impression qu'il allait s'effondrer. Prudence l'imagina se défaisant, tournant comme une toupie, à commencer par son écharpe.

— Pardonnez-moi, milord, demanda-t-elle calmement, mais sauriez-vous par hasard où les Villeroy ont pu aller, à Londres ?

— Ah, ça, bien sûr que je le sais ! J'y ai souvent dîné. Pas dans la partie sélecte de Mayfair, excusez-moi, mais dans Upper George Street. Connaissez-vous ?

— Oui, répondit distraitement Prudence.

— Eh bien voilà ! dit Stanhope en regardant Roan. Votre cousine sait où sont les Villeroy, monsieur Matheson. Vous pourriez l'envoyer chercher votre sœur avec un bouclier et une épée.

— *Cousine !* s'exclama lady Penfors, incrédule.

Un grand silence tomba sur la table. Prudence sentit le rouge lui monter au visage et son cœur palpiter à lui fendre la poitrine. C'était l'instant où Stanhope allait dévoiler son mensonge et où elle serait humiliée publiquement.

Mais lord Penfors brailla soudain :

— Diable que vous êtes, Stanhope ! Elle est bien trop jeune pour Matheson, je vous l'accorde, mais n'insultez pas cette bonne Mme Matheson par vos plaisanteries.

Le comte hocha gracieusement la tête.

— Je préférerais me couper la langue plutôt que d'insulter Mme Matheson, dit-il. Pardonnez-moi, madame, j'avais mal compris. Je pensais que vous étiez cousins en plus de votre… arrangement.

— Juste ciel, milord, vous devriez le savoir mieux que quiconque, non ? Ce sont *vos* amis ! dit lady Penfors.

— En effet, milady, répondit Stanhope.

Prudence ne dit rien. Elle regarda Roan, dont la mâchoire était aussi serrée que le poing posé près de son assiette.

— Regardez l'heure, Penfors ! s'écria la vicomtesse. Faites apporter le porto.

Par bonheur, le dîner s'acheva là et les dames furent priées par leur hôtesse de se retirer dans le grand salon pour superviser les préparatifs du bal, tandis que les gentlemen étaient priés de savourer leur porto.

Il était stupéfiant de voir que les musiciens étaient effectivement venus du village pendant que les invités dînaient, un groupe disparate de quatre hommes qui s'affairaient à accorder leurs instruments. Le temps que les messieurs rejoignent les dames, lady Penfors avait organisé le bal qui devait ouvrir, avait-elle déclaré, par des danses campagnardes classiques.

Lorsque Roan entra dans la pièce, il chercha aussitôt Prudence du regard. Il l'avait presque rejointe lorsqu'il fut intercepté par Mme Barton, qui apparut à côté de lui avec un sourire charmeur.

— Vous devez me permettre de vous apprendre une danse campagnarde, monsieur.

— Je pense…, essaya de dire Roan, mais elle ne le laissa pas parler.

— Vous *devez* me faire ce plaisir. J'ai très envie de danser avec un grand étranger américain.

Elle glissa une main entre le coude de Roan et son corps, et s'incrusta de manière patente dans son flanc.

— Les Américains dansent-ils, monsieur Matheson ?

Sûrement pas comme nous. Je pense que vous devez aimer les gigues, là-bas ? demanda-t-elle en l'entraînant.

Il jeta un regard impuissant à Prudence par-dessus son épaule.

— Madame Matheson ?

Prudence se retourna en entendant la voix de Stanhope. Il lui sourit d'un air charmant. Ses yeux bleus brillaient.

— C'est bien *madame,* n'est-ce pas ?

Prudence baissa un instant les yeux pour s'armer contre lui, puis les releva lentement.

— Que voulez-vous, milord ?

Il rit, ravi. Son sourire adoucissait son visage et le faisait ressembler à un jeune garçon séduisant.

— Danser ! Qu'avez-vous cru ? Je dois vous avouer que j'ai été impliqué dans le plan de Mme Barton. Elle s'est renseignée sur votre compagnon presque avant de descendre de cheval et je dois vous prévenir qu'elle ne lui permettra peut-être pas de revenir vers vous. Elle peut être très déterminée, vous savez. Quant à moi, je suis chargé de vous garder en bonne compagnie.

— C'est ce que vous devez faire ? demanda Prudence, sceptique.

— Bien sûr ! Il paraîtrait étrange à tout le monde que vous restiez dans ce coin, fronçant les sourcils aussi sombrement que vous le faites. Vous ne souhaitez pas attirer une attention malvenue sur vous… n'est-ce pas ?

Prudence le comprit très bien.

— En rang ! En rang ! cria lady Penfors comme si elle rassemblait des troupes pour attaquer des lignes ennemies. La danse va commencer !

— Venez donc, *cousine*, on ne peut l'éviter…

Il lui sourit et lui offrit de nouveau son bras.

Avec un soupir de frustration, Prudence posa la main sur sa manche et le laissa la conduire sur la piste de danse.

Tandis que les premiers accords s'élevaient, elle chercha Roan des yeux et fit la révérence sans penser à son partenaire. Elle fut surprise de le voir effectuer sans effort les premiers pas. Elle avait supposé que les danses anglaises lui seraient étrangères, mais il paraissait à l'aise. Elle-même fut surprise quand Stanhope lui saisit la main et l'entraîna.

— Vous allez être forcée de me regarder, j'en ai peur.

Ce qu'elle fit.

— Pas même un soupçon de sourire ? demanda-t-il en la taquinant. Peut-être êtes-vous encore fâchée contre moi pour la remarque que j'ai faite au dîner, dit-il en la faisant tourner, avant de la lâcher. Mais vous pouvez sûrement comprendre ma confusion. Dans la diligence postale, vous étiez sa cousine, impatiente de rejoindre un père souffrant. Et puis vous êtes magiquement devenue son épouse. Tout cela est très curieux, convenez-en.

Stanhope était bel homme, avec ses yeux bleu pâle et son menton carré. Il avait belle apparence, et dans d'autres circonstances, Prudence aurait accueilli ses attentions avec bienveillance. Mais ce soir-là, elle trouvait son aspect et ses manières terriblement onctueux. Il haussa un sourcil, attendant sa réponse, tandis qu'ils faisaient un pas sur la droite et qu'un couple passait devant eux.

— Vous semblez décontenancée, dit-il, souriant toujours, son regard intense fixé sur elle.

Les mensonges étaient si nombreux, maintenant, qu'elle ne pouvait trouver quoi dire. Elle avait toujours été parfaitement honnête et ces tromperies la fatiguaient. Mais il y avait encore un mensonge qu'elle dirait, une chance de sauver ce qui restait de sa réputation en lambeaux.

Elle déclara platement :

— De toute évidence, vous connaissez la vérité.

Il haussa un sourcil.

— La vérité ?

— Ne jouez pas la comédie. Nous nous sommes enfuis ensemble. Comme vous le suspectiez.

Elle sourit, satisfaite au moins qu'il ne puisse rien dire à ce sujet, qu'il n'y ait pas dans ses paroles de trous qu'il puisse explorer.

— Vraiment ? dit-il, en lui reprenant la main pour la faire tourner. Quelle audace ! Je suis sûr que vous aviez une bonne raison de le faire.

Prudence sentit ses joues brûler sous l'insinuation.

— Naturellement, dit-elle.

— Un enfant à naître, peut-être ? demanda-t-il d'un ton détaché.

La question était si inattendue que Prudence faillit s'étouffer en retenant une exclamation.

— Non ! protesta-t-elle avec toute l'indignation voulue, envoyant au ciel une prière silencieuse qu'il n'en soit rien.

Stanhope se contenta de hausser les épaules.

— N'est-ce pas pour cela que la plupart des gens s'enfuient ensemble ? Mais peut-être que je me trompe. Franchement, on n'en entend jamais parler, en vérité. Il y a toujours des rumeurs — cette jeune fille s'est enfuie avec ce garçon… Personnellement, je n'ai jamais eu vent d'une débutante faisant quelque chose d'incorrect. Enfin, à l'exception notable des sœurs Cabot.

Le cœur de Prudence cessa de battre. Elle manqua un pas, et trébucha sur les pieds du comte sous l'effet du choc. Mais il la rattrapa adroitement et la fit tourner comme s'il s'était attendu à ce qu'elle trébuche. Ils firent tous deux un pas sur la droite. Elle le regarda, bouche bée. Comment pouvait-il savoir ? Elle chercha frénétiquement Roan des yeux, mais il faisait virevolter une Mme Barton rieuse.

— Ne soyez pas alarmée, dit le comte d'un ton apaisant.

« Ne soyez pas alarmée » ? Elle était paniquée ! Elle se sentait échauffée, et une goutte de sueur descendit le long de son cou.

Bonté divine, Prudence, ne t'évanouis pas !

Que voulait-il ? De l'argent ? Allait-il lui en extorquer pour garder le silence ?

Stanhope fit claquer sa langue.

— A en juger par la façon dont vous me fixez, je suppose que vous êtes surprise que je n'aie pas été dupé par votre ruse.

— Vous vous trompez…

— Allons, miss Cabot… Est-ce que personne n'a jamais commenté votre ressemblance remarquable avec votre sœur Grace ? J'avais toujours entendu dire que les plus jeunes des sœurs Cabot étaient les vraies beautés, et je peux voir à présent que c'est vrai.

Prudence ravala une bouffée de nausée.

— Vous connaissez Grace ?

— Bien sûr. J'ai également eu le grand plaisir de faire la connaissance de Mme Easton.

Et voilà, on y était… Elle ne pouvait nier. Mais quoi qu'il lui arrive maintenant, ce ne serait rien comparé à la joie qu'elle avait connue avec Roan. De toute façon, elle était destinée à rester vieille fille, non ?

Stanhope lui prit la main, la fit pivoter et la lâcha, la renvoyant dans sa rangée. Puis ils firent un pas vers le haut de la file.

Prudence pressa une main sur son ventre afin de se calmer.

Elle avait les nerfs à vif. La rage montait en elle, contre Stanhope, contre le monde entier.

— Pour l'amour du ciel, ne vous pâmez pas, ma chère ! Cela rendrait les choses bien pires, non ? Vous n'avez pas à vous inquiéter. Vous avez réussi une grande duperie et je n'ai pas l'intention de la révéler.

Prudence ne se sentait pas rassurée pour autant. Elle n'avait pas grandi dans les échelons supérieurs de la société londonienne sans apprendre à quel point elle était traîtresse.

— Je ne compte pas m'évanouir, milord, dit-elle d'un ton un peu sec. Que voulez-vous ? De l'argent ? Parce que je vous apprendrai que je n'en ai pas.

— Cette accusation me chagrine, dit-il avec une petite grimace, tandis qu'ils arrivaient en haut de la file.

Il lui tendit sa paume. Elle mit la main dans la sienne et il passa un bras dans son dos pour lui faire redescendre la double rangée.

— Je ne veux rien du tout, miss Cabot. Je ne tirerais jamais cruellement avantage d'une femme.

Prudence ne le crut pas. Elle ne savait rien de lui, mais elle ne le croyait pas, pas un instant.

Son cœur tambourinait ; elle transpirait. Elle dansait par habitude. Les pas étaient aussi familiers pour elle que la marche. Combien de fois ses sœurs et elle les avaient-elles pratiqués ? A combien de bals avait-elle assisté ? Elle s'inclinait, sautait et souriait quand elle le devait, sans y penser, sans que personne voie la détresse qui l'emplissait au point presque de la faire éclater. Ses pas étaient légers et insouciants, mais lorsqu'ils atteignirent le bas de la rangée, elle retira brusquement sa main au comte.

— Merci, mais je ne tiens plus à danser.

Il haussa les épaules.

— Profitez bien de votre soirée, *madame Matheson !*

Sur ces mots, il s'éloigna d'un pas nonchalant, les mains dans le dos, comme s'il faisait le tour d'un jardin pour respirer des roses.

Prudence regarda autour d'elle, ne sachant pas très bien où aller, où se cacher. Partout où elle se tournait, elle voyait des visages faux, des airs avisés. Elle avait l'impression que tous les gens réunis dans ce salon savaient ce qu'elle avait fait.

Elle sentit soudain une main se poser sur son bras. Elle sursauta et s'écarta, certaine que c'était de nouveau Stanhope.

— Pru !

Elle se retourna. Roan paraissait soucieux.

— Que s'est-il passé ? Qu'est-ce qui ne va pas ?

Calme-toi.

Du sang-froid. Il fallait qu'elle se montre posée. Tranquille. Sereine.

— Je vais bien.

Elle se força à sourire.

— Je suis juste… Je suis fatiguée. Je désire aller me coucher.

— Penfors ne va pas…

— Transmettez-lui mes regrets, voulez-vous ? demanda-t-elle avant que Roan ne puisse discuter, puis elle s'éloigna de lui, marchant d'un pas leste vers la porte du salon.

Elle ne regarda pas en arrière et continua à marcher, souriant au valet qui lui tenait la porte ouverte. Toutefois, dès qu'elle se retrouva dans le vestibule, elle se mit à courir, traversant les tapis et se ruant dans le grand escalier d'Howston Hall comme une voleuse.

Elle courut jusqu'à leur suite, claqua la porte derrière elle et la ferma à clé. Non, elle ne pouvait pas la fermer à clé — Roan allait venir et il croirait qu'elle le laissait dehors. Elle tourna la clé et s'éloigna à reculons de la porte, le regard fixé sur la poignée, la poitrine oppressée par l'anxiété, s'attendant presque à voir surgir Stanhope.

Mais personne ne vint.

Son avenir était sans surprise. Elle ignorait où et quand le comte révélerait le scandale au cœur duquel elle était, mais il le ferait. Serait-ce dans un musée ? A l'Opéra ? Le ferait-il à mi-voix, ou l'annoncerait-il dans un bal ? Elle imaginait la scène, voyait déjà naître les murmures et le sourire satisfait de Stanhope tandis que les têtes se tourneraient une à une, chacun chuchotant à l'oreille de quelqu'un d'autre. Elle entendait déjà les rires, se représentait l'affliction de Merryton, la colère d'Easton. « Avez-vous entendu parler de ce qu'a fait Prudence Cabot ? Oui, la plus tranquille des quatre ! Il se trouve qu'elle est la pire… »

— Tu t'es mise toi-même dans cette situation impossible, murmura-t-elle.

Elle en avait voulu pendant si longtemps à Honor et à Grace de ce qu'elles avaient fait ! Et c'était à cause d'elles, avait-elle cru, qu'elle avait agi ainsi à Ashton Down quelques jours plus tôt, en quête de la moindre aventure.

Mais non… Tout ceci n'avait rien à voir avec Honor et Grace. Cela ne venait que d'elle — les duperies, les choix, l'indifférence aux convenances, les désirs qui l'avaient mue. Ses sœurs n'étaient responsables en rien de sa situation, elle s'y était fourrée toute seule. Elle savait, lorsqu'elle avait demandé au garçon de faire demi-tour, ce que cela signifierait pour elle. Il était impensable de voyager avec un homme quand on n'était pas sa femme, de dîner chez un lord en prétendant être son épouse, de partager une chambre avec lui.

Elle s'était crue supérieure à ses sœurs, mais elle était aussi humaine qu'elles, aussi poussée par le désir qu'elles l'avaient été.

Elle tomba à genoux sur le tapis, les mains appuyées sur les cuisses, inspirant dans ses poumons de l'air qu'elle ne semblait pas pouvoir capturer. Avec un gémissement angoissé, elle se laissa choir sur le côté et fixa les médaillons en papier mâché du plafond, les cordelières et les fruits qui avaient été façonnés dans les coins. Elle était la *pire de toutes*…

Elle allongea un bras sur le tapis et ferma les yeux, repensant à sa vie. A son enfance idyllique à Longmeadow. Aux années passées à Londres, quatre jeunes filles fascinées par la haute société, les soirées et les dîners. Elle se revit à Blackwood Hall, errant dans les couloirs pendant des heures, cherchant à quoi s'occuper, se sentant si vide ! A échapper à cette sensation terrible qu'elle était figée sur place.

Les derniers jours avec Roan avaient été les journées les plus exaltantes, les plus excitantes de toute son existence. Elle avait été portée par l'espoir et la promesse d'une vie meilleure. Totalement immergée, engagée dans ce qu'elle faisait, elle avait ri, respiré…

La porte s'ouvrit brusquement et un courant d'air lui balaya le visage.

— Bonté divine !

Roan fut aussitôt à côté d'elle, l'aidant à se redresser, ses mains lui caressant le visage et les cheveux, comme s'il cherchait une blessure.

— Dites-moi. C'est Stanhope ? A-t-il fait quelque chose ? Vous a-t-il touchée ? A-t-il…

— Non, non, dit Prudence en secouant la tête. Il ne m'a pas touchée. Il a été un parfait gentleman. Mais il sait qui je suis. Il le sait.

La couleur se retira du visage de Roan. Il secoua la tête, refusant de le croire.

— Il sait que je suis Prudence Cabot.

Roan s'assit sur ses talons.

— Qu'a-t-il dit ? Que veut-il ?

Elle eut un rire amer.

— Rien, répondit-elle avec un haussement d'épaule. C'est ce qu'il a dit. Qu'il ne voulait rien. Qu'il ne révélerait pas mon secret.

Elle rit de nouveau, ébahie cette fois par sa propre stupidité.

— Je suis peut-être une sotte, mais je ne suis pas naïve…

— Maudit soit-il !

Il se leva et répéta :

— Maudit soit-il !

— Je dois rentrer chez moi, dit-elle tristement. Il faut que je sois là quand ça se saura.

Roan parut soucieux. Il lui prit la main pour l'aider à se remettre debout, puis pressa sa paume sur son cou, tandis que son regard parcourait son visage.

— Où, à Blackwood Hall ? Je vous y emmènerai si c'est ce que vous voulez, Pru. J'expliquerai tout.

Elle secoua la tête.

— Non, je veux aller à Londres, chez ma sœur Honor. Elle saura que faire.

Elle déglutit, ravalant l'amère réalité.

— Augustin et elle doivent apprendre ce qui s'est passé de ma propre bouche.

Le regard de Roan était rivé sur elle. Il menait une lutte intérieure, elle le voyait bien, voulant redresser les choses, mais que pouvait-il faire ? Tout abandonner en Amérique et l'épouser ?

— Oui, bien sûr, dit-il d'une voix tendue. Je m'occupe immédiatement de réserver un attelage et nous partirons dès demain matin.

— Non, dit Prudence, lui agrippant la main. Je vous en prie, ne partez pas maintenant…

— Juste pour réserver une voiture, dit-il, prenant tendrement son visage entre ses paumes. Je reviens tout de suite.

— Pas maintenant, Roan, s'il vous plaît, supplia-t-elle, en reprenant sa main. Parce que lorsque vous franchirez cette porte, même si ce n'est que pour commander une voiture, ce sera le début de la fin. Et je n'ai pas envie que ce soit la fin, pas encore. De grâce, ne partez pas.

— Oh ! ma douce !

Il l'enveloppa de ses bras et la serra étroitement, la berçant un moment, la bouche sur ses cheveux. Mais alors ses mains se mirent à bouger sur elle, la caressant lentement, et le sang de Prudence commença à s'emballer. Elle sentait sa peau s'échauffer, son cœur accélérer. Il fallait qu'elle passe ces dernières heures dans ses bras. Elle ferma les yeux, s'abandonnant à l'instant, évacuant tout le reste de son esprit.

Elle se consuma de désir dès qu'il la toucha. Ses lèvres, douces et chaudes, glissèrent sur sa peau. La façon dont il la caressait, intense mais pleine de vénération, lui donnait l'impression de flotter dans une mare de désir. Un désir qui descendait en spirale dans son corps, coulait dans sa poitrine et dans son ventre. Elle se laissa dériver sur ce lac, les mains et la bouche de Roan la poussant de plus en plus loin de la rive. Chaque contact grésillait et brûlait, chaque baiser la picotait tout entière.

Elle eut conscience qu'il lui ôtait sa robe — d'abord la traîne, puis les boutons que ses doigts agiles défaisaient rapidement, enfin le glissement de l'étoffe le long de son corps. Puis sa camisole et ses dessous.

— Comment faites-vous pour paraître encore plus belle

à chaque moment qui passe ? marmonna-t-il, et le désir de Prudence se liquéfia, brûlant.

Elle lui toucha l'épaule, fit glisser ses doigts sur son torse jusqu'à son gilet, qu'elle déboutonna, tandis qu'il lui empaumait les seins.

— Je ne veux pas que ça finisse, dit-elle, tirant sa chemise par-dessus sa tête.

Il grogna de désir ; elle se haussa sur la pointe des pieds pour lui embrasser le nez, les yeux, les joues pendant qu'il enlevait le reste de ses vêtements, les jetant de côté.

Lorsqu'il eut tout ôté, il la souleva dans ses bras et alla jusqu'au lit. Il l'étendit dessus et s'allongea sur elle. Prudence s'imagina voir dans son regard la même aspiration, le même souhait que leur relation ne finisse jamais. La même détermination à tout avoir, ici et maintenant, parce qu'il ne l'aurait peut-être plus jamais après.

Il embrassa le creux de sa gorge, s'y attardant, la ligne de son cou, puis descendit jusqu'à ses seins. Il les prit chacun à son tour dans sa bouche, leur accorda toute son attention. Prudence laissa le désir la submerger par vagues, amples et régulières, tandis qu'elle s'enfonçait de plus en plus loin dans les profondeurs du plaisir. Abandonnant toute gêne à ne pas être experte dans l'art de l'amour, elle se jeta dans la volupté, décidée à aller où il la conduisait, quoi qu'il advienne.

Il se pressa contre elle.

— Je vous désire tant, Pru ! Je crois que je pourrais mourir à force de vous désirer.

— N'en faites rien.

Elle écarta ses cheveux de son visage.

Il prit un téton dur dans sa bouche. Elle était pareille à du feu, et ses doigts étaient les torches qu'il employait pour l'enflammer. Il la caressa, glissant les doigts dans sa féminité, l'explorant et la taquinant avec audace. Enfin il se coula en elle, l'emplissant, et elle ferma les yeux afin de ne pas perdre un instant, une sensation de ce délice.

Il ne parla pas, bougeant en elle en rythme, tentateur, tandis que ses mains la caressaient et l'excitaient. Il glissa un bras sous ses hanches et la souleva légèrement, s'enfonçant plus loin en elle.

Cette sensation était si primitive que Prudence en perdit l'esprit. Il entrait en elle et en ressortait, son pouce partant à l'assaut du petit bouton de sa volupté. Elle haletait, s'agrippant à lui, goûtant sa peau de ses lèvres.

Elle explosa sans prévenir, gémissant d'extase, son cri cueilli par le baiser de Roan. Il atteignit l'orgasme juste après elle, à la suite d'un dernier assaut. Il était tout essoufflé, et elle s'avisa qu'elle avait versé une larme de pure émotion devant la perfection de leur union charnelle.

Roan l'attira dans ses bras et roula avec elle sur le côté. Son souffle était chaud sur son cou, les battements de son cœur fermes et rapides contre ses seins.

Elle ne voulait pas que cela finisse un jour.

Il l'apaisa, passant la main sur ses cheveux, jouant avec le ruban qui s'était défait.

— Venez avec moi en Amérique, dit-il, la voix enrouée par l'émotion.

— Pardon ?

— Epousez-moi, Pru. Et accompagnez-moi en Amérique.

Elle appuya une main sur son torse et se redressa pour le regarder. Il était très sérieux, le regard plein d'une émotion à vif.

— Mais vous…

— Je sais. Mais je ne lui ai pas fait de promesse. Je la connais à peine. C'est mon père que je dois convaincre.

— Roan, vous ne pouvez pas faire ça.

— Je le peux. Et je le veux.

Il écarta les cheveux de son visage.

— Prudence… je vous aime. J'ai tenté de me persuader que ce n'était pas possible, pas comme ça, pas aussi vite. Mais je vous aime bel et bien. Je le sens ici, dit-il, frappant son torse de son poing. Je le sens à chaque instant, à chaque souffle. Il y a des obstacles, oui, mais regardez ce que nous avons surmonté ces derniers jours ! Epousez-moi et venez en Amérique. Vous avez dit qu'il n'y avait rien pour vous ici, que vous alliez vivre derrière des murs. Il y a tout pour vous, là-bas.

— Ma famille est ici, dit-elle. Mes sœurs, mes nièces et mes neveux. Ma mère. Comment puis-je les laisser ? Comment pouvons-nous être sûrs que là-bas nous ne serons pas d'autres personnes ?

— Que voulez-vous dire ?

— Je veux dire que ce que j'ai vécu avec vous a été magique, répondit-elle en posant une main sur son cœur. Vous êtes apparu comme par enchantement pour exaucer tous mes souhaits. Vous m'avez fait vivre une aventure qui a dépassé de loin tout ce que j'aurais pu rêver. Mais nous retrouver *mariés ?* Moi, dans un pays étranger, avec des coutumes différentes, une autre famille ? Nous n'avons aucune notion de ce que l'autre attend… si ?

Il parut surpris. Cela peinait Prudence de le reconnaître, mais elle n'était pas aveuglée par son adoration au point de penser que l'aventure qu'ils avaient partagée se poursuivrait jour après jour dans un nouveau monde et dans le mariage. Si elle découvrait à son sujet des choses qui la rendraient malheureuse ? Si sa famille américaine ne pouvait l'accepter ? Comment ferait-elle face, si loin des siens ?

— Vous, restez en Angleterre, dit-elle soudain, prenant son visage entre ses mains. Restez ici, restez avec moi.

— Non, Pru, je ne peux pas. Comment vous ferais-je vivre ? Je suis à la tête de l'affaire familiale. Les miens comptent sur moi pour leur subsistance. Je suis engagé dans la construction du canal. Il y a trop de choses en jeu, non seulement pour moi, mais pour toute ma famille. Et il y a Aurora. J'ai promis à ma mère de la ramener à la maison.

— Mais… ma famille compte sur moi aussi, dit doucement Prudence.

Les larmes lui montèrent aux yeux tandis qu'ils se regardaient, la réalité de leurs mondes différents se précipitant pour emplir l'espace autour d'eux.

Roan lui caressa les cheveux.

— Réfléchissez-y, dit-il. Promettez-moi de faire au moins ça.

— Roan, je…

— Non, fit-il, lui couvrant la bouche de sa main. Ne répondez pas avant que nous ayons atteint Londres. Pensez juste à ce que j'ai dit, d'accord ?

Il retira sa main.

— Je vous donnerai la lune, je vous donnerai le soleil. Tout ce que vous voudrez sera à vous, Pru. Et je vous le jure, nous serons toujours nous-mêmes, tels que nous sommes maintenant.

— Roan…

— Je crois ce que je dis. Ne me donnez pas de réponse maintenant. Réfléchissez à ma proposition. S'il vous plaît…

Il donnait l'impression qu'il ne pourrait supporter qu'elle dise non.

Mais elle ne pouvait pas dire oui.

Elle roula sur le dos et fixa le dais du lit. Roan entremêla ses doigts aux siens et ils restèrent allongés ainsi, sans parler.

Elle était déstabilisée par ses émotions. Elles se perdaient dans ce vaste monde, dans cet homme qui s'était drapé autour de son cœur. Il s'éloignait d'elle en flottant, pour retourner en Amérique. Oh ! Dieu, comme il lui manquerait ! Ce serait insupportable, vraiment insupportable.

Pouvait-elle partir avec lui ? Pouvait-elle laisser derrière elle tout ce qu'elle avait toujours connu et se lancer à l'aveuglette dans l'inconnu ? Son côté pragmatique, ce côté qui régentait sa tête, qui la faisait rester habituellement dans les limites des convenances, qui faisait d'elle une fille et une sœur consciente de ses devoirs, répondait non. Ce côté raisonnable de sa personne disait que si elle partait en Amérique avec lui et l'épousait, la magie s'estomperait et les dures réalités d'un mariage conclu à la hâte terniraient vite la beauté fulgurante de cette semaine.

Son côté réaliste lui disait tout cela, mais son cœur ne cessait de murmurer *oui.*

Chapitre 14

Chaque fois que Roan essayait de fermer les yeux pour dormir, il ne parvenait pas à les garder clos. Il ne cessait de les rouvrir pour s'assurer que Prudence était toujours là, à côté de lui, qu'elle n'avait pas encore disparu dans un rêve.

Lorsqu'il l'avait vue pour la première fois à Ashton Down, il l'avait trouvée très belle, de cette façon qu'ont les hommes de trouver une femme belle. Ce n'était rien de plus que le fait d'apprécier des courbes, des lèvres, des yeux étonnants. Quand il s'était avisé qu'avant son arrivée elle n'avait nullement l'intention de monter dans la diligence, il l'avait jugée imprudente d'une manière qui l'amusait et suscitait son ironie. Son opinion sur elle ressemblait beaucoup à son opinion sur Aurora : une jeune femme charmante et folle. Et il avait cru qu'il exauçait son désir d'une aventure comme il exauçait les désirs de sa sœur lorsqu'il n'était pas trop irrité contre elle.

A présent, il n'était plus sûr de rien, absolument rien. Il savait seulement que l'aventure de Prudence était devenue sa propre aventure. La sienne ! Lui, un homme qui avait passé son enfance dans les espaces sauvages de New York, qui voyageait seul jusqu'à la frontière canadienne, traversait de vastes étendues désertes pour vaquer aux affaires de sa famille ! Se dire qu'il vivrait une telle aventure dans une Angleterre paisible et pastorale paraissait absurde, et pourtant c'était le cas. De fait, cela avait été l'une des plus grandes et des plus stupéfiantes aventures de sa vie. Et elle l'avait changé.

Il craignait d'en sortir blessé quand tout serait dit et fait. Il avait bel et bien pensé ce qu'il lui avait demandé cette nuit — qu'elle vienne en Amérique, qu'elle soit sa femme. Cette idée avait bouillonné, crevant la surface de ses pensées d'une façon si claire et si précise qu'il avait su sans le moindre doute qu'elle venait directement de son cœur.

Il y avait, certes, le problème brûlant de Susannah Pratt. Annoncer qu'il ne l'épouserait pas serait déplaisant, et ferait à coup sûr des remous. Mais il ne se sentait pas de responsabilité vis-à-vis d'elle. Il ne la connaissait pas réellement. Leur entente n'avait rien d'un mariage d'amour — elle n'était même pas officielle, pour le moment. Un jour, Susannah pourrait peut-être même le remercier. Et si elle ne le faisait pas, il ne s'en soucierait pas. Il était prêt à risquer son dédain, le mécontentement de son propre père, la colère de M. Pratt, par amour.

Lui, Roan Matheson, risquerait tout par amour. Le monde était tombé sur la tête et avait tout mis sens dessus dessous.

Toutefois, l'euphorie de ses sentiments pour Prudence était tempérée par le souci pressant de retrouver Aurora. Il s'était attendu à la trouver ici ou, du moins, à s'entendre dire qu'elle venait juste de partir. Mais depuis quinze jours ? Aurora était-elle perdue ? Avait-elle fait quelque chose d'aussi intrépide que Prudence ?

A l'aube, il s'habilla et ferma sa malle, puis éveilla Prudence d'un baiser. Il descendit, envoya une soubrette l'aider à s'habiller et demanda qu'une voiture soit amenée pour les conduire au village.

— A quelle heure passe la diligence pour Londres ? demanda-t-il au majordome, qui avait le regard fatigué, ce matin-là.

— A 10 heures, monsieur. Elle vous conduira jusqu'à Manchester. Il y a deux pleines journées de voyage jusqu'à Londres.

Roan hocha la tête et jeta un coup d'œil à une pendule. Deux jours dans une diligence bondée, deux jours à désirer Prudence, deux jours à espérer qu'elle accepterait de l'épouser. Il n'était pas très expert dans les affaires de cœur, c'était évident, mais il savait qu'elle devait parvenir toute seule à sa réponse. Elle avait raison : il lui demandait beaucoup.

Le désir devait venir d'elle autant que de lui. Ils devaient partager la détermination de vaincre l'océan entre eux ou une union ne marcherait jamais — ni ici ni là-bas. Peut-être, songea-t-il, demandait-il également beaucoup à lui-même. Il se pouvait que Prudence ait vu juste, finalement.

Il soupira et écarta cette pensée. Il ne voulait pas y penser maintenant. Il ne pouvait pas le faire, pas avec sa sœur pesant si lourd sur son esprit.

La voiture fut amenée et leurs malles chargées. Personne ne vint leur dire au revoir.

A la question de Roan, Cyril répondit :

— Monsieur le vicomte et ses invités sont allés se coucher à l'aube. Ils ne sont pas encore levés.

Roan suspecta qu'ils ne se lèveraient pas avant plusieurs heures. Quelle compagnie ils formaient, ici, à Howston Hall ! C'était presque comme entrer dans un rêve étrange. Il ne comprenait pas comment des hommes pouvaient vivre sans but ni occupation, et il était aussi impatient que Prudence de quitter cet endroit.

Elle arriva d'un pas traînant derrière les valets, et Roan la trouva un peu pâle. Elle portait une jolie robe de voyage jaune, et tandis qu'il l'aidait à entrer dans la voiture, il aperçut Stanhope. Le comte avançait d'un pas nonchalant dans l'allée.

— Vous partez si tôt, monsieur Matheson ? demanda-t-il d'un ton plaisant.

Roan ferma la portière et alla d'un pas raide jusqu'à lui. Ils se firent face.

— Par tous les diables, que voulez-vous ? demanda-t-il à voix basse.

Stanhope haussa un sourcil comme s'il l'amusait, puis regarda au-delà de lui, vers la voiture.

— Seulement vous souhaiter bon voyage, monsieur. Je vous reverrai peut-être à Londres.

Roan ne répondit rien et tourna les talons, rejoignant l'attelage à grandes enjambées.

Prudence ne dit pas grand-chose jusqu'au village. La diligence pour Manchester était bondée, bien plus que toutes celles qu'ils avaient prises jusque-là, et Roan dut grimper sur l'impériale, tandis que Prudence prenait place dans l'habitacle, coincée entre la paroi et une femme qui avait sur les genoux un chat dans une cage.

Le temps devint vite très chaud et désagréablement humide. Il semblait à Roan que son désespoir et son inquiétude pesaient sur lui, s'incrustant dans sa peau.

A Manchester, il prit une chambre dans une auberge. Le long trajet depuis Weslay avait été si inconfortable et le temps si lourd qu'ils s'effondrèrent sur un lit plein de bosses et dormirent comme des bûches. Ils se levèrent de nouveau à l'aube le lendemain matin, montant dans une diligence qui, possible ou pas, était encore plus bondée que celle pour Manchester.

Après une autre journée interminable à voyager séparés à cause du monde, leurs pensées les éloignant l'un de l'autre, ils arrivèrent à Londres. Il était 8 heures et demie et le soleil commençait à se coucher. Roan s'inquiétait pour Prudence ; elle semblait chanceler légèrement, harassée par leur expédition.

— Je vais nous trouver un endroit pour la nuit, dit-il, une main sur sa taille pour la soutenir.

— Oh ! non, répondit-elle, posant une main sur son bras.

Elle sourit, mais le cœur n'y était pas.

— J'ai passé la moitié de ma vie à Londres et les gens autour de Mayfair me connaissent. Il vaut mieux que nous allions chez ma sœur.

Cette perspective ne plaisait guère à Roan, mais il comprenait le point de vue de Pru. Il se massa les tempes et s'aperçut qu'il avait un terrible mal de tête. Quand s'était-il installé ?

— Je vais vous y conduire. Donnez-moi l'adresse de votre sœur et je vous emmènerai chez elle.

Elle baissa les yeux et joua un instant avec le cordon de son réticule.

— Qu'allez-vous faire ?

Il trouverait bien un endroit où noyer son chagrin.

— Je louerai une chambre quelque part.

Les dernières striures roses commençaient à disparaître du ciel lorsqu'ils arrivèrent à la maison d'Audley Street. L'air était si lourd maintenant qu'il oppressait la gorge et la poitrine de Roan. Il leva les yeux vers la demeure. Elle était peinte d'un jaune ensoleillé, haute de trois étages et présentait des balcons aux étages supérieurs. Les fenêtres qui donnaient sur la rue — seize au total — étaient aussi hautes que lui. De la lumière brillait aux carreaux, invitant à entrer.

Le fiacre les avait déposés dans la rue avec leurs malles. Prudence s'assit lourdement dessus et regarda fixement la maison.

— Je ne sais que dire, déclara-t-elle d'un air absent.

Roan s'assit à côté d'elle, lui passa un bras autour de la taille et lui embrassa la tempe.

— Je vais leur dire ce qui s'est passé. Laissez-moi faire.

— C'est très gentil, dit-elle en souriant. Merci… mais je pense que d'une certaine manière ça rendrait les choses encore pires.

Elle l'embrassa, ses lèvres s'attardant sur les siennes en un instant fragile et pur comme du cristal.

— Qu'allez-vous leur dire ?

Elle haussa les épaules.

— La vérité.

Elle sourit.

— En grande partie, du moins.

Elle levait vers lui des yeux brillants et il se sentit soudain perdu.

— Pru, dit-il, la voix enrouée par les émotions qui le traversaient, un mélange déroutant de regrets et d'espoir.

Il se leva, l'entraînant avec lui, les bras autour d'elle, le visage dans ses cheveux, son cou. Il ne pouvait supporter l'idée de quitter l'Angleterre sans elle. Il leva la tête, prit son visage entre ses mains.

— Nous ne nous sommes connus que quelques jours, mais je ne peux plus imaginer de vivre sans vous.

— Moi non plus, dit-elle doucement. En vérité, je ne peux pas imaginer grand-chose en ce moment, hormis que je ne veux pas continuer sans vous.

— Alors ne le faites pas.

Elle eut un sourire de regret, ôta ses mains de son visage et recula.

— Si seulement c'était aussi simple ! Nous devons entrer, maintenant, Roan.

Il n'était pas si pressé, mais Prudence s'écarta de lui et marcha jusqu'à la porte de la maison jaune. Elle souleva le heurtoir en laiton et frappa trois fois. Quelques instants plus tard, la porte s'ouvrit brusquement et la lumière d'une bougie se répandit dans la rue. Derrière elle, Roan distingua l'ombre d'un homme. Il leva la bougie afin de pouvoir regarder dehors et plissa les paupières en les fixant tour à tour. Il était mince, avec des cheveux sombres et des yeux encore plus sombres. Il était beau, trouva Roan, qui se demanda si c'était M. Easton.

Il haussa un sourcil.

— Eh bien, dit-il, voilà qui devrait donner une soirée intéressante. Miss Prudence, entrez. Monsieur le compagnon de miss Prudence, soyez le bienvenu.

Il recula et s'inclina.

— Merci, Finnegan. Puis-je vous présenter M. Matheson ?

Elle lui jeta un coup d'œil nerveux par-dessus son épaule et ajouta :

— Voici Finnegan, le majordome de M. Easton.

— Et son valet, ajouta Finnegan avec un sourire à Roan. Entrez.

Prudence pénétra à l'intérieur. Roan la suivit avec réticence, ôtant son chapeau lorsqu'il s'avança dans le vestibule.

Le dénommé Finnegan le jaugea alors, ce que Roan jugea audacieux de la part d'un majordome, et dit :

— M. et Mme Easton seront fous de joie d'apprendre que vous n'avez pas encore trépassé, miss Prudence.

— Sont-ils en train de dîner ? Devons-nous attendre ? demanda-t-elle.

— Ils ont terminé le repas et mis leurs enfants au lit. Ils se reposent maintenant dans le salon vert. Suivez-moi.

Le regard de Finnegan effleura de nouveau Roan, puis le majordome se tourna et monta l'escalier, tenant la bougie en l'air pour montrer le chemin.

La maison était immaculée, observa Roan. Des portraits étaient accrochés aux murs au-dessus des lambris, les rampes en bois de l'escalier étaient cirées. Il ne pouvait pas bien voir les tapis à la lueur de la bougie, mais il en sentait l'épaisseur sous ses pieds.

Lorsqu'ils atteignirent le palier du premier étage, Finnegan déclara :

— Puis-je vous dire, miss Prudence, que je suis très heureux de voir que vous n'avez pas été kidnappée par des pirates et emmenée en Inde, comme miss Mercy le suggérait. Et avec beaucoup de vigueur, ajouterai-je.

— Il lui plairait beaucoup d'avoir une telle histoire à se mettre sous la dent, n'est-ce pas ? Mais comment savez-vous cela, Finnegan ? L'avez-vous vue ? demanda Prudence.

— Bien sûr, répondit le majordome. Toute la famille est venue à Londres pour s'entretenir au sujet de votre disparition.

Prudence jeta un coup d'œil à Roan, mal à l'aise.

Finnegan marcha d'un pas vif jusqu'à une double porte en acajou ciré. Il ouvrit un panneau sans frapper.

— Que diable se passe-t-il, Finnegan ? se plaignit une voix masculine.

— Si je peux me permettre, monsieur, madame, quelqu'un vient d'arriver et je pense que vous serez très heureux de voir cette personne.

— Non, répondit l'homme. J'ai eu assez de visiteurs

pour la journée. Et je vous serai reconnaissant de ne plus introduire lady Chatham dans cette maison. Cette femme est intarissable !

— George, dit une voix féminine, d'un ton de doux reproche.

Prudence regarda Roan et tenta de nouveau d'afficher un sourire sur son visage. Elle carra les épaules et s'avança dans le salon derrière Finnegan. Roan entendit une exclamation choquée et quelqu'un qui criait d'une voix aiguë :

— *Prudence !* Oh ! mon Dieu, où étais-tu ? Nous étions malades d'inquiétude !

Roan suivit ; Prudence était déjà dans les bras d'une femme qui, supposa-t-il, était sa sœur Honor. Un feu crépitait gaiement dans la cheminée. Un panier à ouvrage était renversé, des papiers éparpillés par terre, aux pieds d'un grand homme robuste dont les yeux étaient à la hauteur de ceux de Roan. Son regard était aussi dur que le sien l'aurait été, s'il avait été à sa place.

— Qui diable êtes-vous ? lui demanda-t-il d'un ton autoritaire. Prudence, pour l'amour du ciel, où étiez-vous passée ? Ne savez-vous pas que nous étions sur des charbons ardents ? Expliquez-vous tout de suite !

— Au moins, embrassez-la et souhaitez-lui la bienvenue, George, dit la femme.

Elle avait les cheveux noirs, ce qui étonnait, à côté de la blondeur de Prudence, et de brillants yeux bleus. Elle essuyait du bout des doigts des larmes de soulagement qui roulaient sur ses joues.

L'homme, George Easton apparemment, attrapa rudement Prudence et l'embrassa sur la joue, puis la tint un instant de plus avant de la lâcher et de la fusiller du regard.

— Qu'avez-vous à dire pour votre défense ?

— J'ai laissé un billet à Ashton Down…

— Un billet ! s'exclama sa sœur. Comme quoi tu étais partie avec une connaissance ! Une connaissance que personne d'autre ne connaissait !

Apercevant soudain Roan, elle étouffa une exclamation.

— Ce monsieur est-il cette connaissance ?

Roan comptait répondre à cette question, mais avant qu'il puisse prononcer le premier mot, un poing lui heurta violemment la mâchoire. Il chancela, stupéfait, et toucha avec précaution l'endroit où l'homme l'avait frappé.

— George, non ! s'écria Prudence, et elle se jeta devant son beau-frère. Il n'y est pour rien — c'est moi qui ai tout fait ! J'ai une dette de gratitude envers lui, il m'a aidée !

George tira sur son gilet et regarda Roan d'un œil noir.

Roan fit bouger sa mâchoire pour s'assurer qu'elle n'était pas cassée, puis rendit à Easton son regard bien peu amène. Il comprenait sa colère, mais il ne supporterait pas d'être traité ainsi.

— Je vous en prie… Voici M. Roan Matheson, dit Prudence, une main sur son bras. Roan, voici ma sœur, Mme Honor Easton, et mon beau-frère, M. George Easton.

Elle lança un regard sévère à ce dernier.

— Pouvons-nous juste… pouvons-nous nous asseoir ? demanda-t-elle. Il y a tant à vous dire.

— Oui, bien sûr, répondit Mme Easton. Finnegan, du cognac, s'il vous plaît.

— Du whisky pour lui, dit George, désignant Roan d'un geste. Qui êtes-vous, d'où venez-vous, monsieur ?

Il y avait du défi dans sa voix.

— Ma réponse va-t-elle vous mettre en fureur ? s'enquit Roan qui bougeait toujours délicatement la mâchoire.

Easton soupira.

— Sans doute. Ecoutez, je vous fais mes excuses. Je vous ai peut-être frappé prématurément. D'où venez-vous ?

— De New York.

— Oh ! bonté divine, marmonna Easton, comme s'il s'agissait des tréfonds de l'enfer.

— Bon, fit son épouse en regardant Roan d'un œil suspicieux. Tu ferais mieux de nous dire ce qui s'est passé, Pru. Augustin est dans tous ses états. Et Grace est hystérique ! Le Dr Linford les a tout de suite prévenus que tu n'étais pas à Ashton Down où tu aurais dû être, et ils ont envoyé un homme à ta recherche dès ce moment-là. Tu ne peux pas imaginer ce que nous avons craint ! Mais ce matin, cet homme nous a annoncé que *tu* avais forcé le domestique de Cassandra à faire demi-tour et à te ramener à Himple alors que tu te rendais chez elle où tu aurais été en sécurité. Pourquoi ?

Prudence lança un coup d'œil à Roan, puis elle s'éclaircit la gorge.

— Monsieur Matheson, je vous en prie, asseyez-vous, dit Mme Easton en lui indiquant un canapé en velours.

— Si ça ne vous ennuie pas, madame, je préfère rester debout.

Il voulait être sur ses pieds si Easton l'attaquait de nouveau.

Prudence s'assit. Ou plutôt, elle se laissa choir sur le canapé comme si elle s'effondrait sous le poids de la semaine passée.

— Je ne sais pas par où commencer.

— Vous feriez bien de commencer par le moment où vous avez quitté Blackwood Hall, car c'est la dernière fois où quelqu'un vous a vue, dit sévèrement Easton.

Alors Prudence débuta par là, racontant la suite d'événements qui s'était produite depuis son départ, à commencer par la confusion de Roan à propos de Weslay.

— Je l'ai aidé à acheter un billet pour la prochaine diligence. Ensuite… eh bien, je l'ai suivi, avoua-t-elle, en haussant les épaules d'un air penaud.

— Vous l'avez suivi, répéta Easton avec soin, comme s'il avait mal compris.

— Mais pourquoi ? s'écria sa sœur. Pourquoi faire une chose pareille sans dame de compagnie ni soubrette ? Ça te ressemble si peu, Prudence ! Tu es toujours très attentive à ce genre de choses. Je ne peux imaginer pour quelle raison…

— Parce qu'il me plaisait, Honor, répondit platement Prudence. N'est-ce pas évident ? Il me plaisait ! Je me suis entichée de lui, en vérité — Roan ne put s'empêcher de sourire à cet aveu — et j'ai pensé que puisque j'allais passer mon existence entière derrière les murs de Blackwood Hall, sans vie mondaine, sans offre de mariage, je pourrais bien saisir l'occasion de faire quelque chose pour moi. J'avais l'intention de descendre à Himple et de continuer comme prévu. Personne n'en aurait rien su, mais quand la roue s'est brisée et que Linford est arrivé… J'aurais dû porter mes bottines !

— Pardon ? fit Easton en regardant sa femme. De quoi parle-t-elle ?

Prudence inspira et continua à expliquer comment la roue de la diligence avait cédé, et comment la crainte de rencontrer le Dr Linford à l'arrêt suivant l'avait contrainte à ne pas remonter dans la diligence, une fois qu'elle avait été réparée. Elle leur raconta comment Roan l'avait suivie, inquiet pour sa sécurité, différant en cela la recherche de sa sœur, raison pour laquelle il était venu en Angleterre. Elle leur relata l'achat de la vieille jument et la lenteur avec laquelle ils avaient avancé, arrivant dans une taverne ce soir-là. Ils n'y étaient pas restés, ayant trouvé les clients trop rudes, et ils avaient eu raison. Ils avaient été suivis, volés, et Roan attaqué.

— Oh ! mon Dieu, gémit Mme Easton.

— Il m'a sauvée, Honor.

— Je vous ai sauvée ? Elle a tiré sur ce malotru ! déclara Roan.

— Oh ! fit Mme Easton comme si elle souffrait, et elle s'enfonça dans les coussins du canapé. L'as-tu… l'as-tu *tué ?*

— Non, répondit Prudence.

— Vous auriez dû ! intervint Easton. Il faut tirer pour tuer, Pru.

— Je suis d'accord, dit Roan, et il nota qu'Easton le regardait un peu différemment.

— Oh ! Pru ! dit Honor en prenant la main de Prudence dans les siennes et en la serrant très fort. Quelle épreuve tu as subie ! Pauvre petite chose. Qu'as-tu fait ensuite ?

Prudence regarda Roan.

— Il a fait du feu et je… je suis restée assise avec lui, tenant le pistolet, pour le cas où ces brigands reviendraient.

— Toute la nuit ? gémit sa sœur.

— Oui. Toute la nuit.

Easton se tourna et jeta un regard sombre à Roan, qui lui rendit le même.

— Dois-je le tuer maintenant ? demanda-t-il. Ou n'est-ce pas tout ?

— George ! s'écrièrent Prudence et Honor en même temps.

— Ce n'est pas sa faute, dit Prudence. C'est la mienne.

— Ce n'est pas entièrement votre faute, Pru, corrigea Roan. Mais je ne m'excuserai de rien.

— Ah, non ? fit Easton, se tournant pour lui faire face.

— George chéri, dit son épouse qui se leva du canapé

pour aller à lui. Rappelez-vous que vous n'étiez pas toujours très soucieux des convenances, vous non plus…

— Ceci est différent !

— Non, dit-elle en lui touchant le visage.

Cette affirmation parut le calmer ; il serra les mâchoires et pivota vers le feu.

— Attendez, George, je vous en prie. Ecoutez tout ce que j'ai à dire, l'implora Prudence. Nous avons atteint Himple le lendemain, reprit-elle avant que son beau-frère puisse réagir.

Elle leur raconta encore comment elle avait eu l'intention de continuer jusque chez Cassandra, mais qu'elle avait changé d'avis en route et qu'elle s'était lancée à la poursuite de la diligence de Roan. Elle n'expliqua pas son geste mais ,arrivée à ce point, Roan supposa qu'une explication n'était plus nécessaire.

Toutefois, quand Prudence leur parla de Howston Hall, sa sœur la regarda bouche bée.

— Tu y es allée comme quoi ? Son autre sœur ? Sa fille ?

— Ma fille ! s'exclama Roan, déconcerté. J'ai trente ans, madame !

— A ton avis, Honor ? reprit doucement Prudence. Ni comme sa sœur ni comme sa pupille. Ni comme sa maîtresse.

Pour la deuxième fois, sa sœur quitta le canapé.

— Oh ! non. *Non !*

Elle pressa les mains sur son estomac.

— Oh ! Pru, tu n'as pas fait ça, n'est-ce pas ?

— Vous voyez ? dit Easton en désignant Roan. J'aurais dû le tuer à l'instant où il est entré dans cette pièce !

Roan se tourna face à lui.

— Si vous voulez sortir avec moi, monsieur Easton, je serai plus qu'heureux de répondre à toutes vos questions.

— Oh ! pour l'amour du ciel ! dit Mme Easton. Arrêtez immédiatement, tous les deux !

— Il y a pire, confessa Prudence.

— Pire ? rugit Easton en écartant les bras. Comment cela pourrait-il être pire ?

— Lord Stanhope était là. De fait, il était dans la diligence en provenance d'Himple. Et… et il a su tout de suite qui j'étais.

— Comment ? demanda Honor. Tu le connaissais ?

— Non. Ni lord Penfors, d'ailleurs. Je pensais que je ne risquerais rien, que personne ne pourrait m'identifier. Mais Stanhope a deviné qui j'étais à cause de ma ressemblance avec Grace.

— Evidemment, dit Easton. Vous avez l'air de jumelles !

— Non ! protesta sa femme, agitant la main dans sa direction et se retournant vers Prudence. Qu'a-t-il dit ?

Prudence regarda Roan.

— Il a dit qu'il garderait mon secret… Mais je sais qu'il ne le fera pas. Je pense qu'il compte demander de l'argent.

— A mon avis, c'est le moins de ce qu'il compte faire, marmonna Easton.

— Oh ! mon Dieu, dit Honor, visiblement choquée, en se laissant retomber sur le canapé. Il ne faut pas que Merryton ait vent de ceci, vous m'entendez ? Pouvez-vous imaginer ce qu'il serait capable de faire ?

— Nous devrions peut-être le mettre au courant, objecta son époux. Il s'occuperait certainement de régler cette affaire. Eh bien ? Continuez, Pru ! Que s'est-il passé ensuite ?

— Ma sœur n'était pas à Howston Hall, répondit Roan. Nous sommes tout de suite venus à Londres.

— Elle était partie depuis quinze jours, expliqua Prudence. Pour Londres, en compagnie de M. et Mme Villeroy.

— Les Villeroy ? releva Honor en regardant son époux. Dans Upper George Street ? Que faisaient-ils chez Penfors ? Ils restent entre eux, d'ordinaire. J'entends rarement parler d'eux dans le monde.

— Ils ont un fils, intervint Roan. Il est impératif que je retrouve ma sœur. Elle est fiancée et doit rentrer à la maison.

— Et vous ? demanda Easton. Qu'avez-vous l'intention de faire, après avoir traîné notre Prudence à travers la campagne anglaise ?

— George, je vous en prie, dit Prudence d'un ton las. Vous êtes en colère, je le comprends, mais nous ne ferons pas d'excuses. Je ne m'excuserai pas plus qu'Honor et vous ne l'avez fait, ou Grace et Merryton.

— Pardon ? s'offusqua sa sœur.

— Oui, Honor, pas une fois, je n'ai entendu un mot de regret pour la façon dont Grace et toi vous êtes conduites.

— Qu'est-ce que ç'a à voir avec toi ? demanda Honor, furieuse.

— Tout, Honor ! Vous avez tout rendu plus difficile pour Mercy et moi. Tu le sais très bien.

— N'en dis pas plus, Prudence ! rétorqua Mme Easton, la voix vibrante de colère.

Roan posa la main sur l'épaule de Prudence, mais elle se dégagea.

— Toutefois, je ne vous blâme pas, Honor. Je vous comprends, maintenant. Je vous *comprends,* insista-t-elle. Notre cœur nous conduit où il veut et nous ne pouvons lui résister. Je ne l'avais pas compris jusqu'à ces derniers jours.

— Ma situation était très différente de la tienne, reprit Honor, toujours aussi irritée. J'avais trois jeunes sœurs à qui penser.

— Ta situation n'était pas différente de la mienne. Tu es tombée amoureuse de George et tu l'as épousé.

Honor étouffa une exclamation, puis elle les regarda tous les trois, et son regard s'arrêta sur sa sœur.

— Tu ne peux pas l'épouser, dit-elle, en désignant Roan.

— Je le peux si c'est ce que je choisis, déclara Prudence avec fermeté.

— Que sous-entends-tu exactement ? N'y songe même pas, Prudence ! Tu restes ici, c'est évident !

— Je ne sais pas encore ce que j'ai l'intention de faire, Honor, répliqua Prudence d'un ton vif. Mais je ne serai pas écartée de la vie à cause de ce que toi, Grace, Merryton ou n'importe qui d'autre pensez ! C'est *ma* vie et je la vivrai comme je l'entends.

Sa sœur réprima un cri et virevolta vers Roan.

— Comment osez-vous lui mettre de telles idées dans la tête ?

La force de son mépris et de son horreur serra les entrailles de Roan comme un étau.

— Prudence n'a pas besoin de moi pour lui dire que penser, déclara-t-il. Elle a une belle intelligence tout à elle.

Prudence lui sourit avec reconnaissance, ce qui le réconforta.

— Quelles sottises ! Vous avez fondu sur une jeune femme innocente…

— Honor…, la coupa simplement Prudence.

Sa sœur la regarda longuement, le bout de ses doigts pressé sur ses joues.

— Bon, eh bien maintenant, nous nous retrouvons dans une sacrée situation, dit Easton avec colère. Qu'allons-nous faire ?

— Ma priorité est de retrouver ma sœur, dit Roan.

— Très bien, alors allez-y ! persifla Mme Easton.

— Chérie, il est trop tard pour aller chez les Villeroy ce soir, lui fit remarquer son époux en lui prenant la main. Nous irons demain.

— Nous ? répéta Roan en le regardant avec méfiance.

Il ne se fiait pas à cet homme — il ne serait pas du tout surpris qu'il essaie de le faire jeter en prison.

Mais Easton ricana.

— J'ignore comment vous faites les choses à New York, mais à Londres vous avez besoin d'être présenté avant d'aller frapper aux portes.

— Suggérez-vous que vous allez faire ces présentations pour moi ? demanda Roan, suspicieux.

— Mais oui, je vais les faire, répondit Easton avec impatience. C'est le seul moyen de vous envoyer promener !

— Merci, dit Roan. Si vous voulez bien m'excuser, je vais prendre congé.

— Quoi ? Où allez-vous ? s'exclama Mme Easton.

— Trouver un hôtel.

— Vous allez rester ici, déclara-t-elle fermement.

— *Honor*…

— George, il restera ici ! Il nous a ramené Prudence. Elle aurait pu être dévorée par des loups ou pire ! C'est lui qui l'a ramenée à la maison. Il va rester ici !

— Ne pensez-vous pas qu'étant donné leur… association, dit Easton en détachant les syllabes, ce n'est peut-être pas une très bonne idée ?

— Après ce qui s'est passé à Howston Hall ? Je pense que c'est un progrès.

Easton ne put discuter avec elle, mais Roan suivit Finnegan jusqu'à sa chambre, conscient de la brûlure des yeux de Mme Easton dans son dos.

*
* *

La chambre que le majordome lui attribua était petite, mais bien agencée, avec un lit confortable et une fenêtre qui donnait sur la rue. Finnegan l'ouvrit. La brise nocturne souleva les rideaux et un air frais, humide entra dans la pièce.

Sapristi, quelle tourmente ils avaient provoquée ! Néanmoins, il ne regrettait rien. Il n'était pas abattu par la colère des Easton. Il la comprenait mieux qu'ils ne s'en doutaient. Mais il savait aussi d'expérience que tout ce qui valait la peine d'être obtenu valait la peine de se battre pour l'avoir. Prudence avait du courage, et cela le faisait l'aimer davantage.

Il resta debout à la fenêtre, ferma les yeux et offrit son visage à la brise. Il pensa à Prudence, vit son sourire, l'éclat de ses cheveux, l'étincelle qui brillait dans ses yeux quand elle riait. Il se rappela ce matin dans l'étang, la façon dont elle s'était approprié sa propre sensualité et l'avait rendu fou de désir.

Il n'avait jamais mesuré, jamais soupçonné à quel point l'amour pouvait combler. Mais maintenant qu'il le savait, il n'y renoncerait pas. Il ne lâcherait pas Prudence, aussi difficile que ce soit. Il avait autant de courage et d'ardeur qu'elle. Et même plus.

Il ne s'était pas rendu compte de sa fatigue jusqu'à ce qu'il pose la tête sur un oreiller délicatement parfumé et des draps qui sentaient la lavande. Il éteignit la lumière et sombra dans un sommeil profond, sans rêves.

Quand quelque chose tira sur son bras, il dut fournir un effort monumental pour remonter à la surface.

— Roan…

Il ouvrit les yeux. Prudence était là, telle une vision de rêve, vêtue d'une chemise de nuit, ses cheveux dorés tombant sur ses épaules. Elle posa les doigts sur ses lèvres pour le faire taire et grimpa sur lui.

— Pensez-vous que ce soit sage ? chuchota-t-il. Je ne crois pas pouvoir atteindre mon pistolet.

Il la vit sourire dans la pièce éclairée par la lune.

— Je pense que nous ne risquons rien — j'ai entendu George ronfler.

— Mmm, fit-il, peu convaincu.

Mais ses mains étaient déjà sur les hanches de Prudence et son sexe se durcissait.

— Retournez dans votre chambre, Pru. Ils sont fâchés contre nous et ils saisiront avec joie le moindre prétexte pour me faire pendre.

— Je vais y retourner, chuchota-t-elle en lui embrassant la joue, puis l'oreille. Mais pas avant d'avoir pu vous remercier.

— De quoi ? demanda-t-il rêveusement, fermant les yeux tandis qu'elle posait des baisers sur son cou.

— De m'avoir donné l'aventure de ma vie. De m'avoir montré comment vivre.

Il rouvrit les yeux. Il lui prit la tête entre les mains et la força à le regarder.

— Ne me remerciez pas. Un « merci » a quelque chose de définitif et d'un peu désobligeant.

— Ce qui ne correspond pas à mes intentions. Je vous adore, ne vous l'ai-je pas dit ?

Oui, elle avait dit qu'elle l'adorait. Mais pas qu'elle l'aimait. Il fut soudain saisi par la peur qu'elle ne l'aime pas, qu'il ait tout inventé, et qu'à la lumière du matin, de retour dans un décor familier, elle voie ses propres émotions comme de la folie.

— Je veux que vous m'aimiez. Je veux que vous m'épousiez, dit-il.

Elle lui caressa le visage.

— Pru, je…

Elle le fit taire d'un baiser.

Il céda alors, et glissa les mains sous sa chemise de nuit, les fit remonter sur la peau lisse et chaude de ses cuisses, puis entre ses jambes. Prudence l'embrassa, se fondant en lui.

C'était exactement ce qu'il voulait dans sa vie, pensa-t-il. Un moment pareil avec une femme qu'on aimait était ce qui rendait l'existence digne d'être vécue, non ? Il maudit le ciel d'avoir permis qu'il le comprenne avec une femme qui vivait à un monde de lui. Mais lorsqu'il prit possession de Prudence et glissa dans l'anéantissement du plaisir sexuel, il ne pensa plus qu'à une seule chose, qu'il l'aimait.

Le lendemain matin, il s'éveilla au bruit d'oiseaux qui gazouillaient sous un ciel gris. Prudence était partie. Comme un fantôme, comme un fragment de rêve, elle s'était évanouie.

Il se souviendrait de cette nuit durant les jours à venir. Il se rappellerait son apparition, la douceur de son sourire, la nudité de son regard. Il se remémorerait ce qu'il avait ressenti quand l'amour se réverbérait en lui.

Mais surtout, il se rappellerait à quel point il l'avait désirée, avait désiré son amour. De tout son cœur.

Chapitre 15

Prudence se faufila hors de la chambre de Roan un peu avant l'aube et regagna son lit, physiquement et émotionnellement épuisée. Une semaine plus tôt, elle aspirait à une raison de vivre qui emplirait ses journées, qui lui rendrait sensible le fin fond de son âme. Mais cette nuit-là, elle éprouvait tant de choses conflictuelles que la pagaille régnait dans ses sentiments. Chaque instant qu'elle passait avec Roan était un souffle de joie, un tressaillement de son cœur. Chaque instant passé loin de lui était une souffrance. Etait-ce de l'amour ? Etait-ce l'amour qui brûlait si fort dans sa poitrine ? Est-ce qu'une traversée de l'océan éteindrait cette flamme, ou la ferait brûler plus fort ? Tant de questions la tourmentaient.

Elle se leva plus tard que d'habitude, et lorsqu'elle arriva dans la pièce du petit déjeuner elle trouva Honor à table avec sa fille aînée, Edith.

Augustin était là aussi, debout devant les fenêtres et regardant dehors, sa silhouette corpulente et familière oscillant un peu d'un côté à l'autre, comme s'il chantonnait un air pour lui-même.

— Bonjour, dit Prudence d'un ton penaud.

Augustin se tourna vers elle, les yeux exorbités.

— Prudence Martha Cabot ! Je devrais vous enfermer dans une tour !

— Vous ne pouvez pas enfermer tatie Pru ! s'écria la petite Edith, tandis qu'il contournait brusquement la table, heurtant une chaise dans sa hâte d'atteindre Prudence.

Il la saisit avant qu'elle ne puisse parler et la serra étroitement contre lui.

— Maman, ne le laissez pas enfermer tatie Pru ! sanglota Edith.

— Oncle Augustin ne va enfermer personne, ma chérie, dit Honor. Il taquinait tatie Pru.

— Bien sûr que je ne vais pas l'enfermer, dit Augustin, lâchant Prudence.

Il se tourna vers la petite fille et ajouta :

— Mais tu ne dois *jamais* t'enfuir comme tatie Pru l'a fait. Me le promets-tu ?

— Je le promets, dit Edith qui glissa de sa chaise et fit le tour de la table en courant pour enlacer les jambes de Prudence.

Celle-ci se baissa et prit sa nièce dans ses bras, la serrant très fort.

— Je ne me suis pas enfuie, chérie. Je suis partie à l'aventure !

— C'est une interprétation choquante, dit Honor qui s'était levée de table, elle aussi.

Elle passa une main affectueuse sur la tête de sa fille.

— Venez, miss Edith, votre nurse vous attend.

Prudence laissa partir l'enfant à regret. Elle suivit des yeux Honor qui la faisait sortir de la pièce, se demandant comment elle pourrait ne jamais la revoir. Cette pensée lui serra le cœur.

— Prudence, très chère, dit Augustin d'un ton anxieux lorsqu'elles eurent disparu. Qu'avez-vous fait ?

Il prit ses mains dans les siennes.

— Nous nous sommes tellement inquiétés pour vous ! Vous devez prendre soin de votre vertu.

Elle eut envie de lui dire qu'elle devait s'en soucier, en effet, que la vertu, pour elle, consistait à faire ce qui lui plaisait, mais elle déclara simplement :

— Je suis désolée, Augustin.

— Je pensais que nous pourrions balayer tout ceci sous le tapis avant que l'information ne circule, mais je crois qu'il est trop tard ! Lord Stanhope m'a interpellé chez White's…

— Quoi ? s'exclama Prudence. Quand ? Comment ?

— Quand ? Hier soir. Il a dit qu'il avait emprunté un cheval à Howston Hall et accompagné l'intendant du domaine à Londres. Il a ajouté qu'il avait été agréablement surpris de faire votre connaissance là-bas.

Une vive inquiétude commença à vriller les entrailles de Prudence.

— Qu'a-t-il dit d'autre ? demanda-t-elle faiblement.

Elle imaginait sans mal la scène, le sourire entendu plaqué sur le visage de Stanhope. « J'ai rencontré Mme Matheson, milord. Je n'avais pas entendu dire que votre sœur s'était mariée ! » Pauvre Augustin ! C'était un homme simple qui aimait une vie simple. Elle se représentait son choc. Il se mettait à bredouiller quand il était nerveux ou déstabilisé.

— Il a dit qu'il aimerait passer ce soir pour me parler en privé, voilà. Et quand j'ai mentionné la chose à Honor, elle m'a confié que vous étiez là-bas avec un *gentleman,* chuchota-t-il, comme si elle avait été en compagnie de Satan en personne.

— Oh ! mon Dieu, gémit-elle.

— Pru, très chère, je ne poserai pas de questions sur ce

gentleman, car je crois que je ne pourrai pas supporter d'en entendre parler, déclara-t-il, comme Honor revenait dans la salle à manger. Mais à mon avis, il vaudrait mieux que vous retourniez à Blackwood Hall sans attendre. Loin des yeux, loin de la tête, comme on dit.

— Et quel bien cela fera-t-il ? lui demanda Prudence en allant jusqu'aux fenêtres. Ça n'empêchera personne de parler. Et même, importe-t-il que les gens parlent ? N'ont-ils pas dit tout ce qu'il y avait à dire sur les sœurs Cabot ?

— Quoi ? Bien sûr que si ça importe ! s'insurgea Augustin, haussant la voix. Voulez-vous tous nous déshonorer ?

— Très bien. Envoyez-moi me cacher comme une criminelle, répondit-elle d'un ton coupant.

— Je ne pense pas que ce soit ce qu'Augustin veut dire, intervint posément Honor.

— Pas du tout, confirma ce dernier. Je veux seulement dire qu'il vaut mieux pour vous que vous restiez à l'écart du monde le temps que cette affaire s'apaise.

Ayant délivré son avertissement fraternel, il se haussa sur la pointe des pieds et redescendit, puis donna un coup sec sur le bas de son gilet pour le tirer sur son ventre.

— Vous ne devez plus jamais nous faire une frayeur pareille, Pru, dit-il, en agitant un doigt boudiné dans sa direction.

— Non, naturellement, répondit Prudence avec amertume. Je ne devrais rien faire d'autre que rester hors de vue et parler seulement quand on s'adresse à moi… Ne vous inquiétez pas, Augustin. Vous n'aurez pas à vous tracasser à mon sujet. Peut-être épouserai-je le mystérieux gentleman et réglerai-je le problème pour vous.

Elle n'avait jamais vu son beau-frère paraître aussi choqué qu'en cet instant. La mâchoire lui en tomba. Il écarquilla les yeux, l'air alarmé. Ses lèvres remuèrent comme s'il voulait parler, mais en fut incapable. Enfin, il retrouva sa langue.

— Je vous demande pardon, qu'avez-vous l'intention de faire ? Qui est ce butor ?

— Ce n'est pas un butor ! C'est un Américain.

Augustin donna l'impression de ne pas pouvoir prendre sa respiration.

— Un *quoi ?* s'écria-t-il, et la force de sa voix le souleva presque du sol.

— Prudence ! Arrête ! cria Honor.

— Je ne fais que lui dire la vérité, Honor.

— Et avec fort peu de considération pour ses sentiments ! Augustin, très cher, laissez-moi régler tout ceci, voulez-vous ?

— Je ne peux pas croire ce qu'elle dit, formula Augustin, tandis qu'Honor le prenait par le coude et commençait à le conduire vers la porte.

— Je vais tout arranger, très cher. Vous devriez rentrer retrouver Monica, à présent. Elle doit être terriblement anxieuse d'apprendre ce qu'il est advenu de Prudence.

Augustin la regarda alors avec une grande perplexité, comme s'il contemplait une apparition. Prudence sentit son cœur se serrer douloureusement. Elle adorait Augustin. Elle n'avait pas voulu le blesser.

— Augustin…

— Oui, Monica doit être très anxieuse, dit-il en hochant la tête pour lui-même, tandis qu'Honor le faisait sortir.

Quelques instants plus tard, cette dernière revint et la fixa d'un œil noir.

— Tu es contente de toi ? demanda-t-elle avec irritation en se laissant choir dans un fauteuil. Augustin est tout retourné.

— Qu'aurais-tu voulu que je dise, Honor ? Aurais-tu voulu que je nie ? Aurais-tu voulu que je feigne de n'avoir aucun sentiment dans cette affaire, de ne pas savoir ce que je veux ?

— Non, répondit sa sœur comme si elle s'adressait à une enfant. Mais tu aurais pu montrer un peu de tact.

Elle avait raison. Prudence s'assit sur une chaise en face d'elle.

— Je te fais mes excuses, dit-elle. Tu as raison, je m'y suis mal prise.

Honor renifla et détourna un instant les yeux.

— Souhaites-tu vraiment *l'épouser ?* demanda-t-elle.

— Je ne sais pas, répondit Prudence qui se sentait très mal. J'éprouve pour lui des choses que je n'ai jamais éprouvées de ma vie.

Elle pressa la main sur son cœur.

— Je ne peux imaginer éprouver de nouveau un jour des sentiments pareils. Et puis je me dis que c'est un peu comme une maladie, et que ça va passer. Mais ça ne passe pas, Honor. Il me semble même que ça ne fait que grandir.

— Oh ! mon Dieu !

Honor se redressa brusquement.

— Ecoute-moi, Prudence. Grace et Mercy vont venir cet après-midi. Ne pouvons-nous au moins en parler en sœurs raisonnables et lucides, avant que tu ne fasses une bêtise et t'embarques pour l'Amérique ? Ne veux-tu pas au moins nous faire la courtoisie de discuter d'une décision qui nous affecterait toutes ?

— Ma vie, mes choix, nous affecteront toutes ? rétorqua Prudence sur la défensive.

— Bien sûr ! Tout comme tu as fait observer de façon si péremptoire hier soir que mes choix t'ont affectée, tes choix nous affectent. Crois-tu que n'importe laquelle d'entre nous a envie de perdre une sœur bien-aimée partie en *Amérique ?*

dit-elle comme si elle pouvait à peine prononcer ce mot. Ne sommes-nous pas au moins aussi importantes pour toi que ce… cet étranger ? A notre place, tu dirais la même chose, Pru, et tu réclamerais la même considération.

Prudence la regarda. Elle avait adoré Honor toute sa vie, l'avait prise en exemple, l'avait idolâtrée. Les légers cernes de souci sous ses yeux, ce matin, c'était elle qui les lui avait causés. Honor avait raison, bien sûr. Ses sœurs étaient son univers. Elles habitaient les coins de son cœur. Mais Roan était là, aussi. Aussi improbable que cela paraisse, il avait pris place au centre.

— Oui, dit-elle calmement. Oui, bien sûr, Honor. Je ne blesserais jamais intentionnellement l'une de vous. Jamais.

Honor eut un sourire las.

— Je sais, chérie…

Elle tendit la main pour lui presser le genou.

— Où sont-ils allés ?

— Je suppose que tu veux parler de Matheson et George ? Ils se sont rendus chez les Villeroy.

Honor se leva et alla jusqu'au buffet, assez peu d'humeur à en discuter.

Prudence se représenta alors Roan arrivant dans la maison d'Upper George Street, son indicible soulagement lorsqu'il poserait les yeux sur sa sœur, certain qu'elle allait bien. Elle l'imagina soulever Aurora de terre et la serrer contre lui aussi fort qu'il l'avait serrée elle, la nuit précédente, mais de peur qu'elle ne s'échappe de nouveau. Elle le voyait en esprit saisir la tête de la jolie fugueuse entre ses mains et scruter son visage en quête d'un changement, ou d'une trace de la jeune fille qu'elle était avant de quitter l'Amérique.

— A quelle heure sont-ils partis ? demanda-t-elle.

— A 9 heures. George pense qu'ils seront de retour vers midi.

Honor se détourna du buffet et posa une assiette pleine devant Prudence.

— Tiens, mange quelque chose. Ça te redonnera des couleurs.

Puis elle quitta la pièce sans un mot de plus.

Roan et George ne revinrent pas aux alentours de midi.

A 2 heures de l'après-midi, Prudence arpentait le vestibule, les attendant toujours.

Honor descendit avec ses enfants, Edith, Tristan et Wills. Ils étaient tous les quatre habillés pour sortir.

— Où allez-vous ? demanda Prudence tandis que sa sœur séparait les deux garçons qui jouaient trop bruyamment.

— Chez lady Chatham. Si je ne les lui amène pas, elle viendra ici et George sera mécontent.

— Mais… et George et Roan ?

— Qui est Roan ? demanda Tristan en plissant le nez.

— Personne, répondit sa mère, un peu trop rapidement au gré de Prudence.

Elle ajouta :

— Ils ont manifestement été retardés. Pourquoi ne lis-tu pas ? Et j'ai laissé un peu de couture, en haut, si tu veux t'occuper les mains.

Elle poussa ses trois enfants devant elle.

— Et cesse de faire les cent pas !

Honor avait raison ; elle avait besoin d'une occupation. Elle monta à l'étage, fouilla dans le panier à ouvrage de sa sœur, mais ne trouva rien à son goût. L'air lourd et oppressant des deux derniers jours donna finalement de la pluie. Elle l'écouta frapper les carreaux pendant un moment, arpentant le salon les mains dans le dos, s'arrêtant de temps en temps devant les fenêtres pour regarder l'eau qui tombait. Elle réfléchissait. Examinait ses options sous tous les angles possibles. Tentait de débrouiller ses sentiments pour un homme qui avait empli son cœur et son imagination, et lui avait appris ce que c'était que d'aspirer à vivre.

Où pouvaient-ils être ?

Elle s'était décidée à broder une serviette en lin, lorsqu'elle entendit quelqu'un à la porte. Son cœur tressauta. Elle jeta la serviette sans y penser et se précipita aux fenêtres de devant pour regarder dehors. A travers la pluie, elle ne put rien voir hormis un chapeau marron.

Néanmoins, il devait s'agir de Roan — qui d'autre cela pouvait-il être ? Elle pirouetta, remit en place une mèche de cheveux et croisa les mains pour attendre.

Quelques instants plus tard, elle entendit le pas léger de Finnegan et retint son souffle. Le majordome pénétra dans la pièce et lui tendit sans mot dire un plateau en argent qui supportait une carte de visite. Une carte de visite ? Roan ne se ferait pas précéder d'une carte de visite. Prudence regarda Finnegan d'un air hésitant et prit la carte. Dès qu'elle vit le nom, elle la rejeta sur le plateau comme si elle s'était brûlée. *Stanhope.*

Et voilà, pensa-t-elle avec désespoir. Combien d'argent voudrait-il ? Devrait-elle répondre qu'il revienne quand George serait là ? Non, non… elle n'était pas lâche. Elle s'était mise dans cette situation et elle l'assumerait.

Elle carra les épaules et haussa le menton.

— Est-ce que tout le monde est sorti ? demanda-t-elle.

— Oui, miss, répondit le majordome.

Elle hocha la tête.

— Faites-le monter, je vous prie.

Finnegan se tourna, prêt à aller chercher le visiteur.

— Finnegan ! le rappela-t-elle vivement, avant qu'il ne sorte.

Il lui refit face.

— Vous laisserez la porte ouverte, et restez à proximité, voulez-vous ?

— Juste à côté, lui assura-t-il. Etes-vous certaine de vouloir recevoir ce gentleman ?

Prudence lâcha un petit rire nerveux.

— Pas du tout. Malheureusement, je le dois. Faites-le monter, je vous prie.

Peu après, Stanhope entra dans la pièce et s'arrêta juste après le seuil. Il sourit et inclina la tête.

— Miss Cabot. Merci de me recevoir.

— Bonjour, milord, dit-elle d'un ton frais.

— Puis-je le dire, il est charmant de vous voir chez vous, reposée.

Il eut un sourire chaleureux.

Il portait une redingote gris tourterelle sur des culottes et un gilet noirs, une chemise blanche immaculée et une écharpe assortie. Ses cheveux — dorés, comme les siens — étaient bien coiffés et avaient été coupés depuis qu'elle l'avait vu. Elle éprouva de la rancœur à le voir.

— En quoi puis-je vous aider ?

Le comte haussa un sourcil et eut un sourire surpris.

— Vous semblez mal à l'aise, miss Cabot. Ma présence est-elle si dure à supporter pour vous ?

Oh ! non, elle ne le laisserait pas l'asticoter !

— C'est que j'ai beaucoup de choses à faire, milord.

Son regard bleu pâle la parcourut, la jaugeant.

— Très bien, je vais en venir au fait.

Il lui indiqua le canapé près de la fenêtre.

— Voulez-vous au moins vous asseoir ?

Prudence n'avait pas envie de s'asseoir, elle ne voulait rien avoir à faire avec lui. Mais il ne fallait pas lui montrer sa peur ni sa réticence. Elle alla d'un pas raide jusqu'au siège et s'assit, les mains croisées sur les genoux.

Stanhope releva les pans de sa redingote et s'assit à côté d'elle. Il sourit aimablement, comme s'il était un ami. Or, ils n'étaient pas amis, ils n'étaient rien l'un pour l'autre, seulement de vagues connaissances, et désagréablement vagues par-dessus le marché. Il avait l'intention de lui extorquer de l'argent, alors à quoi bon sourire ?

— Oui ? dit-elle pour l'inciter à parler, souhaitant qu'il en finisse.

Elle avait les paumes moites, et son cœur s'emballait.

— Pas de plaisanteries ? Pas de remarques sur le temps ? Pas de questions pour savoir si je suis bien rentré de Weslay ?

Le cœur de Prudence manqua un battement à la mention de Weslay.

— Plaisanter est-il vraiment nécessaire ? Je sais pourquoi vous êtes ici.

Il rit.

— Vraiment ? Je ne crois pas, miss Cabot. Je suis venu avec une proposition pour vous.

Une proposition ! Elle voyait très bien ce que c'était. Elle remua, mal à l'aise.

— Il ne s'agit pas d'une proposition indécente, si c'est ce que vous pensez.

— Je suis heureuse de l'entendre. Quelle est cette proposition ?

Il soupira comme s'il avait affaire à une enfant capricieuse.

— J'avais imaginé un moment plus amical, mais je vois que cette faveur ne me sera pas accordée. Alors je vais être direct : je pense que nous pourrions nous aider l'un l'autre.

S'aider ? Quelle chose curieuse à dire.

Prudence fronça les sourcils, dubitative.

— Comment ?

— Vous êtes très avenante, dit-il en promenant son regard sur elle. N'importe quel gentleman de cette ville se sentirait très chanceux de vous avoir pour épouse.

Une rougeur embarrassée commença à monter aux joues de Prudence.

— Vous avez dit que ce n'était rien d'indécent…

— Ecoutez-moi jusqu'au bout, continua Stanhope sans se démonter. Ce n'est pas un secret que le scandale et la malheureuse folie de votre mère vous ont rendue assez intouchable, n'est-ce pas ? Et il me semble évident que si quiconque devait découvrir votre récente escapade dans la campagne anglaise, il serait impossible à n'importe quel gentleman de qualité de vous demander en mariage.

L'humiliation de Prudence gagna sa nuque.

— Je ne peux certainement pas vous blâmer de refuser de me flatter, milord. Etes-vous venu spécialement pour m'humilier ? Si oui, vous avez perdu votre temps. On ne m'humilie pas facilement, du fait de toutes les raisons que vous avez énumérées avec une telle franchise, justement.

— Vous humilier ! répéta-t-il, feignant la surprise. Tout au contraire, miss Cabot. Je suis venu demander votre main.

Prudence n'en revint pas. Toute pensée rationnelle s'échappa de sa tête. Elle le dévisagea, incrédule, se demandant quelle machination il tramait.

— Naturellement, en agissant ainsi, je suis disposé à ignorer toutes les raisons que j'ai citées et qui font de vous un parti inconvenant pour n'importe quel autre homme. Franchement, je ne m'en soucie pas du tout. Je vous trouve attirante de maintes façons. Par ailleurs, mon domaine est inaliénable dans de telles proportions que j'ai besoin d'une dot conséquente pour pallier cette situation. Je suspecte que la vôtre conviendra.

Soudain, Prudence ne put respirer. Elle était indignée, mais ne savait pas très bien pourquoi. En vérité, s'il n'y avait pas eu Roan, elle aurait été étrangement reconnaissante à Stanhope de sa proposition. Certes, elle aurait aimé que sa demande ait un peu moins l'air d'une transaction, mais c'était la façon de faire de son monde. Quelle que soit la manière dont les gens les présentaient, les mariages étaient conclus pour acquérir des relations, pour en tirer des bénéfices financiers et sociaux. Parfois, une certaine affection entrait également dans le marché. La plupart du temps non.

De toutes les choses qu'elle avait attendues de lui, une demande en mariage — il était comte, pas moins — était largement au-delà de tout ce qu'elle aurait jamais pu imaginer. Et cependant, il y avait quelque chose de si mercenaire là-dedans qu'elle ne pouvait s'empêcher de s'en écarter avec dégoût. Elle ne voulait pas d'une froide transaction. Elle mesura soudain à quel point elle souhaitait désespérément de l'amour.

— Vous n'aurez pas entendu un mot contre moi, je pense, poursuivit-il avec entrain, comme s'il supposait qu'elle acceptait son raisonnement. Vous serez la comtesse de Stanhope avec tous les privilèges que cela implique. Je vous chérirai comme un époux le doit, je vous honorerai, vous sortirai dans le monde comme vous y êtes habituée, et nous aurons des enfants. Et qui sait ? Nous pourrions même en arriver à éprouver une véritable affection l'un pour l'autre.

Il sourit.

Prudence ne parvenait pas à le croire.

Il pencha la tête de côté et la regarda avec curiosité.

— Je sais que ceci doit vous causer un choc, mais vous ne pouvez pas ne pas être d'accord, n'est-ce pas ? demanda-t-il, son regard se posant sur ses lèvres. Notre union est aussi bonne que ce que chacun de nous pourrait espérer dans les circonstances présentes, n'est-ce pas ?

— Non, dit Prudence d'une voix un peu altérée.

— Non ?

— Non, milord, je ne suis pas d'accord. Je n'accepterai pas votre offre.

Il fronça les sourcils pour la première fois depuis qu'elle l'avait rencontré.

— Pourquoi ? Quelle autre option avez-vous ?

— C'est sûrement évident pour vous. J'ai l'intention d'épouser M. Matheson, dit-elle.

Et elle le pensait. Elle l'aimait. Elle l'aimait désespérément et elle risquerait n'importe quoi pour être avec lui, plutôt que de rester ici et d'être confrontée à des hommes mus par les mêmes mobiles que Stanhope.

Il écarquilla les yeux de surprise. Puis il les plissa aussitôt après, comme s'il ne comprenait pas.

— Pardon ?

— Je vais épouser…

— Oui, je vous ai entendue. Voulez-vous dire que vous allez abandonner votre famille ? Ou bien le Yankee pense-t-il rester en Angleterre ?

— J'irai là-bas.

Stanhope se frotta le menton, comme s'il essayait de résoudre un problème dans sa tête.

— Qu'en pense votre famille ? demanda-t-il. Beckington, Merryton, Easton, qu'en disent-ils ?

Prudence ne répondit pas. Elle n'en avait pas besoin. Stanhope comprit.

— Je vois, dit-il. Soit ils ne sont pas au courant de vos intentions, soit ils sont mécontents de votre choix.

— Peu importe ce que les gens pensent. Je l'aime.

— Ah, *l'amour !* ironisa le comte, balayant l'espace du bras comme s'il était sur une scène. Une culbute dans le foin, comme on dit, ce n'est pas de l'amour, miss Cabot ! Et vous êtes bien naïve si vous le pensez.

Prudence bondit sur ses pieds.

— Qu'est-ce que c'est, pour vous ?

Stanhope se leva aussi et se tint si près d'elle qu'elle dut reculer la tête.

— Vous êtes une sotte. Je vous ai offert une solution à vos problèmes.

— Ce que vous m'avez offert, c'est une transaction sans cœur, milord. Pas une demande en mariage.

Il hocha la tête en la contemplant.

— Réfléchissez à votre réponse, miss Cabot, et accordez à mon offre la courtoisie d'une considération sérieuse. Je reviendrai vous voir dans quarante-huit heures.

Prudence se hérissa.

— Revenez dans quarante-huit heures si vous voulez, mais je vous refuserai toujours.

Stanhope haussa les épaules et regarda le tapis.

— Votre jeune sœur ne doit-elle pas intégrer l'école d'art de Lisson Grove ? demanda-t-il avec nonchalance, relevant lentement les yeux.

Prudence se figea. Elle eut l'impression que son cœur manqua plusieurs battements avant de reprendre son rythme normal.

— Comment osez-vous ? Elle n'a rien à voir avec vous ou moi, dit-elle, la voix tremblant d'indignation.

Il ne s'en montra pas affecté.

— Vous ne le savez peut-être pas, mais mon grand-père a financé cette école. Un mot de moi mettrait fin aux espoirs de miss Mercy Cabot de peindre des compotiers de fruits avec les meilleurs professeurs.

Prudence se mit à trembler intérieurement. Elle pensa à Mercy, à la façon dont elle parlait avec tant d'excitation de cette école depuis des semaines. Ses tableaux étaient prêts, ses toiles. Elle avait fait une liste de tout ce qu'elle emporterait. Elle étudiait des livres d'art et s'exerçait à dessiner chaque jour.

— Vous n'oseriez pas, dit-elle d'une voix altérée.

— Il me semble qu'il serait beaucoup plus facile pour toutes les personnes concernées que vous voyiez à quel point mon offre est avantageuse, suggéra-t-il d'un ton doucereux. Vous seriez comtesse, avec deux maisons à superviser. J'aurais votre dot. Votre sœur aurait son école.

Il haussa les épaules comme si c'était aussi simple que cela.

— Si c'est une dot que vous voulez, milord, alors demandez la main de quelqu'un d'autre !

— Ah, mais je ne suis pas aussi dénué de cœur que vous le pensez ! Vous êtes celle qui m'inspire, miss Cabot. C'est vous que je trouve attirante.

L'esprit de Prudence était en ébullition ; elle avait la sensation que son cœur ne pouvait pas absorber ce qui se passait.

— Vous êtes méprisable, dit-elle sourdement. Pourquoi voudriez-vous punir Mercy ? Quel but cela servirait-il ?

— Cela s'appelle la vengeance, miss Cabot. Si vous m'enlevez cette opportunité, j'en enlèverai une à votre famille.

Elle le regarda, bouche bée.

— Vous êtes monstrueux !

Il secoua la tête.

— Je suis réaliste. Et je veux que vous le soyez aussi, ma douce. Nous étions vingt-quatre, à Howston Hall. Tôt ou tard, les souvenirs seront ranimés. Même si vous en faites à votre tête et partez pour l'Amérique, qu'adviendra-t-il de ceux que vous laisserez derrière vous, quand les langues commenceront à s'agiter ? Qu'adviendra-t-il de la jeune Mercy Cabot, sans école d'art pour l'occuper ?

L'éclat de ses yeux avait changé — il paraissait presque triomphant.

— Inutile de me raccompagner, dit-il, et avec un signe de tête, il sortit de la pièce.

Prudence fixa sans le voir l'espace qu'il avait déserté. Son cœur battait comme si elle avait eu une grande frayeur. Elle ne pouvait pas bouger, pouvait à peine penser.

Finnegan apparut. Il la regarda en fronçant les sourcils et servit un doigt de whisky dans un verre qu'il lui mit dans la main.

— Allez-vous bien ? demanda-t-il.

— Non, marmonna Prudence.

Elle se précipita à la fenêtre. Il pleuvait toujours. Elle vit Stanhope enfourcher son cheval.

Etait-il vraiment venu ici à l'instant pour la demander en mariage ?

— Puis-je faire quelque chose pour vous ? s'enquit le majordome, visiblement soucieux.

— Non, merci, Finnegan. Ça va aller mieux. Mais j'ai besoin de m'allonger. Voulez-vous m'excuser ?

Elle se hâta de sortir pour aller se réfugier dans sa chambre.

Si seulement Roan revenait ! pensa-t-elle désespérément.

Il saurait quoi faire. Elle avait besoin de quelqu'un sur qui s'appuyer, de quelqu'un qui l'aiderait à comprendre ce qui se passait, qui lui dirait comment elle devait réagir.

Mais Roan n'arrivait toujours pas. Et tandis que l'après-midi traînait en longueur, ce qu'elle devait faire devint de plus en plus clair pour elle.

Chapitre 16

Grace et Mercy s'engouffrèrent dans la maison pour échapper à la pluie juste derrière Honor et ses enfants. Et tandis qu'Honor envoyaient les petits à leur nourrice, les deux premières poussèrent Prudence dans le salon et s'agitèrent autour d'elle en parlant à qui mieux mieux, exigeant de savoir où elle avait été et ce qu'elle avait fait.

Les yeux bleus de Mercy pétillaient d'excitation. Elle tenait à la main un long coffret fin en bois bien ciré et réclamait les moindres détails de l'aventure de Prudence. Puis elle se suspendit à ses lèvres, riant à des moments inappropriés et étouffant des exclamations en même temps que Grace.

Ni l'une ni l'autre ne parurent particulièrement surprises par son récit, et Prudence suspecta qu'elles avaient déjà eu vent du pire par Honor ou Augustin. Lorsqu'elle acheva son histoire, Grace l'étreignit farouchement, puis l'écarta d'elle.

— Maintenant que j'ai vu de mes propres yeux que tu vas bien, dit-elle, son regard noisette s'assombrissant, je peux te demander si tu n'as pas perdu ta fieffée tête.

— Grace ! s'exclama Mercy.

— Tu imagines un peu l'affliction que tu nous as causée, à mon époux et à moi, par ta tromperie ? continua

Grace. Merryton a été très généreux avec toi, Pru, et tout ce qu'il demande en retour, c'est que tu penses à ta vertu et à la réputation de la famille. Comment as-tu pu être aussi insouciante ? Comment as-tu pu être aussi provocante ?

— Comment l'as-tu été, toi ? riposta Prudence.

Grace inspira vivement, et ses yeux s'élargirent.

— Ne t'avise pas de me lancer mes erreurs au visage ! J'ai peut-être eu tort, mais c'était manifestement prévu par la providence. Merryton et moi sommes parfaitement heureux maintenant. En outre, ma situation était très différente de la tienne. J'essayais désespérément de nous sauver toutes.

— Honor et toi semblez penser que vous avez le droit exclusif de mal vous conduire pour les bons motifs. Ma situation est-elle réellement si différente ? Je veux seulement me sauver moi-même.

Grace pouvait bien la fustiger, elle ne s'en souciait pas — elle avait le cœur trop lourd pour accorder grand intérêt à ses reproches.

— Honor et toi êtes mariées. Mercy a son école d'art. J'avais soif d'aventure.

— Regarde, dit Mercy en ouvrant le coffret qu'elle tenait si précieusement et en le tendant vers elle. Augustin me les a donnés.

Dans le coffret garni de velours s'alignaient quatre pinceaux de tailles différentes. Les manches étaient incrustés de nacre.

— Je pense qu'ils ont coûté très cher. Les poils sont en martre, tu sais. Ce sont les meilleurs pinceaux.

— Mercy, pas maintenant, dit Grace d'un ton las, mais Mercy n'avait qu'une idée en tête, et ce depuis des semaines.

Prudence regarda sa jeune sœur qui remontait ses lunettes sur son nez et admirait ses pinceaux. Son visage rayonnait de plaisir et Prudence imagina combien elle serait dévastée, si on lui retirait l'opportunité d'entrer à l'école de Lisson Grove.

— Savais-tu que plus de cent artistes se sont présentés pour six places libres ? demanda Mercy en levant les yeux de ses pinceaux. Peux-tu l'imaginer, Prudence ? C'est l'école d'art la plus prestigieuse de toute l'Angleterre, et j'ai obtenu l'une des six places réservées aux nouveaux étudiants !

— Vraiment, Mercy, ce n'est pas le moment, répéta Grace d'un ton irrité. Prudence s'est enfuie et a fait quelque chose de mal. Nous devons absolument lui parler.

A cet instant, Honor entra dans la pièce.

— Parler de quoi ? demanda-t-elle.

— J'ai demandé à Prudence de m'expliquer sa conduite et elle refuse de le faire.

Prudence haussa les épaules.

— Que veux-tu que je dise ? Que c'était mal de ma part ? Très bien, c'était mal. Mais je m'en moque.

— Pru ! s'exclama Grace, excédée.

— Je me suis excusée, leur rappela Prudence. Que puis-je faire de plus ? Je ne peux pas revenir en arrière.

Dieu savait combien elle souhaitait pourtant faire marche arrière, revenir à ce jour à Ashton Down et ne jamais monter dans cette diligence. Si elle ne l'avait pas fait, elle se serait épargné la douleur d'avoir le cœur brisé.

— Oh ! fit Grace en levant les mains en signe d'abandon.

— Penses-tu que tu es bien toi-même ? demanda Mercy en l'examinant à travers ses lunettes, comme si elle était un spécimen de musée. Ça ne te ressemble vraiment pas de partir ainsi.

— Au contraire, Mercy. Je suis *enfin* moi-même. Pour la première fois depuis quatre ans, je ne suis pas définie par ce qu'Honor et Grace ont fait, comprends-tu ?

Grace étouffa une exclamation, comme si Prudence l'avait giflée.

— Oui, je vois, dit Mercy. Je comprends tout à fait.

Grace quêta du regard l'aide d'Honor, qui haussa les épaules.

— Elle a raison.

Mais ensuite, elle se tourna vers Prudence.

— Eh bien ? Vas-tu leur dire ?

— Nous dire quoi ? demanda Grace. Que pourrait-elle nous dire d'autre ?

Trois paires d'yeux se rivèrent sur elle, attendant sa réponse. Elle regarda le visage de ses sœurs, leur espoir mêlé d'une certaine nervosité. Il n'y avait pas plus proches d'elle que ces trois-là. Elles avaient constitué un groupe uni depuis qu'elles étaient petites comme les doigts d'une main. Ses sœurs étaient des morceaux d'elle, et elle des morceaux de ses sœurs ; elles se comprenaient totalement.

Une bouffée de chaleur la parcourut, tandis qu'elle pensait à la vie sans elles. Son regard alla à Mercy, qui serrait dans ses mains sa boîte de pinceaux. Elle avait passé tout l'été plongée dans son travail pour l'école d'art. Pour elle, tout dépendait de cette seule opportunité.

— Pru ! Tu nous mets sur des charbons ardents ! Que veux-tu nous dire ? demanda Mercy.

— J'ai eu une demande en mariage.

Sa voix lui parut distante, comme si elle venait d'une autre personne.

Grace réprima un cri. Mercy la dévisagea fixement.

— De qui ? s'exclama Grace. Pas de ce… de cet homme avec qui tu t'es encanaillée ?

— Si, de lui, déclara Prudence. Mais j'en ai eu une autre.

— Quoi ? s'écria Honor. De quoi parles-tu ? Je suis partie

il n'y a pas trois heures et tu as miraculeusement eu une autre demande en mariage pendant ce temps ?

Prudence hocha la tête.

— De lord Stanhope.

Un moment de silence abasourdi fut suivi par un véritable chahut. Ses sœurs parlaient toutes à la fois, incrédules, la questionnant et la pressant de donner des détails.

Prudence leur raconta tout… tout hormis que le comte avait menacé de priver Mercy de sa place à Lisson Grove. Elle savait ce que Mercy ferait si elle apprenait ces menaces, car c'était ce qu'elle ferait elle-même. Elle retirerait sa candidature de l'école, empêchant ainsi Stanhope d'arriver à ses fins. D'une façon ou d'une autre, la jeune fille qui se tenait devant elle, serrant sa précieuse boîte de pinceaux, serait perdante.

Mais Mercy ne perdrait rien, se dit-elle résolument. C'était à elle de supporter les conséquences de ses actes. Si elle n'était pas montée dans cette diligence, Mercy n'aurait jamais été menacée.

— Je ne le crois pas ! s'exclama Honor, impressionnée. Qu'as-tu répondu ?

Elles entendirent à cet instant du bruit à la porte d'entrée.

— C'est George ! s'exclama Honor.

Elles sortirent toutes les quatre en trombe de la pièce, dévalant l'escalier jusqu'au vestibule.

George était bien là, les pointes de ses cheveux sombres dégoulinant de pluie. Il tendit son manteau et son chapeau mouillés à un valet et ôta sa redingote.

— C'est un vrai déluge, dit-il d'un ton d'excuse.

Prudence passa en courant devant lui, jusqu'à la porte ouverte, et regarda dehors. Où était Roan ? Il n'y avait personne, à part le garçon qui emmenait le cheval de George à l'écurie. Sa gorge se serra, l'empêchant de respirer ; elle se tourna vers son beau-frère.

— Nous avons été très inquiètes, chéri. Où étiez-vous ? demanda Honor en jetant les bras autour du cou de son mari, alors qu'il essayait de dénouer son écharpe.

— Je suis désolé de vous avoir inquiétées, répondit-il en l'embrassant sur la joue.

— Où est Matheson ? demanda Prudence.

— Il sera là dans une heure ou deux, je suppose.

George parvint à défaire son écharpe dont les bouts pendirent sur son gilet.

— Je vois que les quatre vertus sont réunies, dit-il en embrassant Grace et Mercy pour leur dire bonjour. Où est Merryton ?

— Il viendra plus tard, répondit Grace. Que s'est-il passé ?

— Donnez-moi un whisky chaud et un bon feu et je vous dirai tout !

Il semblait euphorique. Il passa un bras autour de la taille d'Honor et fit un clin d'œil à Prudence.

— Montons-nous ?

— Vous ne pouvez pas nous laisser dans le suspense ! s'écria Mercy, tandis que George et Honor commençaient à gravir l'escalier, Prudence sur leurs talons.

— Mercy, vous ne croirez pas quelle journée nous avons eue. Une vraie folie ! dit George d'un ton enjoué, puis il jeta un coup d'œil à Prudence par-dessus son épaule. Je ne peux pas croire que je puisse prononcer ces mots, mais vous n'êtes pas la jeune femme la plus volontaire que j'aie rencontrée cette semaine, Pru !

— George Easton, protesta Honor comme ils entraient dans le salon principal, voulez-vous, je vous prie, nous dire ce qui s'est passé ?

Elle alla directement jusqu'au buffet pour lui servir un whisky.

— C'est bon, c'est bon, dit-il avec un grand sourire. Je vais tout vous raconter. Matheson et moi sommes allés ce matin chez les Villeroy, comme vous le savez, et il n'a pas perdu un instant pour demander des nouvelles de sa sœur. Villeroy a confirmé qu'en effet miss Aurora Matheson avait été reçue chez eux pendant plusieurs semaines, et que toute la famille venait de rentrer d'une visite à la campagne, à Howston Hall.

— Que faisaient-ils à Howston Hall ? demanda Honor, curieuse.

— Aucune importance, la coupa Prudence. Dieu merci, vous l'avez trouvée.

— Oui, nous l'avons trouvée, c'est entendu, déclara George d'un ton jovial. Merci, mon amour, ajouta-t-il à l'intention d'Honor en prenant le verre de whisky.

Il en but une longue gorgée avant de continuer.

— Naturellement, Matheson a supposé qu'il avait bel et bien retrouvé sa sœur. Il a demandé qu'on l'informe de sa présence et qu'on la fasse descendre tout de suite au salon. Mais les Villeroy ont échangé un regard très étrange et aucun des deux n'a répondu directement.

— Non ? fit Mercy en se laissant choir sur la bergère.

— Non, dit George qui but de nouveau. De fait, il était manifeste pour moi que les Villeroy essayaient de noyer le poisson concernant la question de l'endroit où se trouvait précisément miss Matheson. Mme Villeroy a dit qu'il était encore tôt et son époux a demandé si le petit déjeuner avait déjà été desservi, déclarant qu'ils n'auraient peut-être pas dû se montrer si pressés, et ils se sont querellés à ce sujet.

— Je ne comprends pas, dit Prudence.

— Eh bien, Matheson n'a pas compris non plus, dit George en riant. J'ai eu peur qu'il ne passe un poing à travers une vitre pendant que les Villeroy démêlaient leur histoire de petit déjeuner.

Prudence retint une exclamation.

— Calmez-vous, Pru, il ne l'a pas fait. Mais après plusieurs minutes à écouter les Villeroy s'asticoter, il a insisté fermement pour qu'ils fassent descendre sa sœur. C'est alors qu'ils ont reconnu qu'elle était partie.

Prudence eut un coup au cœur.

— Partie ?

— Oui, partie.

George marqua une pause et regarda Honor, puis le reste d'entre elles, et sourit comme s'il avait un secret.

— Avec leur fils, ajouta-t-il à voix basse.

Il haussa un sourcil et but encore.

Les sœurs Cabot étouffèrent toutes un cri en même temps.

— Villeroy nous a alors expliqué que leur fils Albert s'était mis à beaucoup apprécier miss Matheson. Il lui avait demandé sa main et elle avait accepté. Je vous dirai qu'à ce moment-là Matheson s'est détourné et a marché jusqu'à la fenêtre. J'ai vu à la crispation de ses mains qu'il s'efforçait de garder son contrôle. Mais Villeroy a continué, disant que son épouse et lui avaient pensé qu'il était très étrange qu'une jeune femme venant d'Amérique accepte cette proposition sans la caution de sa famille ni la fixation de sa dot. Ils ont dit à leur fils qu'il ne pouvait pas l'épouser.

— Alors elle s'est enfuie ! s'écria Prudence.

— Elle s'est enfuie *avec Albert*. Et ils se sont rendus à Gretna Green.

— Oh ! mon Dieu ! fit Honor. Quel désastre !

— Matheson ne connaissait pas Gretna Green ni la

particularité de ce village d'Ecosse, et il m'est revenu de lui expliquer que sa sœur pourrait s'y marier sans autre forme de procès avec le fils Villeroy. Il a eu tout d'abord une petite crise d'apoplexie — il ne pouvait plus parler. Mais alors Villeroy a ajouté que leur disparition n'avait été découverte que ce matin. Ils ont trouvé un billet que leur fils leur avait laissé, proclamant son amour immortel et sa dévotion sans bornes pour miss Matheson, et les informant qu'ils avaient l'intention de se marier.

— Oh ! C'est terriblement excitant, n'est-ce pas ? lança Mercy, perchée sur le bord du canapé.

— Eh bien, reprit George, les yeux brillant à ce récit scandaleux, Matheson n'a pas voulu accepter les faits. Il m'a demandé dans quelle direction était Gretna Green. Je lui ai indiqué le nord. Puis il a demandé si je pourrais lui vendre un cheval. J'étais sur le point de lui dire que je ne pouvais pas le faire, quand Villeroy s'est levé et a déclaré que si Matheson avait l'intention de poursuivre les fugueurs, il irait avec lui, et qu'il avait un cheval à lui prêter.

— Alors vous êtes tous allés à Gretna Green ? demanda Honor, visiblement incrédule.

— Je ne pouvais guère les laisser partir seuls, n'est-ce pas ? Un Français et un Américain ? Qui sait quels ennuis ils auraient pu rencontrer ? J'ai pensé qu'il était de mon devoir de veiller à leur sécurité, aussi ai-je envoyé un valet chercher mon cheval.

— Mais..., fit Honor, déconcertée. Vous n'avez pas pu aller à Gretna Green et en revenir dans la journée !

— Non, en effet, répondit George, qui paraissait s'amuser énormément. La chance était du côté de Matheson. La pluie avait rendu les routes pour le Nord quasiment impraticables, et la diligence que les jeunes amoureux avaient prise a été considérablement ralentie. Nous les avons rattrapés à Oxford.

Il éclata de rire.

— Je n'avais jamais vu une expression de surprise comme celle de la sœur de Matheson, lorsqu'elle l'a vu chevaucher à côté de la diligence. Il était tellement furieux que si quelqu'un avait essayé de l'arrêter, il l'aurait expédié au diable !

Prudence s'aperçut qu'elle pressait convulsivement ses deux mains sur sa poitrine.

— Oh ! mon Dieu, dit-elle nerveusement. Je ne supporterai pas d'entendre ce qui s'est passé ensuite.

— Je vais vous le dire. Villeroy a pris son fils en main, et Matheson s'est occupé de sa sœur. Ils rentrent tous à Londres. Miss Matheson avait pas mal de choses à prendre dans la voiture et chez les Villeroy, apparemment. Je les ai invités à rester ici, chérie, dit George à Honor. Matheson a l'intention de partir de Liverpool en Amérique d'ici la fin de la semaine.

Dans deux jours ! Prudence eut l'impression que le sol bougeait sous ses pieds. Tant de pensées et d'émotions tourbillonnaient en elle ! Elle éprouvait surtout du soulagement pour Roan, et du désespoir pour eux deux. Son cœur se brisait dans sa poitrine, ses poumons se contractaient, elle était incapable de respirer.

— Finnegan ! cria George. Où êtes-vous, Finnegan ?

Le majordome apparut un instant après.

— Nous aurons deux invités au dîner. Ils devraient arriver vers 8 heures.

— Bien, monsieur, dit Finnegan, et il disparut.

Ce fut un George Easton revigoré qui les regarda toutes les quatre et termina son whisky d'un trait.

— Je crois que je vais en prendre un autre. Je pense que je l'ai mérité.

— Je vais en prendre un aussi, dit Prudence, tandis qu'Honor se levait pour servir son mari.

Personne ne souffla mot à ce sujet.

Chapitre 17

Sous le regard ébahi de nombreux badauds, Roan fit avancer sa sœur au pas de charge jusqu'à une voiture qui allait dans la direction opposée à l'Ecosse. Il remit son cheval à M. Villeroy afin que celui-ci puisse ramener à la maison son fils tout rouge, au verbe très combatif.

Aurora, quant à elle, monta dans la diligence sans se plaindre.

Dès qu'ils furent installés dans la voiture qui les ramènerait à Londres, elle tourna ses grands yeux bruns vers Roan et dit d'une voix larmoyante :

— Je suis si contente que tu sois venu !

Il était prêt à la tancer vertement, à la secouer pour sa stupidité et son intrépidité, mais son air pitoyable et ses paroles eurent raison de sa colère tonitruante. Il soupira et prit sa main dans la sienne.

— Au nom du ciel, à quoi as-tu pensé, Aurora ? Tu devais savoir que nous n'approuverions pas tes actions. Et qu'en est-il de M. Gunderson ? Je croyais que tu avais de l'estime pour lui !

— J'en avais ! J'en ai ! dit-elle. J'ignore pourquoi j'ai dit oui à Albert. Je n'ai jamais vraiment cru qu'il irait jusqu'au bout. Il est assez doux, en vérité. Mais il m'a embrassée, il a dit « Allons-y », et j'ai été perdue, Roan. C'était si romantique !

— Romantique ! Tu allais épouser un homme parce que tu trouvais romantique de t'enfuir avec lui ?

Elle soupira.

— C'est inexplicable, je sais. Mais je croyais que je l'aimais.

— Que tu l'aimais ? répéta Roan, incrédule, oubliant un instant qu'il avait lui-même trouvé l'amour par un après-midi ensoleillé, en Angleterre. Pourquoi n'es-tu pas rentrée avec tante Mary et oncle Robert ? Tu savais que Gunderson attendait. Tu n'étais sûrement pas amoureuse de Villeroy, à ce moment-là !

— Non ! Je suis une sotte, Roan, dit-elle d'un ton morose. Albert Villeroy parle si bien. Il m'a convaincue qu'il y avait encore beaucoup de choses à voir et à faire en Angleterre, qu'il voyagerait avec ses parents et qu'ils iraient voir des amis dans de grands domaines, et j'ai perdu la tête ! J'ai écrit à M. Gunderson, tante Mary te l'a-t-elle dit ? Je lui ai expliqué que je rentrerais en Amérique d'ici la fin de l'été.

— Mais tu ne lui as pas dit pourquoi, Aurora, et c'est un jeune homme intelligent.

Elle soupira et baissa les yeux sur ses genoux.

— Je comprends le désir de faire l'expérience de la vie avant de se marier, continua-t-il. Mais ce jeune Villeroy ne me semble pas le genre d'homme…

— Je sais, je *sais* ! Mais il était si sérieux dans son estime pour moi… Alors, au cours des dernières semaines, j'ai commencé à croire que je l'aimais vraiment. Je ne m'attends pas à ce que tu comprennes, mais je sais ce que j'éprouvais, et j'éprouvais de l'amour pour lui. Et pourtant, quand je t'ai vu, j'ai été submergée de… soulagement. J'ai compris que je ne serais pas obligée d'aller jusqu'au bout. J'ai compris que je pourrais rentrer à la maison et j'en ai presque pleuré de joie.

Roan pensa à Prudence et s'interrogea… Avait-elle elle aussi été submergée de soulagement lorsqu'elle avait vu sa famille ? Avait-elle fait sa supplique passionnée pour lui faire plaisir uniquement, comme Aurora l'avait fait à Oxford pour Villeroy ? Non, non, si les sentiments de Prudence étaient aussi frivoles que ceux de sa sœur, il le saurait. Si elle avait été soulagée de voir les siens, il s'en serait rendu compte.

Aurora soupira encore et posa la tête sur son épaule.

— Je suppose que j'ai tout gâché.

— Avec Gunderson ? demanda-t-il en la déplaçant, pour pouvoir passer son bras autour d'elle. Probablement.

Elle poussa un nouveau soupir.

— Sais-tu ce qu'il y a de très étrange ? Il me manque.

— Tu as une manière discutable de le montrer.

— Oh ! je sais que j'ai mis une vraie pagaille. J'ai tellement honte !

— Alors pourquoi l'as-tu fait ? demanda Roan, incapable de comprendre comment sa tête fonctionnait.

Elle renifla et passa ses doigts gantés sous ses yeux.

— Ne me fustige plus. Je sais combien j'ai été horrible.

— En effet !

Elle gémit.

— Au moins, je n'ai pas tout détruit, dit-elle ensuite d'un ton pétulant.

— Que veux-tu dire ?

Elle le regarda en battant des cils.

— Je veux dire que *ton* engagement est toujours intact. Tu ne reviendras jamais sur ta parole, tu n'es pas comme moi. Je suis horrible, Roan ! Je mesure maintenant à quel point j'ai été irresponsable et égoïste. Père ne me pardonnera jamais.

Il lui tapota l'épaule.

— Il te pardonnera. Il le fait toujours. Il est d'ailleurs curieux qu'il n'ait jamais été aussi prompt à me pardonner.

— Toi ! Tu n'as jamais fait quoi que ce soit pour lui déplaire. En outre, tu es un homme. Les hommes peuvent faire ce qu'ils veulent.

— Ce n'est pas entièrement vrai, Aurora. J'ai peut-être plus de liberté que toi, mais j'ai une responsabilité vis-à-vis de notre famille.

Elle avait raison et il lui était pénible de le reconnaître ; il honorait toujours sa parole. Qu'était un homme sans sa parole, en vérité ?

Mais n'y avait-il pas aussi de l'honneur à suivre son cœur ? Tenir parole maintenant… Les enjeux lui semblaient trop élevés. Il ne parvenait pas plus à s'imaginer avec Susannah Pratt à ses côtés pour le reste de sa vie qu'il ne parvenait à s'imaginer en train de chanter et de danser sur une scène. C'était impossible. Surtout maintenant qu'il savait ce qu'était l'amour.

— Peut-être, concéda Aurora. Mais au moins, quand tu épouseras Susannah Pratt, tu pourras continuer à faire ce qui te plaît. Quand j'épouserai Sam Gunderson — si je l'épouse —, je devrai faire ce qu'il veut.

Roan ne fit aucun commentaire.

— Où allons-nous ? Prendrons-nous la mer ce soir ? J'aimerais pouvoir dire adieu à mes amis.

— Je ne suis guère disposé à autoriser une tournée mondaine dans Londres après ce que tu as fait ! Ce soir, nous serons les invités de M. et Mme Easton. Nous nous occuperons de tes adieux demain.

— Easton, répéta-t-elle. Qui sont-ils, des amis de tante Mary ?

— Des amis à moi.

Il n'en dit pas plus, ne se fiant pas à lui-même pour parler de Prudence sans un déferlement d'émotion. Il n'était pas prêt à dire à Aurora ce qui lui était arrivé ici. Il avait besoin de réfléchir à la façon d'introduire le sujet. Tout s'était produit si vite qu'il n'avait pas encore considéré comment, exactement, il annoncerait la nouvelle à sa famille.

— A toi ?

Elle le regarda avec curiosité.

— Comment connais-tu quelqu'un à Londres ? Tu y es resté longtemps ?

— Quelques jours.

Elle pencha la tête de côté.

— Il y a quelque chose que tu ne me dis pas, Roan.

Sentant alors qu'il ne pourrait pas lui cacher longtemps la vérité, il lui parla de Prudence. De la diligence, de l'escapade dans la campagne anglaise. Du fait de tomber amoureux.

Aurora enregistra tout sans un mot, l'écoutant intensément. Quand il eut fini, elle considéra ce qu'il avait dit pendant un long moment.

— Qu'en est-il de miss Pratt ? demanda-t-elle enfin.

— Je ne l'ai jamais demandée en mariage.

— Mais tout le monde s'attend…

— Je l'informerai dès que nous arriverons à New York.

Aurora pinça les lèvres et hocha la tête.

— Que va dire Père ?

Roan lui pressa l'épaule.

— Je suspecte qu'il va être très mécontent de nous deux.

Elle tourna la tête et regarda par la fenêtre. Elle ne dit rien de plus à ce sujet.

Merryton rejoignit les quatre sœurs avec ses enfants avant le dîner. Grace avait manifestement averti son mari de ce qui s'était passé, du moins en partie, car il sembla à Prudence que le comte pouvait à peine la regarder.

— Milord ? dit-elle.

Il lui jeta un bref coup d'œil et déclara :

— Je suis soulagé que vous soyez saine et sauve, Pru. Mais je pense qu'il vaudrait mieux que nous parlions de… ceci à un moment plus opportun.

Puis il se détourna d'elle et se dirigea vers le buffet.

Il n'avait jamais été un homme très bavard, mais Prudence sentait son mécontentement émaner de lui.

— Il est là ! cria Mercy, en surgissant dans le salon vert.

— Mercy, tu m'as fait peur ! dit Honor. Qui est là ?

— L'*Américain*, répondit Mercy, qui se précipita pour voir l'homme qui avait incité Prudence à s'embarquer dans ce voyage fatidique en diligence.

Le temps que Prudence atteigne le haut de l'escalier, Roan avait ôté son manteau et son chapeau. Il leva les yeux et lui sourit, de la chaleur dans le regard. Son visage affichait autant la fatigue que le soulagement. Elle sourit aussi, mais son cœur était brisé.

Il lui fallut un moment pour remarquer Aurora. Elle tendait sa cape à un valet.

— Merci, dit-elle d'une voix douce, son accent dénué de relief, tout comme celui de Roan.

Elle se tourna et, à son tour, leva les yeux vers le sommet de l'escalier où Honor, Mercy, Prudence et maintenant Grace s'étaient rassemblées, ayant décidé de ne pas attendre patiemment au salon pour les voir.

Miss Aurora Matheson était très jolie. Elle avait des cheveux auburn et des yeux bruns très vifs. Elle ressemblait à Roan — ils avaient le même nez, les mêmes pommettes. Elle parut à la fois surprise et ravie quand les quatre sœurs descendirent les marches, Prudence devant. Lorsqu'elles atteignirent le bas de l'escalier, elle fit la révérence.

— Madame Easton, enchantée de vous connaître, dit-elle à Prudence. Je vous prie de me pardonner cette intrusion terriblement tardive.

— Je vous demande pardon, je ne suis pas Mme Easton, dit Prudence, en lui tendant la main. Je suis miss Prudence Cabot.

— Puis-je vous présenter ma sœur, miss Aurora Matheson, dit Roan, le regard fixé sur Prudence.

Lorsqu'il eut terminé les présentations, Honor donna un petit coup dans le dos de Prudence pour l'inciter à parler.

— C'est un plaisir de faire votre connaissance, miss Matheson, dit-elle. J'ai… j'ai beaucoup entendu parler de vous.

Aurora sourit.

— J'espère que ce n'a pas été entièrement en mal ! Je vous prie de nous excuser d'arriver si tard et dans un tel état. J'ai dit à mon frère qu'il y avait un hôtel charmant juste au coin de la rue, mais il a insisté pour venir ici.

— Il a eu raison, dit gracieusement Honor.

— Je ne voudrais surtout pas m'imposer, poursuivit Aurora. J'espère que vous n'avez pas entendu dire que je suis sans gêne.

Elle sourit, ne paraissant pas du tout intimidée par la situation inhabituelle qui l'avait amenée là.

Honor échangea un regard avec Prudence.

— Vous ne vous imposez pas du tout, miss Matheson…

— Oh ! vous devez m'appeler Aurora ! la coupa-t-elle.

Honor marqua une pause.

— Vous devez mourir de faim, reprit-elle en changeant

de sujet. Voulez-vous monter prendre un verre de vin ? Le dîner sera servi dans une demi-heure.

— Merci. J'ai vraiment très faim. Je suppose que vous avez entendu parler de mon escapade, poursuivit Aurora en jetant un regard à son frère. Nous n'avons quasiment rien mangé de la journée.

Mercy gloussa de surprise, ses yeux bleus allant d'une de ses sœurs à l'autre pour voir si elles étaient aussi étonnées qu'elle par le côté direct d'Aurora Matheson.

— Montons-nous ? demanda Honor qui plaça une main sur le coude d'Aurora afin de la guider vers l'escalier.

Mercy était juste derrière elles, fascinée par la jeune Américaine. Grace la suivait.

Prudence s'attarda un instant dans l'entrée avec Roan. Il lui toucha la main, mêlant un instant ses doigts aux siens, avant de poser sa main sur son bras pour l'escorter à l'étage.

— Allez-vous bien ? demanda-t-elle doucement.

— Oui. Mais la journée a été éprouvante. Et vous ?

— La journée a été éprouvante aussi, répondit-elle avec un petit sourire.

— Je veux vous parler. Mais je n'ose pas laisser Aurora seule avec votre famille ne fût-ce qu'une minute.

Il sourit d'un air las et ils montèrent ensemble.

Roan avait raison de se méfier. Durant le premier quart d'heure, une fois que les Matheson eurent été présentés à Easton et Merryton, Prudence dit à peine un mot. Aurora était encline à s'excuser de son arrivée chez eux sans avoir été invitée, mais elle paraissait joyeusement inconsciente des problèmes que son frère et elle avaient causés dans ce pays étranger, ou semblait s'en moquer. Elle orienta avec aisance la conversation sur les connaissances qu'Honor et elle pouvaient avoir en commun. La facilité avec laquelle cette jeune femme pénétrait chez eux et savait se faire bien accueillir était remarquable ! Elle était étrangement directe, mais pétillante, et il était aisé de l'apprécier. Elle avait un entrain qui faisait oublier qu'elle s'était enfuie avec un Français, ce matin-là.

Prudence aurait aimé avoir un peu de cet entrain.

— Les routes étaient mauvaises ? demanda-t-elle doucement à Roan tandis qu'Aurora continuait à parler avec beaucoup d'enthousiasme d'un bal auquel elle avait assisté au printemps.

— Elles m'ont paru bien pires sans ma compagne de voyage habituelle pour déplorer leur état, répondit-il en lui souriant tendrement.

Prudence rougit un peu.

— J'aurais aimé vous accompagner, ne fût-ce que pour voir votre mine quand vous l'avez retrouvée.

— J'étais rouge de fureur, sans doute. J'ai eu du mal à me retenir de ne pas l'étrangler sur-le-champ.

Il lança un coup d'œil à sa sœur, à l'autre bout de la pièce, un regard plein de l'affection qu'il avait pour elle.

— Je plains le pauvre homme qui épousera cette fille.

Quand le dîner fut servi, Prudence s'étonna qu'Aurora puisse être aussi gaie et détendue. C'était comme si les Easton les avaient invités à dîner dans les règles. Comme s'ils étaient tous des amis de longue date, comme si aucune réalité scabreuse ne se dressait entre eux. Aurora rit même quand George fit une remarque à propos de leur poursuite jusqu'à Oxford.

— Vous avez été ralentis, vous aussi ? Ce trajet était d'un ennui ! Je vous fais mes excuses pour les inconvénients que je vous ai causés, monsieur Easton. Je n'avais pas l'intention de provoquer une telle agitation.

— Tu n'avais pas l'intention…, commença Roan, puis il soupira en levant les yeux au ciel. L'agitation est le moindre des maux que tu as causés.

— Oh ! très bien, dit Aurora d'un ton enjoué. Je vois que tu ne m'as pas encore pardonné.

Elle fixa son regard pétillant sur Prudence.

— Miss Cabot, j'ai cru comprendre que vous avez vu Howston Hall ! N'est-ce pas splendide ?

— Si, répondit Prudence avec un peu de réticence.

— J'ai été enchantée par les cygnes et les paons. Qu'en penses-tu, Roan ? Ne devrions-nous pas avoir des cygnes et des paons à la maison ?

Aurora continua dans cette veine durant tout le repas. Elle était bavarde et excitée, et ne semblait pas du tout affligée que sa fuite vers Gretna Green ait échoué. Prudence, elle, était dévastée par ses propres aventures. Elle s'inquiétait des personnes qu'elle avait pu blesser et gêner par ses actions. Comment Aurora pouvait-elle être aussi indifférente ? Elle regarda sa famille, dont tous les membres fixaient Aurora comme s'ils contemplaient une créature rare. Merryton serrait le poing et en frappait légèrement la table. George était adossé à sa chaise, captivé. Et Mercy ne cessait de pouffer, comme si elle trouvait la jeune Américaine très divertissante.

Quant à Roan, chaque fois qu'elle tournait son attention vers lui, elle découvrait qu'il la regardait. Son regard était songeur, un regard qu'elle ne lui avait encore jamais vu. Elle se demanda s'il se sentait aussi mal à l'aise qu'elle, s'il discernait le léger changement dans l'air ambiant. Elle se demanda s'il serait aussi dégagé que sa sœur, quand tout serait terminé. Si, dans quelques jours, il rirait aussi de sa grande aventure en Angleterre.

Elle s'intéressa alors à Mercy, si insouciante, si amusée par cette étonnante créature américaine, et songea à sa précieuse boîte de pinceaux. C'en fut trop pour elle. Elle se força à manger pour éviter qu'on ne remarque son désespoir, puis batailla pour le réprimer. C'était très bien qu'Aurora soit au centre de l'attention générale, détournant les autres d'elle et de l'obscurité qui la cernait de plus en plus.

Après dîner, Roan suggéra que sa sœur et lui se retirent. C'était la chose la plus convenable à faire, vu les circonstances, mais Aurora parut déçue.

— Matheson, pourrais-je vous parler avant que vous ne vous retiriez ? demanda George.

Il se tourna vers Merryton.

— Milord ?

— Certainement, répondit Roan qui sortit avec eux sans montrer d'inquiétude.

Prudence fut au contraire prise de panique en les voyant s'éloigner. Elle se demanda ce que George avait l'intention de dire. S'il y avait quoi que ce soit à dire à Roan, elle voulait être celle qui le dirait.

Finnegan entra dans la salle à manger et annonça :

— J'ai pris la liberté de mettre les affaires de miss Matheson dans la chambre bleue.

— Je vais l'accompagner, dit Prudence.

— Merci, dit Aurora.

Elle lui sourit, rivant son regard sur elle.

— Ce serait charmant.

La chambre était située au bout du couloir. Elle avait des murs bleu de Chine et le lit était pourvu d'une courtepointe d'un blanc de neige. Aurora se laissa choir dessus de tout son long et soupira en regardant le dais brodé.

— C'est divin ! Le lit que j'avais chez les Villeroy était tellement bosselé !

Prudence s'appuya à la coiffeuse et la contempla, se demandant ce que Roan lui avait révélé à leur sujet.

— Vous devez être épuisée.

— Un peu, concéda Aurora. Je redoute le trajet jusqu'à Liverpool. Les routes sont si mauvaises ! J'ai été secouée toute la journée et j'ai mal partout.

Prudence feignit d'arranger des objets sur la coiffeuse et la regarda dans le miroir.

— Puis-je vous demander... Etes-vous triste ?

— Triste ?

La jeune femme se redressa sur les coudes tandis qu'elle considérait la question.

— Un peu, je pense.

Elle eut un sourire penaud.

— Mais pas aussi triste qu'Albert. Il était si affligé quand nous avons été rattrapés que j'ai craint qu'il n'éclate en sanglots.

Elle était si désinvolte ! Cela agaçait Prudence.

— Ne l'aimiez-vous pas ? demanda-t-elle, d'un ton peut-être un peu trop coupant.

Elle eut envie d'ajouter qu'ils étaient tout de même partis pour se marier, ce qui laissait supposer qu'ils étaient amoureux, et qu'être détournés de leur projet à la dernière minute avait dû leur déchirer le cœur.

Aurora lui jeta un drôle de regard et se redressa lentement, de façon à s'asseoir sur le bord du lit.

— C'est curieux, vraiment — je pensais réellement que je l'aimais, sans quoi, bien sûr, je n'aurais jamais accepté de m'enfuir avec lui. Mais quand j'ai vu Roan sur ce cheval, criant au cocher de s'arrêter, j'ai été si... soulagée ! Je ne peux pas décrire autrement ce que j'ai ressenti à cet instant. J'étais soulagée, oui. J'ai eu l'impression d'être sauvée, sauvée de moi-même.

Prudence la regarda d'un air sceptique. Mais Aurora hocha la tête avec sérieux.

— Je sais que ça doit vous paraître déplorable. Un moment je m'enfuis avec Albert pour l'épouser, et le suivant je suis heureuse d'être sauvée de ce mariage. Je pense que j'ai simplement eu le béguin pour lui. Avoir le béguin ressemble beaucoup à l'amour, le saviez-vous ? Avez-vous déjà eu le béguin pour quelqu'un ?

Prudence sentit ses entrailles se crisper bizarrement. Etait-ce un béguin qui la brûlait à l'intérieur, et pas de l'amour ? Comment faisait-on la différence ?

— Euh… je ne crois pas, répondit-elle en hésitant.

— Pauvre Albert ! Je pense qu'il n'avait pas du tout le béguin, lui. Je pense qu'il m'aimait vraiment. Mon père a raison, nous sommes trop impétueux.

— Nous ? releva Prudence.

— Roan et moi.

Roan, impétueux ? Prudence eut envie de lui demander de quelle manière il l'était, mais elle eut peur de parler, peur de trahir ses sentiments pour lui.

— Roan peut être très passionné dans ses idées.

Oui, Prudence pouvait en convenir.

— Savez-vous que c'est lui qui m'a parlé le premier de mon fiancé, M. Gunderson ? Enfin… il était mon fiancé. D'après Roan, il est très mécontent de moi, maintenant, dit Aurora, comme s'il n'était pas du tout étrange de parler d'un autre fiancé un jour comme celui-ci. Roan m'a convaincue qu'un mariage avec lui serait très avantageux pour toute la famille et à quel point il était important que nous pensions au mariage en ces termes.

Elle sourit.

— Je l'ai compris, bien sûr. Et je suppose que j'ai accepté, parce que j'ai toujours eu de l'estime pour M. Gunderson.

— C'est… c'est ainsi que les mariages sont conclus ici aussi, dit Prudence en pensant à la demande de Stanhope. Pour les relations. Pour la fortune. Pour l'affection également, je suppose.

— L'affection est ce que j'éprouve pour M. Gunderson, déclara Aurora. Je me sens très mal de l'avoir blessé et j'espère qu'il me pardonnera. Je pense que c'est ce que Roan éprouve aussi pour Susannah Pratt, ajouta-t-elle pensivement. De l'affection. Pas de l'amour, du moins pas encore, mais certainement de l'affection.

Elle lui sourit.

« Pas de l'amour, mais de l'affection… » Ces paroles frappèrent Prudence comme un coup de couteau dans le dos.

— Qu'y a-t-il ? Ai-je dit quelque chose de mal ? demanda Aurora.

— Non, non, c'est juste…

Prudence secoua la tête.

Aurora se leva et alla jusqu'à la coiffeuse près de laquelle elle se tenait. Elle se plaça à côté d'elle, prit un miroir à main au cadre en porcelaine et feignit de l'étudier.

— Je me sens très mal à propos de tout ceci, vous savez. Maintenant que j'ai perdu la considération de M. Gunderson, je suppose qu'il est doublement important que Roan honore son engagement envers M. Pratt et qu'il épouse Susannah. Je ne doute pas qu'il le fera, ajouta-t-elle avec un sourire suave. Mon frère est un homme de parole. S'il dit qu'il fera quelque chose, il le fait.

Elle reposa le miroir et fit face à Prudence.

— Et comme je le disais, il a une telle affection pour elle !

Il est furieux contre moi. Il n'avait pas envie de la quitter pour venir me chercher, et maintenant il veut rentrer le plus rapidement possible.

Prudence la regarda, bouche bée. Savait-elle que Roan lui avait demandé de l'épouser ? Etait-ce pour cela qu'elle parlait aussi librement des intentions de son frère ?

Le sourire d'Aurora s'agrandit.

— La vie est tellement plus facile sans complications inutiles, vous ne trouvez pas ?

Prudence comprit très bien ce qu'elle voulait dire. Elle était incapable de parler, et ses pensées se bousculaient dans sa tête, mais une chose était claire comme du cristal : Aurora Matheson lui conseillait à demi-mot de ne pas compliquer l'engagement de Roan.

— Je suis harassée ! dit Aurora d'un ton léger.

— Je vais vous laisser.

Prudence sortit de la chambre et longea le couloir à l'aveuglette. Le message qu'Aurora venait de lui délivrer lui donnait le tournis. Roan s'était engagé. Sa famille comptait sur ce mariage. Quoi qu'il désire, Aurora avait établi clairement qu'on attendait de lui qu'il honore sa parole. Elle souhaitait désespérément lui parler et se faufila au rez-de-chaussée. La porte du cabinet de travail de George était fermée et un fin rai de lumière passait dessous. Elle entendit de graves voix d'hommes à l'intérieur. La discussion n'était pas encore terminée.

Elle remonta à l'étage et passa devant le salon où ses sœurs parlaient. Elle continua jusqu'à sa chambre, chaque pas plus pesant que le précédent. Monter sur le lit sembla lui demander un effort monumental et elle s'allongea sur le flanc, regardant fixement par la fenêtre. Ses pensées tourbillonnaient autour de Stanhope, de Mercy et de Roan, l'homme qui l'avait éveillée au monde. Elle avait l'impression que son cœur se brisait une fois de plus.

La pluie s'était arrêtée et les nuages s'éclaircissaient. La lune pointait entre eux. Une lune solitaire, grise et maladive.

Chapitre 18

Il était minuit et demi quand Roan monta à sa chambre, à la lueur d'une bougie. Il avançait d'un pas décidé, s'efforçant de ravaler son indignation face au « compromis » que George Easton lui avait offert.

Ils le prenaient tous pour un butor, un scélérat, ce que, supposait-il, il méritait.

Easton était dans les transports maritimes et s'était dit très intéressé par le fait d'importer du coton américain en Angleterre. Il lui avait donc suggéré qu'ils s'associent. Roan serait son agent en Amérique… à condition de laisser Prudence en Angleterre.

— Vous pouvez sûrement comprendre notre inquiétude, avait dit Easton sous le regard attentif de Merryton, et ce comme s'ils parlaient d'un cheval. Il n'y a pas cinq jours, notre Prudence était en route pour aller voir une amie qui vient d'avoir son premier enfant. Aujourd'hui, elle envisage de partir en Amérique et d'épouser un homme qu'elle connaît à peine.

Il avait eu le plus grand mal à ne pas étrangler Easton de ses deux mains, pour avoir pensé qu'il pouvait l'acheter. A la place, il avait expliqué calmement qu'il n'avait pas attiré sa belle-sœur dans un piège funeste, et suggéré qu'Easton aille au diable.

A ce commentaire, lord Merryton s'était tourné vers le buffet et leur avait servi trois whiskies.

— Calmez-vous, Matheson. Vous ne pouvez pas me blâmer, n'est-ce pas ? avait repris Easton. Vous venez juste d'extirper votre sœur d'une situation critique.

— Pensez-vous que j'aie fait cette demande comme un jeune freluquet ? Que je ne mesure pas combien elle est soudaine ? J'aime Prudence. J'ai passé des jours en sa compagnie, au moins autant de temps que j'aurais pu en passer à la courtiser sous votre regard attentif, monsieur. Certes, les choses se sont passées bien trop vite, et d'une manière que nous trouvons tous les deux surprenante et inattendue. Mais ça ne change pas le fait que j'en suis venu à l'aimer. Oserais-je vous rappeler que la même chose vous est arrivée ? avait-il dit à Easton. Et à vous aussi, milord…

Les deux beaux-frères avaient échangé un regard. Merryton leur avait tendu les verres de whisky. Cet homme ne parlait pas beaucoup, mais il lui avait dit en levant son verre dans sa direction :

— Réfléchissez bien, mon ami. Les grands changements sont sources de grandes responsabilités.

De grandes responsabilités… Comme s'il ne le savait pas !

Il ouvrit la porte de sa chambre et sursauta en trouvant Prudence debout dans la pièce. Il s'attendait à la voir, ce soir-là, mais pensait qu'elle viendrait plus tard, se glisserait dans son lit au milieu de la nuit comme elle l'avait déjà fait. Or elle était encore habillée, ses cheveux relevés. Une émeraude brillait à son cou. Il remarqua ses joues pâles, les cernes sous ses yeux, son air épuisé. Il posa la bougie, la rejoignit en deux grandes enjambées, l'enlaça et l'embrassa comme si elle lui avait manqué pendant des jours, et non quelques heures seulement.

Il sentit aussitôt qu'il y avait quelque chose de différent, un changement perceptible entre eux. Néanmoins, il l'embrassa passionnément, une main posée sur sa joue, l'autre glissant sur sa hanche pour la presser contre lui. Mais Prudence le repoussa.

— Qu'y a-t-il ? demanda-t-il d'une voix altérée, le corps excité et réclamant davantage, tandis que son cœur lui soufflait de s'écarter.

— Roan…

— Quoi ?

Il lui caressa le visage, inquiet de ses traits altérés.

— Allez-vous bien ? Vous semblez malade, Pru. Juste ciel, êtes-vous… Avez-vous conçu ?

— Quoi ? Non, non, répondit-elle en secouant la tête.

— En êtes-vous sûre ?

— Oui, j'en suis sûre.

— Alors qu'est-ce qui ne va pas ?

— J'ai quelque chose à vous dire.

Il laissa retomber ses mains et recula d'un pas. Son cœur s'emballa.

— Lord Stanhope est venu me voir aujourd'hui.

Il en fut abasourdi. Tout ce qu'il put penser, ce fut qu'il n'avait jamais réellement voulu tuer un homme jusqu'à cet instant.

— Pour vous extorquer de l'argent ? Venez, allons trouver tout de suite vos beaux-frères ! Je viens de les laisser dans le cabinet de travail…

— Pour me demander en mariage, poursuivit-elle calmement.

Une demande en mariage ? Il eut l'impression que l'air

se retirait de la pièce. Prudence lui toucha la joue, mais il s'écarta.

— Je ne comprends pas.

— C'est très simple : il a besoin de ma dot parce que la part inaliénable de sa propriété est trop importante.

— La quoi ?

— La part inaliénable, répéta-t-elle. Ce qui est attaché au titre. C'est ce qui se fait pour les grands domaines : on lègue tout aux futures générations, afin que les héritiers immédiats ne puissent rien vendre. Ce système leur laisse souvent très peu d'argent frais. Stanhope a tenté de me démontrer que c'était une solution avantageuse pour nous deux, étant donné que personne d'autre ne me demandera en mariage, et qu'il a besoin de ce qu'il obtiendra en m'épousant.

— Personne… Mais *je* vous ai demandée en mariage, Prudence ! Le lui avez-vous dit ?

— Oui, bien sûr.

Elle essaya de le toucher de nouveau, mais il se détourna d'elle. Son cœur tambourinait dans sa poitrine. Quelque chose de vital était en train de s'écrouler en lui.

— Et ?

— Il pense que je suis folle de rejeter son offre et de quitter l'Angleterre, et je… peut-être que je le suis…

Le vilain coup porté par ses paroles l'atteignit en pleine poitrine, et pourtant il ne pouvait y croire. Il leva les yeux ; ceux de Prudence brûlaient de larmes retenues.

— Qu'êtes-vous en train de me dire, Prudence ? demanda-t-il d'une voix sourde, prenant sa main dans la sienne. Que diable êtes-vous en train de me dire ?

Elle fit un bruit étranglé, comme si elle s'étouffait.

— Que nous sommes peut-être allés trop vite, répondit-elle d'une voix tremblante.

Elle paraissait nerveuse. Trop nerveuse.

— Est-ce votre idée ? demanda-t-il en l'attirant à lui. Ou bien Stanhope vous a-t-il dit autre chose ?

— Ça se tient, Roan. Ma… ma famille est ici. Ma *vie* est ici. Je ne peux pas tout laisser derrière moi parce que j'ai eu une aventure passionnée le temps d'une semaine. Une semaine, Roan ! Vous ne pouvez réellement vous attendre à ce que j'abandonne tout pour une semaine. Peut-être que ce que nous avons éprouvé est un simple béguin. Peut-être que nous avons été emportés par cette aventure et avons imaginé quelque chose de plus.

Le cœur de Roan explosa. Il se sentait malade.

— Je vous aime, Prudence, lui rappela-t-il. Dieu m'assiste, j'ignore comment c'est arrivé, mais je vous aime. Et je pensais que vous m'aimiez. Pourquoi décrétez-vous maintenant qu'une semaine n'est pas digne de votre considération ? Pourquoi me dites-vous qu'un autre homme vous a demandée en mariage et que vous trouvez cette solution plus acceptable ?

— Elle ne l'est pas ! Je n'ai jamais dit qu'elle l'était ! s'écria-t-elle.

— Avez-vous peur ? C'est ça ? Je vous accorde que l'Amérique est très loin, mais je ne vous empêcherai jamais de voir votre famille. Je vous amènerai en Angleterre aussi souvent que vous le voudrez.

Tout en prononçant ces mots, il sut qu'il ne pouvait pas lui promettre une telle chose.

Et cela n'avait d'ailleurs guère d'importance. Prudence secouait déjà la tête.

— Ce n'est pas aussi simple.

— C'était simple la nuit dernière. C'était simple quand vous étiez dans ce lit avec moi. Il y a quelque chose que vous ne me dites pas, insista-t-il.

— Non. Je vous ai tout dit. Je me rends compte à quel point l'offre de Stanhope est commode...

— Sapristi ! cria-t-il, avant qu'elle n'essaie de le convaincre du bien-fondé de cette proposition absurde.

Son effondrement se changea en fureur, une fureur qui enfla en lui. Il la saisit soudain par le bras et la tira à lui, la prenant par la nuque.

— Comment pouvez-vous faire ça, Pru ?

— Je n'ai pas envie de le faire, dit-elle, des larmes dans la voix. Vous devez me croire, Roan. Ce n'est pas ce que je veux faire. Mais c'est ce que je dois faire.

Les sentiments de Roan virèrent au noir. Il la lâcha.

— Je ne mérite pas ce traitement.

— Je sais, dit-elle, et une larme se mit à couler du coin de son œil.

— Vous êtes indifférente. Vous êtes égoïste. Vous m'avez pris quelque chose que je ne retrouverai jamais. Pire, vous m'avez rendu complice en me laissant vous prendre quelque chose qui ne vous sera jamais rendu. Votre Stanhope le sait-il ?

Elle se mordit la lèvre et baissa les yeux.

— Vous nous avez fait courir à tous les deux un grand risque et maintenant, vous voulez tout envoyer promener comme si ça ne signifiait rien ? Je n'étais venu ici que pour retrouver ma sœur, mais vous êtes montée dans cette diligence, et je suis tombé amoureux de vous, Prudence. Je vous ai demandé de m'épouser et vous m'avez donné des raisons d'espérer !

Elle réprima un sanglot.

— Je suis tellement désolée, dit-elle. Du fond de mon cœur.

Il l'écarta de lui.

— J'aurais dû le savoir ! J'ai été pris dans le tourbillon de ce qui se passait, captivé. Mais j'aurais dû savoir que vous ne partiriez jamais d'ici.

— Ce n'est pas vrai…

— Bonne nuit, dit-il en ouvrant la porte avec brusquerie.

— Roan…

— Bonne nuit, répéta-t-il.

Il ne la vit pas vraiment sortir. Sa fureur et sa déception se muèrent en une douleur aiguë qui le perforait. Il était le plus grand idiot du monde !

Quand le matin arriva, Roan fit méthodiquement sa toilette et rassembla ses affaires. Aurora et lui partiraient dans la journée et prendraient des chambres à l'hôtel jusqu'au lendemain, où ils trouveraient une voiture pour Liverpool. Il descendit et trouva Mme Easton, Mercy et Aurora en train de prendre leur petit déjeuner. Il ne chercha pas Prudence et ne la vit pas.

Il les salua aussi poliment que possible et déclina l'offre de Finnegan de prendre une assiette ; il n'avait pas d'appétit. Aurora, elle, mangeait de bon cœur. Le fait qu'elle puisse se remettre si vite et si complètement de ses folies ne cessait de l'étonner. Comme cette capacité lui semblait enviable, ce jour-là ! Il resta debout, anxieux, souhaitant faire avancer les choses.

Un valet entra dans la pièce et s'inclina.

— La voiture a été amenée, miss Matheson.

— Merci ! lança Aurora avec entrain, ignorant son regard choqué. J'aimerais dire adieu à mes amis, lui expliqua-t-elle. Et Mme Easton a très aimablement mis sa voiture à ma disposition.

— Quoi ? Non ! Nous irons nous installer à l'hôtel cet

après-midi et nous partirons pour Liverpool demain. Il est hors de question que tu fasses le tour de Londres seule.

— Je ne serai pas seule, objecta Aurora. Mercy vient avec moi.

— Je vous en prie, ne m'ôtez pas l'occasion de courir la ville, monsieur Matheson, intervint Mercy. Je vais bientôt entrer à l'école d'art de Lisson Grove et je n'aurai plus le temps d'aller voir des amis.

Elle se leva et prit ses gants.

— Bonne journée, Honor ! Bonne journée, monsieur Matheson !

Aurora se leva à son tour et embrassa Roan sur la joue.

— Je serai de retour avant 2 heures, je le promets.

Mercy et elle détalèrent de la pièce comme deux chatons.

La salle à manger devint silencieuse après leur départ ; Roan regarda Mme Easton.

Elle l'observait avec attention.

— Demain ? répéta-t-elle.

— Oui.

— Prudence ne me l'a pas dit.

— Elle ne le sait pas. Elle ne m'accompagnera pas, madame Easton, alors soyez tranquille. Si vous voulez m'excuser, j'ai beaucoup à faire avant notre départ.

Il inclina la tête et sortit avant qu'elle puisse l'interroger.

Honnêtement, il ignorait comment quitter l'Angleterre. Comment quittait-on quelque chose de pareil ? Il se sentait complètement vide à l'intérieur, comme s'il laissait derrière lui quelque chose d'immense, d'important, de vital, et ne ramenait qu'une coquille vide en Amérique. Cela l'agaçait — il ne s'était jamais pris pour ce genre d'homme. Il s'était cru au-dessus des émotions et des désirs communs. Non pas qu'il se soit jamais demandé à quoi cela ressemblerait d'aimer véritablement une femme, mais à présent il le savait, et cela ne l'enchantait pas. Aimer une femme, c'était devenir l'ombre d'un homme.

Il sortit de la salle à manger, impatient de quitter la maison d'Audley Street. Mais alors qu'il se dirigeait vers le vestibule, il vit Prudence sur le seuil du cabinet de travail d'Easton. Elle avait changé de robe, mais avait encore plus mauvaise mine que la veille au soir. Il s'arrêta et la regarda, voulant qu'elle dise quelque chose, qu'elle retire tout ce qu'elle avait déclaré.

— De grâce, ne me détestez pas, dit-elle. Je n'ai jamais eu l'intention de vous blesser.

Bon sang, elle parlait comme Aurora, maintenant !

— Je ne vous déteste pas, Pru. Je ne pourrai jamais vous détester, dit-il doucement. Je vous aime. Mais je ne mentirai pas pour épargner vos sentiments. Je ne prétendrai pas que je ne suis pas déçu.

— Moi non plus.

Ils restèrent à se regarder. C'était de la folie. Que restait-il à dire ? Il ne pouvait pas supporter de demeurer sans rien faire, à attendre que par un miracle les choses s'arrangent. Il continua son chemin, espérant ne pas être hanté par la vision de Prudence debout devant cette porte ou, pire, de Stanhope et elle dans un lit conjugal — la bouche de cet homme sur sa poitrine, son sexe en elle.

Il passa la matinée et le début d'après-midi à prendre une suite dans un hôtel voisin et des places pour Liverpool, le lendemain matin. Il envoya un messager pour réserver leur traversée vers l'Amérique. Il s'occupa de toutes les façons possibles, jusqu'à ce qu'il ne lui reste rien d'autre à faire que partir.

Il regagna Audley Street dans un fiacre et y fit charger

leurs affaires. Il était aussi prêt qu'il pouvait s'y résigner à quitter Prudence et annonça leur départ.

M. et Mme Easton, leurs enfants et Mercy les accompagnèrent jusqu'à la voiture. Prudence aussi, bien sûr, mais elle se tint un peu à l'écart. On aurait dit qu'elle était dans un cortège funèbre.

Easton lui tapa amicalement sur l'épaule. Il avait complètement changé d'attitude vis-à-vis de lui depuis son arrivée. Apparemment, quelque chose lui plaisait en lui, à présent.

— J'espère que vous réfléchirez au moins à ma suggestion, dit-il en se référant au commerce du coton. Je pourrai demander à mon agent de préparer quelques chiffres et de vous les envoyer, si vous voulez.

Il lui tendit la main et Roan la serra.

— Merci pour votre hospitalité.

Il ne dit rien au sujet du commerce. Il s'en moquait complètement.

Mme Easton, portant le plus jeune de ses fils, lui sourit avec sympathie. Elle posa sa main sur son bras et dit :

— Je vous souhaite bon voyage, monsieur Matheson. Bon voyage, miss Matheson.

— J'espère que le temps sera beau, dit Aurora d'un ton léger. C'est un si long voyage !

— Quarante jours si nous avons de la chance, indiqua distraitement Roan.

Tandis que Finnegan aidait Aurora à monter dans le fiacre, Roan se tourna vers Prudence. Les autres allèrent jusqu'à la voiture pour leur laisser un peu d'intimité et jetèrent un coup d'œil à l'intérieur, tandis que Mercy et Aurora promettaient de s'écrire.

Prudence essaya de sourire, mais il voyait bien qu'il lui en coûtait.

— Pru, dit-il dans un soupir. Les mots me manquent.

Sa lèvre inférieure se mit à trembler et elle la mordit.

— Je vous prie de me pardonner, dit-elle précipitamment. Vous m'avez fait connaître les plus beaux jours de ma vie et je vous en serai toujours reconnaissante. Toujours.

— Ah, Pru… Je ne veux pas de votre satanée gratitude.

Il glissa la main dans la poche de sa redingote et en sortit une feuille de vélin pliée. Elle contenait d'autres mots, des mots sur lesquels il avait peiné jusqu'au lever du soleil, et pourtant ils restaient terriblement inadéquats. Mais ces mots maladroits étaient tout ce qu'il avait à lui donner. Il lui prit la main, mit la lettre dedans et referma ses doigts dessus.

— Je vous aime. Je vous aimerai toujours. Souvenez-vous-en.

Il était conscient des Easton qui attendaient, d'Aurora qui se penchait maintenant par la fenêtre. De Finnegan, du cocher et des gens qui marchaient dans la rue.

— Adieu.

Il ne se souciait pas que tout le monde les observe. Il enlaça Prudence et l'embrassa profondément, sans considération pour autre chose qu'elle. Il lui embrassa la joue, le cou, puis se força à la lâcher. Il s'écarta d'elle, lui tournant le dos de crainte de recommencer, et monta dans le fiacre. Il frappa au plafond pour signaler qu'il était prêt.

La voiture quitta alors le bord du trottoir.

— Tu vas bien ? lui demanda Aurora en le regardant avec étonnement.

Il n'allait pas bien du tout. Il respirait mal, son cœur tambourinait. Le fiacre tourna au coin de la rue et il regarda par la fenêtre.

Prudence n'avait pas bougé. Elle était toujours là, serrant sa lettre.

Aurora la vit aussi.

— Ne sois pas triste, Roan, dit-elle, posant la main sur son genou. Il y a de nombreux gentlemen à Londres. Avec sa beauté et son caractère aimable, elle aura l'embarras du choix. Et toi ! Tu seras marié à Susannah Pratt, tout comme tu l'avais prévu.

Roan tourna la tête et regarda par l'autre fenêtre, serrant les mâchoires pour s'empêcher de hurler de douleur.

Chapitre 19

Prudence suivit des yeux le fiacre jusqu'à ce qu'elle ne puisse plus le voir. Elle serait peut-être restée là toute la journée si Honor n'était pas sortie et n'avait pas passé un bras autour de ses épaules, l'obligeant à rentrer.

— Viens prendre du thé, suggéra-t-elle.

— Non, merci. Je veux me reposer, maintenant. J'ai si mal dormi, la nuit dernière…

Elle monta dans sa chambre où son chagrin lui fit l'effet d'un poison. Elle vomit dans le pot de chambre.

Puis elle pleura.

Beaucoup plus tard, Honor tenta de l'apaiser, mais elle se roula en boule sur son lit et insista pour que sa sœur laisse la porte fermée et les rideaux tirés.

— Pour l'amour du ciel, Honor, laisse-moi ! implora-t-elle.

— Je veux seulement t'aider, Pru.

— Tu ne peux pas m'aider ! fit-elle avec colère. Personne ne peut m'aider. Laisse-moi juste *tranquille !*

Comment pourrait-elle jamais exprimer la profondeur de son chagrin ? La déception cuisante d'avoir eu des sentiments aussi forts pour un homme qui était, au sens propre du terme, aussi éloigné d'elle que possible ? Ça n'avait rien d'un béguin — c'était avoir véritablement le cœur brisé.

Ce fut seulement tard dans l'après-midi qu'elle trouva le courage de lire la lettre de Roan. Il avait une écriture longue et ferme.

Très chère Prudence,

Il est trois heures du matin et la bougie est presque usée. Tandis que j'étais couché, la place à côté de moi vide et froide, j'ai composé dans ma tête une lettre brillante, une lettre qui, je crois, exprimait correctement mes sentiments pour vous. Mais lorsque je me suis levé pour l'écrire, toute l'élégance de mes pensées avait disparu. Je suis totalement incapable de décrire la profondeur et l'étendue de mes sentiments. Est-ce de l'amour ? Je le pense, mais je ne suis pas expert en affaires du cœur. Je sais seulement que je vous adore. J'ai envie d'abattre des dragons pour les déposer à vos pieds. J'ai envie de conquérir des nations et de faire de vous leur reine. Ma vie n'a jamais manqué de rien, mais à dater de ce jour, vous lui manquerez toujours.

Elle lut et relut la missive, pleurant de temps en temps, puis regardant au loin sans rien voir.

Le lendemain, elle parvint d'une façon quelconque à se lever, déterminée à ne pas se noyer dans son chagrin. Elle s'habilla et laissa Honor la traîner chez Augustin et Monica, pour une visite.

— Prudence, chérie ! dit Augustin en l'étreignant. Je suis si heureux — Lord Stanhope est venu me voir pour me parler d'une union !

Il semblait indifférent à sa détresse, ravi que le problème de savoir que faire d'elle tende vers sa résolution.

— Allez-vous accepter son offre ? demanda Monica, la regardant avec curiosité.

Prudence haussa les épaules.

— Pourquoi pas ? Je suppose qu'un homme en vaut un autre.

Augustin rit très fort à cette remarque, et Prudence regarda fixement par la fenêtre.

Tout ce qu'elle put faire pendant les jours suivants fut de regarder fixement par des fenêtres.

Merryton et Grace prévoyaient de quitter Londres à la fin de la semaine — le comte ne supportait jamais de rester longtemps en ville. Mercy s'affairait à rassembler toutes les affaires dont elle aurait besoin à Lisson Grove, supposait-elle. Du linge et des savons, des rubans et des bas. La vie se déroulait placidement, chacun retournant à son existence, suivant le cours du temps. Chacun sauf elle.

Sa vie s'était figée.

Stanhope vint lui rendre visite par deux fois, mais Honor annonça qu'elle était souffrante et refusa de le laisser la voir.

— Je ne pourrai pas le repousser éternellement, Pru. Qu'as-tu l'intention de faire ?

Honor faisait nerveusement les cent pas devant elle, qui se tenait affalée sur la méridienne de sa chambre.

— Je te l'ai dit. Je vais l'épouser.

Honor s'arrêta et la fixa.

— Prudence…

Prudence leva la main.

— Honor, je t'en prie. Je ne veux pas en discuter.

Honor pinça les lèvres et quitta la pièce, la laissant fixer une branche d'arbre qui dansait dans la brise. Prudence se demanda paresseusement combien d'heures elle avait passées à regarder cette branche durant la semaine, imaginant Roan et Aurora sur un bateau à destination de l'Amérique. Elle l'avait imaginé sur le quai, supervisant le chargement des bagages, jetant par-dessus son épaule un coup d'œil à l'Angleterre. Elle le voyait à présent à bord, debout à la proue, regardant l'océan agité et pensant à elle.

Grace vint lui rendre visite un après-midi, probablement à la requête d'Honor. Elle tenta de la réconforter, mais Prudence avait besoin de plus que de réconfort. Elle essaya de se ressaisir, de s'extirper de sa morosité, mais c'était comme si son chagrin avait envahi son sang. Elle savait que ses sœurs perdaient patience avec elle. Elle aussi ! Ce n'était pas ainsi qu'elle voulait vivre, par Dieu non ! Et cependant, elle se sentait impuissante à modifier le cours de ses pensées.

Elle aimait Roan Matheson. Le monde n'était pas miraculeusement revenu à la normale, comme elle l'avait supposé. L'éclat de Roan n'avait pas diminué. Elle ressentait juste sa perte de façon plus aiguë au fur et à mesure que le temps passait.

Un jour avant que Merryton et Grace retournent à Blackwood Hall, Stanhope passa une troisième fois pour la voir. Quand Finnegan lui dit qu'il était là, et qu'il n'y avait personne pour l'intercepter, elle soupira, repoussa ses cheveux décoiffés par-dessus son épaule et se rendit pieds nus au salon pour le recevoir.

Il parut surpris par son apparence lorsqu'il entra dans la pièce.

— Bonjour, miss Cabot. J'ai entendu dire que l'Américain était parti. Maintenant, je constate que c'est vrai.

Le regard de Prudence était fixe. Elle était insensible à

Stanhope, et attendit simplement qu'il lui dise ce qu'il était venu dire.

— Avez-vous réfléchi à ma proposition ? demanda-t-il.

— Bien sûr.

— Et ?

— Et je n'ai pas le choix, n'est-ce pas ? J'accepte.

Le sourire du comte exprima presque de la sympathie.

— Je mesure que c'est difficile pour vous maintenant, mais je pense que vous vous remettrez.

— Non, répondit calmement Prudence. Je ne me remettrai jamais, milord. Et ce sera votre croix à porter.

Il sourit avec indulgence, comme si elle avait un accès d'humeur.

— Je ne suis pas insensible, dit-il en s'approchant d'elle. Je vous laisserai le temps de pleurer votre amant.

— Comme c'est aimable à vous !

Plongeant son regard dans le sien, il lui prit la main, la porta à ses lèvres et la baisa doucement. Puis il se courba et lui embrassa la joue, ses lèvres s'attardant, douces et chaudes, sur sa peau. Prudence frémit de désespoir.

— Je serai bon avec vous, Prudence, dit-il à mi-voix, le nez dans ses cheveux. Vous aurez tout ce que vous voudrez. Je vous rendrai aussi heureuse qu'une épouse peut l'être.

Elle eut un rire amer.

— Non. Vous ne le pouvez pas.

— Vous pourriez être surprise.

— Je ne vous aime pas. Je ne vous aimerai jamais.

Le sourire de Stanhope pâlit et il recula.

— Heureusement pour nous deux, l'amour n'est pas nécessaire dans une union comme la nôtre, n'est-ce pas ?

Il s'écarta d'elle.

— Je suis allé voir Beckington. Cet après-midi, j'irai voir Merryton pour discuter des conditions.

Il se dirigea vers la porte, puis s'arrêta et se retourna à demi.

— J'ai vu Mercy, dehors. Elle semble ravie de pouvoir aller à Lisson Grove. J'en suis heureux pour elle.

— Oui, dit Prudence d'une voix sereine. Elle a beaucoup de chance.

Sur ce, elle lui tourna le dos.

Elle l'entendit partir. Les fenêtres étaient ouvertes sur une brise fraîche et les bruits de la rue montaient jusqu'à elle, mais semblaient s'éloigner d'elle en même temps.

Quelques minutes plus tard seulement, lui sembla-t-il, elle entendit frapper à une porte, puis perçut un bruit de voix, mais elle pensa que c'était à la maison voisine.

Peu après, Honor et Grace apparurent dans le salon.

— Prudence ! lança Honor en se précipitant vers elle. Finnegan a dit que Stanhope était venu ?

— Oui.

Honor jeta un coup d'œil à Grace.

— Et ?

— Et j'ai accepté, dit Prudence d'un ton morne.

— Oh ! non ! murmura Grace en s'affalant sur une chaise. Juste ciel, Pru… Et l'amour ?

Prudence eut un rire amer et chassa la main d'Honor de son bras.

— Quoi, l'amour ? Bien des unions sont conclues pour moins que ça.

— Tu n'es pas sérieuse ? dit Honor.

— Je suis très sérieuse, au contraire. Pourquoi n'accepterais-je pas ? demanda froidement Prudence. C'est probablement la seule demande que je recevrai jamais, et au moins Stanhope connaît la vérité sur moi. Que voudriez-vous que je fasse ? Que je me morfonde et pleure un amour qui est à un océan de moi ? Que j'erre dans Blackwood Hall, ou ici, ou à Beckington House, en attendant une autre proposition ? Je dois faire quelque chose de ma vie. Je ne peux pas rester immobile ! Savez-vous combien il est difficile de rester immobile ?

— Mais tu ne l'aimes pas ! s'écria Grace.

— Cesse d'être aussi mélodramatique, Grace ! Tu n'aimais pas Merryton quand vous vous êtes mariés, et tu l'aimes, maintenant. Maman a épousé le comte et elle en est venue à le chérir.

— Mais Maman a d'abord épousé Papa parce qu'elle l'aimait. Elle s'est mariée par amour. Elle a épousé le comte par nécessité.

Prudence haussa les épaules et ramassa un vêtement pour le plier.

— J'épouserai un comte par nécessité. Ça me semble être la même chose. C'est une solution, et bien meilleure que ce que j'espérais, il y a seulement quinze jours.

— Mais ce n'est pas ce que tu *veux*, insista Honor.

Prudence secoua la tête. En haut de la maison, ses neveux et sa nièce riaient et chantaient, et ces sons, si purs, si innocents, lui firent mal. Elle n'aurait jamais cela. Jamais. Pas à cause des scandales qui avaient éclaboussé sa famille, pas à cause de la folie de sa mère. Parce que, maintenant, elle n'imaginait pas partager ce genre de bonheur avec quelqu'un d'autre que Roan.

— Je ne peux pas le supporter ! dit Grace en se levant brusquement. Viens, Honor.

— Où ?

— Viens, c'est tout, ordonna Grace. Elle ne veut pas nous écouter.

Elle la prit par la main et la tira hors de la pièce.

Prudence se laissa choir sur la bergère. Elle tenta de se représenter son mariage avec Stanhope. Avec leur famille comme seuls invités, supposa-t-elle. Elle ne se souciait pas de savoir où, ni quand. Puis elle essaya d'imaginer la consommation de leurs noces. Stanhope en chemise de nuit, s'efforçant de s'adapter à un corps qui ne le désirait pas. Cela la rendit malade.

— Prudence…

Surprise, elle se leva d'un bond. Lord Merryton se tenait sur le seuil — elle ne l'avait pas entendu entrer. Il était impeccablement vêtu, comme toujours, son écharpe noire tranchant sur sa chemise blanche et faisant paraître ses cheveux encore plus sombres.

— Milord, dit-elle, et elle passa le revers de sa main sur sa joue dans une vaine tentative pour chasser l'échauffement dû à ses pensées.

Merryton noua les mains dans son dos. Il fit quelques pas dans la pièce, mais garda ses distances par rapport à elle. Il ne s'approchait jamais, comme s'il avait besoin d'espace entre eux. Puis il la considéra un long moment.

— Je vais en venir au fait. J'ai été très fâché contre vous de vous être enfuie comme vous l'avez fait.

— Je sais. Je suis désolée, mi…

Il leva la main pour lui ordonner de se taire.

— J'étais en colère. Mais j'ai compris. J'ai toujours compris. Toutefois, ma femme est venue me trouver, bouleversée. Elle dit que vous avez accepté d'épouser Stanhope. Est-ce vrai ?

Prudence hocha la tête.

— Il a l'intention d'aller vous voir pour discuter des conditions.

Merryton agita la main comme si c'était une broutille.

— L'aimez-vous ?

— Pardon ? Non ! répondit-elle à cette idée ridicule.

Avec lui, il valait mieux répondre simplement et honnêtement. Il n'appréciait pas les bavardages.

— Aimez-vous l'Américain ? demanda-t-il alors, s'avançant encore dans la pièce.

Prudence déglutit. Ses véritables sentiments étaient si apparents, maintenant, qu'elle ne pouvait les nier, ni pour elle-même, ni pour quelqu'un d'autre.

— De tout mon être !

Il plissa légèrement les paupières.

— Pardonnez-moi, mais je dois le demander : comment pouvez-vous en être aussi certaine ? Etes-vous sûre que ce n'est pas un béguin de jeune fille ?

— Je le sais, c'est tout. Je le sens, dit-elle, en se frappant la poitrine au-dessus du cœur. Ça ne ressemble à rien de ce que j'ai éprouvé jusqu'ici, comme s'il y avait quelque chose de solide logé ici, juste sous l'os. C'est comme si je le connaissais d'une manière impossible à concevoir.

Merryton ne dit rien.

— C'est un terrible sentiment d'être honnête, reprit-elle. Vraiment terrible. Savoir qu'un tel amour existe mais que je ne peux pas l'avoir parce qu'il vit de l'autre côté de l'océan... C'est une torture. J'ai l'impression de ne pas pouvoir respirer, et pourtant je respire.

Elle se rendit soudain compte de ce qu'elle disait et rougit.

— Comme vous devez me trouver sotte !

— Au contraire. Je pense que vous avez bien décrit le sentiment amoureux. J'ignore ce qui s'est passé exactement avec l'Américain, mais je sais ceci : j'étais prêt à épouser une femme que je n'aimais pas avant que votre sœur concocte son plan. Et je peux vous dire maintenant que ma vie aurait été l'ombre malheureuse de ce qu'elle est devenue, si je l'avais fait. L'amour a illuminé ma vie au-delà de ce que je pouvais imaginer.

Prudence battit des cils, surprise. Il était très inhabituel que Merryton s'exprime aussi franchement.

— Si vous aimez Matheson, c'est lui que vous devez épouser, Pru. Pas Stanhope.

— Il est déjà parti. Ils ont pris la mer ! Je ne peux guère prendre un bateau seule pour aller le retrouver et débarquer sur une côte étrangère sans aucune introduction.

Merryton parut presque amusé.

— Vous vous souciez des convenances, maintenant ?

— Non. Mais je… je n'ai jamais pris la mer, dit-elle d'un ton hésitant. Comment pourrais-je partir seule ?

— Le nouveau navire d'Easton va faire son voyage inaugural jusqu'à New York dans quinze jours. Vous pourriez être sur ce bateau, je suppose, sous la garde du capitaine.

Prudence le dévisagea, son esprit s'emballant à sa suggestion.

— Mais il est trop tard, milord ! S'il a demandé quelqu'un en mariage d'ici là, s'il est parti pour le Canada ou… N'importe quoi pourrait se passer !

— Si c'est vrai, si par quelque miracle il a réussi à se marier en un si bref délai ou s'il est parti, ou encore s'il a perdu la tête, le navire de George reviendra en Angleterre. Vous pourrez le prendre pour rentrer.

Cette conversation la déconcertait. Merryton, plus que tout autre, exigeait le strict respect des convenances dans tous les domaines. Comment pouvait-il lui suggérer une chose aussi audacieuse ?

— Et qu'en est-il de vous tous ? Mes sœurs, mes nièces, mes neveux et, pour l'amour du ciel, ma mère ? Je ne peux pas vous laisser !

— Vous nous manqueriez terriblement, c'est vrai. Mais vous devez regarder la vérité en face, Pru. Grace et moi avons notre famille, Honor et George la leur. Mercy va entrer à Lisson Grove dans quinze jours. Quant à votre pauvre mère, vous savez aussi bien que moi qu'elle ne nous reconnaît plus. Elle est partie depuis longtemps, maintenant, n'est-ce pas ? Hannah lui est toute dévouée et prendra bien soin d'elle.

Prudence retint un sanglot étranglé.

— Je n'ai jamais connu votre mère lucide, poursuivit Merryton, mais j'ai des enfants. Et je soupçonne que si elle était avec nous aujourd'hui, elle voudrait que vous connaissiez l'amour et le vrai bonheur, comme elle. Elle ne voudrait pas que vous acceptiez une union simplement parce que vous pensez que c'est votre seul espoir. Je ne le veux pas pour vous, moi non plus. Je ne veux que votre bonheur.

Prudence n'osait croire que c'était possible, et pourtant, son sang bouillonnait dans ses veines à cette idée.

— Je ne peux pas.

Merryton resta silencieux, attendant manifestement qu'elle s'explique.

— Stanhope a dit… il a dit que si je n'acceptais pas de l'épouser, il s'assurerait que l'admission de Mercy à Lisson Grove soit révoquée.

La mine de Merryton s'assombrit.

— Pardon ?

— Il a dit que sa famille finançait l'école d'art, et qu'il suffirait d'un mot de lui pour mettre fin aux espoirs de Mercy. Mais que si j'acceptais ce mariage, il la laisserait tranquille.

Merryton la regarda fixement pendant un long moment. Il gardait une main dans le dos et tapotait sa cuisse de l'autre. Enfin, il demanda :

— Pourquoi ne nous l'avez-vous pas dit plus tôt ?

Prudence battit des cils.

— Je ne voulais alarmer personne. Je ne voulais pas que Mercy en entende parler…

— Je pense que vous ne devriez pas vous en faire à ce sujet, Pru. Je vais m'en occuper.

— Mais comment…

— Faites-moi confiance sur ce point. Mais si c'est là la raison pour laquelle vous avez accepté l'offre de Stanhope et laissé partir l'Américain, je vous suggère de revoir votre décision.

Il se tourna vers la porte comme pour partir.

Prudence bondit à travers la pièce et lui prit le bras. Surpris, Merryton se tourna vers elle. Elle lui jeta les bras autour du cou et l'embrassa sur la joue.

— Merci, milord. Merci beaucoup, beaucoup !

Il se raidit à son contact et l'écarta soigneusement.

— C'est avec plaisir, ma chère enfant.

Il sortit.

Prudence fixa l'endroit où il s'était tenu, l'esprit tourbillonnant, son cœur battant si vite qu'il lui en faisait mal.

Chapitre 20

New York
Deux mois plus tard

M. Gunderson n'avait pas attendu patiemment le retour d'Aurora, et même s'il y avait été enclin, il perdit toute patience avec elle lorsqu'elle jugea sage de lui expliquer que si elle avait été retardée, c'était parce qu'elle avait failli épouser un Français.

Dire qu'il était mécontent était peu dire. Il était offusqué. Non pas que cela importât, en vérité, car pendant que Roan était allé chercher sa sœur et la ramenait, il avait entamé avec miss Pratt une fréquentation improbable, née de points communs, et maintenant, ils devaient se marier.

Ce qui signifiait que les Bois de Construction Matheson ne faisaient plus partie du triumvirat que le père de Roan avait soigneusement construit.

— Je devrais t'envoyer chez ta tante à Boston, Aurora !

Naturellement, Aurora s'excusa auprès de sa famille. S'il y avait une chose sur laquelle ils pouvaient tous compter, c'était qu'elle s'excusait toujours pour ce qu'elle avait fait.

— Pourquoi lui as-tu dit que tu comptais t'enfuir avec quelqu'un ? lui avait demandé Beck. Il était déjà irrité contre toi. A présent, il te méprise ainsi que nous tous !

— Eh bien, je pensais que je ne devais pas lui mentir, argumenta Aurora. Je voulais lui expliquer que c'était seulement un moment d'emballement, mais que maintenant que je suis rentrée je me rends compte combien j'ai été sotte et à quel point je souhaite réparer. Hélas, il ne m'en a pas laissé la chance.

Il était bien trop tard pour Aurora, mais Roan, lui, était allé chez Susannah pour lui présenter ses excuses, ainsi qu'à son père. Toutefois, c'était Susannah qui s'était excusée.

— Je suis désolée, avait-elle dit en levant vers lui ses petits yeux. Mais je n'ai jamais pensé que vous aviez beaucoup d'estime pour moi, en vérité.

Il l'avait regardée. Elle était petite et trapue, avait les cheveux sombres, et son front était toujours plissé par l'inquiétude. Il avait alors songé à Prudence, à ses yeux étincelants, son sourire irrésistible.

— Je euh… je ne peux pas dire que je vous connaissais bien, pour être franc, avait-il reconnu.

Susannah n'avait rien eu à répondre à cela. Elle avait simplement hoché la tête. Roan s'était demandé si cela voulait dire qu'elle était d'accord avec lui. Ou était-ce juste qu'elle le comprenait ? Prudence, elle, n'avait jamais rechigné à dire ce qu'elle pensait. Ciel, comme elle lui manquait !

— Je vous prie de me pardonner, Susannah, avait-il dit.

Elle avait acquiescé de la tête et l'avait raccompagné, gardant ses pensées pour elle.

Plus tard, au cours d'une promenade à cheval, Roan rapporta à son frère et sa sœur ce que Susannah lui avait dit, cet après-midi-là. Aurora en fut très fâchée.

— Quelle chose à dire ! Bien sûr que tu avais de l'estime pour elle ! Maintenant, je m'en veux de l'avoir défendue devant miss Cabot.

— Quoi ?

— Hmm ? fit Aurora.

Roan saisit la bride de son cheval et les arrêta tous les deux.

— Roan ! Que fais-tu donc ?

— Qu'as-tu dit, Aurora ? En quelle occasion as-tu défendu Susannah Pratt devant Prudence ?

Aurora battit des cils d'un air coupable.

— Je croyais bien faire ! se défendit-elle. J'avais semé une telle pagaille et je ne voulais pas que nous revenions tous les deux sur notre parole…

— De quoi parles-tu ?

— Roan, dit Beck d'un ton sévère, mais il ne voulut pas lâcher la bride d'Aurora.

— C'est juste… c'est juste que le soir où nous sommes arrivés, j'ai peut-être expliqué à miss Cabot que tu étais engagé et que tu tenais miss Pratt en grande considération…

— Un mensonge ! dit Roan.

— Comment voulais-tu que je le sache ? bredouilla Aurora. Je pensais que tu avais de la considération pour elle si tu avais accepté de la demander en mariage. Je pensais à notre famille, et je me suis dit que miss Cabot avait besoin d'un petit coup de pouce pour te laisser partir.

Roan ne put que la dévisager, incrédule. Avait-elle toujours été aussi impossible ? Avait-elle toujours fait ce qui lui plaisait sans égard pour les autres ? Il lâcha la bride et éperonna son cheval ; il avait besoin de s'éloigner d'elle. Il entendit Aurora l'appeler, mais il l'ignora.

Il ne savait pas contre laquelle des deux il était le plus en colère, d'Aurora ou de Prudence. Aurora pour avoir dit ce qu'elle avait dit ; Prudence pour avoir omis de lui demander si c'était vrai. De toute façon, il était en colère contre le monde entier, depuis qu'il avait quitté l'Angleterre. Il avait eu près de deux mois pour réfléchir à ce qui s'était passé et la douleur d'avoir laissé Prudence n'avait pas du tout diminué. Pas un jour ne passait sans qu'elle ne soit dans ses pensées. Il n'y avait pas un instant où il ne regrettait pas de ne pas s'être battu davantage pour elle. Il avait accepté qu'elle le rejette, alors qu'il aurait dû lui proposer sérieusement le mariage.

Les regrets d'Aurora étaient publics. Pas les siens. Pour son entourage, il se montrait tel qu'en lui-même, plein d'assurance et affairé. Mais en réalité il était vide, il avait perdu son entrain. Il imaginait Prudence mariée, maintenant. Il l'imaginait dans le lit d'un autre homme, ce qui le torturait particulièrement. Sans doute avait-elle laissé sa semaine d'aventure derrière elle, et pouvait-elle de nouveau sourire.

Lui ne le pouvait pas. Il était enlisé sans espoir dans sa perte.

On parla encore d'envoyer Aurora à Boston, mais elle en appela à leur père.

— Susannah Pratt et Sam Gunderson se marient la semaine prochaine, et nous avons tous été invités. Je ne peux pas manquer ce mariage, papa. Si je le manque, tout le monde pensera que j'éprouve de la rancune. Ne voulez-vous pas que le père de Sam sache qu'on ne lui en veut pas ?

— Aurora reste ici, annonça alors M. Matheson père au dîner, un soir. Si elle n'assiste pas au mariage, tout le monde pensera que c'est parce qu'elle garde de la rancune aux mariés. Je ne voudrais pas que le père de Sam Gunderson croie que c'est vrai, pas si nous devons raccommoder nos relations et espérer renouer nos accords.

Aurora décocha un petit sourire satisfait à ses frères. Roan et Beck levèrent les yeux au ciel. Il en avait été ainsi toute leur vie et ils savaient qu'il ne servirait à rien de se rebeller.

Le fameux mariage serait célébré au City Hotel de New York, le seul endroit assez grand pour recevoir tous les invités. C'était un événement mondain et tout New York voulait y assister. Roan aurait préféré ce qu'il considérait comme un mariage typique : une petite réunion de famille dans un salon. Quelque chose qui pouvait être fait rapidement et qu'il pourrait quitter rapidement, afin de ne pas être amené à penser à Prudence.

Il essayait désespérément de ne pas penser à elle. Il essayait de tourner la page, mais cela lui était impossible. Il la voyait partout, sous chaque bonnet, marchant dans chaque rue. Chaque femme de New York dont les cheveux avaient les moindres reflets blonds était, l'espace d'une seconde, Prudence.

La veille du mariage, Roan rejoignit ses parents dans leur maison de ville de Broadway Street. Il ne resterait pas longtemps à New York — il comptait partir pour des réunions au sujet du canal dès que la cérémonie serait terminée. Il se rendrait à cheval dans le Nord, seul, avec une couverture et un fusil, peut-être un des chiens de la famille pour l'accompagner. C'était là-bas qu'il avait l'intention de combattre sa mauvaise humeur. Il n'avait jamais été un homme maussade et ne tenait pas à en devenir un. Heureusement, il serait parti pendant des semaines. Il ne verrait plus de bonnets ou de cheveux blonds. Il oublierait. Il s'obligerait à oublier.

Lorsqu'il arriva cet après-midi-là dans la maison familiale, Martin, le majordome, lui tendit un plateau et l'informa qu'un M. Lansing était venu le voir.

— Qui est ce Lansing ? demanda Roan, tandis qu'il prenait une lettre sur le plateau.

— C'est le capitaine d'un navire, monsieur. Il a dit qu'un certain M. George Easton l'avait envoyé.

Au seul nom d'Easton, Roan éprouva une sensation étrange.

— Merci, Martin.

Il se rendit dans la bibliothèque et brisa le cachet de la lettre, espérant, priant qu'il y ait des nouvelles de Prudence. Quelque chose. N'importe quoi.

La missive n'était rien de plus qu'une présentation du capitaine Lansing par Easton et l'espoir exprimé qu'ils puissent discuter du commerce du coton. Etaient joints les chiffres dont Easton lui avait parlé concernant le genre de bénéfices qu'ils pouvaient escompter.

Roan empocha la lettre et songea aux yeux de Prudence. Aurait-il été si difficile d'inclure un billet d'elle ? Un message ? Au minimum, un post-scriptum ? « Miss Cabot envoie ses respects. Miss Cabot s'est mariée à cette date. Lady Stanhope et son époux sont en voyage de noces… »

Son nom n'était même pas mentionné.

Le lendemain matin, le mariage de Susannah Pratt et de Sam Gunderson fut célébré dans une chapelle, et le buffet servi au City Hotel. A l'extérieur, des gens se groupaient derrière les fenêtres de l'hôtel pour apercevoir la mariée et admirer les beaux habits des gens les plus riches de New York. Roan se tenait sur le côté, vêtu de son plus beau costume sombre et d'un gilet en soie. Il ne souhaitait qu'une chose : que ce maudit buffet se termine afin qu'il puisse retourner se morfondre en paix.

Aurora était en compagnie des parents Gunderson. Elle se tenait près d'eux et il crut même voir l'ombre d'un sourire sur le visage du vieil homme. Il secoua la tête — sa sœur était décidément une charmeuse invétérée !

— Un toast ! lança M. Pratt, qui avait bu un peu trop de

champagne. Roan Matheson, c'est vous qui devriez le porter. Après tout, vous êtes responsable du bonheur de ma fille.

Les invités éclatèrent d'un rire bruyant. Ils avaient tous entendu la rumeur, apparemment.

Roan réprima un grognement et s'avança à côté de Susannah. Il devait l'admettre, avec sa splendide toilette de mariée et cet éclat heureux sur le visage, elle était bien plus avenante qu'elle ne le lui avait paru jusque-là. Elle avait arrangé avec art ses cheveux sombres, et dans sa belle robe elle faisait une jeune mariée comblée. Roan passa un bras autour de sa taille et se pencha pour l'embrasser sur la joue ; puis, alors qu'ils tournaient le dos aux fenêtres, il leva sa flûte de champagne et porta un toast à son union avec Gunderson, leur souhaitant de longues années de bonheur. Le toast terminé, le repas fut servi aux cinquante invités.

Le nombre des convives et l'abondance de nourriture mettaient presque Roan mal à l'aise. S'il s'était agi de son propre mariage, Prudence et lui auraient déjeuné seuls dans une chambre de cet hôtel, sans personne hormis une servante pour remplir leur bain.

— Tu as l'air sinistre.

Il était tellement plongé dans ses ruminations qu'il n'avait pas remarqué Aurora. Elle pencha la tête de côté et le regarda.

— Qu'est-ce qui ne va pas ?

— Je m'ennuie.

— Vraiment ? Moi, je trouve ce mariage charmant. Miss Pratt est étonnamment délicieuse.

Roan sourit.

— Comme c'est bizarre qu'il t'ennuie, ajouta-t-elle.

— Comme c'est bizarre qu'il te divertisse.

— De l'eau a coulé sous le pont, dit-elle avec un petit geste de la main. Au moins, j'ai pu dire à M. Gunderson à quel point je le tenais en estime, et combien j'étais désolée d'avoir froissé ses sentiments. Il a dit que j'étais incorrigible, mais qu'il l'avait toujours su.

— Je suspecte que tout New York sait ça !

Aurora se mit à rire.

— Je suis vraiment très heureuse pour eux, pas toi ? Ils semblent avoir une admiration sincère l'un pour l'autre. Oh ! A propos d'admiration, j'ai vu une chose incroyable !

— Quoi ? demanda Roan d'un ton traînant.

— J'ai vu une jeune femme qui ressemblait tant à miss Cabot qu'elles auraient pu être jumelles ! Imagine, une femme qui lui ressemble ici, à New York ! Elle était extraordinairement jolie. Du moins, c'est mon avis.

Ce fut comme si tout le monde cessait soudain de bouger, comme si tout en Roan s'était figé.

— Où ? parvint-il à demander.

— Dehors, sur le trottoir, répondit Aurora en indiquant la fenêtre.

Roan se tourna. Il y avait des dizaines de personnes qui se pressaient devant les fenêtres de l'hôtel.

— Juste ciel, ce n'était pas elle, Roan ! Elle lui ressemblait, c'est tout. Je n'avais pas l'intention de t'inquiéter.

Il posa sa flûte sur la première surface plane qu'il trouva et se dirigea à grands pas vers la porte, poussant plusieurs invités, indignant une femme qui se répandit en récriminations. Il sortit en courant de l'hôtel, dévala les marches qui menaient jusqu'à la rue et regarda autour de lui. A droite, à gauche, en face. Il y avait tant de visages, tant de gens rassemblés pour voir ce mariage mondain au City Hotel !

Non, Prudence ne pouvait pas être ici, ce n'était pas possible. Aurora avait raison — c'était simplement quelqu'un qui lui ressemblait. Si Pru était là, Easton l'aurait sûrement mentionné dans sa lettre.

Il se sentit ridicule.

Déprimé, il se tourna pour regagner l'hôtel. Et ce faisant, il aperçut des cheveux dorés sous un bonnet. La femme s'éloignait dans la rue. C'était encore l'une des multiples Prudence qu'il croyait voir chaque jour, sans doute, mais il cria quand même « Prudence ! » et se mit à pousser les gens pour la rejoindre.

— Prudence ! répéta-t-il en la rattrapant.

Il lui toucha le bras.

La femme se tourna vers lui.

— Je vous demande pardon !

Ce n'était pas Prudence, bien sûr. Ce ne serait *jamais* Prudence. Quand accepterait-il cette simple vérité ? Toute vie le quitta et il décida à ce moment-là que cela suffisait. A dater de cet instant, il ne penserait plus à elle. Il ne se morfondrait plus. Il reprendrait le cours de sa vie, une fois pour toutes.

— Toutes mes excuses, madame, je vous ai prise pour quelqu'un d'autre.

La femme continua son chemin et Roan se retourna. Là, son cœur cessa de battre.

Prudence se tenait derrière lui sur le trottoir, ses yeux noisette élargis par la surprise. Roan ne put parler — il n'était même pas sûr qu'elle était réelle.

— Je… je suis tellement désolée, dit-elle, portant la main à sa poitrine.

Il ne comprit pas.

— Pru ?

— Je n'aurais pas dû venir. Je n'ai pas compris ce qu'il voulait dire, quand il a parlé du City Hotel…

— C'est vraiment vous ? demanda stupidement Roan, essayant de trouver un sens à cette situation.

— C'est ma faute, Roan. Une fois de plus ! dit-elle avec un rire nerveux. Mais je ne veux pas vous retenir. Je sais que vous êtes… occupé.

Elle fit un petit geste de la main.

— Sur mon honneur, je ne serais jamais venue si j'avais su. Je pensais juste que vous étiez peut-être… Je veux dire, j'espérais, j'espérais que vous éprouviez encore…

Elle battit des cils. Puis elle baissa la tête comme si elle essayait de se ressaisir.

Elle était bel et bien réelle ! Son amour, le désir de son cœur, se tenait debout devant lui sur un trottoir bondé de New York ! Roan fit un pas prudent en avant. Des gens passaient sur la droite et sur la gauche, certains ralentissant pour les regarder.

— Je ne peux pas croire que ce soit vous, Pru. Comment… *quand* êtes-vous arrivée ? Etes-vous seule ? Est-ce que quelqu'un est venu avec vous ? demanda-t-il en regardant autour d'eux.

— Je suis une telle sotte, dit-elle d'une voix chagrine.

— Une sotte ? répéta-t-il sans comprendre.

— N'essayez pas d'épargner mes sentiments. Je ne le mérite pas. Je vous ai vu par la fenêtre, Roan. Je sais.

— Vous m'avez vu, et alors ? demanda-t-il, perplexe.

— Je vous ai vu avec votre épouse !

— *Quoi ?* Non ! Non, non, Pru, c'était… Oh ! mon Dieu, non, je n'ai pas épousé Susannah Pratt ! Elle s'est mariée avec Sam Gunderson. Je ne faisais que porter un toast.

Il mima la scène, un bras autour d'une Susannah invisible, l'autre levé.

Prudence cligna des yeux.

— Vous avez cru que je me mariais ? Comment l'aurais-je pu, après l'Angleterre ? Comment l'aurais-je pu, voyons ?

— Vous ne vous êtes pas marié ? Je pensais… Aurora disait…

— N'écoutez jamais ce que dit Aurora !

Il avança d'un pas.

— Bonté divine, ne prenez à cœur rien de ce qu'elle dit. Même moi, je me le suis vu rappeler de la pire façon, ces dernières semaines. Non, Pru, je suis le même homme que lorsque j'ai quitté l'Angleterre. J'éprouve les mêmes sentiments. Non, ce n'est pas entièrement vrai : je me sens bien plus mal. J'aspire à vous chaque jour.

Un petit sourire commença à se former sur le visage de Prudence.

— Cela vous ennuie-t-il que je sois venue ?

— Vous plaisantez ! s'écria-t-il en se plaçant devant elle. Je n'ai pensé à rien d'autre qu'à vous, Prudence Cabot. Seulement à vous. Je revis sans cesse nos moments ensemble, je me fustige d'être parti sans vous, je souhaite que les journées passent vite afin que je ne me torture pas avec des souvenirs, que je ne pense pas à vous mariée. Où est-il ? Stanhope est-il venu avec vous ?

— Non ! s'écria-t-elle, horrifiée. Oh ! mon Dieu ! Il y a tant de choses à vous dire.

Elle lui prit la main.

— Roan… je n'ai pensé à rien d'autre qu'à vous, moi aussi.

Son cœur fit un tel bond dans sa poitrine, il reprenait tant de vigueur que Roan en eut le souffle coupé.

— Venez, dit-il, glissant la main au creux de son bras. Il y a une taverne non loin d'ici…

— Mais… et le mariage ?

Il sourit.

— Je ne manquerai à personne.

Dans la taverne, il leur commanda deux chopes de bière. Prudence toucha à peine à la sienne tandis qu'elle lui racontait tout ce qui s'était passé durant les dernières semaines, y compris les détails de la proposition de Stanhope et ses menaces concernant Mercy.

— Pourquoi ne me l'avez-vous pas dit ?

— Je pensais que vous ne pouviez rien faire, répondit-elle. Je pensais que personne ne pouvait rien faire.

Elle poursuivit, lui disant qu'elle avait été si affectée quand il était parti qu'elle pouvait à peine rassembler assez d'énergie pour se soucier d'autre chose. Elle sortit de son réticule la lettre qu'il lui avait écrite et la lui montra. Elle était usée, ayant visiblement été lue maintes fois.

— C'était tout ce que j'avais pour me soutenir, Roan. Finalement, c'est lord Merryton qui m'a convaincue de venir vous trouver.

— Merryton ! répéta-t-il, incrédule.

Prudence lui expliqua que son beau-frère lui avait extorqué la vérité et lui avait fait voir qu'elle pouvait exaucer ses désirs.

— Et Dieu merci, vous l'avez fait ! Qu'est-il advenu de Stanhope ?

Elle haussa les épaules.

— Je ne sais pas. D'après Grace, il avait une dette de jeu conséquente que Merryton a menacé de faire réclamer. Bien sûr, Stanhope n'a pas les moyens de la payer. Ils sont donc parvenus à un accord.

— Et Mercy ?

Le visage de Prudence s'éclaira.

— Quand je suis partie pour l'Amérique, elle était en route pour l'Italie avec sa classe. Elle est très heureuse. Elle rêve de voir et de peindre le monde.

Elle lui raconta encore comment George Easton l'avait mise sur son navire qui faisait son voyage inaugural vers l'Amérique, et comment ils avaient essuyé une violente tempête qui les avait retardés quelques jours.

— Je suis partie trois semaines après vous, mais il m'a fallu une semaine de plus pour atteindre New York, je pense. J'étais au désespoir de vous rejoindre avant que vous ne vous mariiez. L'agent de George a trouvé votre maison et m'en a donné l'adresse. J'aurais dû vous envoyer un billet, mais je n'ai pas pu. Je ne pouvais attendre de vous voir, alors je suis allée chez vous directement. Votre majordome m'a indiqué que vous étiez au City Hotel. Je pense qu'il était un peu choqué que je vienne vous voir de cette façon et il a omis de mentionner que vous étiez à un mariage.

— Vous ne pouvez pas imaginer toutes les nuits sans sommeil que j'ai passées, Prudence.

Il lui dit comment il n'avait appris que récemment qu'Aurora avait essayé de la décourager. Et comment ils étaient rentrés à New York pour découvrir non seulement que l'association que leurs deux mariages auraient scellée avait été dissoute, mais que leurs partis potentiels s'étaient alliés dans cette longue attente et avaient décidé de se marier.

— C'est aussi bien ainsi. Même si je vous avais laissée derrière moi, je ne pouvais pas épouser Susannah, pas après ce que nous avions partagé. J'ai compris au moins que je ne pouvais pas me marier simplement pour me marier. Je ne peux pas vouer ma vie à une femme que je n'aime pas.

— Oh ! Roan, dit-elle en lui prenant la main. Je dois être dans un rêve, car je ne peux pas croire que je suis assise en face de vous, en ce moment ! Je suis désolée. Sachez, je vous prie, que je suis terriblement navrée de vous avoir déçu…

— Aucune importance. Dites-moi juste ceci : m'aimez-vous ?

Le sourire de Prudence s'élargit.

— Je vous aime. Je vous aime plus que je n'ai jamais aimé une autre personne. J'aurais dû vous le dire, je n'aurais jamais dû vous laisser partir sans vous le dire. M'aimez-vous encore ?

— Complètement et sans réserve !

Elle sourit encore plus.

— Le capitaine a loué une chambre pour moi au Harsinger Hotel. C'est près d'ici…

— Je sais exactement où il est, dit-il en se levant.

Il lui prit la main et l'aida à se mettre debout.

Prudence rit et le laissa la conduire hors de la taverne.

Le réceptionniste de l'hôtel les regarda avec dédain, mais il était évident à voir la coupe des habits de Roan qu'il avait les moyens, et un billet de banque lui fit prestement fermer les yeux, tandis qu'ils montaient l'escalier.

Prudence jeta son bonnet pendant que Roan lui ôtait son spencer. Ils se parcouraient l'un l'autre de la bouche et des mains, se laissant tomber ensemble sur le lit.

— J'avais le cœur brisé, dit Roan tandis qu'il lui ravageait la poitrine de ses baisers. Je pensais qu'il ne se raccommoderait jamais et par Dieu, je m'en moquais ! Maintenant vous êtes ici, Pru. Je ne peux pas le croire, vous êtes ici et je me sens de nouveau entier.

— J'ai été si malheureuse depuis votre départ, avoua Prudence, le souffle haché, enfouissant les doigts dans ses cheveux. Ç'a été la chose la plus douloureuse que j'aie jamais endurée.

— Je ne peux imaginer moins que de passer ma vie avec vous. Epousez-moi, Pru. Vous êtes ici. Epousez-moi.

— Oui, dit-elle. *Oui.*

Il entra en elle et ferma les yeux. Le poids qui ne le quittait plus depuis des semaines s'allégea et il sentit l'euphorie l'emplir tout entier. Elle était là, dans ses bras, chaude, parfumée, et… et il allait l'épouser. Il passerait chaque jour du reste de sa vie à faire de leur mariage une aventure pour elle.

Elle prit son visage entre ses mains tandis qu'il bougeait en elle.

— Je vous aime, Roan. Je vous aimerai toujours.

Puis elle lui sourit avec cette lueur espiègle dans les yeux qu'il avait vue le jour où ils s'étaient rencontrés, et il eut l'impression de marcher sur des nuages. De gros nuages blancs d'amour.

Juste ciel, il était fou d'elle !

Epilogue

Les choses arrivèrent très vite après ce long après-midi passé au lit, à l'hôtel Harsinger. Un mariage convenable était au premier chef des préoccupations de Roan et, avec l'aide de son père, il l'organisa rapidement. Prudence trouva assez amusant que les Matheson n'aient pas le temps de s'accoutumer à l'idée que leur fils ait épousé une jeune Anglaise sortie de nulle part, car Roan et elle partirent dans le Nord, à cheval, dès que leurs vœux furent prononcés ou presque.

Prudence adora chaque instant de ce périple. Elle avait suivi le conseil d'Aurora, portait des culottes et montait à califourchon. Elle se sentait forte et pleine d'assurance ainsi vêtue, et le fait que Roan semble séduit par sa tenue ne gâtait rien. Il disait qu'elle avait l'air d'un petit bûcheron.

Elle adora aussi que chaque nuit ils dorment sur le même couchage, les chevaux attachés non loin d'eux et les deux chiens qu'ils avaient emmenés enroulés à leurs pieds. Cela lui rappelait la première nuit où ils avaient dormi ensemble à la belle étoile, mais en nettement mieux.

— C'est la plus belle aventure que j'aie jamais vécue ! déclara-t-elle un jour avec exubérance.

Roan la regarda d'un œil faussement sévère.

— Je vous demande pardon. La *deuxième* plus belle aventure, corrigea-t-elle, avant de le couvrir de baisers.

Lorsqu'ils revinrent à New York, un mois plus tard, ils apprirent quelques nouvelles stupéfiantes. Apparemment, le frère cadet de M. Gunderson, Ben, s'était découvert du goût pour la beauté auburn d'Aurora au mariage de son frère et il était tombé fou amoureux d'elle. Aurora et lui se marièrent le 31 décembre, exactement six semaines après Roan et Prudence. Ces derniers convinrent que c'était une très bonne chose qu'Aurora se soit mariée aussi vite, étant donné que son premier enfant vit le jour « très en avance », sept mois et demi plus tard.

Roan et Prudence furent ravis d'accueillir leur fils, quelques mois après.

Drake Matheson, un beau garçon en bonne santé, était la prunelle des yeux de son père. Prudence l'adorait au-delà de toute mesure. Mais elle souhaitait désespérément que ses sœurs le connaissent. Comme le bébé était trop jeune pour faire le voyage, Roan et George organisèrent le voyage en masse des Cabot en Amérique, afin de saluer ce nouveau membre de la famille.

Ces derniers avaient forgé un accord, dans lequel Roan et Beck agissaient comme courtiers en coton et envoyaient de pleines cargaisons de coton américain en Angleterre, sur les navires de George. George avait deux bateaux, maintenant, et cet arrangement s'était avéré lucratif pour les deux familles. Pour les Matheson en particulier, le commerce du coton, en plus de celui du bois de construction, les avait rendus très à l'aise financièrement. Roan et Prudence faisaient construire une maison tout près des parents de Roan, pour la grande famille qu'ils espéraient avoir.

Honor et George, Grace, Augustin et Monica arrivèrent

donc à New York pour faire la connaissance de leur neveu. Manquait à leur groupe Merryton, resté en Angleterre avec les plus jeunes de leurs enfants.

— Il est tout à fait incapable de faire un voyage comme celui-ci, dit Grace, en l'une des rares mentions qu'elle faisait des singularités de son époux.

Mercy n'était pas non plus avec eux, évidemment. Elle était toujours en Italie.

— Je pense qu'elle va finir par y vivre, déclara Honor.

— Tu crois ? fit Prudence, surprise.

— A mon avis, elle a un *amant,* dit Grace avec malice, gloussant.

Ce soir-là, au dîner, Grace raconta que Mercy leur avait écrit plusieurs lettres et qu'elle était pleinement engagée dans sa vie là-bas. Elle avait encore un an d'étude et avait récemment vendu une peinture pour une petite somme. Elle était surexcitée à l'idée qu'une toile peinte par elle soit exposée dans une maison italienne.

— Je ne peux pas le croire ! s'exclama Prudence, très fière.

George regarda les trois aînées des sœurs Cabot.

— Nul ne peut dire que les sœurs Cabot ne se donnent pas du mal pour avoir ce qu'elles veulent, dit-il en riant.

Hélas, avec Honor et Grace arrivèrent aussi de tristes nouvelles pour Prudence. Leur mère était morte dans l'hiver.

— Une terrible grippe, expliqua Honor. C'était comme si elle ne souhaitait pas la combattre.

Cette nouvelle emplit Prudence de chagrin. Mais il y avait aussi un certain soulagement dans ce décès. Avant de partir pour l'Amérique, elle était allée la voir et sa mère l'avait regardée avec des yeux vides. La conscience de lady Beckington l'avait quittée depuis longtemps. Au fil des semaines et des mois, elle était devenue frêle et faible, sa tête et son cœur n'étant plus que la coquille fragile de la femme qu'elle avait été autrefois. Sur la fin, affirma Honor, elle ne reconnaissait même plus Hannah.

Merryton avait gardé la loyale domestique pour aider la nourrice des enfants.

Honor donna également des nouvelles de Stanhope à Prudence. Elle les lui confia un jour où elles marchaient ensemble. Prudence n'avait jamais su exactement ce que Merryton lui avait dit pour lui faire retirer sa demande, mais il l'avait fait sans équivoque.

— J'ai entendu que sa situation est très critique, dit Honor. Il paraît que la part inaliénable liée à son titre est si grande qu'il doit, chaque année, l'équivalent du domaine.

— C'est terrible, dit Prudence. Comme je suis heureuse de ne pas avoir accepté sa demande en mariage !

— Il devrait peut-être trouver une autre occupation que demander la main de riches débutantes, dit Roan d'un ton irrité, quand Prudence l'en informa plus tard, alors qu'ils étaient au lit.

Cela fit rire Prudence.

— Les lords anglais n'ont pas d'occupation. C'est le principe.

— C'est justement ce qui ne va pas avec toute cette royauté, là-bas, dit-il en agitant vaguement le bras en direction de l'Angleterre.

Les Cabot visitèrent tout New York pendant leur séjour et déclarèrent que la ville était plus petite qu'ils ne l'avaient imaginée, mais qu'elle était très plaisante, avec le charme rustique des colonies.

Quand le moment vint pour eux de retourner en Angleterre, Prudence versa des seaux de larmes, comme ses sœurs. Roan et George se tenaient près d'elles avec gaucherie, tentant de les apaiser sans y parvenir. Augustin et Monica virent dans ces adieux prolongés une occasion de faire une dernière fois le tour des jardins des Matheson.

Ce soir-là, Roan et Prudence dînèrent seuls dans la maison de famille, sur Broadway Street. Drake dans son berceau, sa gouvernante endormie près de lui, ils purent dîner tranquillement. Lorsque la table fut débarrassée et que les domestiques se retirèrent pour la nuit, Roan tendit le bras par-dessus la table et caressa le visage de Prudence.

— Allez-vous bien ?

Sa famille lui manquait, bien sûr, mais elle n'avait jamais été plus sûre d'elle. Elle était précisément à l'endroit où Dieu la voulait. Dire qu'autrefois elle avait craint que le mariage ne ruine toute possibilité d'aventure ! Il n'avait fait au contraire que l'enrichir. Elle sourit à Roan avec tout l'amour qu'elle avait pour lui dans le cœur.

— Je sais combien ils vous manquent, dit-il.

— Terriblement, convint-elle, atterrée à l'idée de fondre de nouveau en larmes.

— Avez-vous des regrets ?

— Des regrets ?

Elle se leva et contourna la table pour le rejoindre. Elle releva ses jupes et s'assit à califourchon sur ses genoux.

— Aucun. Pas une fois, Roan Matheson, et je n'en aurai jamais. Je suis là où je dois être.

Il eut un petit rire ravi, tandis qu'elle remuait assez suggestivement sur lui.

— Madame Matheson, vous êtes une gourgandine !

Elle lui passa les bras autour du cou.

— Je l'ai appris de vous, espèce de vaurien !

— J'ai essayé de vous mettre en garde contre les vauriens, mais naturellement, vous ne m'avez pas écouté.

Prudence songea à cet instant, à Ashton Down, où elle avait décidé de suivre ce vaurien. Elle s'étonnerait toujours qu'une fille comme elle, qui avait toujours fait ce qu'elle était censée faire, ait pu renoncer aussi totalement à tout ce qu'elle était en l'espace de cet instant. C'était comme si elle était restée immobile si longtemps que, lorsqu'elle s'était mise à bouger, tout s'était précipité.

Elle embrassa le coin de la bouche de Roan, et passa la langue sur ses lèvres.

— Je crois que je me sentirais beaucoup mieux avec un bain. Me laverez-vous les cheveux ?

Il eut un grand sourire et lui mordilla la lèvre inférieure.

— Me laisserez-vous monter dans la baignoire avec vous ?

Elle l'embrassa sur la bouche et fit glisser sa main le long de son torse, jusqu'à son sexe.

— Me permettrez-vous de mettre les pieds où je voudrai ?

Il saisit un sein dans une main, attrapa de l'autre les mèches défaites de ses cheveux et l'attira plus près.

— Me permettrez-vous de poser ma bouche où je voudrai ?

— J'insiste même pour que vous le fassiez, monsieur Matheson.

— Vous êtes bel et bien une gourgandine. Seigneur, comme je vous aime !

Et elle, comme elle l'aimait !

— Montrez-moi, vieux sacripant.

Roan fit ce qu'elle demandait — il lui montra cette nuit-là à quel point il l'aimait.

Un mois plus tard, elle confirma qu'elle attendait leur deuxième enfant.

Vous avez aimé ce roman ?

Retrouvez les sœurs Cabbot dans les tomes précédents de la série « Les demoiselles de Beckington » de Julia London :

1/ *Les audaces de lady Honor*
2 / *Dans le lit du comte*

disponibles dès à présent sur harlequin.fr

Retrouvez en juillet,
dans votre collection

Victoria

Elizabeth Boyle
Sous le sceau du scandale

Elevée à Kempton, village où, selon le dicton, on finit vieille fille, Tabitha n'espérait pas trouver un jour un époux. Elle qui est misérablement logée dans le grenier de son oncle et traitée en domestique tombe des nues lorsque celui-ci – bien plus aimable qu'à son habitude – lui apprend qu'elle héritera d'une immense fortune si elle se marie avant son vingt-cinquième anniversaire… qu'elle fêtera dans un mois. Son oncle a tout prévu, y compris un prétendant : un marquis honorable qui, en échange de sa fortune, lui offrira un titre. Tabitha sait qu'elle devrait se réjouir de ce tour inespéré du destin, mais quelque chose, dans ce mariage arrangé de conte de fées, lui déplaît. A l'heure où la chance lui sourit enfin, n'est-ce pas à elle de faire ses propres choix ?

De sa plume légère et tout en finesse, Elizabeth Boyle dresse le portrait touchant d'une Cendrillon de la Régence.

Laura Lee Guhrke
Une épouse à séduire

C'est sur le quai d'une gare que la belle Edie l'aperçoit. Son mari. L'homme qu'elle a été contrainte d'épouser cinq ans plus tôt, à la fois pour sauver sa propre réputation et ses finances à lui – à condition qu'il demeure à jamais en Afrique, pour y poursuivre ses explorations. Pourquoi rompt-il leur pacte après des années d'absence, alors qu'Edie a fait sa vie à Highclyffe ? Malgré la rigueur des usages anglais qui conviennent si mal à son tempérament d'Américaine, elle a aujourd'hui trouvé sa place dans la société et s'est forgé une existence indépendante, bien réglée, qui n'inclut pas la présence de Stuart. Quel que soit son désir de reprendre sa place de duc, et d'époux.

A travers les yeux des « héritières américaines », Laura Lee Guhrke nous offre un tableau savoureux de la haute société britannique.

La romance historique n'a jamais été aussi moderne.

HARLEQUIN
www.harlequin.fr